罪の境界

薬丸　岳

幻冬舎文庫

罪の境界

1

ホテルに入ってロビーを見回すと、吹き抜けの階段の下に色とりどりのドレスを着た一団を見つけた。

浜村明香里は自分が着たドレスの胸もとをちらっと見た。ちょっと地味だったかなと思いながら彼女たちに近づいていく。

「明香里、遅いー」

水色のドレスを着た千春が最初に明香里に気づいて大声を上げ、他のふたりもこちらに顔を向けて手を振る。

「ごめん」別に時間に遅れているわけではないが明香里はみんなに詫びた。

それにしても、美紀はピンク、葵は黄色、そして自分は紺色と、別に示し合わせて選んだわけでもないのに、見事にかぶっていないことに感心する。

この四人と今日の主役の恵梨は静岡市内にある清光高校の同級生だ。みんながみんな同じクラスではなかったが、テニス部だった。明香里は東京の大学を出て現在は練馬区内にある小学校の事務員をしているが、恵梨も含めた四人は地元の大学に進んで静岡市内で働いていた。

「じゃあ、行こうか」

葵の言葉に頷き、みんなに続いて吹き抜けの階段を上っていく。二階にある会場の入口付近はたくさんの人で賑わっていた。

「ちょっと待って」と明香里は言って、ウエルカムボードの前で足を止めた。みんなも寄ってくる。

まわりにきれいな花をあしらったボードに、新郎新婦それぞれの時代を切り取った写真を貼りつけている。その中には高校のテニス部の写真もあった。部を引退するときに撮った三年生五人の写真だ。

新郎の名前は招待状で知っていたが、年齢や職業やどういうきっかけで付き合い始めたのかは知らない。三ヵ月前に届いたＬＩＮＥでいきなり結婚すると知らされた。今年の正月に実家に戻ったときにみんなで食事をしたが、そのときには恵梨はたしか彼氏はいないと言っていたはずだ。

「新郎の中谷さんって何をしてる人なの？」恵梨と特に仲のよさそうな美紀に訊いた。

「あ、聞いてない？　弁護士だよ」

明香里が言葉を返す前に、「えっ、そうなの？」と千春が反応した。

「旅行会社のＯＬと弁護士っていうのが結びつかないんだけど」

「今年の三月に中谷さんが恵梨の勤める旅行会社を客として訪ねて、それで見初められたって本人は言ってたけど。でも、わたしの勘だと逆ナンだね」

「それにしても、三月に出会って十一月に式とはなかなかのスピード婚だね」

「ここだけの話、デキ婚ってやつ」

明香里は驚いて、「本当!?」と訊き返した。

「うん。今、六ヵ月だって。子供が生まれる前にどうしても式を挙げたいって、ふたりでそうとう式場を探し回ったみたいだよ」

「それで今日なんだ」千春が納得したように頷く。

土曜日であるが今日は仏滅だ。

「今どきそんなこと気にする若いカップルはいないでしょう。恵梨は年内で仕事を辞めて、専業主婦になるんだって」

美紀の言葉に、千春がうっとりとした眼差しで口を開く。

「いいなあ、弁護士夫人なんて。じゃあ、今日の式にも弁護士先生がけっこう来てるってことだよね」

「まあ、何人か来てるんじゃない？　さすがに向日葵のバッヂはつけてないだろうけど」

「わたしの嗅覚で何としてでも捜し出す！　歓談の時間になったら一緒にお酌して回ろうよ」千春がそう言いながら美紀の腕をつかんでせがむ。

「何言ってんのよ。あんたのまわりにだってお医者さんの先生がごろごろしてるでしょう」

「病院に勤めてるっていったって、管理栄養士だから先生と接する機会なんてほとんどない。入院してるおじいちゃんやおばあちゃんから、うちの孫の嫁にどうだとよくスカウトされるけどさ」

千春と美紀のやり取りを聞きながら、明香里は少しばかりのショックを受けていた。恵梨から妊娠したことを知らされていなかったのもそうだが、それ以上に先を越されてしまったということに対してだ。

学生時代から常々、自分の夢は早く結婚して出産することだと友人に話していた。もちろん恵梨にもそうだ。

子供の頃から明香里は母のことが大好きだった。自分の親だからそう思うのは当たり前のことだが、好きという以上の憧れを抱いていた。

明香里を産んだとき、母は二十三歳と若かった。専業主婦だった母は家にいるときにはいつも明香里や四歳年下の弟の涼介の相手をしてくれ、手作りのお菓子などもよく作ってくれた。家に遊びに来た同級生たちは、若くて気さくで料理好きできれいな母を自分の親と比較して羨ましがった。自宅の近くで建築事務所を営む父も、仕事よりも家族を第一に考える人で、明香里と涼介とよく一緒に遊んでくれた。中学生になっても高校生になっても明香里には反抗期は訪れず、休日には家族で旅行するか、母とふたりで買い物に行ったりお茶したり映画を観(み)に行ったりしていた。

早く結婚して体力のある若いうちにたくさんの子供を作って幸せな家庭を築きたい。

いつしかそれが明香里の夢になっていた。

居心地のいい実家を離れて大学からひとり暮らしを始めようと思った理由のひとつは、あまり家族とべたべた仲良くし過ぎていると、いい相手を見つけられずに婚期を逃してしまうかもしれないと危惧(きぐ)したからだった。

もしかしたら妊娠していることを伝えなかったのは、恵梨なりに明香里に対する気まずさがあったからかもしれない。

ひとしきり恵梨の話に興じると、明香里たちはウエルカムボードから離れて受付に並んだ。ご祝儀袋を渡して芳名帳(ほうめいちょう)に記入するとチャペルに向かう。

中に入るとすでにたくさんの人たちが着席していた。空いていた後方の席に四人並んで座る。明香里はバージンロードに近い内側の席で式が始まるのを待った。司会者の声に全員が起立すると、外国人の神父が現れて開式の宣言をする。

黒いタキシードを着た新郎がチャペルに入り、反対側の席に座る友人たちに茶化されながら聖壇前に向かう。パイプオルガンの音色とともに白いウエディングドレスを着た恵梨が現れ、父親に伴われてゆっくりとした足取りでバージンロードを進む。

まわりの人たちと同じようにスマホで写真を撮りながら、まだ見たことのない燕尾服姿の父とバージンロードを歩くときを想像する。

そのときの父も、今の恵梨の父親のように涙ぐむのだろうか。それともやはり、自分が好きな優しい笑みを浮かべるだろうか。

聖壇前で神父を挟んで新郎と新婦が向かい合う。神父による誓約の言葉が始まり、「はい、誓います」と新郎が答える。続いて神父が恵梨に目を向ける。

「恵梨さん。あなたは広志さんと結婚し、夫としようとしています。あなたはこの結婚を神の導きによるものだと受け取り、その教えに従って、妻としての分を果たし、常に夫を愛し、敬い、慰め、助けて、変わることなく、その健やかなるときも、病めるときも、富めるときも、貧しきときも、死がふたりを分かつときまで、命の灯が続く限り、あなたの夫に対して、堅く節操を守ることを誓いますか」

「はい、誓います」と告げる恵梨を明香里は羨望の思いで見つめた。

二次会を終えて家に着いたときには夜の十時を過ぎていた。

鍵を外してドアを開けると、その音を聞きつけたように母がすぐに玄関にやってきた。

「なかなかセンスいいじゃない」

玄関口に立つ娘を見て開口一番に母が言った。

「ありがと。でも、まわりに比べてえらく地味だったよ」明香里はそう返しながらハイヒールを脱いで玄関を上がった。

「人の結婚式で目立ってもしょうがないでしょう」

「それもそうだけどさあ」

リビングに入ると、誰もいない。

「ふたりは？」明香里は母に訊きながらソファに座った。

「お父さんは珍しく依頼主のかたと打ち合わせついでに飲みに行ってる。涼介は友達と飲み会だって」

弟の涼介は地元の大学に通う四年生だ。

「ねえねえ、早く恵梨ちゃんの写真を見せてよ」母がそう言いながら明香里のスマホをせがむ。

恵梨を含めてテニス部の同級生は何度か家に遊びに来たことがある。母はいまだに全員の顔と名前を覚えている。

明香里はバッグから取り出したスマホを操作して母に渡した。「素敵ねえ」と連呼しながら母が目じりを下げて写真を見ていく。

「東原さんとはどうなってるの？」ふいにスマホからこちらに視線を移して母が言った。

「どうって……普通だよ」

会わせたことはないが実家に帰るたびに恋人の航平の話はしている。

「結婚の話とかは出ないの？」

「今のところは……ね」

「今度うちに連れてらっしゃいよ」

「うん……まあ、でも、今は忙しそうだからしばらく難しいかも」

航平は自分よりもひとつ年上で、市谷にある大手出版社に勤務している。入社してしばらく営業部にいたが、昨年の春に文芸部に異動になってからそれまで以上に忙しくなったと、会える時間が少なくなっていた。

航平とは大学在学中に友人を介して知り合った。いわゆる合コンというやつだ。他の男性に比べて取り立てて話が面白いわけでもなく、ルックスもいたって普通だったが、きちんと人の話を聞こうという姿勢や、他の人たちに料理を取り分けたりするなどのさりげない気配りに好印象を抱いて、帰り際にＬＩＮＥ交換をした。

数日後にＬＩＮＥに誘いのメッセージが届き、その週末にふたりで映画を観に行った。それから定期的に一緒に出かける仲になったが、すぐにお互いの趣味や好みが合わないことに気づいた。明香里は恋愛小説が好きで、映画を観るといえばだいたいがラブコメか、もしくは文芸大作と謳われる感動できるものだ。かたや航平はミステリー小説がこよなく好きで、ひっきりなしに車が横転したりビルが爆発したりするアクション映画か、戦争映画を選ぼうとする。食事に関しても明香里がイタリアンかあっさりとした和食を好む一方、航平は焼き肉や胸焼けしそうな豚骨系のラーメンを食したがる。

お互いに好きなものを譲歩しつつの交流だったが、それでも航平と一緒にいる時間が心地よく感じられた。

付き合ってほしいと告白されたのは出会ってから三ヵ月ほど経った頃のことだ。横浜に遊びに行ったときに、みなとみらいにある観覧車の中で言われた。外には夕焼けに照らされた海と周辺にある高層ビル群から放たれる無数の光で、星のようなきらめきが広がっていた。観覧車に乗る少し前からしきりに腕時計をチェックしていたのは、この景色を見せるためだったのだろう。

明香里が好みそうなシチュエーションを柄にもなく必死に考えている航平を想像しておか

しくなり、噴き出しながら頷いた。

付き合ってから五年近くになるが、不満に思うところはほとんどない。誠実な人柄や優しさはあの頃から変わらない。ただ、さりげなく今後の話をしても、結婚という言葉がいっこうに出てこないのが唯一の不満だ。明香里は社会人四年目にしてすでに結婚資金として百万円以上の貯金をしているというのに。

もともと小説好きが高じて出版社に入ったので、今の仕事が楽しくてしかたなく、しばらくはプライベートよりも編集者の仕事を優先させたいと思っているようだ。

「若いのに芹沢史郎の担当をしてるんでしょ。すごいわよねえ」

母の口からその名前を聞いて少しばかり不機嫌になる。

芹沢史郎はそれほど小説を読まない母や父や涼介さえも知っている有名なミステリー作家だ。作品の多くが映画やドラマになっていて、複数の出版社から出されている小説のすべてがベストセラーになっている。

たしかに彼氏がそんな作家の担当を任されているのは誇らしくもあるが、同時に腹立たしい思いをさせられたのも一度や二度ではない。

芹沢史郎は担当編集者の人使いが荒いようで、休日であってもおかまいなしに連絡してきたり、急に呼び出されることもあって、デートを途中で打ち切らされたことも多々ある。

「今度、サイン本を頼んでおいてよ」

母に言われて、明香里は頬を膨らませる。

「もらってもどうせ読まないでしょ」

「読むわよお。東原さんが来たときの話題にしなきゃならないし」

そもそも明香里はミステリー小説が好きではない。どこか現実離れした境遇の人たちが殺したり殺されたりして、夢も希望も感じられない物語のどこが面白いのだろうと思う。以前、航平からお勧めだという本を渡されたが、それもやはりそんな感じの話で、真ん中あたりまで読んだところで投げ出してしまった。タイトルすら覚えていない。

「あの人の作品なんか図書館で借りればじゅうぶんだよ」明香里は言い切った。

「彼氏の仕事相手なのにひどい言いかたね」

「彼氏の仕事相手だから言うのよ」明香里は溜め息を漏らして立ち上がった。「今日は楽しかったけどちょっと疲れた。そろそろ着替えて寝るね」

「お父さん、もうすぐ帰ってくるってさっきメールがあったよ。ドレス見せてあげてから寝たら？」

「人の結婚式で着たドレスを見せても、それほど嬉しくないでしょう」

「それもそうね」

母からスマホを返してもらい、明香里はリビングを出て洗面所に向かった。洗顔と歯磨きをして階段を上る。二階にある自室はここを出て行ったときの状態のまま残しておいてくれている。ドレスからスエットに着替えると、ベッドに寝転がってＬＩＮＥにつないだ。

『今さっき実家に着きました。新婦さん、すごくきれいだったよ』

結婚式の写真とともに航平にメッセージを送る。

『お疲れ様でした。ひさしぶりの実家でゆっくり休んでね』

可愛いクマのキャラクターが添えられているが、結婚式については一言も触れていないことに不満を抱く。

すぐにメッセージが追加された。

『ところで再来週の金曜日だけど、十八時半にここを予約してるから』

メッセージとともにお店の情報が貼りつけられている。『ベッラドンナ』という店名を見て心が浮き立った。

都内のレストランに馴染(なじ)みの薄い明香里でもその名前は知っている。渋谷の松濤(しょうとう)にある高級イタリアンで、ミシュランガイドで二つ星になった店だ。

少し前に明香里の部屋で航平と一緒に観ていたテレビ番組で紹介されていた店で、特に生うにを使ったトマトクリームのパスタが絶品だとレポーターが言っていた。

いつか行ってみたいなという明香里の呟きを覚えていてくれたようだ。予約を取るのも大変だっただろう。

再来週の金曜日——十一月十六日は明香里の二十六歳の誕生日だ。

『わかった。楽しみにしてるね』

大喜びするウサギのキャラクターを添えてメッセージを送る。

もしかしたらその日に特別なことを考えてくれているのではないかと想像してしまい、それからしばらく経っても眠ることができなかった。


階段を上って地上に出ると、まばゆい街の輝きが視界に広がると同時に人いきれに包まれた。

十一月半ばだというのに額が汗ばむのを感じながら、明香里は東急百貨店のほうに向かって歩いた。

金曜日の夜とあってか、前に渋谷に来たときよりも歩いている人が多い。行き交う人たちのほとんどが楽しそうに映ったが、今この街にいる中で一番心を浮き立たせているのはきっと自分だろうと思える。

東急百貨店の前まで来ると、明香里はバッグからスマホを取り出した。この百貨店の裏手が松濤だ。スマホで『ベッラドンナ』の場所を調べ、地図を頼りに周辺を歩く。

手の中でスマホが震え、画面に航平の名前が表示される。

「もしもし……もうすぐ着くよ」明香里は電話に出て言った。

「……ごめん。今日、行けなくなった……」

航平の暗い声が聞こえて足を止める。

「どういうこと？」

「芹沢さんから緊急の調べものを頼まれて、これからそれをしなきゃいけない」

その言葉を聞いて、頭がかっと熱くなる。

「ちょっと……今日が何の日か知ってる？」電話越しにも今の自分の思いが伝わるよう刺々しい口調で言った。

「もちろん知ってるさ。明香里の二十六歳の誕生日。この埋め合わせは絶対にするから。本当にごめん……」

「別に『ベッラドンナ』は今度でもいいけど、今日中に少しでも会えないの？　航平の部屋で待っててもいいから」

航平は練馬駅の近くにあるマンションでひとり暮らしをしている。お互いの部屋の鍵は渡し合っていて、相手がいなくても寄ることがある。着替えは常備していないが明日は休日なので、下着だけどこかで買っていけばいいだろう。少しだけでも今日という日を航平と過ごしたい。

「おそらく今日中には終わらない。ごめん、そろそろ切らなきゃ……」

「ちょっとひどくない」

「しょうがないだろう！　九時五時の仕事じゃないんだし、おれの代わりはいないんだから。今おれがやらなきゃ今月の原稿を落とすことになるんだ」

「そんなの……」

わたしの知ったことじゃない――

「……ごめん。また連絡する」

電話が切れ、スマホをバッグにしまうと明香里は踵を返して渋谷駅のほうに向かった。努めて何も考えないようにする。

地下道への階段を下りようとして、ふと足を止めた。このままひとりで家に帰るのは虚しい。かといって、ひとりでクラブやバーに行く勇気もない。

先日観たテレビ番組のスイーツ特集で渋谷の店が紹介されていたのを思い出す。見た目が可愛らしくておいしそうなケーキだった。

たしか店は渋谷駅の向かい側だったと、明香里は歩き出した。駅前のスクランブル交差点の手前で立ち止まる。

こちら側にいる人たちも、あちら側にいる人たちも、あいかわらず楽しげに映った。でも、今の自分の気持ちは先ほどと打って変わってくすんでいる。

信号が青に変わり、気持ちを奮い立たせながら明香里は足を踏み出した。大勢の人たちが交差していく中で、向こうから歩いてくる人と目が合った。眼鏡をかけた若い男だ。気のせいか、男が明香里のほうに進路を変えたように感じる。視線をこちらに据えながら、肩にかけたバッグから何かを取り出して近づいてくる。

男が手に持ったものが目に留まり、呆気にとられた。

斧――？

まわりの喧騒をかき消すようなギャーッという奇声を発して、男が駆け出してくる。斧のようなものをこちらに振り下ろそうとするのが見えて、とっさにバッグを自分の顔のほうに上げた。次の瞬間、右の頰に衝撃が走り、明香里はバッグを落とした。痛みのあまり、そのままアスファルトに膝をつく。

あたりから悲鳴が聞こえてくるが、何が起こったのか理解できない。

すぐに背中のあたりが焼かれたように熱くなる。前のめりに倒れてからも、身体のあちこちが内側から爆発するような痛みに苛まれる。

それらの痛みが鈍くなり、意識がぼんやりとしていくが、「死ね――死ね――」と遠くから聞こえる男の声がふたたび現実の痛みを引き起こす。

自分はこのまま死ぬのだろうか――

助けて……死にたくない……こんなところで死にたくない……

航平――助けて――

身体中に激しい痛みが駆け巡り、視界が真っ赤に染まる。

「やめろ！」

どこからか声が聞こえて、自分の身体から何かが引き抜かれるのを感じる。同時に大量の液体が外に流れ出る音が聞こえる。激しい痛みに耐えながら、音のするほうに片手を伸ばす。指先が生温かい液体に触れる。

遠くから男たちの怒声が聞こえる。その音が静まった次の瞬間、大きな音とともに目の前に男の顔が現れる。

眼鏡をかけていないので先ほどの男ではない。それに先ほどの男よりも老けている。

男は片方の頬をアスファルトにつけた状態でじっとこちらを見つめている。蒼白(そうはく)な顔で、小刻みに口もとを震わせていた。

何か話そうとしているのだろうか。でも、すぐ目の前にいるはずなのに聞き取れない。

どうしても聞かなければならないように思えて、痛みをこらえながらさらに近づいていき、男の口もとに自分の耳を近づける。

約束は守った……伝えてほしい……

荒い息とともに漏れる途切れ途切れの言葉を聞きながら、男の姿がかすんでいく。

待って――行っちゃダメ――行かないで――

必死に訴えかけながら、視界が闇に覆(おお)われた。

2

「そっか、じゃあ、このネタは使えないな。お疲れさん」

その言葉を残して電話が切れると、東原航平は背もたれに掛けた上着を羽織って椅子から立ち上がった。

「先ほどは、ありがとうございました」

編集長の工藤(くどう)に声をかけると、「芹沢さんのほうは片づいたのか?」と訊かれた。

「ええ、何とか。ただ、このネタは使えないなとおっしゃっていましたけど」

航平は答えながらスマホの画面を見た。もうすぐ夜の十時二十分になる。

「災難だったなあ。調べものがあるならもう少し早く報せてくれるとありがたいんだが。今日は彼女の誕生日で、どっかで会う約束をしてたんだろ」苦笑を浮かべながら工藤が言う。

「まあ、仕事のうちですから。それじゃ、お先に失礼します」

工藤に挨拶すると、航平は編集部を出てエレベーターホールに向かった。ボタンを押して思わず溜め息が漏れる。

装幀家の西島との打ち合わせを終えて渋谷に向かっているときに、芹沢から電話がかかってきた。

芹沢には自分が担当している月刊文芸誌に連載小説を書いてもらっている。だが、今日かかってきた用件は他社で書いている小説のことだった。

巷でよく見かける押しボタン式信号機は、押された時間を記録しているものなのかどうかが知りたいと芹沢は言ってきた。

今書いているミステリー小説の仕掛けとして重要な要素になるらしく、いい加減なことを書くわけにはいかないのでネットで調べてみたが、どうにも確信が持てないということだった。

その小説を担当している編集者は他の作家と地方に取材に出かけていてすぐには調べられないとのことで、今日中に調べてほしいと航平のもとにその役割が回ってきたのだ。

他社の小説のことだから、何か適当な理由をつけて断ることもできたかもしれない。でも、そういった要望に応えていくことで、自分への信頼を深めてもらい、ひいては他社よりも優先して書いてくれることになるだろうという思惑もあり、たいがいの頼みごとは引き受けるようにしている。人となりはともかく、少しでも多く一緒に仕事をしたいと自分に熱望させる小説を書く作家なのだ。

芹沢との電話を終えると航平はそのまま新宿にある大型書店に行き、関連しそうな本を当たってみた。それでもわからず職場に戻りあれこれ調べたが、どうにも見当がつかず困っていた。たまたま編集部に戻ってきた編集長の工藤に警視庁に電話で訊いてみればと言われて、ようやく信憑性のある答えを得た。編集者としての未熟さを痛感しながら芹沢に連絡して、何とか今日の仕事を終えた。

握ったままのスマホに自然と目が向き、明香里とのやり取りを思い返す。早く調べなければならないと焦っていたので、会話の最後のほうは荒い口調になってしまった。

あれだけベッラドンナで食事するのを楽しみにしていたのに——

さすがに誕生日の約束をキャンセルするのが他社の小説のためだと言えなかったことも、自分の罪悪感を煽る。

今頃、明香里はひとりきりの部屋で自分の誕生日を過ごしているだろう。

明香里が住んでいるマンションは清瀬(きよせ)にある。これから急いで駆けつければ日付が変わる前に会えるだろう。

エレベーターに乗り込むと、航平はLINEにつないでメッセージを送った。

『今日は本当に悪かった。今、仕事が終わったから、これから明香里の部屋に行こうと思うんだけど』

会社を出ると早足で市ヶ谷駅に行って電車に乗った。清瀬に向かっている間、何度となくLINEをチェックしているが、明香里からのメッセージが届かない。そればかりか航平が送ったメッセージに既読がつかない。

寝てしまっているのだろうか。いや、そうとう怒っていて、自分のメッセージを無視しているのかもしれない。

清瀬駅に降り立つと、航平はマンションに向かう前に明香里に電話をかけた。留守電のメッセージが流れ、何も言わないまま電話を切った。

これからどうしようかと迷う。このまま練馬の自宅に戻って少し冷却期間を設けたほうがいいだろうか。いや、できるだけ早く謝ったほうがいいだろう。

明香里はけっこう引きずる女性だった。ちょっとしたことで言い争いになってもすぐに仲直りできない。そういうところがたまに面倒くさいと思ってしまう。

憂鬱(ゆううつ)な気持ちを引きずりながらこれからの数日間を過ごしたくないと、航平は清瀬駅から歩き出した。途中にあるコンビニに立ち寄り、明香里が好きなハーゲンダッツのストロベリー味のアイスクリームを四つ買って彼女のマンションに向かう。

航平は開口一番に何を言おうかと考えながらマンションのエントランスに入り、一応オートロックのボタンを押して呼び出した。だが、何度か押してみたが応答がない。鞄からキーケースを取り出し、明香里の部屋の鍵を機械にかざしてオートロックのドアを開けた。エレベーターで三階に向かう。

三〇二号室のベルを鳴らしてみたが、やはり応答がない。鍵を差し込んでドアを開け、航平は中に入った。

明香里の部屋は１Kだが、玄関を入ってすぐのところにあるキッチンは真っ暗だった。

「……明香里、おれだけど」

奥の部屋に向かって呼びかけてみたが、応答がない。電気をつけて靴を脱ぐと奥の洋室に向かった。だが、そこにも明香里の姿はなかった。

どうしたのだろう。あれからどこかに飲みに行ったりして、まだ帰っていないのだろうか。

しかし、明香里がひとりで飲みに行くことは今までなかった。彼女は小心者なところがあり、ファミリーレストランでさえひとりで入らない。

友人を誘って一緒に飲んでいるのだろうか。そうだとしてもこんな遅い時間まで帰っていないというのは彼女らしくない。

もしかしたら航平の部屋にいるのではないだろうか。そういえば夕方の電話で、航平の部屋で待っててもいいからと明香里が言っていたのを思い出す。

ＬＩＮＥのメッセージさえ返してくれていればこんな手間にならずに済んだのにと、溜め息が漏れる。

時間を確認すると、もうすぐ十一時四十分だ。池袋行きの最終電車は十一時五十二分だから急がなければならない。

航平はアイスクリームを冷凍庫に入れるとすぐに部屋を出て駅に向かった。

ぎりぎりで最終電車に間に合い、ほっとしながら座席に腰を下ろす。この車両には自分しか乗っていない。ここから練馬駅までは二十分ほどだ。何の気なしに車内の液晶パネルを観ていると、ニュースに切り替わった。画面に映し出された文字を見て、どきっとして思わず座席から立ち上がった。

もっとよく見たいと画面に近づいたが、次のニュースに切り替わってしまう。もどかしい思いでしばらく待っていると、ふたたび先ほどのニュースが流れた。

『渋谷のスクランブル交差点で通り魔事件が発生。三名の男女が死傷』

先ほど目にした大文字の下に書かれている文面に目を通していく。

『16日午後6時30分頃、渋谷駅前のスクランブル交差点で刃物を持った男が通行人の男女3人を斬りつけ、駆けつけた警察官によって現行犯逮捕された。男性ひとりが死亡、20代の女性ふたりが重傷』

今日の午後六時半頃――渋谷のスクランブル交差点で――

まさか、そんなことあるはずがない。

すぐに心の中で自分に言い聞かせたが、嫌な胸騒ぎが収まらない。

航平は上着のポケットからスマホを取り出して明香里に電話をかけた。

耳に流れてくる留守電のメッセージを苛立(いらだ)たしい思いで聞く。ようやくピーという機械音が鳴り、すぐに口を開いた。

「もしもし、おれだけど……明香里、今どこにいるんだ？　おれの部屋にいるのか？　これから練馬の部屋に戻るけど心配だから、これを聞いたらすぐに折り返してくれないか。頼む……」

電話を切ると明香里のＬＩＮＥにも同様のメッセージを残した。

足に力が入らず、よろよろしながら座席に腰を下ろす。スマホをネットにつないで『渋谷』『通り魔』の文字で検索をかけた。

検索結果として並んだ事件に関する複数の記事を読んでみたが、どこにも被害者の名前は出ていない。だが、ふたりの女性はいずれも二十代だと書かれている。男性については名前も年代も出ていなかった。

ネットには事件発生直後の様子を撮影したという動画も投稿されている。

航平は恐る恐る動画を再生した。次の瞬間、誰もいない車内に悲鳴が響き渡った。

航平はスマホの画面を見つめながら息を呑んだ。

夜のスクランブル交差点で必死の形相で逃げ回る人々、刃物を振り回しながら暴れる男を制服警官が取り押さえる様子を目の当たりにして戦慄を覚える。

食い入るように画面を見ていたが、被害者と思しき人の姿は確認できなかった。

タクシーを降りて渋谷警察署に近づいていくと、もうすぐ深夜の二時を回ろうというのにあたりは喧騒に包まれていた。大きなカメラを抱えた人たちやマイクを握ったレポーターらしい人たちがたくさん集まっている。

練馬のマンションにも明香里がいないのを確認すると、焦燥感に駆られながらタクシーに乗ってここまでやってきた。

マスコミの群れをすり抜けながら航平は警察署に入った。ためらいながら受付に向かうと、その場にいた制服姿の女性がこちらに目を向けた。

「あの……スクランブル交差点で起きた通り魔事件のことについてお訊きしたいんですが」

航平が切り出すと、女性が怪訝そうな顔になった。

「あ、マスコミのかたでしたら……」

「いえ、違うんです」航平はすぐに女性の言葉を遮った。「自分の知り合いがその時間帯に渋谷にいたんですけど……ずっと連絡が取れなくて……もしかしたら……と……」

「そのかたのお名前は？」

「浜村明香里です」

航平が名前を告げると、女性が表情を変えた。

「お知り合いとおっしゃっていましたが、ご友人のかたですか？」先ほど見せていた怪訝さとは打って変わって、親身な口調で女性が訊いてくる。

「友人といいますか……恋人です」女性の対応の変化に戸惑いながら航平は言った。

まさか、明香里は被害者だというのか？

「ちょっとこちらにいらしてもらえますか」

そう言いながら女性が受付から出てきた。女性に案内されて一階にある『総合相談室』とプレートが掲げられた部屋に航平は入った。白い大きなテーブルに四脚の椅子が備えられている。

「こちらでお待ちください」

手で着席を促して女性が部屋を出た。椅子に座ってしばらく待っていると、ビニール袋のようなものに入れたスマホを持って女性が戻ってくる。

「あの……明香里……いや、浜村さんは」

航平が問いかけると、向かいに座った女性が憐憫(れんびん)の表情を浮かべた。

「浜村さんは近くにある神宮前病院に搬送されました」

深い落胆が胸に広がった。

「間違いなく彼女なんでしょうか」

「所持品の中に免許証がありました。浜村さんにご家族はいらっしゃいますか」

女性に訊かれ、航平は頷く。

「静岡に両親と弟さんがいます」

「連絡先はおわかりでしょうか」

「いえ……スマホに登録されてるのではないかと思いますが」

「パスワードがわからないので開けないんです。朝になったら携帯電話会社に問い合わせようと思っていたところで……」

「そんなこと明香里に訊けば……」

「意識不明の状態で集中治療室に入っています。かなり……危険な状態だと聞いています」

遮るように女性に言われ、目の前が真っ暗になる。

「できるかぎり早くご家族のかたにお知らせしたいと思っていますが、パスワードに心当たりはないでしょうか」

心がかき乱されながらも航平は必死に考えた。

「……どうかわかりませんが、とりあえず思いつくのは921116です」

921116——一九九二年十一月十六日。明香里が生まれた日だ。

女性が番号を復唱しながらビニール越しに中に入ったスマホを操作する。すぐにこちらに顔を向けて「違うようです」と言う。

「911213では？」

当てずっぽうで言ったが、女性がその番号を押すとスマホのロックが解除された。

一九九一年十二月十三日——航平の誕生日だ。

3

「ルミちゃんの性感帯はどこなの？」

薄暗い個室の中で溝口省吾が訊くと、狭いベッドで隣に座った茶髪の女が上目遣いにこちらを見て首をひねった。

「どこかなあ……どこでもけっこう感じちゃうけど」

女がそう言いながらピンクのキャミソールの裾をめくった。省吾の手をつかんで、あらわになった太腿の内側あたりに添えさせる。

「……しいて言うなら、このあたりが一番感じちゃうかな」

「こんな感じで触られると？」

そう言いながら省吾が愛撫すると、「うっ……」と女が下半身をびくつかせた。

「じゃあ、好きな体位は？」

もてなしながらさらに訊くと、「やっぱ、正常位？」と答える。

多少打ち解けてきて取材の波が乗ってきたと思っていた矢先、ぎしぎしとベッドが軋む音や、激しい息遣いや喘ぎ声などが隣の個室から薄い壁越しに聞こえてくる。

「ごめんね。うちの事務所狭いからこんなところで。いつもはやっぱ、そういうところで話すの？」

「事務所で取材することもあるけど、おれはこういうところで話を訊くほうが好きだな。なんか臨場感（りんじょうかん）があってさ」

　臨場感などは正直どうでもいいが、事務所や喫茶店などで先ほどのような卑猥（ひわい）なことを臆面もなく訊くのは抵抗がある。いや、抵抗というよりも、自分がどうしようもなく惨（みじ）めに思えると言ったほうが正しいだろう。

　エロやゴシップネタが中心の週刊誌で風俗記事を書くようになってもうすぐ二年になるが、この仕事にやりがいを感じたことなど一度もない。ただ、施設を出てから十三年間いろんな世界を漂ってきて、とりあえずたどり着いてしまった生業（なりわい）に過ぎない。

　だが、それでも二年間こんなことをしているうちに、文章を書くのと、知らない人間と接するのが案外苦にならないことに生まれて初めて気づかされた。

「臨場感っていうなら、実際にサービスを受けながら取材する？　溝口さん、けっこうタイプだからそれでもいいよ」冗談とも本気ともつかない口調で女が言う。

「そうしたいのはやまやまだけど、クライアントからそういう行為は厳しく禁止されててさ」省吾はやんわりと嘘（うそ）をついた。

　人前で肌をさらしたくないだけだ。

「ところでさ……ルミちゃん、年いくつ？」

　省吾が訊くと、「さっき言ったじゃん。二十歳だよ」とルミが笑いながら答える。

「本当は？」ルミをじっと見つめながら、穏やかな口調でさらに訊いた。

「二十歳には見えないってこと？」

不服そうな表情でルミに問われ、「そうじゃないんだ」と省吾は返した。

「さっきから話を聞いてて、二十歳にしてはずいぶんとしっかりした女性だなって感じたから。もしかしたらけっこう社会経験を積んでるのかなってね」

「本当にそんなふうに思う？」機嫌を直したようにルミが笑みを浮かべる。

「ああ。自分で言うのもなんだけど、人を見る目にはけっこう自信があるんだ。何て言ったって取材でたくさんの人に会ってるからさ」

省吾はちらっと腕時計に目を向けて、すぐにベッドの横に座るルミに視線を戻した。

「約束の時間までまだ二十分ほどあるでしょう。取材で訊きたいことは一通り訊いたし、ルミちゃんとちょっと世間話でもできたらなって」

「それも記事に載せるの？」

「もちろんオフレコで」

読者は風俗嬢の身の上話などに興味はない。ルックスと、どれぐらいの金額で遊べるのかが知りたいだけだ。

省吾の話を聞いて、考え込むようにルミがうつむく。

こういう振りをすれば、十中八九は話してくれる。

風俗で働いている女の多くは、他人にプライベートな話をすることに抵抗感を持っているが、同時に自分の話を人に聞いてもらいたいという欲求も強くあるのではないかと、これまでの経験から感じている。

「……本当は二十四」少しためらうようにルミが言った。

「そう。この仕事はダブルワーク？」

省吾が訊くと、ルミが首を横に振る。

「もう三年ぐらいこの仕事一本でやってる。この年になっていったい何やってるんだろうって、たまに考えちゃうけど……子供の頃は、二十代半ばの自分がこんなふうになってるとは思ってもいなかった」

「子供の頃は、どんなふうになっていると思ってた？」

「そうだなあ……学校の先生とかに憧れてたかも。小学校の……」

「学校が好きだったんだ？」

「勉強がそんなにできるほうじゃなかったからそれほど好きってわけじゃなかったけど、家にいるよりはマシだったから。それに安定してるじゃない」

「家が好きじゃなかった？」

　省吾が訊くと、「そうだね……」とルミが頷く。

「父親はろくに仕事もしないで酒ばっかり飲んでたから」

「お母さんは？」

「わたしが小学校二年生のときに、浮気相手とどこかに消えちゃった。飲まなきゃやってられない気持ちもわからないでもないけど。生活保護でもらったお金もほとんどお酒やパチンコ代に消えちゃって、食べる物も着る物もまともに与えてもらえなかった」

　貧困家庭における育児放棄だろう。

　脳裏に忌々しい記憶があふれそうになるのを必死に抑えつける。

「同級生から貧乏人って言われたり、バイキン扱いされて無視されたりしたけど、それでも学校にいるときのほうがはるかにマシだった。学校に行けば給食を食べられたし、それに家にいても居場所なんかなかったしね。父親は酔っぱらうと最初は物に当たったって、次にはわたしにも暴力をふるうから。父親が酔いつぶれて寝ちゃう時間まで家に帰らないように、児童館や図書館で過ごしてた。もちろんひとりでね」

「お父さんとはまだ一緒に暮らしてるの？」

　省吾が訊くと、「まさか」とルミが大仰な声を上げた。

「わたしはその頃秋田に住んでたんだけど、高校一年生のときに家を出てから父親とは会っていないし連絡も取ってないから、今どうしているのかはわからない」

「高校を中退して家を飛び出したってこと？」

「そう」

「いじめに遭ったりしたの？」

「高校ではそういうわけでもなかったかなあ。わたしが通っていたのは誰でも受け入れるような定時制高校で、同級生たちは昼間働いてたりする人が多かったから、いじめなんかする気力もなかったみたいで学校にいる間はだいたい寝てたよ」

「じゃあ、どうして……」

「父親がお金を払ってくれなかったから。たいした金額じゃないのに、『学校に行きたいんなら自分で働いて払え』って。アルバイトはしてたけど、その言葉に何かプチンと切れちゃって、『それならもういい』って」

「それで今の風俗の仕事に就いたの？」

「さすがにそれはないよ」ルミがそう言いながら笑う。

「東京に来たときにはまだ十六歳だったし。最初は寮のある工場で働いてた。コンビニで売ってる弁当を作る工場で。でも、来る日も来る日もロボットみたいに同じ作業ばっかりで飽き飽きしてたし、それに三交代制だから時間も不規則で不眠症になったり精神的にもきつくなって、二年ぐらい働いて辞めちゃった」

「でも、工場を辞めたら寮からも出て行かなきゃいけないよね」

省吾を見つめながらルミが頷く。

「貯めてたお金で五畳ぐらいの安アパートを借りた。それで、もう少しまともな仕事に就こうとハローワークに通ったんだけど、中卒の自分にできる仕事なんてほとんどなかった。ハローワークの人から、職業訓練でヘルパー二級の資格を取ったらどうかって勧められたの。資格を取って埼玉の和光市にあるグループホームで働き始めた」

「正社員で？」

「そう。たしか手取りが十五万円ほどだった。そこの仕事は工場のときよりさらに過酷で、不眠がもっとひどくなった。それだけじゃなくて、休みのときとかは何もやる気が起きなくて、ベッドの中でひたすら寝るような状態になった。そのうち死にたい、死ななきゃいけないっていう気持ちが湧き上がってくるようになって……」

ルミの話を聞きながら、省吾はさりげなく彼女の手を見た。

先ほど手をつかまれたときに気づいたが、彼女の手首には幾筋ものリストカットの傷跡がある。

「さすがにおかしいと思って精神科に行ったら、うつ病って診断された。けっきょく介護の仕事も続けられなくなって、グループホームも二年ほどで辞めた。新しい仕事を探そうっていう意欲も湧かなくて……しばらくは少しばかりの蓄えと失業保険で何とかしてたけど、そのうち家賃も払えなくなって部屋を追い出されて、ネットカフェで生活するようになった」

「生活保護を受けようとは思わなかったの？」

その状況であれば、申請すれば受けられるのではないか。

「それだけは絶対に嫌だった」ルミが嫌悪感を滲ませた表情で首を横に振る。

「どうして？」

「もちろん生活保護が本当に必要な人はいると思うし、そういう人は利用すればいいと思うけど、ずっとクズの父親を見てたから。自分はあんなふうにはなりたくないし、人からそう見られたくもないって。意地だね」自分に言い聞かせるようにルミが答えた。

「ネットカフェで生活していたときはどんな仕事をしてたの？」

「だるい身体に鞭を打って日雇い派遣の仕事をしてたけど、そのうち身体も気持ちもついていかなくなって……最初の頃は毎日働いていたのが、二日に一回になって、それが三日に一回、しまいには一週間に一回働くのもつらいって……その日暮らしていくお金にも困ってたときにネットカフェで知り合った女の子から教えてもらって、体調がマシなときには出会いカフェに行くようになった」

出会いカフェとは男女の出会いを仲介する特殊な飲食店で、女性は無料で出入りして飲食できる。そこに来る男が女と交渉して外に連れ出すシステムだ。自由な恋愛の場を謳っているが売買春の温床になっている。

「そこで男の人からお小遣いをもらってた？」

ルミが苦笑しながら頷く。

「いくらぐらいもらえるものなの？」

「食事だけだと五千円。ソフトだと一万で、本番だと二万円もらってたかな」

「へえ、そうなんだ」

何人もの女から話を聞いてだいたいの相場は知っていたが、とりあえず相槌(あいづち)を打った。

「最初はもちろん抵抗があったけど……それでも一、二時間我慢するだけで、工場やグループホームで働いた二日分以上のお金が手に入るからね。やめられなくなっちゃった。気づいたらそれが本職になってた」

「今も、うつ病の症状に苦しめられたりする？」

「本当にひどかった頃に比べたらかなり落ち着いたかな」

「それはよかった。じゃあ、今の生活に不満や不安は特にない？」

「不満や不安がないわけじゃないけど……わたしの人生、こんなもんだろうなって諦(あきら)めてるから」虚ろな眼差しをこちらに向けながらルミが言った。

「まだ二十四歳なのに？」

「生まれ持ったもので人生の大半が決まっちゃうんだよ」

ルミが呟いた言葉に、省吾は心の中で同意した。

「子供は親を選べないからさ。どういう親のもとに生まれてきたかってことで、その子供の人生の大半は決まっちゃう。ろくに働きもしない酒浸りでクズな父親と、そんな亭主と子供を捨てて浮気相手と蒸発しちゃうような薄情な母親のもとに生まれてしまったっていう時点で、わたしは人生を諦めなきゃならない」

黙ったままルミを見つめていると、彼女が寂しそうに笑った。

「溝口さんが何を考えてるかわかるような気がする」

「何？」

「そんなの、わたしの努力不足だって思ってるんでしょう」

「いや」

省吾が首を横に振ると、意外そうな表情でルミが小首をかしげる。

「おれもそう思うよ。どういう親のもとに生まれてきたかってことで、その子供の人生の大半が決まるって」

「ありがとう。本心かどうかはわからないけど……わたしの話を否定しないでくれて嬉しい」

本心だ。自分もクズな親のもとに生まれてしまったから。話を聞いているかぎりでは、彼女の親よりもさらにクズだった。

「以前、ちょっと気の合ったお客さんとこんな感じの話になったことがあったんだ。だけどその人には全然わかってもらえなかった」

「きみの努力不足だって？」

「そう……高校を中退したのを嘆くなら、働きながらでも高卒の資格を取ることはできただろうって。それに親の経済力がなくても、奨学金をもらって大学に行くことはできるし、そうすればわたしのなりたかった教師になることだって可能だっただろうって。わたしの言っていることはすべて言い訳なんじゃないかって……」

たしかにそうやって人生を切り拓いていける人間も中にはいるだろう。だが、そんなに簡単なことではない。

貧困家庭には子供の学費にかけるお金の余裕はない。

中には経済的に余裕がなくても、子供の将来を考えて何とかしようとする親もいるだろうが、そんなのはわずかではないだろうか。たいがいは日々を生きていくだけで精一杯で、子供の教育などは二の次になる。

　経済的に余裕のある家庭の子供との学力の差は、必然的に小さな頃から生まれてしまう。勉強についていけない子供は学ぶことに興味を持てなくなり、その差はさらに広がっていく。そのような状況で学校を辞めざるを得なかった人たちの果たしてどれぐらいが、働きながら高卒の資格を得るために勉強に打ち込もうとするだろうか。

　それに奨学金にしたって甘いものではない。学業成績のいい者が受けられる第一種は無利子だが、そうではない者が受ける第二種は有利子で、学生ローンと変わらない。

　実際、大学を卒業して就職したものの、数百万円にものぼる借金を給料の中から返済していくことができず、やむにやまれず風俗の仕事を始めたという女の話を何十回となく聞いた。

「まあ、わたしなんて……まだマシなのかもしれないね」

　ルミの言葉を聞いて、どういう意味かと省吾は目で問いかけた。

「ここで働き始めてからネットカフェで生活しなくてもよくなったし、一応食べていくこともできてるし……それにこうやって雑誌で紹介してくれるってことは店からも期待されてるってことでしょう？」

　同意を求めるような眼差しに、「そうだね」と省吾は微笑(ほほえ)み返した。

　十五人の風俗嬢が在籍している中でルミの人気は八番目だという。彼女よりも上位の風俗いでおく。

嬢は雑誌に顔を出したくないということでお鉢が回ってきたに過ぎないが、それは口にしな
省吾はちらっと腕時計を見た。もうすぐ約束の時間だ。

「今日はありがとう。楽しかったよ。記事になったら雑誌を持ってくるから」

「ねえ、わたしもうすぐ上がりなんだけど、この後飲みに行かない？」

ルミがそう言いながら、省吾の手にふたたび触れてくる。

「そうしたいんだけど、これから出版社の人間と打ち合わせが入っててさ」

「じゃあ、今度飲みに誘ってよ」

ルミにせがまれて、「いいよ」と省吾は頷いた。

社交辞令と思われないようにメールアドレスを交換してから省吾は個室を出た。受付にいる従業員に挨拶して、地上への薄暗い階段を上っていく。

三畳にも満たない風俗店の狭い個室から外に出て少しばかりの解放感を味わったが、すぐに夜の歌舞伎町の人いきれに包まれて息苦しさを覚える。

ギラギラとしたネオンが輝く路地裏を進み、待ち合わせ場所の居酒屋に向かう。

暖簾（のれん）をくぐって店に入ると、奥のテーブル席で編集者の木下（きのした）がすでに飲んでいた。

「どうも」

こちらに気づいて陽気そうに手を上げる木下のもとに近づいていく。

「どうだった、今日の娘は？」

木下に訊かれ、「悪くないんじゃないかな」と返しながら向かいに座る。

打ち合わせといってもたいした話をするわけではない。たまに仕事が終わった木下に誘われ、ライターとの打ち合わせという名目のタダ酒を飲む口実に使われているだけだ。

店員がやって来て注文を訊く。「好きなもん頼んで」と木下に言われ、生ビールと数品のつまみを頼む。

生ビールといっても提供しているのは発泡酒で、三百円以上のつまみは置いていない激安店だ。

木下は自分との打ち合わせにいつもこの店を利用していた。出版社の金で飲ませてもらっているので文句は言えないが、数ヵ月前に他のライターと一緒に高級そうな和食屋に入っていく木下を見かけてから、複雑な心境に駆られ続けている。

生ビールが運ばれてきてとりあえずジョッキを合わせると、いつものお約束で木下が手を差し出してきた。

省吾は取り出したスマホを操作して写真を表示させると木下に渡した。

記事に載せるために取材した風俗嬢を収めた写真だ。本来であれば取材をするライターとは別にカメラマンが同行するものなのだろうが、そこまでの費用はないとのことで自分がカメラマンも兼務している。しかも使っているのはスマホのカメラだ。

取材で撮ってきた風俗嬢の写真をつまみにして飲むのがこの男の楽しみだった。

「この娘、けっこうよくない？」木下が嬉々とした表情で言ってスマホの画面を省吾に向ける。

先ほど取材したばかりの風俗嬢のルミの写真だ。

「なかなか素直ないい娘だったよ」

「いくつなの？」

「二十歳」

「それにしてはちょっと老けて見えるな」

「苦労してるからだろう」

本当は二十四歳だが、オフレコで聞いた話は仕事仲間であっても明かさない主義だ。

「で、いくら？」さらに木下が訊く。

「三十五分で七千円って言ってたかな」省吾は答えてジョッキに口をつけた。

ルミと交わした会話がまだ鮮明に残っているせいか、胃のあたりに苦いものが広がる。

だいたい店に半分近く取られるから、男をひとり相手にして彼女が手にする稼ぎは三千五百円ぐらいだろう。二十歳の頃に出会いカフェを通じて客を取っていたときから、あきらかに単価が下がっているということだ。

十年後、彼女はどんな人生を送っているだろうかと、ふと想像した。

そもそも生きているだろうか。

木下が店員にビールのお代わりを注文する。ジョッキが運ばれてくると省吾と話をするでもなく、スマホの画面に目を向けたままうまそうにビールを飲む。

「美女を見ながら飲む酒はそんなにうまいか？」

省吾が声をかけると、ようやく木下がこちらに視線を向けた。

「美女っていうよりも、苦労してそうな人間に思いを馳(は)せながら飲むと気が晴れるよね。安い給料でこき使われて、二流週刊誌の編集者だってまわりから馬鹿にされてても、はるかに自分のほうがマシだって思えるし」

何とも悪趣味だ。いや、吐き気さえしてくる。

知り合って二年になるが、木下のこういうところはどうにも好きにはなれない。

木下は人を見て露骨(ろこつ)に態度を変える男だ。自分よりも学歴や給料が高そうな相手には必死に媚(こび)を売り、自分よりも劣っていると思う相手には高飛車な言動になる。たまに割り勘で木下とバーで飲んだりもするが、何度もそういうところを目の当たりにした。

木下は省吾よりも四つ年下の二十七歳だ。出会ったばかりの頃は自分に対して敬語を使っていたが、すぐにそうではなくなった。

省吾は取るに足らない存在だと木下には思われているということだ。

普通であれば敬遠したいタイプだが、省吾に週刊誌の風俗記事を書く仕事を与えてくれたのが木下だったのでしかたがない。

木下と知り合ったのは渋谷にある飲み屋だった。隣にいた木下に喧嘩を吹っかけていた酔っぱらった強面の客を諌めたのがきっかけで、その後話すようになった。

当時、省吾は風俗店の客引きをしていた。だが、違法なぼったくりの店だったので、ずっと続けられる仕事でもない。それにまわりの人間関係や、警察に摘発されるのではないかと冷や冷やする日々に疲れ切っていて、早く抜けたいと思っていた。

「何かいい仕事はないかな」と飲み屋で省吾が愚痴っていると、「自分が担当している週刊誌に記事を書いてみませんか」と木下が声をかけてきた。

提示された原稿料は思いのほか悪くなかったが、正直なところ自分にできる自信はなかった。

まともな教育を受けていないので、読み書きはきっと小学生レベルだ。だが、もしかしたら人生を変えるきっかけになるのではないかという思いに背中を押され、引き受けることにした。

あれから約二年が経つ。自分なりに文章の勉強をしたりしてそれなりの努力はしているつもりだが、何も変わっていない。

それまで抱いていた自分や社会に対する絶望感をあいかわらず心の中に宿しながら今を生きている。

「ひとつ訊きたいことがあるんだけど」

省吾が言うと、つまみに箸を伸ばしかけていた手を止めて木下がこちらを見た。

「ノンフィクションの本を出版するにはどうすればいいんだろう」

「ノンフィクション？」呆けたような顔で木下が首をひねる。

「ああ……この取材でたくさんの女性と話をしているうちに、今の日本の社会にはびこっている貧困問題について、自分なりに訴えられないだろうかと思って」

「溝口さんがノンフィクション？」そう言いながら木下が噴き出す。

「そんなにおかしいかな」

思わず険しい目つきになってしまったようで、「いやいや……」と取り繕うように木下が手を振る。

「取材の合間に女性とたびたびそういう世間話をしてて、協力してくれそうな人も何人かいる。それに木下くんにはあまり話してなかったけど、おれも風俗の客引き以外にもいろいろな経験をしてるから……」そこで省吾は言いよどんだ。

「いろいろな経験って？」

「簡単に言えば、いつ逮捕されるかわからない経験だよ」

「振り込め詐欺の手伝いとか？」

「それもやったことがある。他にも……」

あまり話したくはなかったが、プレゼンの切り札として使った。

もちろん短絡的な考えでそういう犯罪に走る者も多いが、やむにやまれぬ事情で手を染める人間を何人も見てきている。ごく普通の学生だった彼らが、生活苦や奨学金を返済するために犯罪に手を染めているのだ。

自分が今までに接してきた、身体を売る女たちも、犯罪に手を染める男たちも、困窮さえしなければそのようなこととは無縁だと思える人がほとんどだった。だけどそうせざるを得なくなるほどに追い詰められる。

ただ、人並に大学に入って学びたいと思っただけなのに。ただ、まわりの人たちが当たり前のように感じているささやかな幸せを求めただけなのに。

そこには自己責任という言葉だけでは括れない、社会の大きな歪があるような気がしてならなかった。

「とにかく取材する相手は揃えられそうだ。あとは発表する場がもらえれば……黒堂社でもそういう本を出してるよね？」少し身を乗り出しながら省吾は訊いた。

木下が勤める黒堂社はエロとゴシップとギャンブルがメインの出版社だが、硬派な本も少しは出している。

「まあ、うちでも一応そういう本を出してるけど……素人のエロライターが書いたノンフィクションなんていったい誰が買うの？」

木下を見つめながら、かっと身体が熱くなった。

「あまり高望みしないほうがいいっしょ。ねえ、溝口さん」木下が鼻で笑いながら唐揚げを箸でつかんで口に運んだ。


ぎしぎしと軋む鉄階段を上って二〇三号室の前に行くと、省吾は上着のポケットから鍵を取り出した。ドアを開けて部屋に入り、電気をつける。内側から鍵をかけると靴を脱いで玄関を上がり、台所を通り抜けて奥の六畳間に向かう。

和室に入った瞬間、すえた臭いが鼻をついた。ずっと雨戸を閉め切っているせいか、敷きっぱなしの布団に湿気がこもっているようだ。

今日の取材場所だったファッションヘルス店の個室と似た臭いだと感じながら、省吾は和室の電気をつけた。上着を脱いで壁際に放ると、布団の上に胡坐(あぐら)をかいた。

安普請(やすぶしん)の壁から隣人の話し声が聞こえる。どうやら友人を連れ込んで酒盛りでもしているようだ。

新井薬師前(あらいやくしまえ)駅から歩いて十五分、家賃四万三千円のぼろい1Kのアパートだ。ここに住み始めてもうすぐ三年になるが、今のところ不満はない。踏切の近くにあるアパートだから電車が通るたびに警報機の音がうるさく響き、隣にある大きなマンションに遮られて日当たりは悪いが、それまで長い間住む家を持たなかった自分からすれば取るに足らないことだ。

鞄の中からボイスレコーダーを取り出して、ローテーブルの上にあるノートパソコンの電源を入れた。

できるかぎり取材をしたその日に記事としてまとめるようにしている。

別に仕事に対する使命感でそうしているわけではない。ただ、翌日以降に冷静な頭で仕事をしようとすると、自分が書く風俗記事がとても滑稽(こっけい)に思えて虚しくなってしまうのだ。

パソコン画面にＷｏｒｄを表示させて、ボイスレコーダーの再生ボタンを押す。

風俗嬢のルミと自分との会話をしばらく聞いているが、なかなかキーボードに置いた手が動かない。

酔いが足りないせいだろうか。

取材の後に編集者の木下と居酒屋で飲んだが、頭の中はすっかり冴えていた。

素人のエロライターが書いたノンフィクションなんていったい誰が買うの？——

木下の言葉を聞いてから、まったく酔えないまま居酒屋を後にした。その後ひとりで馴染みの立ち飲み屋に行って安い日本酒を何杯かあおったが、それでも酔えずにここに戻ってきた。

ボイスレコーダーの停止ボタンを押して省吾は立ち上がった。台所に向かうとグラスにウイスキーを注ぎ入れて和室に戻る。とりあえず記事を書くのを諦めて、ローテーブルに置いたリモコンを手にしてテレビをつけた。

夜のニュースをやっていた。今日もまた例の事件のことを報じている。

五日前の夕方、渋谷駅前のスクランブル交差点で通り魔事件が発生した。二十六歳の無職の男が交差点で刃物を振り回して三人の男女を殺傷した。

いまどき珍しい事件でもないが、多くの日本人が知っている場所で起きた惨劇ということもあってか、どこのテレビ局でも連日のように報じている。

犯人の小野寺圭一はまずスクランブル交差点を渡っていた二十六歳の女を持っていた斧で

襲い、彼女を助けようとした四十八歳の男をメッタ刺しにして、さらにその場から逃げようとしていた二十八歳の女にも斬りかかった末に、駆けつけた警察官によって取り押さえられた。

四十八歳の男は病院に搬送された後に亡くなり、最初に襲われた二十六歳の女はいまだに意識が戻っていないという。二十八歳の女は命に別状はないものの、手や肩などを刺されて重傷を負っている。

省吾はグラスの酒を飲みながら、送検される際の小野寺の映像を見つめた。

一見したところ、このような凶悪犯罪を起こすような人物には見受けられない。粗暴そうな様子はなく、どちらかといえば華奢で、おとなしそうな顔をしている。だが、眼鏡越しに覗く眼差しからも表情からもまったく感情が窺えない。

まるで心をどこかに捨ててしまったのではないかというように、省吾には映った。

逮捕された際には「むしゃくしゃしてやった。自分よりも幸せそうなやつなら誰でもよかった」と警察に話したようだが、それ以降の小野寺の供述は報じられていない。

それに、この事件に関するニュースに触れていて、ひとつ不思議に思っていることがあった。

亡くなった四十八歳の男は『飯山晃弘』と名前が公表されているが、写真はおろか彼個人に関する情報はまったくといっていいほどない。

各局のニュース番組で、女を救うために斧を振り回す犯人に立ち向かった飯山の行動を賞賛する声は伝えられても、彼がどんな人物だったのかが窺い知れる報道は何もされていない。

普通であれば遺族からのコメントが出されたり、職場の同僚などから被害者の人となりを聞き取った情報が流されたりするものではないか。

「……ニュースウォークでは、小野寺容疑者が事件の一週間前まで働いていた職場のかたからお話を聞くことができました」

アナウンサーの声に、省吾は持っていたグラスからテレビに視線を戻した。

画面にモザイクで顔を隠された男性が映り、その下に『小野寺容疑者が働いていた会社の社長』とテロップが出る。

「こちらの会社で小野寺容疑者が働いていたそうですが、いつ頃からでしょうか?」

レポーターの質問に続き、機械で加工された声が聞こえる。

「働き始めたのは今年の九月十三日からです。その前日に求人雑誌を見たということで彼から電話があって面接しました。家がなくてネットカフェで生活してるっていうのと、身元を保証する人がいないってことでちょっと雇うのを迷ったんですけど……うちも人手が足りないので働いてもらうことにしました」

「身元を保証する人がいないというのは？　家族はいないんですか？」

「いないと言ってました」

「亡くなったということですか？」

「そこまではっきりとは言っていませんでした。ただ、十六歳まで施設に入っていたと言ってましたから……」

その言葉に、省吾は反応した。

「どこの施設ですか？」

レポーターの質問に、「さあ……」と社長が返す。

「小野寺容疑者はどのような人物でしたか？」

「一言で言うと、無口な子でしたね。あと印象に残ってるのは……着替えをしたときにちらっと見えたんだけど、両腕にびっしりと小さな豆粒みたいな火傷の跡があったことかなあ」

「火傷の跡ですか？」

「そう。まあ、仕事ぶりに関しては可もなく不可もなくといった感じでしたね」

「ここで働いていて、トラブルを起こしたりすることはありませんでしたか」

「辞める直前まではなかったですね。事件の一週間前から仕事に来なくなって、それでその前日に同僚とちょっとした言い争いになったと聞きました……まさかその後、あんなひどい事件を起こすなんて……」

4

大きな音とともに目の前に男の顔が現れ、ぎょっとした。

眼鏡をかけていないので先ほどの男ではない。それに先ほどの男よりも老けている。

男は片方の頬をアスファルトにつけた状態でじっとこちらを見つめている。蒼白な顔で、小刻みに口もとを震わせていた。

何か話そうとしているのだろうか。でも、すぐ目の前にいるはずなのに聞き取れない。

どうしても聞かなければならないように思えて、痛みをこらえながらさらに近づこうとするが、男の顔が遠ざかっていく。

待って——行っちゃダメ——行かないで——

必死に訴えかけるが、男の顔がかすんでいき、視界が光に包まれる。

その眩しさに思わず目を閉じた。しばらくしてからゆっくりとふたたび目を開けてみる。

白い天井が見える。

ここは、どこ……？

あたりに目を向けようとすると、首筋に激しい痛みが走った。

どうやら悪い夢を見ていたようだ。

ここがどこであるのかわからないまま天井を見つめていると、奥のほうから物音が聞こえた。

「目が覚めましたか」

その声とともに、視界に男性の顔が映った。優しそうな笑みを浮かべた四十歳前後に思える男性だ。

ここはどこですか？

そう問いかけようとしたが、喉のあたりに違和感があって、うまく声が出せない。喉のあたりに何かが差し込まれているようだ。

まわりにあるものを見ようとして、明香里は視線を動かした。ベッドに寝かされていることと、男性が白衣を着ていることだけがようやくわかった。

「ここは病院です。わたしはこの病院の医師で、モチダといいます。わたしの話していることがわかりますか？」

男性に訊かれ、明香里は小さく頷いた。

「あなたは一週間前に大きな怪我を負ってここに運ばれてきました。そのときのことを覚えていますか？」

その言葉を聞いて、先ほど見た怖い夢が脳裏によみがえってくる。

「あなたは渋谷のスクランブル交差点で男に襲われて重傷を負いました。よく頑張りましたね。これからご両親に連絡します。お父さんもお母さんも近くのホテルに滞在してらっしゃるので、すぐに来てくださるでしょう」

視界から男性の姿が消え、ふたたび天井を見つめる。

まだ夢を見ているのだろうか――

身体のあちこちに夢とは思えない痛みを感じるが、この状況が現実だとは思いたくない。夢であってほしい。早くこの痛みと恐怖から覚まして。

「明香里――」

男女の叫び声が聞こえて、足音が近づいてくる。視界に父と母の姿が映った。ふたりとも目に涙を浮かべている。

「お父さん……お母さん……これは夢なの？」

「夢なんかじゃない。よかった……本当によかった……」父がそう言いながら手で涙を拭う。

「生きてくれてありがとう」母が涙声で言って明香里の手を握ってくる。

その生温かい感触に、これは紛れもない現実なのだと思い知らされた。

ノックの音が聞こえ、ベッドで寝ていた明香里はドアのほうに顔を向けた。首のあたりに痛みを感じながら、病室に入ってくる母を見つめる。手に花束を持っていた。

「明香里の学校の校長先生が来てくださったの。お見舞いをしたいということだったけど、もう少しお待ちくださいって丁重にお断りしたわ。それでよかったわよね？」

「うん……」

「しばらくの間はお休みしなければならないけど、小学校の皆さんも明香里が早く回復して職場に復帰できるのを心から願ってるって」

「そう……」

二日前に集中治療室から窓のある個室に移った。担当医師の持田（もちだ）から聞かされた話によれば、明香里は全身の十七箇所を刺されたため、一時は心肺停止の状態になったという。

何かしらの後遺症が残る可能性はあるが、治療とリハビリを続ければ日常生活を送るのに支障をきたさない程度には回復するだろうと言われた。

両親は生きてくれてよかったと涙を流しながら喜んだが、とてもそんな気持ちにはなれない。

もちろん死にたいわけではない。ただ、奪われたもののあまりの大きさに茫然（ぼうぜん）としている。

自分の身体には十七箇所にも及ぶ深い傷があり、神経を損傷しているのでこれからどんな後遺症が出てくるかもわからない。右頬から耳にかけても深い傷があるそうで、顔の半分は今もガーゼで覆われている。

母は整形手術を受ければ大丈夫だと必死に励ますが、自分が負わされたすべての傷を完全に消し去ることなどできるはずもない。

傷を負わされたのは身体だけではない。いや、身体以上にさらに深刻なのは心のほうだろう。

目を閉じると、あるいは部屋の明かりが消えると、渋谷のスクランブル交差点で男に襲われたときの光景が脳裏を駆け巡る。睡眠薬がなければ眠ることができないし、起きているときも絶え間なく激しい動悸が続いている。

どうして自分がこんな目に遭わなければならないのか。あの男に対して自分が何か悪いことでもしたというのか。

どんな理由があってあの男は自分を襲ったのか。

あの男はどうして通り魔事件を起こしたのか。どうして見も知らない明香里を殺そうとしなければならなかったのか。

誰か教えてほしいと思いながらも、あのときの記憶に触れるのがどうにもおぞましく、事件に関する報道はいっさい観ていないし、自分から訊くことはない。両親も病院のスタッフも明香里に事件についての話をすることはなかった。

犯人がすぐに捕まったというのは耳にしたが、名前も年齢も知らないままだ。

「カーテンを開けてもいい？」

母の声に我に返り、明香里は小さく頷いた。

カーテンを開く音が聞こえる。

「明香里、すごくいいお天気よ」

母の声に、明香里は窓のほうに顔を向けた。じっと窓の外を見つめる。

母はいい天気だと言うが、視界に映る空はくすんでいる。

それは窓の外の景色だけではない。意識を取り戻してから目にするものは以前までとはまったく違うように映っていた。

まるで世の中のすべてのものから色彩が失われてしまったような、モノクロの世界に自分はいる。

ノックの音が聞こえて、窓際にいた母が視界から消えた。遠くから母と誰かが話している声が聞こえる。しばらくして母が視界の中に戻ってきた。表情を曇らせながら口を開く。

「警察のかたが少しお話ししたいとおっしゃってるんだけど」

明香里はドアのほうに顔を向けた。ドアの外にスーツ姿のふたりの男性とひとりの女性が立っている。

「また今度にしてもらおうか？」

「いいよ……いずれは話さなきゃいけないだろうし」

「本当に大丈夫？」

念を押すように言う母に、明香里は小さく頷きかける。

母がドアのほうに向かい、三人を中に招き入れた。女性はドアのそばで立ち止まり、ふたりの男性が明香里の前に近づいてくる。ひとりは父と同年代に思え、もうひとりは明香里よりも少し年上ぐらいに感じた。

「大変な状況のところ突然お伺いして申し訳ありません。わたしは警視庁捜査一課の沢田で、こちらは渋谷警察署の横川です。少しお話しさせていただいてもよろしいでしょうか」

年配のほうの男性に言われ、明香里は小さく頷いた。

ベッドの上で身動きが取れない明香里と視線を合わせるためか、ふたりが中腰になる。つらい体勢だと察したようで母が「どうぞお使いください」とパイプ椅子を用意した。ふたりが腰を下ろし、あらためてこちらに視線を合わせる。

「事件があったときのことについては覚えていらっしゃいますか？」

沢田に訊かれたが、どのように答えていいかわからなかった。

「あまり覚えていらっしゃらないですか？」

さらに訊かれ、「いえ……」と明香里は首を横に振った。首筋に鈍い痛みが走る。

「一応、記憶としてあります。ただ、それが現実に起きたことなのか、悪い夢だったのか……頭の中が混乱していて……すみません、こんな言いかたになってしまって」

「いえ、お気持ちはお察しいたします。ひどい被害に遭われているのでそのように思われるのは当然でしょう。あの事件はたくさんの人が目撃していますし、わたくしたちも様々な人から話を聞いています。それらを総合して判断していきますので、今は浜村さんが記憶していらっしゃることをお話ししていただければと思います」

「どんなことをお話しすればいいんでしょうか」

「それではまず……浜村さんはあのときどうして渋谷にいらっしゃったんでしょう」

そのことを思い返そうとして胸に鈍い痛みが走る。

「松濤にあるレストランで食事をする予定になっていたんです」

「ご友人とですか？」

「恋人です……」

「そういえば、あの日はあなたの誕生日でしたね」

「ただ、店の近くにいるときに彼から行けなくなったと連絡があって、駅のほうに戻りました。このままひとりで帰るのは何だか寂しくて……それで駅の向かい側にあるケーキ屋さんに寄ろうと……」

あのときケーキ店に立ち寄ろうと考えなければ、こんなことにはならなかった。

ひとりでまっすぐ家に帰っていれば。

そもそも航平がレストランに来てくれていれば、通り魔事件の被害に遭うことはなかった。

そんなことを考えてしまう自分がどうにもあさましく思えてしまい、視界が涙で滲んでいく。

「嫌なことを思い出させてしまって申し訳ありません。日を改めたほうがいいですか？」

穏やかな口調で沢田に訊かれ、「いえ……」と明香里は返した。

あのときの記憶に触れるのはつらいが、いつかは警察に話さなければならない。それにこの機会に訊きたいこともある。

母がそばに寄ってきてハンカチで明香里の目を拭うと、ベッドから離れていく。

「それで……渋谷のスクランブル交差点を渡ろうとしたわけですね」

沢田の言葉に、明香里は頷いた。深呼吸して口を開く。

「大勢の人が交差点を渡っていて、その中で向こうから歩いてくる男と目が合いました。眼鏡をかけた若い男です。その男が進路を変えてこちらに向かってきて……肩にかけたバッグから何かを取り出して……それが斧だと気づいたときに、男が大声を上げながらこちらに駆け出してきました。わたしに向けて斧を振り下ろそうとしたので、とっさに持っていたバッグで顔を覆いました。でも、頬のあたりを斬られてしまって、すごく痛くて、そのまま倒れてしまいました。それからも男は『死ね——死ね——』と言いながら、わたしの身体のあちこちを刺しました……」

　あのときの光景を思い出しているうちに背筋に冷たいものが伝っていく。

「交差点で目が合って犯人は浜村さんのほうに進路を変えたということですが、そのときに相手に何か言ったり、笑いかけたり……目が合う以外のことはしなかったでしょうか」

「わたしがですか？」

「ええ」

「まったくありません。ちらっと目が合っただけです」きっぱりと明香里は言った。「もしかして犯人がそんなことを言ってるんですか？」

「いえ、そういうわけではありません。確認としてです」沢田がそう言って隣でメモを取る若い刑事をちらっと見た。

「あなたに襲いかかるとき、犯人は大声を上げていたということですが、どんなことを言っていたんでしょう？」

沢田に訊かれ、明香里は男に襲われたときのことを思い返した。

「はっきりとした言葉ではなかったように思います。ギャーッというような奇声でした」

「そうですか……刺されてからのことは覚えていますか？」

それからの記憶も多少は残っている。でも、どこまでそれが現実だったのかは自信がない。

毎日のように夢に出てくるあの男性のことも。

「男性の声が聞こえました……『やめろ！』というような……それから言い争うような声が聞こえて、わたしの目の前に年配の男性が倒れ込んできました……生気を失ったような目でわたしのほうを見て……必死に何かを訴えかけるように口を動かしていて……それで男性のほうに這っていきました」

いつも夢に見る光景だ。

血まみれになりながら明香里は男性の口もとに自分の耳を近づけ、荒い息とともに漏れる途切れ途切れの言葉を聞いた。

約束は守った……伝えてほしい……

「……ただ、その記憶が現実のものかどうかはちょっと自信がありません」

「現実です」

心臓が跳ね上がった。

「あなたを襲っているのを止めようとして男性が後ろから飛びかかりましたが、そのかたも犯人に刺されてしまいました。飯山晃弘さんという四十八歳の男性だと身元が判明しています」

身元が判明しています——その言いかたに嫌な胸騒ぎを覚える。

「その男性はそれから……」ためらいながら明香里は訊いた。

「意識不明のまま病院に搬送され、三時間後にお亡くなりになりました」

沢田の声を聞きながら、自分の口もとが激しく震えているのを感じる。

あの男性が亡くなった——

自分を助けようとしたために。

「あの……その飯山さんというかたに、ご家族はいらっしゃるんでしょうか？」

明香里が訊くと、沢田の表情が少し曇ったように感じた。

「いえ、おられません」

「ご両親や、ご兄弟も、ですか？」明香里はさらに訊いた。

「ご兄弟はおられず、ご両親はすでに他界されています」

「それでは、葬儀などはどなたがされたんでしょうか」

「親戚のかたと連絡は取れましたが、遺体の引き取りを拒否されてしまいまして……区役所の担当部署のほうに託しました」

「担当部署のほうに託したというのは？」

「無縁仏として埋葬されたということです」

その言葉の響きに、胸の奥が痛くなる。

「ご友人や職場のかたなどは立ち会われたんでしょうか？」

すでに家族がいないということは、友人や知り合いの誰かにあの言葉を伝えたかったのだろう。

「飯山さんは身分証の類や携帯電話を所持していなかったので、そういった方々を把握することができませんでした。ですので、飯山さんの関係者は誰も立ち会っていません」

「でも……ニュースなどで被害者の名前が報じられれば……」

「今のところ飯山さんをご存じだというかたからの連絡はありません。名前と年齢はニュースで公表されましたが、写真がなかったためかもしれません」

ひどい。

自分の命を懸けて他人を守るような善良な人が、家族や友人の誰にも弔われることのないまま無縁仏として埋葬されなければならないなんて。

「わたしたちも飯山さんのことを思うと無念でなりません。あのとき飯山さんが犯人に立ち向かっていなければ、もっと多くの犠牲者が出ていたかもしれない。人となりなど知りようもありませんが、立派なかただと思います」沢田が嘆息する。

ひとつ不思議に思うことがあった。

「先ほど、飯山さんは身分証などを所持していなかったとおっしゃっていましたよね」

沢田が頷いた。

「どうして身元がわかったんですか？」

それまでまっすぐこちらを見ていた沢田がわずかに視線をそらして口を開いた。

「指紋です……」

「指紋？」意味がわからず、明香里は訊き返した。

「こういう話をするべきかどうか迷うところではありますが、ある程度の事情を説明しなければ、浜村さんもずっと気になってしまうでしょうから。でも、ここだけの話にしておいてくださいね」

明香里は頷いた。

「飯山さんは若い頃に警察に逮捕されたことがあって、そのときに採られた指紋によって身元が判明しました」

衝撃を受けるとともに、どのような罪を犯したのかが気になった。だが、自分を助けてくれた恩人に対して、これ以上悪い印象を抱きたくないので訊かないことにした。

「そのことをきっかけに家族と疎遠になってしまったと、親戚のかたが話しておられました」

「家族と疎遠……ご両親とはいっさい会われてなかったということですか？」

「そのようですね。実家はずっと同じ場所にあったそうですが、飯山さんはそれから一度も立ち寄ることはなく、連絡先もわからないので、ご両親がそれぞれお亡くなりになったときにも彼に報せることができなかったと」

「若い頃というのは、いくつのときですか？」

それらについてはあまり訊かないほうがいいと感じながらも、少しでも飯山のことが知りたいという思いが勝った。

「飯山さんが二十歳のときです」

二十歳から四十八歳で亡くなるまでの二十八年間、飯山はどのような人生を送ってきたのだろうか。

「退院されたら、ぜひお墓参りに行ってあげてください。後ほど場所をお知らせしますので」

もちろんという強い気持ちを込めて、明香里は頷きかける。

「お疲れでしょうから、今日はこれで失礼することにします。回復されましたらまたお話を訊かせてください」

そう言って椅子から立ち上がろうとする沢田を明香里は呼び止めた。

「ひとつ訊かせてください」

明香里が言うと、「何でしょうか？」と沢田が椅子に座り直す。

「犯人は……どうしてあんな事件を起こしたんですか。わたしはどうしてあの男に襲われなければならなかったんですか」

明香里を見つめながら沢田が深い溜め息を漏らす。

「むしゃくしゃしてやった。誰でもよかった。自分よりも幸せそうなやつなら誰でも……と、犯人は供述しています」

沢田の言葉を聞きながら、全身が熱くなる。

「あなたにとってはとても納得できないでしょうが……」

自分よりも幸せそうなやつなら誰でもよかった――

赤の他人のそんな身勝手な思いのために、自分はこれほどまでに傷つけられたというのか。

犯人は明香里の身体と心を傷つけただけでなく、自分のせいでひとつの命が奪われてしまったという重荷も負わせたのだ。

「動機についてはこれからも調べを進めていきますし、司法の場で相応の裁き（さば）が下されるよう捜査に万全を期します」

ふたたび滲んだ視界の中で沢田の声が聞こえる。

「犯人はどんな男なんですか」

怒りと涙で自分の声が震えている。

「小野寺圭一という二十六歳の男です」

二十六歳――自分と同い年だ。

その男は明香里よりも不幸だったというのだろうか。こんな事件を起こさなければならないほどに。

だけど、そんなのは自分の知ったことではない。その男が仮にどんなに苦しい境遇だったとしても、自分がこんな被害に見舞われる筋合いはない。

「それでは、わたくしたちはこのへんで失礼します」

沢田がそう言って椅子から立ち上がると、隣にいた若い刑事とともにドアに向かった。沢田がドアの近くに立っていた女性に目配せして、病室を出ていく。

女性がベッドに近づいてきて、先ほどまで沢田がいた椅子に座った。

　三十代半ばぐらいに思える、きれいな女性だ。

「わたくしは犯罪被害者支援員の内村と申します」女性がそう言いながら名刺をこちらに差し出す。

　受け取った名刺を見ると、『警視庁犯罪被害者支援室　支援員　内村曜子』とある。

「わたくしたちは犯罪の被害に遭われた方々に様々な支援をしております。これから何かお困りのことがあったり、お悩みなどがありましたら、遠慮なくこちらの番号にご連絡ください」

　明香里が頷くと、穏やかな笑みを浮かべて女性が立ち上がった。母とともに病室を出ていき、ドアが閉まる。

　何の役にも立たないだろうと思いながら、手に持った名刺をぼんやり見ていた。

　いくら自分の悩みや思いを聞いてもらったところで、事件によって負わされた傷や、あのときの忌まわしい記憶がなくなるわけではない。

　廊下に出てしばらく経ってから、母が病室に戻ってきた。

「東原さんからメールがあったの」

　母に言われ、「そう……」と明香里は返した。

「お見舞いに行っても大丈夫でしょうかって」

「今は……まだ、会いたくない」

通り魔事件の被害に遭ったことを航平が静岡にいる明香里の両親に報せたそうだ。明香里が意識不明の間、航平は毎日病院に来ていたという。でも、意識が戻ってからは航平の見舞いを断ってもらっていた。

「病院で会うと、東原さん、いつも泣いてた」

母がそう言いながら目の前に座り、明香里に視線を合わせてくる。

「明香里がこんなふうになってしまったのは自分のせいだって。自分が約束をキャンセルしてしまったから、通り魔事件に遭ってしまったって」

航平が苦しんでいるのは自分にも想像できる。優しくて、責任感の強い人だ。

「違うよね？　東原さんのせいじゃない。東原さんが悪いんじゃない。悪いのは……」目に涙を浮かべながら母がそこで口を閉ざす。

わかってる。そんなことは言われるまでもなくわかってる。

5

単行本を閉じると、航平は重い溜め息を漏らした。

おもしろくない。いや、それ以前に吐き気さえしてくる。

航平は本をテーブルに置いて、鞄からタブレットを取り出した。気が乗らないままメール画面にして、新規メールを作成する。

今日は担当作家の芹沢史郎の新刊の発売日だ。練馬駅の近くの書店で『闇の果て』というその本を買って喫茶店に入り、今まで読んでいた。

念願だった文芸部に異動してからは、担当する作家の書いた小説は雑誌の連載も新刊もできるかぎり早く読んで、本人に感想を送るようにしている。特に芹沢は航平が担当する作家の中でも最も売れていて、かつ自分自身も一番好きな作家なので、発売日に読んでどの編集者よりも早く感想を送ることを最優先事項としていた。

一気に読み終えたものの、どのような感想を書いていいのかわからない。

この作品は他社のための書下ろしなので初めて読む。殺人犯に恋人を殺された男が自力で犯人を捜し出して復讐するというミステリーだが、何の共感も感慨も抱けなかった。

以前であれば間違いなく面白いと思えただろうが、今の自分からすれば被害者の恋人である主人公の心情や行動があまりにも薄っぺらく感じられ、感動するどころか怒りすら覚えた。

もちろんそんな感想を伝えるわけにはいかず、航平はこの場で送るのを諦めて、タブレットを鞄にしまうと立ち上がった。伝票をつかんでレジに向かう。

練馬駅のホームで電車を待っている間に、明香里の母親の悦子にメールを送った。

明香里の意識が戻ってから一週間が経つが、いまだに彼女との面会は叶っていない。

『お見舞いに行きたい』と連絡する度に、『もう少し気持ちが落ち着いてから会いたいと言っています』と返信される。

明香里がそのように言っているのかどうかは定かではない。本当は自分になど会いたくないと拒絶されているのではないかと不安でたまらない。

もし、そう思われていたとしてもしかたがないだろう。あのとき自分が約束通りにレストランに行っていれば、明香里が通り魔事件に遭遇することはなかったのだ。

ホームに電車がやってきて、航平は乗り込んだ。週刊誌の中吊り広告が目に入り、思わず顔をそむける。事件から二週間が経っているが、今でも渋谷で起きた通り魔事件に関する記事が週刊誌に載っている。

とても明香里ほどではないが、あの事件によって自分の人生も大きく変わってしまったように感じる。

ミステリー小説を読むことが何よりも好きで出版社の編集者になったが、今ではそれをすることが苦痛でしょうがない。日々送られてくる原稿を読みながら吐き気をこらえている。

だが、そうなってしまった理由を同僚に話すことはできない。

渋谷のスクランブル交差点で起きた凄惨な事件ということで世間の大きな注目を集めているが、その割にはテレビのニュースや週刊誌で報じられている情報はかぎりなく少ないように感じる。亡くなった男性被害者の名前と年齢は公表されているものの、どういうわけか彼の人となりを示すものや遺族の話などはいっさい伝えられていない。明香里と、もうひとりの女性被害者についても、今のところ年齢以外の情報は出ていない。犯人である小野寺圭一に関する情報もわずかだ。

航平が勤める栄倫社（えいりんしゃ）は事件を扱う週刊誌もいくつか出している。航平の恋人が通り魔事件の被害に遭ったと同僚の口から週刊誌の記者に伝わることにでもなれば、明香里の近況を訊かれたり、下手（へた）をすれば編集長から彼女のコメントを取ってくるよう命じられるかもしれない。

ポケットの中で振動があり、航平はスマホを取り出した。悦子からメールが届いている。

『ごめんなさい。今日も気分がすぐれないということなので、お見舞いはまた今度にしてください』

やはりそうかと落胆の溜め息を漏らした後、次の文字が目に留まった。

『お時間があったら、少しお茶でも飲みませんか』

自分に何か話でもあるのだろうか。

『わかりました。今すぐにでも渋谷に伺えますが、どうでしょうか？』

メールを送ると、すぐに『よろしくお願いします』と返ってきた。

航平は階段を上って地上に出ると、待ち合わせ場所の喫茶店に向かいながら近くに花屋がないかと探した。

明香里に会えなかったとしても、せめて病室に花を飾ってもらいたい。

花屋を見つけて航平は中に入った。明香里の好みの花は知らなかったが、彼女が好きなピンク色をベースにした花束を作ってもらい、店を出る。

病院の近くにある喫茶店に入ると、奥の席にいた悦子がこちらに気づいて立ち上がった。

「ごめんなさいね。東原さんもお忙しいでしょうに」

航平が近づいていくと、悦子がそう言って頭を下げた。

「いえ、ぼくも明香里さんの様子をお訊きしたかったので。あの、これを明香里さんに……」航平は花束を悦子に渡した。

「ありがとうございます。明香里はピンク色が好きだから、とても喜ぶわ」

向かい合わせに座り、やってきた店員にコーヒーを頼む。

「明香里さんの容態はいかがですか？」航平は訊いた。

「ええ……退院するまでにはまだまだ時間がかかるけど、順調に回復しています。ごめんなさいね。いつもご連絡いただいているのに、なかなかお見舞いを受けられなくて」

「いえ……」

「東原さんのお気持ちは明香里もよくわかっているので、もう少し待っていただけますか」

「それはもちろん」

航平は頷きながら、自分が抱いている不安を確かめるべきかどうか迷った。

コーヒーが運ばれてきてカップに口をつける。口の中に広がる苦味を感じながら、切り出そうと決心する。

カップを置くと、悦子に視線を合わせて「ひとつお訊きしたいのですが……」と言った。

「何でしょうか？」

「彼女はぼくに会いたいと思っていないのではないでしょうか」

航平の言葉に反応したように、悦子の頬が少し震えた。

「どうしてそう思うんですか？」すぐに悦子が訊き返す。

「あの日、ぼくが約束をキャンセルしてしまったせいで、明香里さんは通り魔事件に遭ってしまいました。ぼくのことを恨んでいるんじゃないかと、ずっと……ずっと……」

悦子を見つめながら、航平は今まで胸に抱き続けてきた不安を吐き出した。

「東原さんが悪いわけじゃない。悪いのは事件を起こした犯人だというのは明香里もよくわかっていると思います。ただ、今は……わたしなんかにはとても想像できないようないろいろな感情や思いがあの子の胸の中にあふれているんじゃないかと……それらをうまく整理できなくて……苦しんでいるんじゃないかと感じます」

少なくとも今は自分に会いたいと明香里から思われていないことはわかった。

「わたしもひとつお訊きしていいですか？」

悦子に問われ、「どうぞ」と航平は緊張しながら頷いた。

「明香里のどんなところが好きで、東原さんはお付き合いしてくださっていたんですか？」

簡単なようでいて、とても難しい質問だった。

どこかが好きになって明香里と付き合い始めたというわけではなく、友人として接しているうちに彼女そのものが好きになったのだ。

「一言で言うのは難しいですが、明るくて優しいところでしょうか。ぼくに対しても、他人に対しても……それに彼女の笑顔もとても好きです」

どんなに嫌なことがあっても、明香里の笑顔を見ていると忘れられた。今の自分は幸せだと感じられた。

「ありがとうございます。実家に戻ってくると明香里もよく東原さんの話をしていました。

優しくて、誠実で、他人のことを思いやれる、素敵な恋人だと。わたしも病院でお会いしてから東原さんのことをそのように感じています。もちろん主人もそうでしょう。親としてはこれからも東原さんといいお付き合いをしていって、いずれは結婚して、幸せな家庭を築いてほしいと思っています」

悦子の話を聞きながら、自分も心の底からそれを願っている。

これからもずっと彼女のそばにいたい。そしてふたりで幸せな人生を送りたいと。

「でも……もしかしたら、東原さんが好きになってくれた明香里のよいところは今回のことでなくなってしまうかもしれない」

その言葉が航平の胸に突き刺さった。

「もちろんわたしたち家族も、以前のような明るくて優しい明香里に戻ってくれるのを願っています。そのために支えていくつもりです。ただ、もしかしたら戻らないかもしれない。以前とは別人のようになってしまうかもしれない」

自分も心のどこかでそう感じている。

事件が起こる前の明るい彼女に戻るのは難しいのではないかと。

もう二度と、あの頃の明香里の笑顔を見ることはできないのではないかと。

「でも、わたしたちは明香里が変わってしまったとしても愛します。家族だから。どんなにつらい思いをしたとしても、生きているかぎり明香里に寄り添っていきます」

家族ではない航平にその覚悟があるのかと問われているようだ。

「ごめんなさい。変な話をしてしまって……」目にうっすらと涙を浮かべながら悦子が言った。

「いえ……」

「ただ、明香里がこれ以上傷つくのを見たくないんです」

いつか明香里と別れてしまうのであれば、彼女が航平を拒絶している間にそうしてほしいと願っているのかもしれない。


「お先に失礼します」

編集部にいる同僚たちに挨拶して、航平はエレベーターホールに向かった。

今日はいつにも増して仕事が手につかなかった。出社する前に会った悦子の言葉が自分の心にずっと突き刺さったままでいる。

明香里がこれ以上傷つくのを見たくないんです――

その言葉に対して何も言えないまま悦子と喫茶店で別れた。

自分はこれからどうすればいいのだろう。あれからずっと考えているがわからない。

ポケットの中が振動して、航平はスマホを取り出して画面を見た。芹沢からの電話だ。

「もしもし、東原です」航平は電話に出た。

「今、『ジュエリーブルー』で飲んでるんだけどさあ……」

赤坂にある高級クラブだ。飲みに来いという誘いだろう。とてもそんな気分になれずに断りの言い訳を考える。

「あの、すみません……今日はちょっと……」

「何？　今日も来ないの？」

その声に萎縮（いしゅく）する。

「次の号の打ち合わせもいいかげんしなきゃいけないだろう。おれも今日ぐらいしか空いてる時間がないんだけど」

明香里が入院してから二回、芹沢の誘いを断っている。さすがにこれ以上断ったら担当を変えられてしまうかもしれない。

「いえ、大丈夫です……今、会社にいますんでこれから向かいます」航平は電話を切った。

重厚なドアを押し開いて中に入ると、ボーイがやってきてテーブルに案内された。

ホステスに囲まれて飲んでいた芹沢が近づいてくる航平に気づき、「おー、来た来た」と手招きする。テーブルにはすでに他社の編集者がふたりいた。ひとりは今日発売された芹沢の新刊を出している原清社の小木で、もうひとりは滝書房の原田だ。ふたりとも航平よりもはるかに先輩だ。

芹沢と原田が談笑している姿を見て複雑な心境になりながら、航平はソファに座った。

原田が担当している芹沢の連載小説の調べ事をするために、明香里とのデートの約束をキャンセルしたのだ。そのすぐ後に明香里は通り魔事件の被害に遭ってしまった。

ホステスから水割りのグラスを渡されてとりあえずみんなと乾杯する。

「さっきから航平ちゃんの話題で盛り上がってたんだよ。航平ちゃんもずいぶん偉くなったもんだねって。芹沢先生の誘いを二回も断ったんだって？」嫌味っぽい口調で原田が言った。

「すみません……あのときは本当に外せない用事があったので」

「外せない用事っていったい何よ？　この前、工藤ちゃんと話をしたけど、その日はいずれも仕事の予定は入ってなかったみたいじゃない」芹沢が不機嫌そうに言う。

うちの編集長にそんな確認を取っていたとは知らず、航平は言葉に詰まった。

「仕事以外で、おれの誘いを断らなきゃいけない用事って何だよ」

芹沢の詰問に航平が応えられずにいると、「女じゃないですかね？」と横から原田が口を出してきた。

「たしか公務員の彼女と付き合ってるんだよな」

「ふーん、彼女ねえ」こちらを見据えながら芹沢が腕を組む。

「今から尻に敷かれてたらこれから先が思いやられるなあ。彼女や女房を泣かせるぐらい一生懸命仕事に励まないと、いい編集者になれないぞ」

「たしかにそれは言えてる。原田ちゃんなんか毎日朝まで作家と飲み歩いてるから、そうとう奥さんを泣かしてる口だよなあ」おかしそうに笑いながら芹沢が言う。

「泣かしてるというよりも愛想をつかされてますよ」

「まあ、でもそのおかげで滝書房のトップ編集者に上り詰めたわけだし。奥さんにいい生活させてやれてるわけじゃない」

げらげらと笑い合うふたりを見ながら、航平は何も言えずにいた。

あの出来事があってから明香里はずっと泣いているにちがいない。

押しボタン式の信号機は、押された時間を記録しているものかどうか――

航平や明香里にとってはどうでもいいことを調べた代償に。

「彼女がどうとか、ではないです。友人がちょっと事故で入院してしまったので……」

絞り出すように航平が言うと、まわりの視線がこちらに注がれる。

「友人が事故ってどうしたんだよ」興味を持ったように芹沢がこちらに身を乗り出して訊い

てくる。

　彼女が通り魔事件の被害に遭って重傷を負ったと言ったら、芹沢や原田はどんな反応をするだろう。自分たちの仕事を手伝わせたことで、航平と明香里の人生が大きく変わってしまったと知ったら。

　すまなかったと詫びるだろうか。それとも明香里の運が悪かったと他人事のように思うだけだろうか。

「ちょっとした事故です……すみません。トイレに行ってきます」航平は立ち上がった。

　洗面所で顔を洗い、頭を冷やしてから航平はトイレを出た。

　席に戻ると、芹沢を囲んで編集者やホステスたちが何やら盛り上がっている。小木が今日発売になった芹沢の新刊本を持っているので、その話をしているのだろう。

「いやあ、噂には聞いてましたけど、マジですごい作品でした。電車の中で読んでたんですけど、ラストは人目もはばからず泣いてしまって……ちょっと恥ずかしい思いをしました」

　原田が本を指さしながら力説する。

「そうでしょう。芹沢先生は毎回すごい作品を書くけど、今回はさらにギアが上がったという感じですよね。発売したばかりですけど書店や読者の反応もすこぶるいいです」

「えー、帰ったらすぐに読みたい。小木さん、それほしいな」

ホステスの言葉に、「それは書店で買ってよ。絶対に損はさせないから」と小木が返す。

「もちろん明日買うけど、今日帰ってすぐに読みたいから言ってるの」

「『闇の果て』もそうとうすごいけど、今うちで連載してもらってる『虚構の夜』も自信作ですから」原田が得意げに言う。

そのタイトルを聞いて航平の心臓が跳ね上がる。

明香里の人生を大きく変えてしまった元凶とも言える作品だ。

「あれもたしかにすごそう。まだ話の序盤だけど、すでに引き込まれてる」

編集者やホステスのやり取りを聞きながら機嫌よさそうに水割りを飲んでいた芹沢がこちらに視線を向けた。

「航平ちゃん、『闇の果て』はまだ読んでないの？」

芹沢に訊かれて、「いえ、今日の午前中に拝読しました」と航平は答えた。

「そうなんだ。感想のメール来てなかったからさ」

「珍しいね。いつも一番に感想を送ってくるって芹沢先生から聞いてたけど」小木が言った。

「どんな感想を送っていいか、ちょっと悩んでしまって」

「悩む？」

航平の言葉に反応したように芹沢の視線が鋭くなる。

「いえ……面白い作品でしたけど……」航平は慌てて言い繕った。

「何か歯切れが悪いよな。思ってることがあったらはっきり言えよ。おれの担当編集者だろう」

詰め寄られるように芹沢に作品の感想を求められ、航平は迷いながら口を開いた。

「話の展開はすごくスピーディーでおもしろいと思いましたし、どんでん返しも本当に意外でしたけど……主人公の哲哉の感情が自分にはちょっと理解できなくて」

航平が言うと、芹沢が首をひねった。

「哲哉の感情がどう理解できないっていうのよ？」

「何て言うか……哲哉は恋人のひかりを殺人鬼に殺されたんですよね。それで哲哉は殺人鬼を捜し出して復讐しようとする。それは理解できるんです。でも、恋人を殺された哲哉の心情が淡々としているというか、ぼくからするとあまり悲しんでいるようには思えなかったんです。そういう哲哉の悲しみや苦しみや寂しさが感じられないまま、すぐに殺人鬼を捜そうというほうに気持ちがいっちゃっているみたいで……」

恋人が通り魔事件で重傷を負わされ、航平の胸には言葉では言い尽くせないほどの悲しみや苦しみや犯人に対する憎しみが渦巻いている。

ましてや恋人を殺されたとなったら、自分なら……

「まるで、哲哉が話を動かすためだけの駒のように思えてしまって」

その言葉を吐き出した瞬間、場の空気が凍りつくのを感じる。

「航平ちゃんはまだまだ若いからなあ」

そう言った原田に航平は視線を向けた。

「若くて経験が浅いから、恋人に対する哲哉の複雑な心情を行間から読み取ることができないんだよ」

原田の言葉に心の中で何かが弾ける。

「若いも何も関係ないでしょう」

思わず語気が荒くなってしまったせいか、原田が驚いたように身を引く。

「若くても……恋人を傷つけられたり殺されたりしたときの気持ちぐらい想像できます。馬鹿にしないでください」

少なくともここにいる誰よりも理解できるつもりだ。

「まいったなあ、今日の航平ちゃんはだいぶ酔っぱらってるみたいだ。もう帰ったほうがいいんじゃないか？」

小木の言葉を聞いて、航平は少し冷静になった。ためらいながらあたりを見回す。鋭い視線でこちらを睨みつけている芹沢と、引きつった顔で居心地悪そうにしているホステスたちを見て、取り返しのつかないことをしてしまったと悟った。

「すみません……たしかに酔ってしまったみたいです。今日はこれで失礼します」

鞄から財布を取り出そうとする航平に、「今日はこっちで払っとくから早く帰れ」と小木が冷たい口調で言った。

「申し訳ありませんでした」

芹沢の顔を見られないまま航平は言うと、立ち上がってドアに向かった。素面でクラブを出ていく。


部屋に入って鍵をかけると、靴を脱いでミニキッチンに置いてあるグラスを手に取った。安い角瓶をストレートで注いだグラスを持って洋室に入る。

上着を脱ぐ気力もないまま床に座り、グラスの酒を飲んだ。喉に焼けるような痛みが走るが、それもこの二週間ほどで慣れてきた。

あの出来事が起こるまではストレートでウイスキーを飲んだことなどなかった。それほど酒に強くはないので家で飲むこともほとんどなかったが、今ではかなりの量を飲まなければ寝つくことができない。

音のない部屋でひたすらアルコールを喉に流し込みながら先ほどの光景を思い返す。

担当編集者としての信頼を失ってしまったと自覚する。だが、もうどうでもよかった。自分が失いかけている大切なものに比べれば取るに足らないことだ。

昨日はこの格好のまま寝てしまったのを思い出し、着替えなければと航平は立ち上がった。クローゼットを開けて脱いだ上着をハンガーに掛ける。

そのとき近くのハンガーに掛かった物が目に留まり、ズボンを脱ごうとしていた手を止めた。

明香里がここで使っていたピンク色のエプロンだ。

単身者用の簡易なキッチンだが、明香里はここに来ると甲斐甲斐しくいろんな料理を作ってくれた。彼女の部屋を訪ねたときもそうだ。

航平はクローゼットのハンガーに掛かったエプロンを見つめながら、明香里が初めて作ってくれた料理を思い出した。

ハンバーグだった。航平の好物だと知って明香里の部屋を訪ねたときに作ってくれたが、正直なところちょっとパサパサしていてあまりおいしいとは言えなかった。その言葉が聞けなかったのが悔しかったのか、明香里はそれから試行錯誤を繰り返しながら様々な種類のハンバーグや自分が好みそうな料理を作ってくれた。今では店で食べると物足りなさを感じるほど、明香里の料理の腕は上がっていた。

明香里の母親は結婚してすぐの二十三歳のときに彼女を産んだと聞いたことがある。若くてきれいで料理好きな母親に憧れているのも、彼女の言葉の端々から感じられた。

エプロンを見つめながら視界が滲んでいく。それをつかんで目もとを拭い、唇を嚙み締める。

明香里が自分との結婚を強く望んでくれているのは就職してすぐの頃から察していた。自分も将来は明香里と家庭を持ちたいと思っていた。でも、もうしばらくの間は自由な時間が欲しいと、明香里の思いに気づいていないふりをしていたのだ。

わたしたちは明香里が変わってしまったとしても愛します。家族だから。どんなにつらい思いをしたとしても、生きているかぎり明香里に寄り添っていきます――

悦子の言葉が脳裏によみがえってくる。

家族になっていたら――あの事件が起きる前に結婚していたなら――

自分はためらいなく悦子と同じ言葉が言えただろうか。

どんなにつらいことがあっても明香里に寄り添って生きていくと。そうできるのは家族である自分以外にはいないと。そう、言いたかった……

デスクで原稿を読んでいると、編集長の工藤が近づいてきた。

「ちょっと付き合ってくれ」と工藤が外のほうを指さし、航平は椅子から立ち上がった。工藤とともに編集部を出て廊下を歩く。

喫煙室に入ると同僚の大久保(おおくぼ)が煙草(たばこ)を吸っている。「お疲れ様です」と航平は声をかけて電子煙草を取り出した。

喫煙室に呼び出したというのに航平に何も話しかけないまま、工藤は煙草を吸っている。

煙草を灰皿に捨てて大久保が喫煙室を出ていく。

「今朝、芹沢先生から電話があってなあ……」

その名前に反応して、航平は灰皿から工藤に視線を移した。

「おまえを担当から外してくれって」

やはりそうか。

「何があったんだ？　いくら聞いても詳しいことは何も話してくれなくてな」

「昨日、原清社の小木さんと滝書房の原田さんを交えて芹沢先生と飲んだんですけど、『闇の果て』についてぼくが生意気な感想を言ったからでしょう」

「生意気な感想ってどんな？」

「主人公が話を動かすためだけの駒のように思えてしまう……と」

工藤が渋面を作った。

「編集者になりたての者が、トップクラスの二十年選手に言う台詞じゃないな」

「そうですね……でも、本当にそう思ってしまったんで……」

「おれも昨日『闇の果て』を読んだけど、いい作品じゃないか。少なくとも今までの作品に比べてクオリティが低いとは思わない。おまえはうちの誰よりも芹沢先生の作品のファンだろう。だから担当にしたんだぞ」

たしかにそうだった。でも、今では芹沢本人や作品に対して憎悪の感情すら抱いている。

「かなりご立腹されたようで、版権を他社に移すこともちらつかされた。芹沢先生の既刊が年間どれぐらいの売り上げになってるのか担当なら百も承知だろう」

「すみません……」そうとしか言えずに航平は頭を下げた。

「いったいどうしちまったんだ？　ここしばらく様子がおかしいぞ。芹沢先生だけじゃない。おまえが担当している作家さんの何人かから、最近のおまえはレスが遅いとか、対応が雑になったとか聞かされてる。若手編集者として一目置かれ始めたからって、ちょっと調子に乗ってるんじゃないのか。仕事はそんな甘いもんじゃないぞ」

ずっと優等生で通っていたので、ここまで誰かに叱責されるのは初めてだ。しかも、子供の頃から憧れ続けていた出版の世界で。悔しくてしかたがない。

「ぼくはもう編集者に……少なくともミステリー小説の編集者として、やっていけないのかもしれません」

「どういうことだ？」怪訝そうな顔で工藤が首をひねる。

工藤を見つめ返しながら航平は迷った。話すべきではないと感じている。でも、誰かに自分の苦悩を知ってもらいたいという思いが勝った。

「あの……ここだけの話にしてもらえないでしょうか」

工藤が神妙な顔になって頷く。

「二週間ほど前に渋谷のスクランブル交差点で通り魔事件が起きましたよね。彼女があの事件の被害者になったんです」

「彼女って、明香里ちゃんが⁉」工藤が驚いたように目を見開く。

以前、会社の近くのレストランでふたりで食事をしているときに工藤と遭遇して、明香里を紹介したことがある。

「ええ」航平は頷いた。

「たしか被害者は三人で、男性が亡くなって、女性ふたりも重傷と重体ということだったよな」

「彼女は重いほうで、一週間前まで意識不明でした」

「意識は戻ったんだな？」

航平が頷くと、「それはよかった」と工藤が安堵の溜め息を漏らす。

「そういえば、事件のあった日って……」

「ええ。芹沢先生の頼みで、滝書房の連載の調べ事をしてた日です。その日は彼女の誕生日で渋谷のレストランを予約してたんですけど、ぼくが行けないとキャンセルしてしまったせいで」

「……そういうことか」納得したように工藤が頷きかける。

「別に芹沢先生たちが悪いわけじゃないっていうのは頭の中ではわかってるつもりです。でも、人が傷つけられたりする小説を読んだりすると……どうにも……」

「そういう事情だとわかれば、芹沢先生の怒りも収まるだろうけどな」

「あまり人には言わないでほしいんです。芹沢先生の怒りが収まるならクビにしてもらってもかまいませんし、その覚悟はできてますから」

「そこまでするつもりはない。まあ、うまく執り成しておくよ」工藤が労わるように航平の肩を叩いた。

6

地下鉄の高島平（たかしまだいら）駅から地上に出ると、省吾はスマホの地図を表示させて歩き出した。目の前にケーキ屋の看板が見えて足を止める。一応、手土産ぐらいは用意していったほうがいいだろうと店内に入る。二千円の焼き菓子の詰め合わせを買って店を出ると、スマホを見ながら目的の場所を探す。

どうしてこんなことをしているのだろうと、我ながら不思議に思っている。

渋谷のスクランブル交差点で通り魔事件が起きてしばらく、さしたる興味は抱かなかったはずなのに。

ただ、ニュース番組で犯人の小野寺圭一が事件の一週間前まで働いていたという職場の社長の話を聞いてから、自分の中で得体の知れない欲求があふれ出してきたのだ。

世間の注意を引くような話ではなかったが、家族がなく、十六歳まで施設に入っていたと小野寺が話していたということと、両腕にびっしりと小さな豆粒みたいな火傷（やけど）の跡があったのが印象に残っているという社長の言葉に、省吾は強く興味を惹（ひ）きつけられた。

もっとこの男のことが知りたい——と。

それから週刊誌やネットの記事を読み漁（あさ）ったが、自分の興味を満たすだけの情報は得られなかった。そのことがさらに知りたいという欲求を増幅させたのだろう。

ニュース番組では社名を記した看板や社長の顔はモザイクで隠されていて、板橋区内にある会社としか伝えられていなかったが、それからずっとグーグルマップで記憶にある景色を探し続け、高島平四丁目にある公園の隣ではないかと当たりをつけた。

省吾は公園の前を通って隣にある無機質な建物の前に立った。大きなシャッター式の扉の上に『カワモト物流株式会社』という看板が掲げられている。

テレビではモザイクがかけられていたが、建物の佇(たたず)まいと全体の風景から、ここで間違いないと感じた。

省吾はシャッターの上がった入り口から倉庫の中に入った。大きな空間に無数の紙の束が積み上げられている。雑誌の保管倉庫のようだ。

ハンドリフトを使って雑誌の束を運んでいた男が、怪訝そうな顔をこちらに向けながら目の前を通り過ぎていく。

「あの、お忙しいところすみません」

省吾が呼びかけると、男が立ち止まってこちらを向いた。

「こちらの社長にお会いしたいんですが」

「お名前は?」男性が訊いた。

「溝口といいます。ただ、初めてお会いしますので……」

「ちょっと待っててください」

男が無愛想に返してハンドリフトを押しながら倉庫の奥のほうに向かう。姿が見えなくなってからしばらく待っていると、作業着姿の恰幅のいい白髪交じりの男が現れてこちらに近づいてくる。全体的な雰囲気からテレビに出ていた社長だろうと感じた。

「わたしが社長の川本ですが。何かの営業ですか？」

「いえ、そうではないんです」省吾は慌てて名刺を取り出した。「わたしはこういう者でして」

渡した名刺を一瞥して、「ライター？」と川本が顔を上げた。

名刺の肩書には『ライター』としか書いていない。ここを訪ねる前に『ノンフィクションライター』か『文筆家』とでも書いた名刺を新調しようかと思ったが、おこがましく感じてしまってやめた。

「こちらで小野寺圭一容疑者が働いていたんですよね？」

その名前を聞いて、川本の眉がぴくりと反応する。

「ああ……マスコミさんってことね」

「それほどたいそうなものではありませんが、一応『週刊バッキー』で記事を書いています」

風俗店の紹介記事だが、嘘はついていない。

「その雑誌知ってるよ。コンビニとかに置いてあるやつね。それであいつの話が訊きたいと？」

「ええ。お忙しいようであれば日を改めますので、ぜひ小野寺についてお訊かせいただけないかと」

「別にいいよ。ここじゃなんだからこっちに来て」

拍子抜けするほどあっさり了承すると、川本が倉庫の出口に向かう。省吾は川本に続いて倉庫を出た。隣にある平屋建てのプレハブが事務所になっているようで、川本がドアを開けて省吾を中に促す。

社長の川本に続いて省吾が事務所に入ると、机に向かっていたふたりの女が顔を上げた。ひとりは川本と同世代ぐらいで、もうひとりは自分よりも若そうだ。

「お客さんにお茶出してくれる？」

川本の言葉に若い従業員が立ち上がった。奥にある応接セットのソファに川本が座ると、省吾は焼き菓子の詰め合わせを入れた紙袋を差し出した。

「つまらないものですけど、よろしかったらどうぞ」

「何か悪いね」と川本が受け取り、お茶を運んできた従業員に「これも出して」と渡す。

向かい合わせに座ると、省吾は上着のポケットからボイスレコーダーを取り出した。

「もしよければ、会話を録音させていただけないでしょうか」

川本の了承を得て、録音ボタンを押してからテーブルに置く。

「小野寺の話が訊きたいってことだけど、たいした話はできないと思うんだけどねえ」

「いえ、お話しいただけることだけでけっこうです。小野寺が渋谷で通り魔事件を起こしたのが十一月十六日で、ここで働き始めたのは九月十三日とのことですよね？」少し身を乗り出しながら省吾は言った。

「そうだね」

「初めて会ったときの小野寺の印象はどのようなものでしたか」

「暗い感じがしたよね。それに無口でさあ。こちらが何か訊いても、ぼそぼそっと不明瞭なことしか言わない」

「身元を保証する人がいないとか、ネットカフェで生活しているとか？」

「そう。『家族がいないってこと？』って訊くと、そうだって頷くから、『亡くなったの？』ってさらに言うと、黙り込んじゃってね。ちょっと接しただけで何か訳ありの人だって感じたよ。だけど履歴書を見るかぎり、高校はちゃんと出てるってあるし……けっきょく嘘だったみたいだけど」

この会社に提出した履歴書の学歴と職歴はすべて嘘だったと、ニュースの続報でやっていた。

「そういう感じだったから雇うかどうか迷ったんだけど、うちも人手が足りないから試しってことで働いてもらうことにしたんだけどねえ……」川本が深い溜め息を漏らした。

「小野寺の履歴書はまだ取っていらっしゃいますか？」

「コピーならあるよ」

「見せていただくことはできますか」

「いいよ」と川本がソファから立ち上がり、机のひとつに向かう。

守秘義務を理由に断られるかもしれないと思っていたので、川本の反応に拍子抜けした。この会社はあまりそうしたことを気にしないようだ。

引き出しの中を探して履歴書のコピーを手にすると、川本がこちらに戻ってきて省吾の前に置いた。

ずいぶんと空白の多い履歴書だった。名前、生年月日、年齢、携帯番号は書かれているが、現住所と連絡先の欄は空白になっている。学歴と職歴の欄には小学校、中学校、高校の名前がそれぞれ記され入学と卒業とあるが、これらはすべて嘘であったことがわかっている。職歴は書かれていない。

「別に写真を撮っていいよ。テレビ局の人もそうしてたから」

川本に言われ、「ありがとうございます」と返しながら省吾はスマホを取り出した。履歴書の全体と顔写真のアップを一枚ずつカメラに収める。

写真に収まる小野寺は表情に乏しく暗そうに感じるが、それでもテレビで観た彼とはずいぶんと違う印象を抱いた。

送検されるときの小野寺は暗いという以前に、まったく感情を窺わせない能面のような顔つきだった。

「小野寺は十六歳まで施設に入っていたと言っていたんですよね？」省吾は訊いた。

「そう言ってたね」

「どのような施設で、どこにあったかなどは？」

「いや、特に聞いてない」

「そうですか……」

省吾は川本から小野寺の履歴書に視線を戻した。志望動機の欄には『お金が欲しいから』とだけ書いてあり、免許と資格の欄に『フォークリフト運転技能講習　修了』とある。

「小野寺はフォークリフトの資格を持っていたんですね」

履歴書から顔を上げて省吾が言うと、「そうね」と川本が頷いた。

「それが最終的に彼を雇うことにした決め手でもあったよ。うちの仕事はフォークリフトも使うから」

「修了証のコピーは取っていらっしゃいますか？」

省吾の言葉を受けて川本がふたたび立ち上がった。先ほどの机の引き出しを開けて「どこにやったかなあ」と言いながら探している。「これだこれだ」と一枚の紙を手にして戻ってくる。

モノクロのコピーだ。『フォークリフト運転技能講習修了証』と記されたカードに顔写真とともに、名前、生年月日、住所、本籍地、交付日、修了証番号、資格を取ったらしい機関の名称が書かれている。

住所は『大田区上池台一丁目――』とあり、本籍地は『北海道留萌市錦町一丁目――』となっている。七年前の七月二十六日が交付日だから、小野寺が十九歳のときに取ったのだろう。

モノクロのコピーなので、画質は鮮明ではないが、写真に収まる小野寺の顔はぎこちなさを感じるものの笑みを浮かべているのがわかる。少なくとも履歴書の暗そうな顔写真に比べれば、はるかに好感を抱く表情だ。

川本の了承を得て、省吾は修了証のコピーもスマホのカメラに収めた。

「面接のときの話を訊かせていただきたいのですが、小野寺のほうからは何か話はなかったんでしょうか」省吾は訊いた。

「あいつが言ったのはたしか、手持ちの金がないからしばらくの間は日払いで給料が欲しいっていうことぐらいかな。三ヵ月間日給で働いてもらって、正社員としてやっていくかどうか決めようっていうことで話をつけたんだよね」

「ちなみにですが……日給はおいくらですか」

「実働八時間で八千二百円だったかな」

東京都の最低賃金を少し上回るぐらいの額だろう。

「小野寺はネットカフェで生活していたんですよね。どのあたりのネットカフェか聞いていらっしゃいますか？」

「成増（なります）って言ってたね。バスで通勤してるってことだったよ」

同じ板橋区内にある街だ。

「ここで働き始めるまでは何をやっていたんでしょう」

「ここ四、五年ぐらいは、派遣の仕事であちこちの工場にいたって言ってたな。寮つきの。そういうのも履歴書に書くもんだよって面接のときに注意したなあ」

「仕事ぶりはどうでしたか？」

「普通だったね。言われたことはちゃんとやっていたけど、言われなければ自主的に何かしようとしない。まあ、彼にかぎらずいまどきの若い子はそんなもんだけどね。一度も遅刻をしたことはなかったから、真面目と言えば真面目だったんじゃないかな」

「こちらの勤務時間は？」

「朝の八時半から夕方の五時半まで。うちはほとんど残業がないから。まあ……家族や身寄りもいなくて家もないっていうのが不憫だったから、三ヵ月間きっちり働いてくれたら正社員として雇って、部屋を借りるときの保証人にもなってあげようと思っていたんだけどねえ」

「テレビのインタビューで、小野寺の両腕にびっしりと小さな豆粒みたいな火傷の跡があったのが印象に残っていると話しておられましたが」

「そうそう。いつも長袖を着てたからそれまで気づかなかったけど、作業着に着替えるときにたまたま目にしてね」

「小野寺はその火傷について何か言っていましたか？」

「いや、こちらからもそういう話は振らなかったし。あまり見られたくないのか、いつもひとりでこそこそと着替えをしてたから」

「もしかしてそれは、煙草の火を押しつけられたような跡ですか？」

省吾の言葉を聞いて、いきなり川本が両膝を叩いた。

「そうだね。何だろうとずっと気になっていたけど、言われてみればそうかもしれない」

子供の頃に親から虐待を受けていたのか、それとも誰かからいじめに遭っていたのか。

「仕事に来なくなった前日に、会社の同僚とちょっとした言い争いになったとおっしゃっていましたが、どのようなことでしょうか」

テレビのインタビューではそれについて詳しいことは話していなかった。

省吾の質問に、「くだらないことですよ」と川本が苦笑した。

「同僚のひとりが小野寺に付き合っている女性はいるのか、みたいなことを訊いたそうなんだよね。すると他の同僚が家もない日雇いに彼女ができるわけないだろう、っていうようなことを言ったらしくて……」

「それで言い争いになってしまった？」

「言い争いってほどでもなかったみたいだけど、小野寺が『人のことを舐めやがって』とぼそっと言って、その場からいなくなったらしい。一応その日は最後まで仕事をしたけど、翌日から来なくなったんだよね。同僚からすればちょっとした冗談のつもりだったんだろうけど、そのときの小野寺はいつものおとなしい感じとは打って変わって恐ろしい目をしてたって話してた。小野寺が通り魔事件を起こしたと知って、もしかしたらあのとき自分が殺されていたかもしれないってしばらく怯えてたよ」

「小野寺はどうしてあのような事件を起こしたとお思いですか？」

省吾が訊くと、「どうしてだろうねえ……」と川本が両腕を組んで深い溜め息を漏らす。

「二ヵ月近く一緒に働いていたといっても、小野寺のことをよくわかっているわけではないから。ただ、家族がいないことや家がないってことも含めて、何か鬱屈（うっくつ）した思いがあったんだろうけど……」

自分よりも幸せそうなやつなら誰でもよかった——

小野寺は事件を起こした動機についてそう供述しているという。

「でもねえ、テレビで彼の顔を観たときは驚いたんだよね」

川本の言葉に、「どうしてですか？」と省吾は少し身を乗り出して訊いた。

「たしかにここにいたときから喜怒哀楽をほとんど表に出さない無口な子だったけど、それでも多少なりとも感情を読み取れたんだよ。だけどテレビに映っていた彼の顔は……何を考えているのかまったくわからない、ここにいたときの彼とは別人のように思えてね。たった一週間で人はこうも変わってしまうのかなって」

そう言って嘆息する川本を見つめながら、省吾は小野寺の心情に思いを巡らせた。

小野寺を通り魔事件へと駆り立てた動機はここにいた時点ですでに醸成されていたのだろうか。それともこの会社を辞めてからの一週間に引き金になる何かがあったのか。

た。

「いろいろとお話を聞かせてくださってありがとうございました」

省吾がボイスレコーダーの停止ボタンを押すと、「もういいのかい？」と川本が訊いてきた。

「ええ。もしかしたらまたお伺いさせていただくかもしれませんが」

「ライターさんも大変だね」

川本の言葉に、省吾は思わず苦笑する。

一円の稼ぎにもならないのにこんなことをしている自分が滑稽に思える。だが、ここで話を聞いてさらに小野寺のことを知りたいという欲求が増していた。

省吾はソファから立ち上がると、川本とふたりの従業員に礼を言って事務所を出た。

高島平駅に戻りながらこれからどうしようかと考えて、成増行きのバスに乗った。

バスを降りると成増駅の周辺をしばらく歩き回る。このあたりには三軒のネットカフェがあった。小野寺ならどこに行くだろうかと想像して、値段の一番安いネットカフェに入った。

受付で三時間パックを頼んで個室に向かう。

二畳にも満たない個室に入り薄い扉を閉めると、すえた臭いが鼻をついた。ひさしぶりに嗅ぐ臭いに少しの懐かしさと忌々しい感情を覚える。

今のアパートを借りるまでは、毎日のようにネットカフェで束の間の休息をとっていた。

省吾は脱いだ上着をハンガーに掛けて、安っぽいリクライニングチェアに座った。エアコンの暖房が強いせいか、妙に蒸し暑い。シャツを脱いで目の前の台に放る。いつもはあまり意識することのない自分の両腕を見つめる。

二の腕から手首にかけてびっしりと刺青を入れている。両腕だけではなく太腿もそうだ。子供の頃に母親につけられた傷跡を目にするのがたまらなく嫌で、それをごまかすために入れた刺青だ。

省吾が初めて刺青を入れたのは十四歳のときだった。プロに頼む金もなく、裁縫用の針と墨汁を使って自分で自分の肌を傷つけた。

絵心のないガキが入れたものだから、今から見ると稚拙な落書きのように映る。とうぜん他人に見られるのも嫌なので、夏場でも長袖を着ていた。女と関係するときも必ず明かりを消して、終わったらすぐに服を着るようにしている。

省吾はここに来た理由を思い出して、シャツを羽織ると上着のポケットからスマホを取り出してネットカフェの個室を出た。

受付に向かって歩いていると、ドリンクバーの掃除をしている若い男の店員が目に留まった。「すみません」と言いながら近づいていくと、店員がこちらに顔を向けた。

スマホを操作して先ほど撮った小野寺の履歴書の写真を表示させる。

「つかぬことをお伺いしますが、この男性に見覚えはないでしょうか」省吾は店員にスマホを見せながら訊いた。

画面を見た店員が「これって……」と言ってすぐに顔を上げる。

「渋谷で起きた通り魔事件の犯人じゃないですか？」

店員の言葉に、省吾は頷いた。

「ここを利用していたんですか？」

「ええ……事件の後、警察やマスコミが来ました。よく利用してくれてたお客さんなんでびっくりしました。あなたもマスコミのかたですか？」

「ええ。雑誌で記事を書いています」臆面もなく省吾は即答した。

先ほど小野寺が働いていた会社の社長からうまく話が聞き出せたことで、神経が図太くなったようだ。

「少しお話を訊かせてもらっていいでしょうか」

「まあ、いいですけど……」

「警察もこちらに来たんですか？」

「うちのカードを持っていたみたいで。ここにいるときの様子とかを何人かのスタッフに訊いていきましたよ」

「小野寺が最後にここを利用したのはいつかわかりますか？」

「事件の二日前、十一月十四日の朝にここを出たのが最後みたいですね。ぼくはそのときシフトに入ってなかったけど」

「どんな人物でしたか？」

「どんな、と言われても……ほとんど印象に残ってないんですよね。これはぼくだけじゃなく、スタッフ全員がそう言ってるんですけど」

「かなり長い期間、ここで寝泊まりしていたんですよね？」

「そうですね。初めてここを利用したのは七月の中旬頃ですから、四ヵ月近くになりますね」

小野寺がカワモト物流で働き始めるおよそ二ヵ月前だ。

「最初の二ヵ月ぐらいは二、三日に一回ぐらいの利用でしたね。お客さんに対してこういうことを言うのは何なんですが、ちょっと臭いがきつくて……それぐらいの印象しかありません。九月からはほぼ毎日利用していました。必ず夜十一時から朝七時までの八時間パックを」

「寝泊まりするには一番安いコースですよね？」

「そうです」

カワモト物流の仕事は夕方の五時半に終わるので、それから五時間以上どこかで時間をつぶしていたのだろう。

「ただ、受付のとき以外に特に話をしたこともないので、どんな人物だったかって言われてもよくわからないですよね」

「ここにいるときに小野寺が何か問題を起こしたり、お客さんとトラブルになったりしたことはありませんか」

「ないです」

「他のお客さんと話をしていたりしたことなどは？」

「いや、わからないです……」

そんなに都合よく小野寺の実像に迫れるとは思っていなかったが、それでもあまりの手ごたえのなさに落胆を隠せない。

これからどうする。

「あの、そろそろいいでしょうか」

店員の声に、省吾は我に返った。

「あ、ええ……ありがとうございます」

省吾が礼を言うと、店員がドリンクバーから離れていく。すぐに店員の背中に向けて呼びかけた。

「さっき三時間パックをお願いしたんですけど、コースの変更をしてください」

7

ノックの音がして、明香里はドアのほうに顔を向けた。「どうぞ」と声をかけると、ドアが開いて父が病室に入ってきた。片手に花束を持っている。

父に続いて入ってきた涼介は明香里と目が合い、びくっとしたように足を止めた。

入院してから涼介とは初めて顔を合わせる。明香里の意識がないときに病院に来てくれたそうだが、その後は情緒不安定な自分に会わせるのを両親がためらって少し様子を見ていたのだろう。

「具合はどうだ？」

その声に、明香里は涼介から父に視線を移した。

「うん……あいかわらず。実家のほうはどう？」

入院してから母はずっとこちらにいる。清瀬にある明香里のマンションに泊まり、毎日病院に来てくれていた。

「まあ、たまには男ふたりも悪くないな。今まで何もできなかったのに、最近では涼介が洗濯や料理をしてくれるんだ」

「そうなんだ。どんなものを作ってるの？」明香里はそう言いながら涼介を見た。

涼介はこちらから視線をそらして黙っている。頬のあたりが小刻みに震えているのがわかり、涙を必死にこらえているのだろうと感じた。

もし、自分が涼介の立場だったとしたら、明香里もきっと同じような反応しかできないのではないか。

通り魔に襲われて瀕死の重傷を負った家族と対面して、すぐに言葉など出てこないだろう。

「カレーが多いな。母さんの味にはとても及ばないが、涼介が作ったのもなかなかのものだよ」

「昔、明香里が作ったカレーよりはぜんぜんうまいと思うけど」涼介がようやく声を発した。

「そういえば明香里が高校生のときに作ってくれたカレーはずいぶん甘かったな。今ではかなり料理上手になってるけど」

父の言葉に空笑いした涼介が、袖口で目もとを拭ってこちらに近づいてくる。持っていた紙袋から取り出したものをサイドテーブルに置いた。小型のモニターが付いたＤＶＤプレーヤーと五枚のＤＶＤだった。

「見舞いの品っていっても何がいいかわからなかったから。おそらく病室で退屈してるんじゃないかと思って」

涼介の言葉を聞きながら、明香里はあらためてＤＶＤのパッケージを見た。いずれも自分が好きだった洋画のラブストーリーだ。

「他に観たいのがあったらお袋に送ってここに持ってきてもらうから」

「ありがとう」

おそらく父か母からテレビを観ることができないと聞いて、このプレゼントを思いついたのだろう。

病室でテレビを観ているときに何度か発作に襲われたことがある。

ニュースやサスペンスドラマは観ないようにしていたが、料理番組で包丁が出てきたり、ただ単に街の人混みを映し出した映像を観ただけでも、襲われたときの光景が脳裏を駆け巡って胸が苦しくなり、息ができなくなりそうになった。

「涼介、下で何か飲み物を買ってきてくれないか。お父さんは缶コーヒーがいいな。明香里は何がいい？」

父に訊かれて、「炭酸が入っていないジュースだったら何でもいい」と明香里は答えた。

「わかった」と言って涼介が病室を出ていく。ドアが閉まると父がベッドの近くにパイプ椅子を持ってきて腰かけた。ベッドで寝ている明香里と視線を合わせる。

「ここに来る前にお母さんと退院してからの話をしていたんだ」

父の言葉に、「そう……」とだけ答える。

「しばらく静岡に戻ったほうがいいんじゃないかと」

医師の話によればあと二週間ほどで退院できるのではないかということだ。だけど、それから後のことなど何も考えていない。

「もちろんこっちには仕事もあるし、東原くんもいるし……ただ、しばらく静岡で療養したほうがいいんじゃないかと、お父さんもお母さんも思ってる」

「そうだね」

退院しても、それまでの自分にはどうあっても戻れないだろうと感じている。

今まで当たり前にしていた仕事をこなせる自信もないし、あれほど好きだった航平と一緒に過ごすのも今の自分には想像できない。

「清瀬の部屋を引き払って静岡に戻っていいかな」

ベッドの傍らに座る父が意外そうな顔をした。何か言おうとしてやめる。

航平と離れていいのかと訊きたかったのだろう。

「もちろんいいよ」

少しの間の後、父がそう言って頷く。

「明香里がそうしたいんなら、ずっと静岡にいればいい。これからもあの家で生活して、仕事をしたくなったらお父さんの会社を手伝えばいい。明香里がそばにいてくれたら、お父さんもお母さんも涼介も嬉しいよ」

父の言葉を聞きながら、視界が滲んでいく。父が明香里の肩に優しく手を添えてきた。

「明香里が退院したらお父さんが引っ越しの手続きをするよ」

物音が聞こえ、明香里はドアに目を向けた。涼介が病室に入ってくるのを見て、袖口で目もとを拭う。

ベッドに近づいてきた涼介にオレンジジュースを差し出され、明香里は「ありがとう」と受け取った。父に缶コーヒーを渡すと、涼介がベッドの近くにパイプ椅子を引き寄せて座る。それから会話がなくなった。沈黙を埋めるようにそれぞれが手に持ったドリンクを飲んでいる。

父は自分の知っている父で、涼介も自分が知っている弟だ。それなのに、以前のように自然に言葉が出てこない。

父と涼介の思いは明香里とは違うものかもしれない。目の前にいるのは娘であり姉であるが、自分たちが知っている存在とは別人のように映っているのではないか。

静岡に戻ってしばらくすれば、以前のようになれるのだろうか。父や母から小言を言われたり、くだらないことで涼介と喧嘩したり、家族で笑い合いながら食事をしたり、実家で暮らしていたときには当たり前だった日常に戻れるのだろうか。

「ごめん……ちょっと疲れちゃった」

明香里がそう言いながらサイドテーブルにオレンジジュースを置くと、「そうだな。ひさしぶりにいろいろと話して疲れただろう。そろそろ行こうか」と父が涼介を見る。

涼介が少しほっとしたように頷いて、父とともに立ち上がる。

ふたりが病室から出ていきドアが閉まると、明香里は安堵の溜め息を漏らした。

8

ネットカフェに入ると、受付に立っていた男が笑いかけてきた。初めてここに来たときに最初に声をかけた小林という店員だ。

「八時間パックでいいですか？」

小林に訊かれ、省吾は頷いた。財布から金を取り出して支払いを済ませる。

「マスコミのかたも大変ですねえ。五十二番の部屋です」半ば呆れるような口調で言って小林が伝票を差し出した。

このネットカフェに通い始めてから今日で一週間になる。夜の十一時から朝の七時までここで過ごし、フロアで顔を合わせた客に小野寺のことを知っているか訊いて回っている。今までに小野寺に見覚えがあると言った客が三人いたが、いずれも話はしていないという。

ドリンクバーでソバージュヘアの肉付きのいい女がコーヒーを淹れている。近づいていくと化粧の強い臭いが漂ってくる。

「あの、ちょっとよろしいでしょうか」

省吾が声をかけると、女が振り返った。警戒するような眼差しでこちらを見る。おそらく四十代半ばといったところだろう。

「驚かせてしまってすみません。ぼくはこういう者でして……」省吾はポケットから取り出した名刺を女に渡した。

「ライター……？」

怪訝そうな顔で訊く女に省吾は頷く。

「ちょっと雑誌の記事の調べ事をしていまして。この男性に見覚えはありませんか？」

スマホで小野寺の顔写真を見せると、「ああ……渋谷の通り魔犯ね」と女が呟いた。

「このネットカフェをよく利用していたそうなんですが、ご存じですか？」

「知ってるわよ」女が即答する。

「彼と話をしたことはありますか？」

「あるわよ」

女を見つめながら、心臓が波打った。

「詳しく話を訊かせてもらえませんか」

省吾が言うと、「タダで？」と女が笑う。

「いや……もちろんタダというわけでは。それほど謝礼は弾めませんが」

「お酒ごちそうしてよ。飲みたかったんだけど今日は稼ぎがほとんどなくて」

「いいですよ」

女が淹れたばかりのコーヒーを流しに捨てて、「じゃあ、行こう」と省吾の腕に自分の腕を絡ませてくる。どのような反応をしていいのかわからないまま、女とともにドアに向かった。

女に勧められて入ったのはネットカフェから近い大衆居酒屋だった。

十一時を過ぎていたが店内ではまだ何組かの客が酒を飲んでいる。客の何人かと顔見知りのようで、女が軽く挨拶を交わしながら奥のテーブル席に向かう。

省吾は女の向かいに座り、「好きなものを注文してください」とメニューを差し出した。

女はウーロンハイ、省吾は生ビール、あと数品のつまみを頼む。

「あの……会話を録音させてもらってもいいでしょうか」

省吾が訊くと、煙草に火をつけようとしていた女が手を止めて笑った。

「ずいぶん本格的ねえ。別にいいわよ」

取り出したボイスレコーダーの録音ボタンを押してテーブルに置く。

「何とお呼びすればいいですか」

「とりあえずケイコっていうことにしておいて」女が言って煙草の煙を吐く。

「あのネットカフェをよく利用されるんですか？」

「よくっていうか……ほとんど住んでるようなものね。半年ぐらい前から」

「それで小野寺と話すようになったんですか？　小野寺圭一という名前はご存じですよね」

「あの事件をニュースで観るまで名字は知らなかった。お互い下の名前で呼び合ってたから」

店員がドリンクを運んできたのでケイコがそこで口を閉ざした。とりあえずジョッキを合わせて飲む。

「最初に話したきっかけは何だったかなあ……そうだそうだ、近くの牛丼屋で食事をしたときに席が隣だったんだよね。それであのネットカフェによくいるよねって話になって……住む家がないからあそこで生活してるって」

「どれぐらいの間、そういう生活をしていると？」

「もともと働いていた工場を解雇されて、寮を追い出されてから二年近くあちこちのネットカフェを渡り歩いてたって。七月頃からあそこのネットカフェに落ち着いたみたいだけど」

「その話をしたのはいつ頃ですか？」

「事件を起こす一ヵ月ぐらい前かな。それから顔を合わせるたびにちょこちょこ話をする仲になった」

「小野寺とは主にどんな話をしていたんですか？」

省吾が訊くと、「不満ね」とケイコが鼻で笑うように言う。

「不満……」

「そう。社会に対する不満、親に対する不満……自分は生まれたときから底辺でしか生きられない宿命なんだって。どんなにあがいても死ぬまでそこから這い上がれないだろうって」

「それは親のせいだと？」

ケイコが頷いた。

「十四歳になるまでほとんど学校に行かされてなかったと言ってた」

その言葉に衝撃を受けた。

「読み書きもまともにできず、子供の頃から人とのコミュニケーションをほとんどしていなかったから、どこで働いても長続きしないって愚痴ってた。たしかにかわいそうな面はあるけど、あんな事件を起こす理由にはならないわよね。そう思わない？」

省吾は頷けなかった。

小野寺は数年前の自分自身かもしれないと感じている。

「誰だって大なり小なり不幸を抱え込むことはあるんじゃない？　ちゃんと教育を受けていたとしても、親がどんなに立派だったとしても、いい仕事に就いていたり、幸せな家族を持っていたとしても。自分が病気になったり、家族が亡くなったり、ちょっとしたきっかけで貧困に陥ったり……」苛立たしそうに言ってケイコが煙草を灰皿に押しつける。

「そうですね」

「わたしにも……」そこまで言ってケイコが口を閉ざした。

「どうしました？」

省吾が問いかけると、ケイコがボイスレコーダーに目を向けて「止めてくれる？」と言った。

「わかりました」省吾は頷いて停止ボタンを押した。

「わたしにも十年ほど前には家族がいた。でも、息子が交通事故で亡くなって、それがきっかけで離婚して……気がついたら今のような生活をしている」

「ネットカフェで寝泊まりするような生活ですか？」

「正確に言うと、ネットカフェで寝泊まりしながら客を取る生活よ」

ケイコの言葉を聞いて、省吾は何も言わないままジョッキに口をつけた。

目の前でウーロンハイを飲むケイコは四十代半ばに見え、お世辞にも容姿端麗とは言い難い。おそらくそれほど客もつかないのではないだろうか。

先ほど小野寺の話を聞かせてほしいと省吾が頼んだとき、今日はほとんど稼ぎがなかったから酒をごちそうしてほしいと言ったぐらいだ。

「ケイコさんのこれまでの人生を小野寺に話したんでしょうか」

省吾の問いかけに、ケイコが頷いた。

「息子を交通事故で失くしたことも、その後離婚してこんな生活に落ちぶれたことも話した。どこかで踏み止まる方法はあったのかもしれない。でも、わたしはそうしなかった。息子を轢き逃げした犯人への憎しみと、相応の裁きを下さなかった司法への無力感、息子を亡くして苦しんでいるわたしに寄り添ってくれなかった夫への諦めや絶望感で、すべてのことに投げやりになって十年近く生きてきた。苦しいときにはお酒に逃げて、お金がなくなったら自分の身体を売りながら……」

ケイコを見つめながら、息苦しさがこみ上げてくる。

「いまさらやり直そうと思っても、この年で、家も蓄えもない身分じゃ簡単には抜け出せない……でもあなたは違う。だから腐ってはいけないって彼に話した。まだ若いんだから頑張ればこれからいいことがあるかもしれないって」

「小野寺は何と？」

「特に何も言ってなかったかな。あんな通り魔事件を起こしたっていうことは、わたしの言葉は何ひとつ響いてなかったってことでしょう」ケイコがそう言って嘆息した。

「小野寺と最後に会ったのはいつか覚えていらっしゃいますか？」

「事件を起こす三日前の夜だったかな」

小野寺がネットカフェを後にした前日か。

「通り魔事件を起こすような兆候は感じましたか？」

その言葉に反応するように、ケイコが苦々しい表情を浮かべる。ふたたび煙草に手を伸ばして火をつけた。

目の前にいるケイコが煙草の煙を吐き出すと同時に「ひとつ訊いてもいいかな？」と言った。

「何ですか？」省吾は少し前のめりになって訊き返した。

「ここでわたしが話したことはどこかの雑誌で記事になるの？」

その答えによって、どこまで話すべきか考えようというのだろう。

「いえ」

省吾が首を横に振ると、ケイコが小首をかしげる。

「じゃあ、何でこんなことをしてるの？」

「正直にお話ししますと、自分はどこかの雑誌の記者というわけではありません」

「さっきくれたライターっていう名刺は嘘なの？」

「いえ、雑誌に記事を書いているライターというのは本当ですが、風俗店の紹介ばかりで事件関係とは無縁のものです。ただ、個人的に小野寺という男に興味を抱いて調べているだけです。そういうわけなので、ケイコさんから聞いたお話が雑誌の記事になることはありません」

「ここの飲み代は？」

「もちろん自腹です」

省吾が答えると、「何とも酔狂な話ね」とケイコが笑った。

「どうして小野寺に興味を抱いたの？」

ケイコに訊かれ、省吾は少し迷ってからシャツの右腕のボタンを外してめくった。

右腕にびっしりと入れた刺青を見て、ケイコが息を呑んだのがわかった。そのまま食い入るように見つめる。

それだけ凝視すれば刺青に隠された傷跡や火傷の跡も気づくだろう。

「自分の境遇に似ているかもしれないと感じたからです。ちなみに自分もずっと学校に行ってなかったですし、長い間施設に入っていました」

省吾が言うと、ケイコが顔を上げて視線を合わせた。

「そういうことなのね……」

それまでと違い、省吾に対する憐憫を眼差しに滲ませながらケイコが呟く。

「そういえば彼の身体にもたくさん傷跡があったな。昔、親に虐待されたって」

「ご覧になったんですか?」

省吾が訊くと、ケイコが頷く。

「彼と最後に会った夜……わたしに相手してほしいって頼んできた」

目の前で煙草の煙をくゆらせるケイコを見つめながら、省吾は首をひねった。

「相手してほしいっていうのは……どういうことですか?」

省吾が訊くと、「わたしの客になりたい、つまりそういうことよ」とケイコが返した。

「小野寺のほうからそういう話をしてきたんですか?」

省吾の質問を不快に感じたらしく、ケイコが眉根を寄せる。

「いくら落ちぶれたといっても、寝泊まりしているネットカフェで客を取ろうとは思わない」

「すみません。そういう意味ではなかったんですが……」

省吾が弁解すると、「まあ、いいけど」と言ってケイコが灰皿に煙草を押しつける。

「風俗の仕事では基本的に最後まではしない。まあ、相手の要望があってそれなりにお金を積まれれば最後までいくこともたまにあるけどね」

「小野寺は最後までと？」

ケイコが頷いた。

「これしかないけど相手してくれないかって封筒を差し出してきた。中にはよれよれの千円札が十五枚入ってた。いくら仕事といっても、それなりに知ってる人の相手をするのは抵抗があったから、安いところであれば一万五千円でできるところはあるよって水を向けた。こんなおばさんじゃなくてもっと若い女の子と遊べるってね。だけど、彼はわたしがいいって言った。多少なりとも自分のことを知っている、相手のことも知っている人とそうしたいって」

「それで小野寺と関係を持たれたんですね」

「そう……数日前に仕事を辞めたと聞かされていたし、そのときの彼の顔はいつも以上に悲愴感が漂っているように思えて、何だか断り切れなかった。こんなおばさん相手でもちょっとした憂さ晴らしになればと最終的には思ってね。でも、ホテル代がないっていうから、近くにある公園のトイレでね……わたしの感想だけど、彼、たぶん初めてだったと思う」

ケイコの話を聞きながら、カワモト物流の社長が話したことを思い出した。

家もない日雇いに彼女ができるわけないだろう――

会社の同僚にそう言われた小野寺は怒りをあらわにして、翌日から仕事に来なくなったという。

ケイコの勘が当たっているとすれば、小野寺はそれまでの二十六年間の人生で女と深く付き合ったことがなかったのだろう。そして同僚の言葉に触発されて女と関係を持ちたくなったのではないか。

だが、自分よりもはるかに年齢のいった風俗嬢とトイレでした行為は、小野寺にとって晴れやかなものでも誇れるものでもなかっただろう。

「かわいそうな初体験だと思ってるんでしょう?」

心を見透かしたようにケイコに言われ、省吾は首を横に振った。

「自分のことを何も知らない女性とそうするよりも、はるかによかったんじゃないかと思います。自分のことを少しでも理解しようとしてくれる人とそうなったほうが」

「本心なのかどうかはわからないけど、とりあえずそう言ってもらえて多少は救われたわ。でも……」ケイコがそこで言いよどんで顔を伏せる。

「でも……何ですか？」

省吾が先を促すと、ケイコが顔を上げて寂しそうに笑った。

「事が終わってトイレから出る前に彼が言った言葉が忘れられない。これで思い残すことなくあちら側に行けるって」

「あちら側？」

「そう。それに……今日の経験は自分も一生忘れないけど、ケイコさんもきっと一生覚えているだろうって」

「あちら側というのは、刑務所ということでしょうか？」

「今から思えばそう捉えられるけど、そのときには聞き流してしまった。あのときその言葉の意味を問い詰めて、馬鹿なことはやめるように諭せていたらと思うと……」

小野寺が通り魔事件を起こすのを止められたのではないかと後悔しているのだろう。

「ケイコさんのせいではありませんよ。仮にケイコさんがそうしていたとしても、小野寺は事件を起こしたんじゃないでしょうか」

省吾が言うと、「そう思いたいけどね……」とケイコが弱々しい口調で返した。

「わたしはその後もらったお金で飲みに行ったから、彼と話したのはそれが最後だった」

ケイコはそう言うとウーロンハイを飲み干した。お代わりを頼んでいいかと訊かれ、省吾は頷いて店員を呼んだ。ケイコが焼酎のロックを頼む。

小野寺はケイコと関係を持った翌日の朝にネットカフェを出て、その二日後の夕方に渋谷のスクランブル交差点で事件を起こした。

運ばれてきた焼酎をケイコが勢いよく飲んで口を開く。

「親や社会に対する鬱憤が彼をあの事件に駆り立てたのかもしれないけど、同時にわたしに対する復讐もあったんじゃないかっていう気がしてならない」

「どうしてケイコさんに復讐しなければならないんですか。小野寺に対して何も悪いことはしてないでしょう」

「まだ若いんだから頑張ればこれからいいことがあるかもしれないという、わたしの安易な慰めの言葉に対する復讐……彼の中に巣食っていた絶望感は、わたしの想像をはるかに超えるものだったのかもしれない」ケイコがそう言ってグラスに半分ほど残っていた焼酎を飲み干す。

この数分ほどで酒を飲むピッチがあきらかに速くなっている。嫌なことを話しながら同時に忘れようとしているように省吾には思えた。

「わたしが彼について話せるのはこれぐらいよ。参考になったかどうかわからないけど」

そろそろ引き際かもしれない。

「ありがとうございます。それと、嫌なことを話させてしまってごめんなさい」省吾は頭を下げた。

「大丈夫よ。お酒さえあればたいていのことには耐えられるから」

「ひとりのほうがいいですか？」

「あなたはけっこうタイプだから、その後の相手もしてくれるっていうんならいてくれてもいいけど……無理だよね」

「あいにく少しでも酒を飲んでしまうと役に立たなくなってしまうんです」

省吾は精一杯の嘘をつき、財布から取り出した一万円札をテーブルに置いた。

「ありがとうございました」

ふたたび礼を言って椅子から立ち上がると、省吾は居酒屋を出た。

9

「――それでは第一回の締め切りは来月の十五日になりますので、よろしくお願いいたします」

最終的な確認をして打ち合わせを終えると、航平は伝票をつかんで立ち上がった。レジで会計を済ませて作家の二宮と喫茶店を出る。

「二宮さんの新連載、編集長もすごく楽しみにしていますので、どうぞよろしくお願いいたします。調べ事などありましたらいつでもご連絡ください」

喫茶店の前で二宮と別れると、航平はすぐそばにある川越駅に向かった。改札を抜けてホームに降り、やってきた新木場行きの電車に乗り込む。

座席に座るとすぐに鞄から原稿の束を取り出した。一昨日届いた書下ろしの原稿で、明日までに読み込んで作家に連絡しなければならない。

半分ほど読んだかぎり、吐き気を催したりすることはなく嫌悪感も抱いていない。おそらく人の死や事件が生々しく描かれたものではなく、学園を舞台にしたユーモアミステリーだからだろう。

明香里が遭遇した事件のことを編集長の工藤に話した後、航平は芹沢史郎をはじめ最近の自分に対して不満を抱いていた数人の作家の担当を外され、代わりにミステリーを書かない作家を担当することになった。

航平の精神的な負担を軽減させようという工藤の計らいだったが、それでもまだ多くのミステリー作家を担当している。原稿を読んでいると嫌でも通り魔事件のことを考えてしまい、打ち合わせをすれば最近起きた殺人事件の話などをされたりするので、毎日がしんどくてしかたがない。

航平が他の部署に異動できるよう工藤は人事部に話したそうだが、実際にそうなるにはもう少し時間がかかるだろう。

ポケットの中でスマホが震え、航平は取り出した。画面を見て、どきっとする。

『近いうちに会えないかな？』

明香里からＬＩＮＥのメッセージが届いていた。

喫茶店で悦子と話をしてから、自分から連絡するのを控えていた。とうぜん明香里からの連絡もないままだった。

もう二ヵ月以上、彼女に会っていない。

今すぐにでも明香里に会いたい。でも、会うのがどうしようもなく怖い。

電車の中でしばらく迷った末に、航平は明香里にＬＩＮＥのメッセージを送った。

『今、時間があるんだけど、これから会いに行ってもいいかな？』

すぐに明香里から『ＯＫ』と返ってきた。いつも使っていた可愛らしいキャラクターのスタンプではなく、素っ気ない文字だけのメッセージだ。

渋谷駅に降り立つと、前に利用したことのある花屋に立ち寄った。前回と同じように明香里の好きなピンク色をベースにした花束を作ってもらい、店を出て病院に向かった。

病院に入った航平は明香里の病室を訊くために受付に行った。目の前のベンチに座っている悦子が目に留まり、近づいていく。航平に気づいて悦子がベンチから立ち上がった。

「先ほど明香里さんから連絡をいただいて伺いました」

航平が声をかけると、承知していると悦子が頷いた。

「ふたりだけにしてほしいと言われて、さっきここに来ました。病室は三〇五号室です。面会する前にナースステーションにお声をかけてもらえますか」

「わかりました」航平は悦子に会釈してエレベーターホールに向かった。

エレベーターのボタンを押す指が震えている。それに花屋を出た頃からずっと胸のあたりが苦しい。

ようやく明香里に会える。でも、明香里に会って何と声をかけていいのかわからないでいる。

エレベーターを降りて航平はナースステーションに立ち寄った。看護師から面会の了承を得て病室に向かうまでの間、彼女に伝えなければならないことを頭の中で整理する。

まず、何より先に謝らなければならない。自分が約束をキャンセルしたことで明香里は事件に遭遇してしまったのだ。

そして自分にとって明香里がどれほど大切で必要な存在なのかを伝えよう。

わたしたちは明香里が変わってしまったとしても愛します。家族だから。どんなにつらい思いをしたとしても、生きているかぎり明香里に寄り添っていきます——

悦子の言葉を聞いてからしばらくの間、航平は煩悶していた。

家族ではない自分が明香里に対して悦子と同じような気持ちを抱けるだろうか。

これから先もずっと。

そう思えると心に誓えないかぎり、明香里に会う資格はないのではないかと。

たしかに自分は家族ではない。でも、明香里と付き合い始めてから五年間のかけがえのない記憶が自分にはある。

たとえ以前のような明るくて優しい明香里に戻らなかったとしても、ふたりでいることでどんなに苦しい思いをしたとしても、これからも彼女のそばにいたい。

彼女のことを心から愛している。

それが煩悶の末に導き出した自分の答えだった。

三〇五号室の前にたどり着くと、航平は大きく深呼吸してからドアをノックした。

「どうぞ……」と明香里の声が聞こえ、航平はドアを開けて病室に入った。

上半身を枕に預けた格好で明香里がベッドに横になっている。こちらから顔をそらすように窓のほうを向いていた。

航平はドアを閉めて、ベッドのほうに一歩足を踏み出した。

「具合は……どうだ？」

自分の声が震えている。

「悪くないよ」こちらに顔を向けることなく明香里が答える。

ベッドの明香里に視線を据えながら、金縛りにあったかのようにその場から動けない。

「ずっと連絡してくれてたのに会わなくてごめんね」

明香里が発したその言葉に緊張感が少し解けて、航平はベッドに近づいた。

「いや……座っていいかな？」

窓を見ながら明香里が頷いたのがわかった。ベッドの横に置いてあるパイプ椅子に座る。

「花を持ってきた……でも、ごめん……付き合って五年になるのに明香里が好きな花も知らない……」航平はそう言いながらサイドテーブルの上に花束を置いた。

「この前、お見舞いにお母さんに渡してくれたコスモス……わたしは好きだよ。ありがとう」

「あれはコスモスだったのか……そんなことも知らないなんて、ダメだな、おれは……」

明香里は何も言わない。ただ、ずっと窓のほうを見ている。

「おれはダメな彼氏だよな……あの日、約束通りにレストランに行ってたら、明香里にこんな苦しい思いをさせずに済んだのに……おれは……」

「航平のせいじゃないよ」

こちらに顔を向けた明香里を見て、航平は息を呑んだ。

彼女の右頰に走る深い傷跡から目をそらしたかったが、何とか思い留まる。

「わたしがこんなふうになったのは航平のせいじゃない。航平は何も悪くない……それを伝えたくてここに来てもらったの」こちらを見つめながら明香里が言う。

彼女の顔を直視していると涙が出そうになり、思わず航平はうつむいた。

「来週、退院するの……その足で静岡に戻るつもり」

明香里の声を聞きながら、航平は頷いた。

退院できるといってもすぐに日常生活に戻るのは難しいだろう。しばらくは家族の元で静養したほうがいいと自分も思う。

「いつか……こっちに戻ってくるよな？」

顔を上げて航平が訊くと、こちらを見つめ返しながら明香里が首を横に振る。

「わたしのことは忘れてほしい」

心臓が跳ね上がった。

「ど、どうして……おれのことが嫌いになったのか？」

明香里がふたたび首を横に振る。

「きっと航平のほうがわたしのことを嫌いになる」

「そんなことはない！」

航平が叫ぶと、明香里がびくっとしたように身を引いた。

「驚かせて、ごめん……でも、聞いてほしい。おれは明香里のことを嫌いになんかならない。絶対に。おれには明香里が必要なんだ」

「わたしはもう……航平が知ってるわたしじゃないの……意識を取り戻してから目にする景色は、それまで見ていたものとはまるで違うものだった……」

どういう意味なのかはよくわからなかったが、航平は黙って明香里の言葉に耳を傾ける。

「お母さんに今日はいい天気だよって言われて窓の外を見ても、わたしには空がくすんでいるようにしか感じられない。この病室の白いって言われている壁も、わたしの目にはどんよりとした灰色に見える。お母さんの顔も、お父さんの顔も、弟の顔も……今目の前にいる航平の顔も……まるで色彩がなくなったようなモノクロにしか見えない。以前もらった花束も、お母さんはきれいなピンク色だって言うけどわたしにはそう見えなかった……この花束だって……」明香里がそう言いながらサイドテーブルに置いた花束を指さす。

「怪我の後遺症で視力に問題が出てしまったとか？」

明香里が首を横に振った。

「先生に話して検査してもらったけど視力には異常がないって。おそらく精神的なものじゃないかって……それだけじゃない。ちょっと物音がするだけで、テレビの料理番組で包丁が出てきたり、人混みの風景を見るだけで、窒息してしまうんじゃないかっていうぐらいの苦しい発作が起こる。部屋の明かりを消したり、目をつぶったりすると、ふいに襲われたときの光景が鮮明によみがえって頭がおかしくなりそうになる。わたしはもう……以前のわたしじゃない。航平が知ってるわたしじゃないの！」

明香里が重い溜め息を漏らし、ふたたび窓のほうに顔を向ける。

窓の外には青空が広がっているが、明香里が見ている景色は今自分が目にしているものとはまったく違って映っているのだろう。

以前とは別人のようになってしまうかもしれない――

悦子の話を聞いて航平もそれなりに覚悟していた。

もう二度と、明香里の笑顔を見ることはできないのではないかと。

だけど……

「なあ、明香里……」

航平は声をかけたが、ベッドの上の明香里は窓のほうに顔を向けたままだ。

「以前の明香里と変わっていたって、おれはかまわない」

反応を示さない明香里に、航平はかまわず話しかける。

「以前、お母さんがこんなことを話されてた……自分たち家族は明香里が変わってしまったとしても愛します、と。今のおれたちは家族じゃない。でも……おれも同じ思いなんだ。明香里のことが好きだから、自分にとってかけがえのない存在だから、どんなことがあってもこれからも一緒にいたい」

明香里の肩のあたりが小刻みに震えている。

「一緒に生きて……いつかまた、明香里の笑顔が見たい。明香里が幸せだと感じられるようなおれも幸せにしてもらえるような笑顔が見たい。時間はかかるかもしれない。それでも……そのためにおれはこれから生きていきたい」

「帰って……」

明香里の声が航平の胸に重く響いた。

「わたしは望んでないから……もう出て行って」

明香里の背中を見つめながら、航平は漏れそうになる溜め息を飲み込んで唇を噛み締めた。

ゆっくりと椅子から立ち上がり、ドアに向かう。病室を出るとき、もう一度ベッドの明香里に目を向けてゆっくりとドアを閉めた。

エレベーターで一階に行くと、受付のベンチに座っていた悦子が立ち上がって近づいてきた。

「別れ話を切り出されました」

航平が言うと、「そうですか……」と予感していたというように悦子が頷いた。

「でも……ぼくは諦めませんから」

悦子が意外そうな顔で見つめ返してくる。

「自責の念や同情なんかじゃなく、彼女のことが好きでたまらないので。たとえ以前の明香里ではなかったとしても、明香里は明香里です。ぼくの気持ちは変わりません」

「ありがとうございます。でも……」

「これからも定期的にお母さんに連絡してもいいでしょうか。彼女の様子が知りたいので」

遮るように航平が言うと、戸惑いを滲ませながら悦子が頷いた。

「それでは失礼します」航平は悦子に頭を下げて出口に向かって歩き出した。

10

取材を終えてファッションヘルス店から出ると、省吾はスマホを取り出した。後藤里奈からLINEのメッセージが届いている。

『了解。ちょうど明日休みだから今夜ゼックスに行こうと思ってるけど、省吾はどう？』

取材の前に、近いうちに会えないかとひさしぶりに里奈にメッセージを送っていた。

『今仕事が終わったから、これから行くよ』

返信すると、省吾は新宿駅に向かって歩き出した。中央線に乗って中野に向かう。

中野ブロードウェイの裏手にある飲み屋街にふたりが馴染みにしているバー『ゼックス』がある。馴染みにしているとはいっても、自分はかれこれ半年ほど行っていない。

ドアを開けて中に入ると、カウンターだけの店内に客の姿はなかった。バーテンダーの中西が「ひさしぶりだな」と覇気のない声で迎える。

省吾はカウンターに座り、ボトルで入れているハーパーのソーダ割りを頼んだ。

「ひとり？」

中西に訊かれ、「この後、里奈も来る」と答える。

「そういえば里奈もしばらく来てないな。渋谷の例の事件で忙しいのかな」

里奈は渋谷警察署に勤務している。だが、地域課だから通り魔事件の捜査には携わっていないだろう。

雑な手つきで目の前にグラスが置かれ、省吾は口をつけた。

里奈と知り合ったのは三年ほど前だ。といっても当時は名前も年齢も知らなかった。円山（まるやま）町の路上で風俗店の客引きをしている省吾に、街を巡回する警察官として何度か注意してくる間柄でしかなかった。だが、それからしばらく経った頃にこの店でばったりと出会った。

隣に座った省吾を冷たくあしらうだろうと思っていたが、自分の予想に反して里奈は仕事とプライベートをきっちりと分けられる女性で、管轄内の飲み屋では羽目を外せないのでわざわざ中野まで飲みに来ているとあけすけに語った。

制服で会うときの里奈は可愛げの欠片（かけら）もない権力側の人間でしかないが、ここで接していると意外なほどに話が合い、それ以上に身体の相性が合った。

里奈と親しくなったことが、省吾が風俗店の客引きを辞めたいと思ったきっかけのひとつだったのだろう。

物音が聞こえて、省吾はドアに目を向けた。

店内に入ってきた里奈が「ひさしぶり」と片手を上げながらカウンターに近づき、省吾の隣に座る。目の前にある省吾のボトルを指さして、「同じものを」と中西に頼む。

「そっちは天下の公務員でこっちはしがないフリーライターだぞ。少しは遠慮しろよ」省吾は冗談めかして言った。

「半年間、誘いをスルーしてたペナルティーよ。どうせ風俗の取材のついでにいい思いしてるんでしょう」

「あいにくおまえと一緒で、仕事とプライベートをきちんと分ける主義だからな」

ひさしぶりの軽口の応酬を楽しみながら、とりあえず里奈とグラスを合わせる。

「それにしても省吾のほうから連絡してくるなんて珍しいよね。何かあった？」里奈が訊いてくる。

「ちょっと訊きたいことがあってさ」

「何？」

「小野寺と会うにはどうしたらいいんだろう」

その言葉の意味がわからないというように、里奈が小首をかしげる。

「小野寺って……」

「渋谷のスクランブル交差点で通り魔事件を起こした小野寺圭一」

ぎょっとしたように里奈が目を丸くする。

「どうして省吾が……小野寺に……？　事件関係の記事でも書くようになったの？」

「いや、仕事じゃなくて個人的な興味だ。今、小野寺はどこにいるんだ？」

省吾は訊いたが、里奈はなかなか答えようとしない。

「話しちゃマズいことなのか？」

「まあ、一応そうだね……でも、ほとんどのマスコミが知ってることだからいいか。ここだけの話にしてくれるなら」

「もちろん」省吾は頷いた。

「小野寺は逮捕されてからずっと渋谷署の留置場にいるよ」

「おれが会うことはできないのかな」

「今は無理だね。接見等禁止決定が出てるから」

「何だ、それ？」

「弁護士以外は会えないっていうことよ」里奈が答える。

「ずっと弁護士としか会えないのか？　よくマスコミとかが犯人にインタビューしたのがニュースになったりしてるじゃないか」

「小野寺は事件に関して否認していないし、単独犯であるのは間違いないと思われてるから、じきに接見等禁止決定は解かれるんじゃないかと思うけど」

「そうなったら小野寺に会うことができるのか？」

「本人が拒否しなければね」

「小野寺がおれに会ってもいいと思わないかぎり面会はできないってことか」

里奈が頷いてグラスに口をつける。

「どうすれば会ってくれるだろうか？」

「そんなことわたしに訊かれてもねえ……」里奈が困ったように頭をかいて続ける。「ひとつ言えるとすれば、相手にとって有益なことは何なのかを考えてみることかな」

「有益なことって、たとえば？」

「相手が欲しいものを差し入れしたり、外部との連絡役を引き受けたり。今の時期だったら冬物の衣類を用意したらありがたがられるかも。警察署の留置場も拘置所も冬場はかなり寒いから」

「小野寺の接見等禁止決定が解かれたかどうかはどうやって調べるんだ？」

「省吾の立場だったら直接警察署や拘置所に行って確認するしかないわね。そもそもどうして小野寺なんかに会いたいの？　個人的な興味って言ってたけど……」

「うまく言えないけど……他人事には思えないんだ。小野寺は十四歳になるまでほとんど学校に行かされてなかったと知り合いに話していたそうだ。それに十六歳まで施設に入っていた」

　自分も同様の経験をしていることを里奈には話したことがある。親からの虐待については話していない。

「自分でも小野寺と会ってどうしたいのかはわからない。ただ、やつのことを知れば知るほど、小野寺は数年前のおれなんじゃないかっていう思いがしてさ……」

「そういうことか……それならば、その思いをそのまま手紙に書いて送ってみたら？」

　里奈を見つめ返しながら、省吾はなるほどと思った。

　女の叫び声が聞こえる――

　激しい息遣いと鼓動がその声をかき消す。

　両手に力を込めながら、自分自身も息苦しさに襲われて、破裂してしまいそうなほどに心臓が痛い。

　誰かが自分の肩をつかみ、激しく身体を揺さぶる。薄闇の中でこちらを覗き込んでいる女と目が合い、ぎょっとして身を引いた。

「大丈夫？」と女の声が聞こえると同時に、視界が光に包まれる。

　省吾は眩しさに思わず目を細めて、しばらく経ってからあたりに視線を配った。ホテルのベッドで寝ていたようだ。

心配そうな表情でこちらを見つめている里奈に視線を戻し、どうして彼女とホテルにいるのかを思い出そうとした。

バーで一緒に飲んでいたのは覚えている。どうしたら小野寺に会えるだろうかと里奈に訊いたのも覚えているが、それからのことは記憶にない。

省吾は操作盤に手を伸ばして明かりを落とし、ベッドから起き上がった。冷蔵庫に向かい、中からミネラルウォーターのペットボトルを取ってソファに座る。

「すごくうなされてた……」

里奈の声を聞きながら、省吾はペットボトルのキャップを開けて喉の渇きを潤した。

ひさしぶりに母親の夢を見た。

「ねえ……やっぱりやめたら？」

その声に、省吾はベッドのほうに目を向けた。里奈がこちらに近づいてきて、省吾の横に座る。

「何を？」

「小野寺に会うなんて」

どうしてだと訊く前に、里奈が省吾の手を握り締めてきた。

「省吾自身の心の傷をえぐることになるんじゃないかと心配で……」

もしかしたら酔っぱらっているときに何か変なことを口走ってしまったのではないかと、憂いを帯びた里奈の声音を聞いて省吾は思った。

「たとえ境遇が似ていたとしても、省吾と小野寺はあきらかに違うよ」

そうだろうか。

自分のすべてを知っているわけではない里奈にはそう映るのかもしれないが。

11

ドアをノックする音で目が覚めて、明香里はベッドの傍らに置いてある椅子に座っている母に目を向けた。

母が立ち上がってドアを開ける。訪ねてきた人と何やら話をして、「どうぞお入りください」と病室に招き入れた。

「こんにちは」と笑みを浮かべながら女性がこちらに近づいてくる。

以前、この部屋で刑事に事情を訊かれたときに同行していた女性だ。たしか犯罪被害者支援員の内村と名乗っていた。

「具合のほうはいかがですか？」

目の前まで来た内村に訊かれ、「ええ、まあまあです……」と明香里は答えた。

「お母様から近々退院される予定だとお聞きして伺ったのですが……退院の日は決まったんでしょうか？」

「明後日の二月八日に退院します」

「それは本当によかったですね。以前、お会いしたときよりも顔色もすごくいいですし……三ヵ月近くもの間、よく頑張りましたね」

内村に言われ、改めてその時間に思いを巡らせる。

たしかに長くて苦しい時間だった。間欠的に身体中に走る激烈(げきれつ)な痛みに耐え、脳裏に深く刻み込まれた事件に遭ったときのおぞましい記憶に抗(あらが)い、思うように動かない身体へのもどかしさと悔しさを噛み締めながらリハビリに励んだ日々。

「近々退院されるということだったので、お花よりもお菓子のほうがいいかなと思いまして。後でお召し上がりください」内村が手に持っていた紙袋を母に差し出す。

母が丁重に礼を言いながら紙袋を受け取り、ベッドの横にある椅子を内村に勧める。

「退院した後はどうされるんですか？」椅子に座って明香里に視線を合わせると内村が訊いた。

「静岡に戻ります」

「静岡といいますと……ご実家のほうに？」

明香里は頷いた。

「そうですか。そうですね……それがいいかもしれません。ご両親がそばにいらっしゃったほうが気持ちも落ち着くでしょうから」

内村はそう言いながら頷くと、膝の上に置いたハンドバッグを開けた。中からメモ紙を取り出して明香里に手渡す。

「お知らせが遅くなってしまいましたが、そちらに飯山晃弘さんのお墓があります」

内村から手渡されたメモ紙に明香里は目を向けた。『青明寺（せいめいじ）』という寺の名前と住所が書いてあった。住所は渋谷区上原三丁目――とある。

「ありがとうございます……」明香里はメモ紙を見つめながら内村に礼を言った。

以前、病室に来た刑事の話によると、飯山は家族や知り合いの誰からも弔われることなく、無縁仏として埋葬されたという。

せめて自分はここに行って飯山を弔わなければならない。

とても言葉では言い尽くせない感謝の思いを込めて。

「あの……もしよろしかったら……」

その声に我に返り、明香里は手に持ったメモ紙から内村に視線を移した。

「明後日、わたしは時間がありますので、一緒に飯山さんのお墓参りをしませんか？」

内村の申し出に、「よろしくお願いします」と明香里は頷いた。

「それでは明後日の午後一時頃にこちらに伺うのでいかがでしょう？」

「わかりました」

明香里が答えると、「それでは明後日にお伺いします」と言って内村が立ち上がった。


パイプ椅子に座りながら何とかズボンを穿くと、明香里はベッドの柵につかまってゆっくりと腰を上げた。

母が用意してくれたのはゆったりしたズボンだったが、それでも関節を曲げるたびに痛みが走った。

立ち上がるとすぐに母が明香里のもとにやってきて杖を渡す。

明香里は杖をつき、ベッドの柵をつかんでいたもう片方の手を離した。

「先生をお呼びしてもいい？」

明香里が頷くと、母が病室から出ていく。しばらくして担当医師の持田とともに戻ってくる。

「調子はどうですか？」明香里を見つめながら持田が訊いた。

「ズボンを穿くのに一苦労でしたが、大丈夫です」

「この三ヵ月近く、リハビリ以外はほとんどベッドでの生活でしたからね。静岡に戻っても
リハビリを続けてくださいね」

持田の言葉に明香里は頷いた。

「大変お世話になりました。ありがとうございます」

明香里は持田に挨拶して、手荷物を持った母とともに病室を出た。

杖をつきながらゆっくりと廊下を歩き、ナースステーションに立ち寄って世話になった看
護師たちに礼を言った。

エレベーターで一階に行くと、受付の前にあるベンチに座っていた内村が立ち上がってこ
ちらに近づいてくる。手に花束を持っていた。

「お待たせしてしまってすみませんでした」明香里の代わりに母が言う。

約束は一時だったがすでに三十分ほど過ぎている。

「いえいえ。お花とお線香は用意してありますので、ここからタクシーでお寺に行きましょ
う」

退院の手続きとタクシーの手配をするために母がこの場を離れ、明香里と内村は近くにあ

るベンチに座った。

「一昨日、静岡県警の犯罪被害者支援を担当している部署に連絡して、浜村さんのことをお話ししました。何かお困りのことがありましたら遠慮なくご連絡くださいとのことでした。もちろんわたしのほうにご連絡いただいてもかまいませんので」

「ありがとうございます……」頼ることはないだろうと思いながら、明香里は礼を言った。

誰かに相談したとしても、事件によって負わされた傷や、あのときの忌々しい記憶がなくなることはないという思いは今も変わらない。

戻ってきた母が「使う？」と訊きながらマスクの袋を差し出してきた。

おそらく頬に走る傷跡を明香里が気にしているのではないだろうかと思って、売店で買ってきたのだろう。

明香里が頷くと、母が袋から一枚取って渡した。マスクをつけるとベンチから立ち上がり、杖をつきながら出口に向かった。

病院の外に出ると、待っていたタクシーの助手席に内村が乗った。先に母が後部座席に乗り込み、続いて明香里が隣に座る。内村が行き先を告げるとドアが閉まってタクシーが走り出した。

後部座席から外の景色を見ていた明香里は、運転手に断りを入れてウインドウを下ろした。

額のあたりに冷たい風を感じる。だが、病院から出れば自分の視界から失われた色彩が戻るのかと期待していたが、流れる景色は相変わらずくすんで見えた。

閑静な住宅街でタクシーが停まり、杖をつきながら明香里は降りた。続いて母と内村が降りるとタクシーが走り去る。

明香里はすぐ近くにある青明寺に目を向けた。控えめな山門を見るかぎり、それほど大きな寺ではないようだ。

内村に続いて明香里は山門をくぐった。母に肩を支えられながら、慎重な足取りで石畳を進んでいく。本堂の裏手に墓地があった。墓石の間を進んでいき、一際大きな石像の前で内村が足を止めた。

自分の身体と同じくらいの大きな観音菩薩（かんのんぼさつ）が鎮座した石像だ。

「ここが飯山さんのお墓です」

内村の声を聞きながら明香里は目の前の石像を見つめた。

ここに飯山晃弘が眠っている。自分の命を救ってくれた男性が――

家族の墓に入ることもできず、見ず知らずの他人とともにここに眠っている。

内村が持っていた花束をふたつに分けて供え、取り出した線香に火をつけて明香里に渡した。

明香里は杖を母に渡してその場にしゃがみ込もうとしたが、難しそうだったので立ったまま線香を供えた。両手を合わせて目を閉じる。

わたしの命を救ってくださって本当にありがとうございます。どうか安らかにお眠りください――

心の中で唱えると、晃弘の姿が脳裏に浮かび上がってくる。

蒼白な顔をこちらに向けながら、必死に明香里に訴えかけていた。

約束は守った……伝えてほしい……

晃弘が最期に残したあの言葉は誰に向けたものだったのか。

明香里は飯山晃弘という人のことを何も知らない。自分の身を挺して明香里の命を救ってくれた人なのに。

晃弘は見ず知らずの明香里を助けてくれた。それなのに自分は彼のことを何も知らないまま、ただこうやって墓前で手を合わせることしかできない。

明香里はゆっくりと目を開けて、合わせていた手を解いた。

石像の前から離れると、母と内村が続けて線香を供えて手を合わせた。長い間手を合わせていた母がこちらに顔を向ける。目に涙を浮かべている。

「本当に感謝してもしきれない……飯山さんが助けてくださらなかったら明香里は……また

こちらに伺いましょう」

明香里は頷いた。

「この後すぐに静岡にお戻りになられますか？」内村が訊いた。

「ええ。タクシーを呼んでここから品川駅に向かおうと思います。今日はお付き合いいただいて本当にありがとうございました」母がそう言いながら内村に頭を下げる。

「あの……」と明香里が声をかけると、母と内村が同時にこちらを見た。

「警察のかたは飯山さんの親戚のかたとお会いになったんですよね？」内村に向けて明香里は訊いた。

「ええ……そのように聞いておりますが」

「わたしがお会いすることはできないでしょうか」

内村と母が戸惑いの目を向ける。

「どうしてお会いになりたいんですか？」

内村に訊き返されたが、すぐに答えられなかった。頭の中で自分の思いを整理して口を開く。

「うまく言えないんですが……飯山さんのことを少しでも知りたいんです。自分を助けてくれた人がどんなかただったのかを……」

「しかし、飯山さんは二十歳のときから家族とも親戚とも没交渉だった……」

「それでも……！」内村の言葉を遮った。「ほんの少しでも飯山さんのことが知りたいんです。いえ、知らなければいけないと思うんです」

そして、できれば晃弘が家族の墓に入れるように働きかけたい。

内村が考え込むように唸って（うな）いる。やがて明香里に視線を戻して口を開く。

「浜村さんの思いをお伝えすることはできますが、先方が了承してくださるかどうかはわかりませんよ」

「それでもかまいません。ご連絡していただけないでしょうか」

「わかりました」と内村が頷くと、明香里は母に目を向けた。

「内村さんからご連絡をいただくまで、わたしは清瀬の部屋にいることにする。静岡にはお母さんひとりで戻って」

「何言ってるのよ。そんな身体で、ひとりでいるなんて……」

「大丈夫よ。ひとりでいるっていっても数日のことだと思うから。それに静岡に持っていく物も整理したいし」

整理したいのは物だけではない。これから新しい生活を始めるにあたって、自分の思い出も整理しなければならないだろう。

それはひとりでしたい。

「ねえ……お願いだから」

明香里が訴えかけると、渋々といった様子で母が頷いた。


清瀬駅で電車を降りると、今まで一度も使ったことのない構内のエレベーターに乗って改札に向かった。駅を出てタクシーに乗ろうかと思ったが、コンビニに寄りたかったのでそのまま杖をついて歩き出す。

ハーゲンダッツのストロベリー味をふたつと、サンドイッチとごみ袋を買ってコンビニを出るとマンションに向かった。

以前の五倍ほどの時間をかけてマンションにたどり着き、エレベーターで三階に上った。鍵を開けて玄関に入り、明かりをつける。

大学に入ってから八年近く過ごした部屋が視界に映し出された。

事件が起きた日の朝に出て行ったときから何も変わらない風景だ。でも、それを見つめる自分はあのときとはあきらかに変わってしまっている。

玄関で靴を脱ぐと明香里は部屋に上がった。コンビニで買ったアイスクリームを入れようと冷凍庫を開ける。中には同じアイスクリームがすでに四つ入っていた。

こんなに買い置きしていただろうか。それとも明香里が入院している間にこの部屋を使っていた母が買ったのか。

いずれにしてもどうでもいいことだと思い、買ってきたアイスクリームを冷凍庫にしまった。マスクを外して冷蔵庫の上に置くと洋室に入る。

次の瞬間、胸の奥が激しくうずいた。同時に涙が出そうになる。

この部屋は今となっては目にしたくない物であふれている。棚には自分と航平のふたりが収まった写真たてが飾られ、その下の段には彼に褒められたくて買った料理本が数冊並んでいる。ベッドの脇に置いたローテーブルもビーズクッションも航平と一緒に家具店に行って選んだものだ。窓に掛けていたカーテンはひとり暮らしを始めた頃はピンクだったが、その色に囲まれているとどうにも落ち着かない気分になるという航平の要望に応えて淡いブルーに変えた。

思い出したくないのに、忘れるためにここに来たはずなのに、航平とここで過ごした記憶がとめどなくあふれてきて止まらない。

視界に映る現実の景色はずっとくすんで見えるのに、それらの記憶は色彩を伴って鮮やかに脳裏によみがえってくる。

明香里は先ほどコンビニで買ったごみ袋を出した。忌々しいカーテンを真っ先に剝ぎ取りたかったが、今の自分の力では難しいだろうと諦め、棚に置いていた写真たてや料理本をごみ袋に放り込む。

どうして、どうしてあのとき助けに来てくれなかったの――

棚に置いてあったジュエリーボックスを開けて、航平からプレゼントしてもらった指輪やネックレスも捨てる。

助けて……死にたくない……こんなところで死にたくない……航平――助けて――って、あんなに必死に叫んでいたのに――

激しい衝動を抑えられないまま明香里はユニットバスに向かった。洗面台に置いた青色の歯ブラシとシェーバーを手にしたとき、鏡に映った自分の顔を見て凍りつく。

目を真っ赤に腫らし、削げ落ちた頬に深く走る傷跡。

事件に遭った日の夕方から初めて直視する自分の変わり果てた顔だ。

12

目の前に座った男性が読んでいる新聞の文字が目に留まり、省吾は吊り革をつかみながら少し身を乗り出して覗き込んだ。

渋谷スクランブル交差点無差別殺傷事件、26歳男を起訴――とある。

本来であればもっと早くに起訴されるはずだが、小野寺には起訴前本鑑定が行われたということなのでこの時期になったようだ。

起訴されたということは、小野寺は早々に渋谷警察署の留置場から拘置所に身柄を移されることになるだろう。

以前、里奈に話を訊いたときには、小野寺には接見等禁止決定が出ていて弁護人以外とは会えないということだった。

接見できるようになったかどうかは、小野寺が勾留されている場所に直接行って確認するしかないと里奈に言われ、省吾はそれから何度か警察署に行ってみたが、その度に担当者からけんもほろろに追い返された。

今までは渋谷という自宅から比較的近い場所だったが、これからは葛飾区の小菅まで無駄骨を承知で通わなければならない。

新井薬師前駅で電車が停まり、省吾は車内の人波をかき分けながらホームに降りた。

どうして小野寺に会いたいのかと里奈に問われ、自分と境遇が似ているので他人事だとは思えないと答えると、その思いを手紙に書いて送ったらどうかと提案された。

実際に書いてみようと考えて便箋と封筒を用意したが、一行ほど挨拶文を書いたところでいつも手が止まってしまう。

手紙を書くことに慣れていないせいもあるかもしれない。だが、それ以前に子供の頃の記憶を思い返そうとすると、今でも頭痛と吐き気に襲われるのだ。

改札を抜けてアパートに向かって歩いていると、耳障りな音が聞こえてきて省吾は足を止めた。近くのパチンコ店から人が出てきて、店内の喧騒が路上まで響いている。

いつもならすぐに通り過ぎてしまうのだが、パチンコ店の入り口を見つめていた。

自分にとって忌々しい過去の記憶の一部があの場所にある。

もちろんあそこは子供の頃に母親に毎日連れて行かれたパチンコ店ではないが。

小野寺と会うために自分の思いを手紙に託そうとするなら、過去の記憶に触れるのを避けては通れない。

省吾は嫌悪感を抱きながらパチンコ店に向かった。中に入ると、目がくらむような喧騒に包まれ、省吾は頭を押さえながら店内を巡った。

子供の頃に母親に連れて行かれたパチンコ店に比べて、ずいぶんと清潔な印象で拍子抜けする。あの頃は店内中に充満した煙草の煙のせいで、よく咳き込んでいたのを思い出した。

『喫煙エリア』と掲げられたプレートが目に留まり、省吾はそちらのエリアに向かった。

煙草の煙が立ち込めるエリアに足を踏み入れると、適当な台を選んで座った。まわりに目を向ける。老いも若きも男も女も煙草をくわえながら目の前の台に向き合っている。

そういえば、こんな感じだったと思う。

幼稚園に行かされることもなく、朝からパチンコ店に連れて行かれ、あの女が遊び終えるまで店の片隅に置かれた水槽を見ながらひたすら待っていた。

たまに親に連れられた自分と同じぐらいの年の子がいて話をしたり、一緒にしりとりをしたりして遊ぶこともあったが、たいていはひとりきりで水槽で泳ぐ魚と、まるで何かに取り憑かれたように一心不乱にパチンコ台に向かうあの女を交互に見ていた。

店内を巡回している店員と目が合い、省吾は気まずさを感じて財布を取り出した。

千円札を台の横にある機械に入れたが、そこから先のやりかたがわからない。

毎日のようにパチンコ店に連れてこられたが、実際に自分で遊んだことは一度もない。

台についている『玉貸』というボタンが目に入って押してみると、ラックのようなところにパチンコ玉がじゃらじゃらと出てきた。ハンドルを回すと台の中で玉が飛び出してくる。

台のガラスに反射して映る自分の顔を見つめながら、子供の頃にあの女に言われた言葉をよみがえらせる。

あんたの顔を見ても父親が誰かなんて、わたしにもわかんないんだよね。だいたい酔っ払ったときに関係を持ったから、相手の顔も名前も覚えてないし。ひとつだけはっきりしてるのは、わたしはついてなかったってことよ――

あの女は二十歳のときに省吾を産んだという。おそらく何人もの男と遊び回っているうちに図らずも妊娠してしまったのだろう。

自分は望まれて生まれてきたのではない。

その思いが今も省吾の心を苦しめる。

パチンコ台の玉がなくなり、ここで退散するべきか迷った。だが、けっきょく財布を取り出して千円札を機械に入れる。ハンドルを回して自分を産んだあの女のことを思い返す。

子供の頃、省吾たちは何度も住む家を変わった。いずれも今の部屋よりも古くて狭いアパートだった。

どうやって生計を立てていたのか今でもはっきりとはわからない。あの女は朝から晩まで省吾を連れてパチンコ店に入り浸っていたから、仕事をしていたとは思えない。

生活費を賄えるほどパチンコに強かったわけではなさそうだ。たまに上機嫌で店を出て省吾が食べたいと言った菓子パンを買い与えてくれることもあったが、たいていの場合は険しい表情でアパートに戻ってやけ酒をあおり、腹立ちまぎれに省吾を押し入れの中に閉じ込めたり、ひどいときには煙草の火を腕や太腿に押しつけたりした。

押し入れに閉じ込められたり、煙草の火を身体に押しつけられたりするのは、パチンコに負けたときだけではない。

二日に一回ほどの頻度で夜になると省吾は押し入れの中に閉じ込められ、合図するまで声を出さずにここでじっとしていろとあの女に命じられた。

押し入れの中で息を殺していると、いつも外から男の声がした。そしてその後、ふたりが行為にふける様子を延々と聞かされる。尿意を我慢できずに押し入れから出たり、我慢し過ぎてその場で漏らしてしまったら、激高したあの女から煙草の火を押しつけられた。

いつだったか押し入れから出てしまったときに相手の男と顔を合わせたことがある。全裸だったが、パチンコ店にいた男だとわかった。

幼い頃の自分にはわからなかったが後から思えば、パチンコ店にいるときに男から声をかけられたか、あの女から声をかけたかしてそういう関係になったのだろう。男との行為があの女の生活の糧(かて)であり、パチンコの軍資金になっていたのではないか。

省吾のことが邪魔であれば押し入れなどに隠さず、外で待っていろと命じればいいではないかと年齢を重ねるうちに思ったが、今となればあの女がそうしなかった理由もわかる。

パチンコ台の玉がなくなり、省吾は財布を取り出した。千円札がなかったので五千円札を機械に入れてパチンコを続ける。

台のガラスに反射して映る物悲しそうな男を見つめながら、子供の頃の苦い思い出にふける。

省吾は幼稚園にも学校にも通わせてもらえなかった。今で言うところの『居所不明児童』だったのだ。

母親が住む家を転々とし、七、八歳になった頃からはパチンコ店にも連れて行かずに部屋から出ることをいっさい許さなかったのも、近所の人たちに省吾の存在を知られて児童相談所や警察に通報されるのを恐れたからではないか。

あの女が外で遊んでいる間、省吾はずっと部屋の中にいた。他にやることがないので一日中テレビを観て過ごし、たまに外から聞こえてくる同年代の子供たちのはしゃぎ声に導かれて窓から公園を眺め、腹が減ったらあの女が用意した菓子パンやカップラーメンを食べて空腹を満たした。そして夜になってあの女が部屋に戻ってくると、押し入れの中に入って、男女が行為にふける声を聞きながら眠りにつく。

そんな生活が終わりを迎えたのは省吾が十三歳のときだった。

自分が起こした「事件」によってあの女の呪縛が解けて、施設に入れられることになった。

あの女はどうして十三年もの間、省吾と生活を共にしていたのだろう。子供が邪魔であったなら、もっと幼い頃に施設に入れることもできただろう。そんな考えにも至らないほど無知な人間だったのか。それとも彼女なりの母性があったから子供をつなぎとめていたのか。

あの女と過ごした十三年間は省吾にとって忌々しい記憶でしかない。ただ、そのわずかな隙間に母親としての愛情らしきものを感じた瞬間がまったくなかったわけではない。

気がつくと、またパチンコ台の玉がなくなっていた。けっきょく七千円も使ってしまったが、何が楽しいのかよくわからなかった。

あの女は何が楽しくて毎日朝から晩までパチンコに興じていたのか。自由奔放に生きたかったのであれば、どうして省吾を捨てなかったのか。その理由を知りたかったが、もうあの女に訊くことはできない。

13

上尾駅で電車を降りると、明香里は杖をつきながら急ぎ足で改札に向かった。

飯山晃弘の墓参りをした五日後に、内村から連絡があった。晃弘の親戚から明香里に会ってもいいと了承を得られたということで、先方の都合のいい今日の三時に自宅に伺う約束をした。その親戚は晃弘の父親の弟にあたるそうで、上尾が最寄り駅の埼玉県上尾市平塚というところに住んでいるという。

改札を抜けると、明香里に気づいたようで内村が近づいてくる。

「遅くなってすみませんでした」

待ち合わせの時間は二時半だったが、十分ほど過ぎている。早めに部屋を出たつもりだったが、明香里が想像している以上に身体が動いてくれない。それに今までほとんどマスクをしたことがなかった自分からすれば、外にいる間ずっとマスクをしていることも息苦しくてつらい。

「飯山さんに少しだけ遅れますと連絡しましたので大丈夫ですよ。行きましょうか」

内村がそう言って『東口』と書かれたほうに向かって歩き出す。洋菓子店が目に留まり、明香里は内村に声をかけて中に入った。菓子折りを買って外に出ると、「ここが最寄り駅と言っても歩いていくのは大変そうな場所なので」と内村が言ってタクシー乗り場に向かう。

タクシーに乗り込んで車が走り出すと、緊張のせいか鼓動が速くなる。

「今回の件……飯山さんはすぐに了承してくださったんでしょうか？」明香里は気になっていたことを訊いた。

「正直なところ、少し説得しました。甥の話を訊きたいと言われても、三十年近く会っていないから何も話すことはないと、けんもほろろでしたので」

「そうですか……」

「助けてもらった浜村さんの立場からすれば、わずかでもいいので故人について知りたいのではないでしょうかとお話しして、ご納得いただきました」

運転手が「このあたりですね」と言ってタクシーを停めた。

タクシーから降りると明香里の代わりに内村がメモ紙を見ながら周辺を歩き回った。すぐに「こちらです」と明香里に向けて手を振る。内村に近づいていくと、目の前に築年数のかなり経っていそうな平屋建てがあった。表札に『飯山』と出ている。

内村が外門についているインターフォンを押してしばらくすると、「はい――」と男性の声が聞こえた。

「お電話させていただきました内村です」

内村が言うと、「どうぞ、入ってください」と声が聞こえてインターフォンが切れた。

明香里は失礼に当たらないようマスクを外して、内村に続いて中に入った。玄関にたどり着くと同時にドアが開き、白髪の小柄な男性が顔を出した。

「本日はお時間を作っていただきありがとうございます。こちらが……」内村がそう言って明香里を見る。

「浜村と申します。本日はお会いいただきありがとうございます」

目が合った瞬間、明香里の頬に走る傷跡を見て怯んだように男性がわずかに視線をそらした。

「飯山です。このような不便なところまでお越しいただいて恐縮です。どうぞ、お上がりください」

そのような表情をしたことに罪悪感を抱いたのか、飯山が丁寧な口調で招き入れる。

明香里は杖を下駄箱に掛けさせてもらい、何とか靴を脱いで玄関を上がった。

「そのご様子だと座卓は厳しそうですね。狭い部屋で申し訳ないですが、こちらにどうぞ」

右側の部屋のドアを開けかけていた飯山がそう言って反対側の部屋に入った。

通されたのは六畳ほどの部屋だった。ダイニングテーブルと食器棚とテレビが置いてあり、その奥が四畳ほどの台所になっている。おそらく反対側が客間で、そちらに通そうとしていたのだろう。

差し出した菓子折りを飯山が恐縮しながら受け取り、明香里たちにダイニングテーブルを勧める。コートを脱いで内村と並んで座ると、お茶と先ほど持ってきた菓子をふたりに出して飯山が向かい合うように座った。

「パックのお茶で申し訳ないのですが、よかったら召し上がってください」

飯山に言われ、明香里は会釈を返しながら湯飲みを持ち上げた。部屋に立ち込める重い空気を噛み締めながらお茶を飲む。

通り魔から自分を助けてくれた晃弘のことを少しでも知りたいと、自ら望んで彼の叔父(おじ)の家にやってきたのだが、なかなか会話のきっかけがつかめないでいる。

「以前はちゃんとしたお茶を用意しておったのですが、昨年妻を亡くしてから何をするにも億劫になってしまって……」

「奥様はご病気か何かでしょうか？」

何も言えない明香里の代わりに会話をつなごうと、隣に座った内村が訊く。

「ええ……肝臓がんで、昨年の六月に」

「そうでしたか。お悔やみ申し上げます」

そう言った内村とともに明香里も頭を下げる。

「まあ、最期を看取ってやれたのがせめてもの……ですね。うちは子供がいないので、わたしのときは家族に看取られることはありませんから」

晃弘の最期を看取ったのはおそらく医師だっただろう。

約束は守った……伝えてほしい……

明香里に託したその言葉を受け取るべき相手に、看取られたかったのではないか。

「あなたも……大変な思いをされましたね」

その言葉に顔を上げると、飯山が憐憫の眼差しで明香里を見つめている。

「あなたみたいな若い女性があんなひどい事件に遭遇されて……本当に慰めの言葉もありま

せん」

「いえ……」明香里は首を横に振った。「わたしはそれでも……生きておりますので……晃弘さんのおかげで」

その名前を聞いたからか、飯山がわずかに表情を緩ませる。

「晃弘のことで話があると警察が訪ねてきたとき、正直なところ落胆の溜め息を漏らしました。また警察の厄介になるようなことをしてしまったのだろうと。でも、そうではなかったと知って、何とも複雑な心境になりました」

「複雑な心境、ですか……」

明香里の呟きを聞いて、飯山が頷く。

「警察の厄介になったのではないという安堵とともに、たったひとりの親族がこの世からいなくなってしまったという幾ばくかの寂しさですかね。妻を亡くして半年も経たないうちに、急に届いた訃報でしたから……」飯山がそう言って小さな溜め息を漏らす。

幾ばくか——という言葉に、飯山と甥の晃弘の関係性が垣間見えて、切なさを覚えた。

「ご遺体の確認に立ち会われたそうですね？」

内村が訊くと、「ええ」と飯山が頷いた。

「三十年近く会っていなかったので、すぐには晃弘だと確信が持てませんでしたが、右肘にあった傷跡を見て、そうだと思いました」

「右肘の傷跡というのは？」内村が訊く。

「高校二年生のときに交通事故に遭って右肘を怪我したんです。晃弘が変わってしまったきっかけでした。それまでの晃弘は快活で聡明な、いい子供だったんです。兄……いや、晃弘の父親も母親も中学校の教師をしていましたが、自慢の子供だったと思います。成績もよくて、小学生の頃から続けていた野球でも活躍して、高校生のときには甲子園の常連校の野球部で二年生ながらレギュラーでした。子供がいなかったのでわたしも妻も彼のことを可愛がっていましたし、わたしの父親も母親も唯一の孫の晃弘を溺愛していましたね」

だが、そんな晃弘はその数年後に警察に逮捕されてしまう。いったい何があったのか。

「交通事故で負った怪我のせいで野球をやめてしまったんですか？」

明香里が訊くと、「おっしゃるとおりです」と飯山が返す。

「長年、情熱を傾けていた野球ができなくなったことで、自暴自棄になってしまったんでしょう。それから悪い仲間とつるむようになったとかで、三年生のときに高校も退学してしまいました。両親とも晃弘を何とか立ち直らせようといろいろと手を尽くしたようですが、そのたびに暴力を振るわれてどうにもならなかったそうです。もともと野球で活躍していたぐらいですから体力的にはかないません。晃弘の蛮行は両親だけではなく、同居していた祖父や祖母にも向けられました。さすがに年老いた祖父や祖母に暴力を振るうことはありませんでしたが、顔を合わせるたびに罵声を浴びせたり、タンスの引き出しにしまっていた金を盗んだりするのは日常茶飯事だったそうです。溺愛していた孫のあまりの変わりようにショックを受けたのか、殺伐とした家で過ごしているのがつらかったのか、それまで元気だった父は会うたびに憔悴（しょうすい）した様子になり、そのうち病に臥（ふ）せるようになって心筋梗塞で亡くなりました」

飯山はそこまで言うと、「お茶のお代わりはいかがですか？」と明香里たちの前にあった湯飲みを手で示した。

「いえ、大丈夫です。ありがとうございます」内村と目配せし合いながら明香里は言った。

「そうですか。しゃべりすぎたせいか喉が渇いてしまって。ちょっと失礼します」

飯山が立ち上がって台所に向かう。しばらくして湯飲みを持って戻ってくると、向かいに座ってお茶を飲む。湯飲みから口を離して飯山がこちらのほうに少し身を乗り出す。

「このような話を続けるべきでしょうか」

飯山から問いかけられ、明香里は言葉に詰まった。

たしかに自分が聞きたかった話ではない。

「おそらくあなたからすれば、自分を助けた晃弘の思い出話を聞きながら、唯一の親族であるわたしと一緒に彼を弔いたいという思いがあったのではないですか」

そうだ。そうでなければあまりにも晃弘が無念すぎると思った。

「ただ、申し訳ないけどわたしはそういう気持ちになれない。たしかに晃弘が最後にしたことはとても立派なことだと思う。でも、つらい思いをさせられた者からすれば、その一点だけで彼への思いをすべて変えることはできないんです。どうかそれはご理解いただきたい」

これ以上聞かないほうがいいのかもしれない。

親族がどう思っていようと、自分だけは晃弘に対して良い印象だけを持ったままでいたほうがいいのではないかと。

ただ、今の自分にわかるかぎりでは、晃弘のことを知っているのは目の前の飯山しかいない。

約束は守った……伝えてほしい……

晃弘から託された最期の言葉を誰に伝えればいいのかという手掛かりが、目の前の叔父から得られる可能性がないとは言えない。

「ご迷惑でなければ、このまま晃弘さんのお話を聞かせていただけないでしょうか」

明香里が言うと、向かいに座った飯山が「わかりました」と頷いた。続けて口を開く。

「晃弘は祖父の葬儀に参列しませんでした。父は心筋梗塞で亡くなりましたが、わたしの中ではそれを招いたのは晃弘だという思いが拭えなかった。甥といえども、自分の父親の晩年をつらいものにした晃弘に怒りを感じていました。ただ同時に、まだ若い彼を何とかして立ち直らせたいとも思って会いに行きました。だけど、叔父の言葉など彼にはまったく響かなかった。響かないどころか、激高した彼に何発か殴られて、わたしは鼻の骨と肋骨を折られました」

「それで晃弘さんは逮捕されてしまったんですか？」

明香里が訊くと、「いえ」と飯山が首を横に振った。

「わたしは警察に突き出すつもりでいましたが、兄と母から必死に止められて、やむなく我慢しました。前科がついてしまったら更生への道が遠のくと思ったんでしょうが、後から思えばあのとき捕まっていたほうがよほどよかったでしょう。それからも晃弘の素行が変わることはなく、二十歳の頃に遊ぶ金欲しさに自宅近くの民家に忍び込んで、鉢合わせした住人を持っていたナイフで刺して逃走し、その後逮捕されました」

最後の言葉を聞いて、心臓が跳ね上がった。

ナイフで刺した――

自分がされたことを命の恩人である晃弘もしていたことを知り、激しく動揺する。

「幸いなことに被害者のかたは一命を取り留めましたが、全治一ヵ月の重傷を負いました。

息子がそんな事件を起こしてしまって、さすがに教職を続けていくことはできなかったのか、晃弘の両親はふたりとも仕事を辞めました」

「晃弘さんにはどのような刑が下されたんですか」内村が訊く。

「強盗致傷罪で懲役九年の実刑です。わたしの兄は警察に捕まった息子の晃弘と一度だけ面会をして、そのときに親子の縁を切ると言い渡したそうです」

向かいに座った飯山が苦々しい表情で言って、湯飲みに口をつけた。

「晃弘さんはそれから一度もご家族とお会いになっていないんですか？」

明香里が訊くと、飯山が頷く。

「兄と義姉からはそう聞いています。八年ほど経った頃に刑務所から仮釈放のことで連絡があったらしいですが、身元引受人になるのを拒んだと兄は言っていました。わたしも晃弘に怪我を負わされてから会っていません」

「手紙や電話などのやり取りもなかったんでしょうか」

さらに明香里が訊くと、曖昧に飯山が首を振る。

「正直なところ、そこまではわかりません。晃弘から手紙や電話があったけど、わたしには話していないだけかもしれませんし。刑務所に入ってからは親族の間で晃弘の名前は禁句のようになっていましたので、わたしも極力触れないようにしていましたから。ただ、兄の葬儀のときに義姉に訊いたところ、晃弘とは連絡の取りようもないと言っていたので……」

「晃弘さんのお父様はいつお亡くなりになられたんですか？」内村が飯山に訊いた。

「十三年前に胃がんで亡くなりました」

晃弘が三十五歳のときだ。

「九年前に義姉も亡くなりましたが、当然のことながらわたしら夫婦も晃弘と連絡の取りようがなかったので……」

「あの……」

ためらいながら明香里が声をかけると、飯山がこちらに視線を向けた。

「変なことをお訊きしてしまいますが……晃弘さんはご両親と何か約束をされたりしていませんでしたか？」

「約束？」飯山が首をひねる。

「ええ。例えば面会で最後にお会いになったときに、晃弘さんと何か約束されたと……そういう話をお兄さまからお聞きになったことはありませんか？」

警察に捕まった晃弘が、これから善良な人間になることを父親に約束していたとすれば、自分に託した最期の言葉に結びつく。

自分の身を挺してまで人を助けるような善良な人間になったと、晃弘は両親に知ってもらいたかったのではないか。

晃弘が両親の死を知らなかったとすれば、考えられる話だろう。

「どうしてそのようなことをお訊きになられるのですか?」

飯山に訊かれ、明香里は言葉に詰まった。

晃弘が残した最期の言葉を人に話していいものかと迷いがある。

だが、唯一の親族に知っておいてもらいたいという思いが勝った。

「実は……晃弘さんは通り魔に刺されて倒れた後にわたしにこんなことをおっしゃったんです。息も絶え絶えの状態で……『約束は守った……伝えてほしい……』と……必死にわたしに訴えてきました」

「約束は守った……伝えてほしい……」明香里を見つめながら飯山が繰り返す。

「ええ。おそらく晃弘さんが残した最期の言葉ではないかと。それで……」

「そうでしたか……晃弘は最期にそんなことを……」思いを馳せるように言いながら飯山が顔を伏せる。

「何か思い当たることはないでしょうか?」

明香里が声をかけると、飯山が顔を上げて首を横に振った。

「いえ……あいにくですが、わたしは兄や義姉から晃弘と何か約束をしたという話は聞いたことがありません」

「そうですか……」

　それから長い沈黙が流れた。

　話したいことはまだあったが口にできずにテーブルの一点を見つめていると、「最後に会った晃弘は……」と飯山の呟きが聞こえ、明香里は視線を向けた。

「穏やかな顔をしていましたよ。通り魔に襲われてさぞかし無念だっただろうに……わたしには笑みさえ浮かべているように見えました。気のせいだったのかもしれないけど……彼との別れのときに、一生懸命に野球に励んでいた頃の姿を思い出していたからそのように映っただけなんですかね」飯山がこちらを見つめながら寂しそうに笑う。

　何も言葉を返せないまま明香里が見つめ返していると、「ちょっと待っててください」と言って飯山が席を立って部屋を出ていく。しばらく待っていると飯山が部屋に戻ってきた。手に何かを持っている。

　飯山が向かい合わせに座りながら、手に持っていた物を明香里の前に置いた。

　写真だ。

「拝見させていただいてもよろしいでしょうか」

　飯山が頷いたのを見て、明香里は写真を手に取った。一枚ずつ見ていく。

遊園地のようなところで着ぐるみのキャラクターと一緒にいる小さな男の子の姿や、ユニフォームを着た中学生ぐらいの男の子がバッターボックスでバットを構えている姿や、学ランを着た高校生ぐらいの男子がどこかの家の前でポーズを決めている姿などだ。

「うちにあるのはそれぐらいなんだけどね」

飯山の言葉を聞きながら、明香里は繰り返し写真を見ていく。

どの姿も自分の記憶に残っている晃弘とは重ならない。

明香里が知っている晃弘は白髪交じりの年配の男性で、しかも血の気を失った蒼白な顔をしていた。

自分の人生にとってとても大切な存在のはずなのに、もう二度と会うことはできない。

学ラン姿でポーズを決めている晃弘の写真を見つめながら視界が滲んでいく。

明香里は袖口で涙を拭い、飯山に目を向けた。

「あの……何枚かスマホのカメラに収めさせていただいてもよろしいでしょうか」

明香里が言うと、飯山が呆気にとられたような顔をしたが、すぐに口を開く。

「持って行ってもらっていいですよ」

「でも……」

「ここで引き出しの奥にしまわれているよりも、あなたに持っていてもらったほうが晃弘も喜ぶんじゃないでしょうかね」

「ありがとうございます。それではこの写真をいただきます」

明香里は学ラン姿の晃弘の写真を抜き取ってバッグにしまった。

「こちらこそ。晃弘の話を聞くためにわざわざこんなところまで足を運んでくださって、ありがとうございました」飯山がそう言って頭を下げる。

そろそろ辞去するタイミングのようだ。

「最後にひとつだけお話しさせていただけないでしょうか」

明香里が言うと、「何でしょうか？」と飯山が問いかける。

「晃弘さんのご両親のお墓はどちらにあるんでしょうか」明香里は緊張しながら今日最もしたかった話に触れた。

「多磨霊園です」

飯山が答えると、「府中市と小金井市にまたがるとても大きな霊園です」と内村が地方出身の明香里のために説明する。

「そうなんですか」内村に頷きかけ、飯山に視線を戻した。「あの……晃弘さんをご家族のお墓に入れてあげることはできないでしょうか」

明香里が切り出した瞬間、飯山の表情が険しくなる。

「わたしがこんなことをお願いするのはまったくの筋違いであるのは重々承知しています。先ほどまでのお話を聞いて、ご家族や親戚の方々が晃弘さんを拒絶される思いも理解できます。でも……」

「それはできません」

強い口調で飯山に遮られ、明香里はびくっとして身を引いた。

「大きな声を出してしまってすみませんでした」気を取り直したように穏やかな口調に戻って飯山が頭を下げる。「ただ……あなたのお気持ちはわからないではないですが、兄の遺言なのでそれはできません」

「お父さまが晃弘さんを自分たちの墓に入れるなと？」

飯山が頷く。

「墓には晃弘の祖父と祖母も入っています。わたしと同様に、兄も晃弘のせいで父や母の晩年がつらいものになってしまったという思いがあるのでしょう。今際に自分の妻にそのように言ったそうです。わたしにどうこうできる問題ではないんです」

「浜村さん――」

呼びかけられて、明香里は内村に視線を向けた。

「そろそろ失礼させていただきましょうか」

その言葉に、明香里は頷くしかなかった。

「タクシーを呼びますので、到着するまでこちらで待たせていただいてもよろしいでしょうか」内村が飯山に断ってからスマホを取り出して電話をかけた。

重苦しい沈黙を嚙み締めながら待っていると、ベルの音が聞こえた。

「タクシーが来たようですね」

飯山の声を聞いて、明香里は椅子から立ち上がった。コートを羽織り、内村に肩を支えられながら玄関に向かう。

「本日はお時間を作ってくださってありがとうございました」

飯山に礼を言って外に出ると、あたりは夕闇に包まれていた。家の前に停まっているタクシーに内村とともに乗り込む。

「上尾駅までお願いします」

内村が行き先を告げると、タクシーが走り出した。

「静岡にはいつお戻りになるんですか？」内村が訊いた。

「明日、戻ろうと思います」

明香里は答えると、バッグの中から写真を取り出した。薄暗い車内でよく見えなかったが、写真に触れながらそこに写っている晃弘に思いを馳せる。

命の恩人である晃弘が望んでいるはずのことを何も果たせなかった――

明香里に託された晃弘の最期の言葉が誰に向けられたものかもわからず、無縁仏として埋葬されている彼の遺骨を家族の墓に移すことも叶わなかった。

「初めて知る話だったので驚きました……」

その声に我に返り、明香里は内村に顔を向けて首をひねった。

「晃弘さんの最期の言葉です。誰に伝えたかったのか、先ほどの訪問でわかればよかったんですけどね。浜村さんのためにも」

「わたしのためにも、ですか？」意味がわからず明香里は訊き返した。

「ええ。差し出がましいことを言ってしまうようですが、これ以上引きずられないほうがいいと思います」

何も言葉が見つからず、明香里は窓外を見た。

「事件に遭ったときの記憶がなくなることはないでしょうし、晃弘さんへの思いが消えることもないでしょうが……それでも一日でも早く、浜村さんが前を向いて生きていかれることをわたしは願っています」

果たしてそんな日が来るのだろうか――

窓外に映る漆黒を見つめながら、明香里は思った。

14

新幹線を降りて静岡駅の改札を抜けると、明香里は杖をつきながら南口に向かった。駅前のロータリーに停まっている白いプリウスを見つけて近づいていく。

すぐに車から母が出てきてこちらに向かってくる。「大丈夫だった？」と声をかけてきて、明香里が肩にかけているトートバッグを奪い取る。

「別に静岡駅まで来てくれなくても大丈夫だったのに」明香里はそう言いながら母とともに車に向かった。

明香里の実家は静岡駅から東海道本線で二つ目の草薙駅からバスでさらに行ったところにある。乗り換えやバスの乗り降りが大変だろうと、半ば強引に静岡駅での待ち合わせを決められた。

助手席に乗り込んでシートベルトを締めると母が車を走らせた。すぐに「今日の夕飯、何が食べたい？」と母が訊く。

「何でもいいよ」

「素っ気ないなあ。今夜は明香里が食べたいものを作ろうと思って、まだ材料を買ってないのよ。どうせ向こうではコンビニ弁当ばっかりだったんでしょう」母はそう言ったが、明香里の表情を見てはっとなった。

この数日の明香里の行動を言い当てたことに、決まりの悪さを感じているようだ。

たしかに母の言う通り、退院してからコンビニで買ったものしか食べていない。

頬に走る傷跡を人に見られたくないので外食はできないし、ましてや包丁を使って自分で料理を作ることなど考えられない。

「ひさしぶりにお母さんが作ったビーフシチューが食べたいな」

努めて明るい口調で返すと、「わかった。じゃあ、おいしいパンも買っていきましょう。ビーフシチューのときは、明香里はパンのほうがいいんだもんね」と母の横顔に笑みが戻った。

途中にあるスーパーの駐車場に車を入れて停めた。

「買い物してくるから明香里はここで待ってて」母がそう言って車を降りる。

建物に向かっていく母の背中をしばらく見つめた後、明香里は座席を少し倒して目を閉じた。

清瀬から静岡に帰ってきただけで疲れ果てている。

いきなり近くからドンドンと大きな音が響き、びくっとして目を開けた。車の外に立っている女性が笑みを浮かべながらこちらに手を振っている。

高校の同級生の恵梨だ。

今は誰とも話したくない気分だったが、このまま無視するわけにはいかないだろう。

しかたなく助手席のウインドウを下ろすと、「やっぱり明香里だったんだあ」と恵梨の屈託のない声が聞こえた。

「マスクしてるから確信が持てなかったけど、明香里っぽいなあと思って覗いちゃった」

「買い物？」他に言葉が浮かばずに明香里は訊いた。

「そう。病院の帰りにちょっとね」そう言いながら恵梨がお腹をさする。

明香里は恵梨の大きくなったお腹を見つめた。そういえば昨年の十一月に恵梨の結婚式に出席したとき、友人の美紀から妊娠六ヵ月らしいと聞かされたのを思い出す。

あれから三ヵ月ほどしか経っていないが、はるか遠い昔の出来事のように思える。

「平日なのにどうしてこんなところにいるの？」

都内の小学校で働いているはずの明香里がどうして平日に静岡にいるのかが気になるようで、恵梨がしつこく訊いてくる。

どのように答えるべきか考えていると、恵梨が車内に手を伸ばしてきた。明香里の傍らに置かれた杖を指さして、「これって杖？　もしかして明香里の？」と不思議そうに訊く。

「そう……わたしの……向こうで大きな怪我をしちゃって、それで実家に戻ることにしたんだ」

明香里が言うと、恵梨が驚いたように車内に伸ばしていた手を引っ込めた。

「大きな怪我をしたって、いったいどうしたの？」

心配と興味が入り混じったような眼差しで恵梨に訊かれ、明香里は言葉に詰まった。

通り魔事件の被害に遭ったことをあまり人には知られたくない。でも、このままごまかしているると、憶測や噂話として友人たちの間に広がってしまうかもしれない。恵梨はけっこうおしゃべりだ。きちんと話をしたうえで、他言しないように頼んだほうがいいだろう。

「あまり人に言わないでほしいんだけど……」

助手席に座ったまま明香里が言うと、車の外に立っていた恵梨が「わかった」と神妙そうな顔で頷いた。

「三ヵ月ほど前に東京の渋谷で起きた通り魔事件のことを知ってる？」

明香里の言葉に反応したように、こちらを見つめていた恵梨が眉根を寄せる。

「三ヵ月前に渋谷って……あれ……渋谷のスクランブル交差点で起きたってやつ……？」

「そう。あの事件で被害に遭ったの」

明香里が言うと、「嘘……」と恵梨が手で口もとを押さえた。

「本当。そういうわけで……」

「あの事件ではたしか男性がひとり亡くなったんだよね。それで女性がふたり大怪我したって」

「わたしは一週間ほど意識がなかった。最近ようやく退院できて……」

「そうだったんだ」

それ以上の言葉が見つからないようで、恵梨が無言のまま突っ立っている。

「……恵梨ちゃん？」

その声に、恵梨がこちらに向けていた視線を外して、「あっ、おばさん。おひさしぶりです」と会釈する。運転席の窓に目を向けると、買い物を終えた母が車の外に立っているのが見えた。

「お祝いの言葉が遅くなっちゃったけど、あらためてご結婚おめでとうございます。あら、お腹もずいぶん大きくなっちゃって。予定日はいつなの？」

母が訊ねると、「来週なんです」と恵梨が微笑みながら答える。

「妊婦健診でこの近くの病院に来ていて、買い物して帰ろうと思ったら車の中にいる明香里を見かけて……」

「家はこの近く？」

「いえ、御門台(みかどだい)です。これからタクシーを呼ぼうと思ってたところで」

「よかったら家まで送ってあげるわよ」

母の言葉に、「いいんですか？」と恵梨が言って後部座席に乗り込む。運転席に座った母が買い物袋を明香里に渡してエンジンをかけた。

以前であれば友人に優しく接する母が好きだったが、今は早く恵梨から解放されたかったのにと、忌々しい感情がこみ上げてくる。

スーパーの駐車場から車が出た後も、助手席にいる明香里は口を閉ざしていた。運転する母も、後部座席にいる恵梨も黙り込んでいる。

「おばさん、さっき明香里から聞いたんですけど……」

重い沈黙を破るように後ろから恵梨の声が聞こえた。

「ねえ、ところで……お腹の赤ちゃんの性別はもうわかっているの？」恵梨の言葉にかぶせるように母が訊く。

「ええ。女の子です」

恵梨が答えると、「そう。それは楽しみね」と母が目じりを下げる。

「でも、旦那は男の子がほしかったみたいで……女の子はいつか誰かにもらわれてしまうから寂しいって」

「たしかに恵梨ちゃんのお子さんだったらきっと美人さんになるだろうから、ご主人もやきもきしちゃうかもしれないわね。ねえ？」

母が同意を求めてきたようだが、明香里は窓外に目を向けたまま何も言わなかった。

「そんなふうにわたしのことを褒めてくれるのはおばさんだけです。旦那なんか結婚式のDVDを観ながら、わたしの化粧が濃いとか、出席していた友人に比べて老けて見えるとか、言いたい放題ですから」

「そんなの照れ隠しで言ってるだけよ。明香里から結婚式の写真を見せてもらったけど、恵梨ちゃん本当にきれいだったわよ」

「ありがとうございます」

母と恵梨のやり取りを聞きながら、どうにも神経がささくれ立っていく。

「あ――おばさん、そこのマンションです」

母が近くにあるマンションの前で車を停めた。エントランスやロビーがガラス張りになっていて、高級そうなソファが置いてあるのが見える。

「ずいぶんといいところに住んでいるのね」

母が言うと、「でも、三十年ローンですけど」と満面の笑みを浮かべる恵梨の顔がバックミラー越しに見えた。

「大事な時期だから身体に気をつけてね」

母の言葉に、「ええ。送ってくださってありがとうございます」と恵梨が返して明香里の肩に触れる。

「明香里もお大事にね。落ち着いたらまた連絡するから」

明香里が小さく頷くと、恵梨が車から降りてこちらに向かって手を振る。

助手席にいる明香里はそれには応えず見つめているだけだったが、運転席の母が手を振り返して車を出した。

ようやく恵梨から解放されて、明香里は溜め息を漏らした。

「どうしたの？　疲れた？」先ほどからずっと黙り込んでいる明香里の様子を窺うように母が訊いた。

「どうして……送るなんて言ったのよ」

ハンドルを握った母が小首をかしげた。

「スーパーでタクシーを呼ぶつもりだって言ってたんだから、わざわざ恵梨を家まで送ってあげる必要なんかないじゃない」

「だけど……タクシーを呼んでもすぐに来てくれるかどうかわからないし、それに恵梨ちゃんは身重の身体でしょう」

母の声音から戸惑っているのがわかる。

明香里がどうして怒っているのか理解できないのだろう。

自分でもどうしてこんなに怒りがこみ上げているのかよくわからない。でも、勝手に口から言葉があふれ出していく。

「清瀬から静岡に来るだけでわたしは疲れ切ってるんだよ。そう思ったから静岡駅まで迎えに来てくれたんでしょ。それなのにわざわざ遠回りしてまで恵梨を家まで送って、そんなの意味ないじゃない。それに赤ちゃんとか結婚式の話なんてわざわざ振ることないじゃない」

「他に話題が浮かばなくて……恵梨ちゃんが事件の話をしそうになったから、とっさに……」

それはわかっている。母の気持ちは自分でもよくわかっているはずなのに……。

「他人の幸せ自慢なんか聞かされて吐き気がする！」

その言葉を発すると同時に、胸に鈍い痛みが走った。

以前の自分であればそんなことは思わないし、ましてや口にすることはなかっただろう。

自分は変わってしまったのだと痛感する。

「明香里の気持ちを考えてあげられなくてごめんね。お母さんが悪かったわ……」

明香里をたしなめることなく素直に詫びる母を見て、さらに胸がかきむしられるようだった。

自宅の駐車場に車を停めて母がエンジンを切った。明香里の膝の上に置いた買い物袋と後部座席にあるトートバッグを手にして母が車から降りる。

明香里も助手席から降りて、杖をつきながら母とともにドアに向かった。

母にドアを開けてもらい玄関に入る。杖を下駄箱に掛けて、靴を脱ごうと身を屈める。関節のあたりに鋭い痛みが走り、そばで見ていた母が明香里の靴に手を伸ばそうとする。

「いいから」

母の助けを拒絶して、何とかひとりで靴を脱いで玄関に上がった。

「疲れたでしょう。夕飯の準備ができたら呼ぶから、それまで部屋で休んだら？」

「そうする」と明香里は返し、杖を手にして階段に向かう。それまではなかった手すりが階段に付けられている。右手に杖を持ち、左手で手すりをつかみながら慎重に階段を上っていく。

どうにか二階の自室にたどり着いてドアを開けると、ベッドの上に真新しいピンク色のパジャマがきれいに折り畳まれて置いてあった。

帰ってくる明香里のために母が用意してくれたのだろう。

パジャマを見つめながら、先ほど母に当たり散らしたことを後悔する。

着替える気力もなく、そのままベッドに横になった。ぼんやりと天井を見ているうちに、前回ここで過ごしたときの記憶が脳裏に浮かび上がる。

恵梨の結婚式に出席した後に自宅に戻り、写真を見せながら母と楽しく会話して、その後にこの部屋のベッドで今のように横になりながら航平とＬＩＮＥでやり取りした。

自分の誕生日に航平が人気の高級レストランに予約を入れてくれたのを知って、心を浮き立たせていた。

その後の惨劇がよみがえりそうになり、明香里は必死に抗った。

忘れるのだ。自分の身に降りかかったおぞましい事件など思い出してはいけない。

犯罪被害者支援員の内村に言われたように、前を向いて生きていくために、あの記憶を引きずってはいけない。

今、ここから、新しい自分に生まれ変わるのだ。

15

新井薬師前駅に着いたときには夜の十一時を過ぎていた。省吾は改札を抜けると、ふらついた足取りでアパートに向かった。

今日も風俗店の取材の後に編集者の木下から飲みに行こうと誘われた。木下の下世話な話を聞きながら安い酒ばかりを飲んでいたせいか、胃のあたりがどうにもむかついている。

アパートにたどり着くと、二〇三号室の郵便ポストを開けた。中に入っていた郵便物を手に取って鉄階段を上る。ダイレクトメールや電気料金の請求書に交じって一通の封書があった。ミミズののたくったような文字でここの住所と『溝口省吾様』と書かれている。

封筒の裏を見た瞬間、心臓が波打って省吾は足を止めた。

東京都葛飾区小菅一－三五－一という住所と、『小野寺圭一』という名前が書いてあった。

東京拘置所に勾留されている小野寺からの手紙だ。

省吾は急いで自室に向かうと鍵を開けて中に入った。ドアを閉めて玄関の電気をつけると靴を脱ぐのももどかしく、その場で封筒の口を切って中に入っている便箋を取り出した。

先ほどまで感じていた胃のむかつきや頭のふらつきはどこかに消え去っている。

省吾は折り畳まれた一枚の便箋を広げて目を通した。

『溝口省吾様

わたしのような者にお手紙をくださり、ありがとうございました。

あの事件を起こしてわたしが警察に逮捕されてから、早いもので三ヵ月ほどになります。

その間に、あなたと同じように、週刊誌の記者やテレビ局のディレクターを名乗る人たちからいくつかのお手紙をもらいました。

わたしは文章を読むことがあまり好きではないのですが、毎日朝から晩まで食事と寝ること以外に特にやることもなく、話し相手もおらず、退屈でしかたなかったのでがんばって読んでみました。もらった手紙の中で溝口さんからのが一番おもしろかったです。

文章を書くことも苦手なのですが、一言お礼を伝えたくて手紙を書きました。

くどいようですが拘置所での生活は本当に退屈です。早く裁判が終わって刑務所に行きたいです。溝口さんも、どうかお元気で。

小野寺圭一』

小菅駅に降り立つと、省吾はスマホの地図を頼りに東京拘置所に向かって歩き出した。

小野寺圭一は自分と会ってくれるだろうか。

昨晩、小野寺から届いた手紙を読んだが、彼の真意を推し量れずにいる。

省吾は小野寺に送った手紙の中で、幼少の頃から自分が母親にされてきた虐待について書いた。思い出すのも忌まわしい記憶であったが、小野寺も親から虐待を受けていたらしいと聞き、省吾に対して興味や共感を抱いてくれるのではないかと思って必死に文章を紡いだ。

だが、その手紙について小野寺は『おもしろかった』という感想しか書いてくれず、直接会って話がしたいという省吾の要望に関しても、まったく触れられずにいた。

今朝、東京拘置所に連絡して小野寺に面会できるかどうかを訊くと、本人が承諾すればできるので直接訪ねて確認してほしいと言われた。

ネットで調べたところによれば、起訴された被告人は一日に一人しか面会できないらしいので、電話を切ってすぐに部屋を出ることにした。

東京拘置所の巨大な建物が目の前に迫ってきて、威圧感を覚えると同時に鼓動が速くなる。

自覚はないが、珍しく緊張しているのだろう。

拘置所の入り口の近くにいた守衛に来意を伝えると、建物の中にある面会窓口に行くよう告げられた。

省吾は窓口に行って職員に面会を申し出た。面会申請書に記入して窓口に提出すると、さらに身分証明書の提示を求められ、省吾は免許証を見せた。23という番号札を渡されて待合室のベンチに座る。

三十分ほど待っていると、「二十三番のかた、三号面会室にお入りください」とアナウンスが流れて、省吾はベンチから立ち上がった。ロッカーに荷物を預け、金属探知機のゲートをくぐりボディチェックを受けて廊下を進む。エレベーターで面会室のフロアに行くと職員に札を見せてドアの前で立ち止まった。深呼吸をしてからドアを開けると、アクリル板で仕切られた部屋があった。アクリル板の向こう側にはまだ誰もいない。

省吾は部屋に入ってドアを閉めた。アクリル板に近づき、手前に置かれたパイプ椅子に座る。

しばらくすると奥のドアが開き、職員とともに上下グレーのスエットを着た男が入ってきた。

小野寺圭一だ――

省吾は椅子から立ち上がり、「溝口省吾です」と名乗って会釈した。

小野寺は特に反応を示さず、職員が手で示した椅子に座った。職員が隣の椅子に腰かけると、省吾も小野寺と向かい合うように座った。

「面会の時間は十五分ほどでお願いします」

職員の言葉に、「わかりました」と省吾は腕時計の時間を確認して、小野寺に視線を戻した。

送検される際の映像を観たときにも思ったが、眼鏡越しに覗く眼差しからも表情からも感情が窺えない。

「お会いくださいましてありがとうございます」

省吾が言うと、「暇ですから」と表情を変えずに小野寺が返した。

「手紙もいただけて嬉しかったです。わたしも文章を書くのは苦手だけど、あなたに手紙を送った甲斐があった」

「溝口さんはいくつですか」ふいに小野寺が訊いてきた。

「三十一歳です」

「ぼくよりも年上だ。敬語はやめてください。何だか身体がムズムズするんで」

「わかりました……いや、わかった」

「手紙には書いてなかったけど、溝口さんはどこのテレビ局や出版社で働いてる人なんですか」

「あいにくおれはテレビ局や出版社の人間じゃない」

省吾が言うと、それまでまったく動きのなかった小野寺が少し首をかしげた。

「ジャーナリストじゃないの？」

小野寺に訊かれて、省吾は頷いた。

「ただ、正確に言うと、週刊誌で記事を書いている。風俗店を紹介する記事だけどね」

「何ていう雑誌？」小野寺が少し身を乗り出して訊いてくる。

「週刊バッキーって知ってるかな？　女の子のグラビアがたくさん載ってる週刊誌だけど」

見かけたことがあるようで、「ああ……」と小野寺が声を漏らした。

ほんのわずかではあるが小野寺の表情が緩んだように見えた。

「週刊誌やテレビ局の人間から手紙をもらったと書いてあったけど、その人たちとは面会したのかな？」

省吾が訊くと、小野寺が首を横に振った。

「手紙も返してないよ。だって人と関わりたくないからあんなことしたわけだし」

「あんなことっていうのは……通り魔事件のこと？」

小野寺が頷く。

「せっかくこちら側に来たのに、わざわざそちら側の人と会ったり、やり取りしてもしょうがないでしょう」

彼の言う『こちら側』というのは『罪を犯して囚われの身となった』との意味だろう。

これで思い残すことなくあちら側に行ける――

以前、風俗で働いているケイコから聞かされた話を思い出す。

「じゃあ、おれは運がよかったってことかな。どうしておれには返事をくれて、ここで会ってくれたんだ？」

省吾が訊くと、「どうしてだろうね……」と小野寺が首をひねった。

「何となく……かな。退屈な生活を紛らわせてくれたお礼、みたいな？」

「おれの手紙を読んでおもしろかったって書いてあったね。おもしろい以外の感想はなかった?」

小野寺が省吾と同じように親からひどい虐待を受けていたとすれば、それ以外の感情を抱くはずだ。それともその感情を他人には見せたくないだけなのか。

「特にないかな。ただ、おもしろい読み物だったというぐらいの感想しか」淡々とした口調で小野寺が言った。

「きみに出した手紙は読み物じゃない。おれの幼少期の記憶だよ」

省吾が訴えると、こちらを見つめていた小野寺がうっすらと笑ったように感じた。

「それを確認したくて溝口さんと面会することにしたんだ。あの手紙に書いてあることが本当かどうか」

「本当だよ」

「じゃあ、見せて」

虐待の傷跡を見せろということだろうが、拘置所の職員が同席しているところで自分の肌をさらすのにはためらいがあった。だが、断れば小野寺との関係はこれで終わりになるかもしれない。

省吾は上着を脱いでパイプ椅子の背もたれに掛け、シャツの両袖をまくってアクリル板に近づけた。両腕にびっしりと彫られた刺青に職員がぎょっとした顔になったが、小野寺は表情を変えることなく見つめている。

「へたくそな絵だね」

小野寺の呟きを聞いて、省吾は苦笑した。

「プロに頼む金がなくて裁縫用の針と墨汁を使って自分で入れた。虐待の傷跡を目にし続けるのがどうにも嫌で」省吾はそう言うとシャツの袖を元に戻して上着を羽織った。

「時間はあとどれぐらいかな」

小野寺に訊かれ、省吾は腕時計を見た。

「あと五分ってところかな」

「あまり時間がないね。ひとつ訊きたいんだけど」

「何？」

「ぼくと会ってどうしたいの？」

小野寺の目を見つめ返しながら、省吾は改めて考えた。

「正直言って、自分でもよくわからない」素直に出てきた答えを口にしながら省吾は首を横に振った。

「わからない？　わからないのにわざわざこんなところまで来て人殺しと面会してるってわ

け？」

「わかりたくてここに来たんだ」

意味がわからないというように、こちらを見つめ返しながら小野寺が首をひねった。

「渋谷のスクランブル交差点で通り魔事件が起きてしばらくの間、おれは事件のことも犯人のこともそれほど関心を持っていなかった。だけど、犯人が事件を起こす直前まで働いていた会社の社長の話をテレビのニュースで聞いて、興味を持ち始めたんだ」

「カワモト物流のこと？」

「そう。社長の川本さんがテレビのインタビューできみが働いていた頃の話をしてた。身元を保証する人がいないときみが話していたことや、十六歳まで施設に入っていたと言ってたことや、きみの両腕にびっしりと小さな豆粒みたいな火傷の跡があったことなんかを」

「そう……ぼくのおかげで社長もマスコミに引っ張りだこってわけだ。だけど、どうしてそんな話でぼくに興味を持ったっていうの？」

「おれも身寄りがなく、施設に入っていたことがあるからかな」

省吾が言うと、「へえ……」と小野寺が相槌を打つ。

幼少の頃から母親に虐待を受けてきたことは送った手紙に綴っていたが、施設に入っていたとは書いていない。

「それで、きみのことがもっと知りたくなって、実際にカワモト物流を訪ねて社長から話を訊いた」

「どんなことを話してたの？」

「会社に来なくなった前日に『家もない日雇いに彼女ができるわけないだろう』と同僚にからかわれたことなんかをね」

そのときのことを思い出して不快になったのか、小野寺が口をとがらせる。

今まで小野寺と対面してきた中で、初めて感情らしきものを垣間見た思いだ。

「それに成増にあるネットカフェで、きみのことを知っているという女性からも話を訊いた」

「ぼくのことを知ってる女性？」

落ち着きなく視線をさまよわせる様子から、動揺しているようだと感じた。

「おれにはケイコと名乗っていた。四十代半ばぐらいのソバージュヘアの女性だ」

小野寺が押し黙っている。

「きみにもケイコさんと名乗っていたかな？」

さらに省吾は訊いたが、小野寺は何も答えない。

忘れるはずはないだろう。

なけなしの所持金から一万五千円を渡して肉体関係を持ちたいと自分から頼み、公園のトイレで事に及んだ女性だ。

「あの人は元気にしてるの？」ようやく小野寺が口を開いた。

「ああ……おれには元気そうに見えた」

わずか二時間ばかり接しただけの人のことなどよくわからないが、とりあえず省吾はそう答えた。

「あの人とどんな話をしたの？」さらに小野寺が訊いた。

「いろいろだ」

「たとえば？」

「同じネットカフェで寝泊まりしているきみと親しくなって話をするようになったと聞いた」

「それだけ？」

「きみがしていたという話も聞いた。社会や親に対する不満を口にしていたと。自分は生まれたときから底辺でしか生きられない宿命だと、どんなにあがいても死ぬまでそこから這い上がれないだろうと話していたと。それに、十四歳になるまでほとんど学校に行かされてなくて、読み書きもまともにできず、子供の頃から人とのコミュニケーションを取ってこなかったから、どこで働いても長続きしないと、きみが愚痴っていたとも」

小野寺と肉体関係を持ったとケイコから聞いたことは口にしなかった。

「ぼくが事件を起こしたことについては何か言ってた？」

「たしかにかわいそうな境遇ではあるけど、あんな事件を起こす理由にはならないと言ってた」

「溝口さんもそう思ってる？」

「わからない」省吾は首を横に振った。

「また、わからないの？」

小野寺の言葉に、「そうだな。でも、本当にわからないことばかりだ」と省吾は苦笑しながら答え、ちらっと腕時計を見た。もうすぐ面会の時間が終わる。すぐに小野寺に視線を戻して口を開いた。

「ひとつ言えるとすれば、きみのことを知れば知るほど他人事には思えなくなった。もしかしたらきみは、数年前のおれなんじゃないかと」

「溝口さんも親から虐待を受けて施設に入っていたから？」小野寺が訊く。

「そうだな……さっきのきみの質問だけど、きみと会ってどうしたいのか今のおれにはわからない。ただ、きみの話を聞けば、きみが今までにどんな人生を辿ってきたのかを知れば、もしかしたら自分がこれからどうしたいのかがわかるんじゃないかと思って面会に来たんだ」

「溝口さんって変な人だよね」小野寺が鼻で笑った。

「変な人？」

「だってそうでしょう。ぼくの話を聞いて週刊誌の記事や本にでもしたいっていうマスコミならともかく、風俗記事を書いてるライターが人殺しのそれまでの人生を知って、それからどうしようっていうのさ」

答えられずに省吾が黙っていると、「それもわからない？」と小野寺が揶揄する。

「そもそも今までのぼくに人生と呼べるものなんてなかったよ。覚えていることも思い出したいことも何もないね。だからこちら側に来たんだから。ぼくの人生はようやくこれから始まるんだよ」

「刑務所に入ることがきみの人生だというのか？」省吾は問いかけた。

「そうだよ。これから死ぬまでぼくはずっとこちら側にいるよ。さすがにこの若さでまだ死にたくないから、死刑にならないように殺すのはひとりと決めて事件を起こしたんだ」

「被害者がひとりでも死刑になることもあるよ」

その可能性を想像したのか小野寺が苦々しそうに口もとを歪めた。

「そういうこともたまにあるみたいだね。でもネットを見てたら、強盗殺人や誘拐殺人でもないかぎりだいたい無期懲役だろうってことだったよ。まあ、ぼくの希望が叶うように弁護士の先生にはせいぜい頑張ってもらわなきゃ」

「仮に無期懲役になったとしても、いつかは刑務所から出ることになる。きみは若いから、きっと」

現在の無期懲役囚の平均受刑在所期間は三十年から三十五年の間だと、ネットか何かで見たことがある。その年月を経ても小野寺はまだ五十代半ばか六十歳ぐらいだろう。

「そうだね……たぶんおっさんになった頃に刑務所から追い出されちゃうんだろうね。そしたらまた同じことをして戻ってくるよ」小野寺が微笑んだ。

心から笑っているように思え、背筋に冷たいものが伝うのを感じながら小野寺を見つめていると、「そろそろ面会の時間を終了します」と声が聞こえた。

小野寺の隣に座っている職員に目を向けた。職員が椅子から立ち上がり、小野寺にも席を立つよう促す。

「何だか今日は楽しかったな」小野寺がそう言いながら立ち上がった。

「また会ってくれるかな？」

省吾の問いかけに、どちらとも言えないというように小野寺が小首をかしげる。

「今日、会ってくれたお礼に何か差し入れしようと思うんだけど、何がいい？」

「週刊バッキーがいいな」小野寺が即答した。

「わかった。今度持ってきて差し入れできるかどうか職員に訊いてみる」

女の裸のグラビアがたくさん載っている雑誌なので、差し入れできるかどうか今の自分にはわからない。

小野寺と職員が奥のドアから出ていくと、省吾は重い溜め息を漏らして椅子から立ち上がった。面会室を出て窓口に戻り、ロッカーに預けていた鞄を取り出して出口に向かう。

拘置所の建物から出ると、来るときとは打って変わった重い足取りで小菅駅を目指した。

電車に乗り、優先席がひとつ空いているのを見つけて省吾は思わず腰を下ろした。普段であれば車内に高齢者がいなくても優先席に座ることはないが、十五分ほどの面会でそれほど疲弊していた。

想像していたよりも小野寺とたくさん話ができたが、自分が知りたかったことはわからないままだ。

たぶんおっさんになった頃に刑務所から追い出されちゃうんだろうね。そしたらまた同じことをして戻ってくるよ――

小野寺が発したその言葉が脳裏にこびりついて離れない。

刑務所から出たらまた人を殺すという小野寺の訴えに寒気を覚えるのと同時に、改めて彼の今までの人生に想像を巡らせてしまう。

覚えていることも思い出したいことも何もないと小野寺が語ったように、刑務所で過ごしているほうがはるかにマシだと思う人生とはどんなものだろうかと。

省吾は鞄から紙束を取り出して、ぱらぱらとめくった。通り魔事件に関する週刊誌や新聞の記事をコピーしたものだ。何度も目を通したこれらの記事には、肝心の犯人についての情報はほとんどといっていいほどなかった。

『むしゃくしゃしてやった。自分よりも幸せそうなやつなら誰でもよかった』という警察発表した小野寺の供述と、事件を起こす直前まで彼が働いていた職場の社長の談話ぐらいだ。

拘置所で面会すれば彼の人生の一端でも知ることができるのではないかと期待したが、そうはならなかった。小野寺がまた自分に会ってくれるかどうかもわからない。

ここが潮時ではないだろうかと省吾は考え始めた。

彼が話さなければ、自分には何も知りようがない。

そもそも何のために小野寺の過去が知りたいのか自分でもわからないでいる。

だけど、少しでも知りたい。いや、知らなければいけないのだと、わけもわからないままに自分の気持ちが急き立っている。

省吾はふと思い立って、上着のポケットからスマホを取り出した。保存している写真を画面に写し出す。

カワモト物流で撮らせてもらった小野寺の履歴書とフォークリフトの修了証の写真だ。

フォークリフト運転技能講習修了証には七年前の小野寺の住所が記されている。

スマホで住所の大田区上池台一丁目を調べると、東急池上線の長原駅に近いとわかった。さらに乗り換えアプリで検索してみる。ここからだいたい一時間ぐらいだ。

七年前に住んでいた場所に行ったとしても、小野寺の情報がどれほど得られるかはわからない。まったくの無駄骨に終わる可能性も高いだろう。だが、近隣の住人を訪ね回れば、もしかしたら小野寺のことを覚えている人が現れるかもしれない。

どうせ今日はこの後も仕事はない。遠出をしたついでに小野寺が昔過ごしていた場所に行ってみよう。

先ほどまで疲弊していた身体に活力がみなぎるのと同時に、高齢の男が少し離れたところに立っているのに気づき、省吾は優先席から立ち上がった。


午後三時過ぎに省吾は長原駅に降り立った。

スマホの地図を頼りに駅から十分ほど歩くと、目当ての場所にたどり着いた。今の自分の部屋を思わせる古いアパートの鉄階段に、『コーポ斉田(さいだ)』というプレートが掲げられている。

一階と二階に五つずつ部屋があるアパートで、小野寺が住んでいたのは一〇三号室だ。

話の切り出しかたを考えながら省吾は一〇一号室のドアに近づいた。ベルを鳴らしてしばらく待ったが反応がない。どうやら留守のようだと、一〇二号室のドアに向かう。

一〇三号室を除いた一階の四部屋を訪ねてみたが、どこからも応答がない。

時間が時間なので仕事に出ているのだろうと思いながら、諦めきれずにアパートの階段を上った。『田中』と表札の掛かった二〇一号室の前に立ち、ベルを鳴らす。しばらくするとドア越しに「はい」と男の声が聞こえた。

「あの……お忙しいところ大変申し訳ありません。わたくしは溝口と申します。以前このアパートに住んでらっしゃったかたについてお訊きしたいのですが……」

二〇一号室のドアに向かって省吾は言ったが、中からの反応はない。ベルを鳴らしたときには男の声で応答があったのに。

怪しい切り出しかたになってしまったかと反省していると、金属音がしてドアが少し開いた。チェーンロックをかけたドアの隙間から白髪交じりの男が顔を覗かせ、警戒した目でこちらを見る。

「このアパートに住んでた人間が何だって？」

男の荒い語気に少し怯みながら、省吾は上着のポケットから名刺入れを取り出した。「わたくし、こういう者ですが」と名刺をドアの隙間に差し入れる。つかんだ名刺からこちらに男が視線を戻し、「ライター？」と怪訝そうに言う。

「ええ……週刊誌で事件関係の記事を書いております。以前このアパートに住んでいた人物について現在調べておりまして……大変失礼ですが、こちらにはどれぐらいお住まいなのでしょうか」

ためらいなく嘘がつけるようになったものだと自分自身に感心しながら省吾が訊くと、

「九年ぐらいかな」と男が答えた。

「七年前にこちらの一〇三号室にいた小野寺圭一という男性をご存じないでしょうか」

さらに省吾が訊くと、「一〇三号室ねえ……」と言いながら男が首をひねる。

省吾はスマホを取り出すと、フォークリフトの修了証の写真を画面に表示させた。小野寺の顔写真を拡大して、「この人物なんですが」と男に見せる。

スマホの画面を見ながら男が唸った。モノクロのコピーなのでわかりづらいかと思い、

「こちらは最近の写真なのですが」と言いながら履歴書のカラーの顔写真も見せる。

「いやあ……よくわからないねえ。同じアパートに住んでたんなら顔ぐらい合わせたことはあるかもしれないけど」スマホからこちらに視線を戻して男が言った。

「そうですか……お忙しいところ申し訳ありませんでした」

省吾が言うと、「じゃあ」と男がドアを閉めた。

二〇一号室のドアが閉まった後に、他に訊いておくべきことを思い出し、省吾はふたたびベルを鳴らした。

すぐにチェーンロックをかけたままドアが開き、顔を覗かせた男が「まだ何か?」と無愛想に言う。

「度々すみません。こちらのアパートの大家さんの連絡先などはおわかりになられますか?」

「大家さんはこのアパートの隣に住んでるよ。斉田さんって人」

男はそれだけ言うと、省吾の礼の言葉も聞かないうちにドアを閉めた。

それから二〇二号室から二〇五号室までの四部屋を訪ねてみたが、いずれも留守にしているか、話は訊けても小野寺には心当たりはないという返答だった。

省吾はアパートの階段を下りると、隣に見える二階建ての一軒家に向かった。門扉に『斉田』という表札が出ているのを確認してインターフォンを鳴らした。

しばらくすると「はい」と穏やかそうな女の声が聞こえた。

「お忙しいところ申し訳ありません。隣にあるコーポ斉田の大家さんでしょうか」

インターフォン越しに省吾が言うと、「そうですが」と女が答える。

「わたくしは溝口と申しまして、週刊誌で記事を書いております。以前あのアパートに住んでいた人物について、お話を訊かせていただきたいのですが」

省吾の言葉に、「どういうことでしょうか……」と女の声音が不安げなものに変わる。

「七年ほど前に一〇三号室に住んでいた小野寺圭一という、当時十九歳の男性のことを覚えていらっしゃいますか」

暫しの間の後、「ええ……」と女の声が聞こえた。すぐに「彼がどうかしたんですか？」と訊いてくる。

「彼が起こした事件のことはご存じないでしょうか？」

「事件……ちょっとお待ちください」

女が言い残してインターフォンが切れた。しばらくして玄関ドアが開き、白髪に眼鏡をかけた上品そうな女が出てきた。年齢は七十代半ばといったところだろうか。

「圭一くんが事件を起こしたとおっしゃっていましたが、いったいどういうことでしょうか」

その呼びかたから、それなりに親しい間柄だったのではないかと察する。

「三ヵ月ほど前のことですが、渋谷で通り魔事件を起こしました」

ためらいながら省吾が告げると、驚いたように斉田が目を見開いた。

「一時期、ニュースやワイドショーなどで盛んに報じられていましたが、ご存じありませんでしたか？」

「ええ……暗い話題ばかりで嫌になるから、あまりニュースやワイドショーなどは観ないようにしているので。通り魔事件を起こしたということは被害に遭われたかたがいらっしゃったんですか？」

「男性がひとり亡くなり、ふたりの女性が重傷を負ったようです。今はどうかわかりませんが、報道されていたときには女性のひとりは意識不明だと。わたくしは小野寺圭一について調べておりまして、できましたら彼のお話を訊かせていただきたいのですが」

省吾の申し出に少し迷うように斉田がうつむく。やがて顔を上げた斉田が、「ここでは何ですから中にどうぞ」と家の中に促した。

省吾は一階にある客間に通され、立派な一枚板の座卓の前に座って待った。しばらくすると斉田が現れて省吾の前にお茶を出し、向かい合うように座る。

「まさか圭一くんがそんな大それた事件を起こすなんて……どうしてそんなことを……」

そうとうな衝撃を受けているようで、斉田の声音が震えている。

「報道されているかぎりでは『むしゃくしゃしてやった。自分よりも幸せそうなやつなら誰でもよかった』と彼は供述しているようです」

「そんな動機で人を殺めてしまうなんて……わたしには信じられないです」斉田がそう言って頭を垂れた。

省吾はかける言葉が見つからないまま、身体を丸めた華奢な老女をしばらく見つめた。出されたお茶に口をつけて間を持たせていると、「それにしても……」と言いながら斉田が顔を上げた。

「どうして圭一くんがあのアパートに住んでいたのをご存じなんですか？」

向かいに座った斉田に訊かれ、省吾は湯飲みを戻して口を開いた。

「小野寺圭一が事件を起こす一週間前まで働いていた会社を訪ねたとき、彼が持っていたフォークリフト運転技能講習修了証というのを見せてもらったんです。七年前に交付されたものですが、そこに書かれていた住所がコーポ斉田でした」

省吾が説明すると、斉田が納得したように頷いた。

「小野寺はいつからあのアパートに住んでいたんですか？」

省吾が訊くと、「それを取る一ヵ月ほど前です」と斉田が答える。

「それというのは……フォークリフトの？」

斉田が頷く。

「わたしの甥が旗の台で印刷会社をやっていまして……」

旗の台ということは、ここに来るまでに通ったひとつ手前の駅だ。

「印刷会社と言っても社員が十人にも満たない零細企業なんですけどね。求人の募集をかけてもなかなか人が入ってくれないと話していたところに圭一くんが面接に来たんです。ただ、圭一くんはそのとき住む家がなくて、なんとかカフェというところで寝泊まりしているということで、うちのアパートに住まわせられないだろうかと甥から相談されたんです。ちょうど半年ほど空いたままだった部屋があったので、敷金や礼金なしで入ってもらうことにしました」

「いつまで彼はあの部屋にいたんですか？」

「一年ほど住んでいました」

「その印刷会社を辞めて出ていくことになったんですか？」

会社が用意してくれた部屋なので、出ていくとすればそういう理由なのではないか。

「会社を辞めて出ていくことになったというよりも……ある日突然、部屋からいなくなってしまったんです」

「どういうことですか？」

「そのままの意味です。会社に来ない圭一くんを心配して甥が部屋を訪ねると、家財道具を残したままの状態で置手紙があったそうです」

「どのような内容ですか」

「一言だけ……『やってられるか』と……」斉田が溜め息を漏らした。

「やってられるか……とは、どういう意味だったんでしょうか？」

「わかりません……もしかしたら職場で何かしら嫌なことがあったのかもしれませんが……甥に何かあったのかと訊いても、しょうがないなあと言うだけで、何も話してくれなかったので」

「彼はどのような人物でしたか？」

「一言で言うと、とてもおとなしい子でした。無口で……何か話すときもぼそぼそっと小さな声でしゃべるような……」

事件を起こす一週間前まで小野寺が働いていたカワモト物流の社長も、彼の印象をそのように語っていた。

「アパートに入居した頃は十九歳でしたが、とてもそんなに若くには感じられませんでしたね」

「年齢よりも大人っぽく感じられたんでしょうか？」

省吾が訊くと、苦笑を漏らしながら斉田が首を横に振る。

「けっして大人っぽいというわけではありません。ただ、十代の若者にしては疲れ切った感じがして……年齢よりもかなり老けて見えました。実際、十九歳なのにずいぶんと白髪もあって」

　省吾は先ほどまで拘置所で面会していた小野寺の姿を思い返した。

　彼の眼差しや表情にばかり気を取られていたので会っていたときには意識しなかったが、言われてみればたしかに、二十六歳という年齢にしては白髪が多かったように思う。

「彼は……自分の家族の話などはしていましたか？」

　省吾が訊くと、「いないと言っていました」と斉田が答えた。

「亡くなったと？」

「いえ、そこまでは……ただ、幼い頃から父親の記憶はなくて、母親とは数年前から会っていないと……」斉田がそう言って表情を曇らせた。

「施設に入っていたり、親から虐待を受けていたという話を小野寺から聞いたことはありませんか」

「いえ……いろいろと複雑な事情がある子だとは感じていたので、彼のほうから話してこないかぎり、そういう話題には触れないほうがいいと思って」

「そうですか」

「でも、隣のアパートにいた頃は、けっして悪い子ではありませんでした。何か問題を起こしたこともありませんし、生活ぶりもいたって真面目だったと思います」

「どういったことでそう思われたんですか？」

「わたしなりに圭一くんのことが気になっていたので、家で作った夕飯のおかずなんかを時々彼の部屋に持っていってあげたりしていたんです。部屋に上がらせてもらうこともあったけど、未成年とはいってもあれぐらいの年頃だったら、部屋でお酒を飲んだり煙草を吸ったりしてても不思議じゃないでしょう？」

同意を求めるように斉田に訊かれ、「まあ、そうですね」と省吾は相槌を打った。

「でも、そういった様子もなくて……それにテレビやゲーム、漫画雑誌なんかも置いてなかったわ。持っている物なんかを見てもずいぶんと倹約した生活を送っていたんじゃないかしら。唯一娯楽らしい物といえば、図書館で借りた本が置いてあったぐらいでしたよ」

「小野寺はどんな本を借りていたんですか？」興味を覚えて省吾は訊いた。

「わたしの記憶では図鑑が多かったかしら」

「図鑑ですか？」

意外な答えに省吾が訊き返すと、「そう」と斉田が頷いた。

「動物とか、植物とか、乗り物とか、小学生の子たちが読むような図鑑があるでしょう。圭一くんの部屋には図書館で借りたそういう本がよく置いてあったわ」

「小野寺は小説のようなものは借りてなかったんでしょうか？」

「大人が読むような本は見たことがなかったわね」

そう答えた斉田を見つめ返しながら、省吾は考えた。

小学生が読むような図鑑であれば難しい漢字にはふりがなが付けられている。小野寺は十四歳になるまでほとんど学校に行けず、読み書きもまともにできなかったそうだから、それらを読んで学習していたのかもしれない。

「圭一くんはわたしが持っていった残り物のおかずを、いつもおいしいと言って喜んで食べてくれたのよ。お礼だと言ってわたしの肩や腰を揉んでくれたりしたこともあった。それにわたしの誕生日には『いつもありがとう』って言ってスカーフをプレゼントしてくれた。あの頃は本当に優しい子だったのに、どうしてそんなひどいことをしちゃったんでしょうね……」斉田がつらそうに顔を歪めて言う。

六年前まではそんな優しさを見せていた小野寺は、どうして通り魔事件などを起こす人間に変貌してしまったのだろうか。

刑務所に行きたいから人を殺そうと思い、出所したらふたたび同じことをすると言うほど、社会を忌避しなければならなかったのか。

「彼には友人などはいたんでしょうか？」省吾は訊いた。

「どうでしょうか……少なくとも圭一くんの部屋に甥以外の誰かが訪ねてきたのは一度も見たことがありません」

他に小野寺について斉田に訊いておくべきことがないかと考えたが、特に思い浮かばなかった。

「あの……できましたら、甥御さんからも小野寺の話をお訊きしたいのですが」

省吾が言うと、「電話してみます」と斉田が立ち上がって客間から出ていった。十分ほど待っていると、斉田が部屋に戻ってきた。

「七時頃に仕事が終わるので、それぐらいの時間に来てもらえるならお会いしますと言っておりました」

省吾は腕時計を見た。午後五時を少し過ぎている。

「わかりました。これから甥御さんの会社にお伺いさせていただきます」

省吾が言うと、斉田が客間にある棚の引き出しから手帳と筆記用具を取り出して、座卓越しに向かい合わせに座った。手帳を見ながら便箋に書き写して一枚ちぎり、省吾に差し出す。

便箋には『ヤスケン印刷株式会社』という社名と住所と『安本健一(やすもとけんいち)』という斉田の甥の名前が書いてある。

省吾は便箋を折り畳んで上着のポケットにしまうと、斉田に向けて深々と頭を下げた。

「突然押しかけてしまったにもかかわらず、親身になってお話を聞かせてくださって本当にありがとうございます」

顔を上げると、斉田と目が合った。

斉田の眼差しは弱々しく、何かをためらっているように思えた。

「あの……わたしからもひとつお訊きしていいでしょうか」

「何でしょうか」省吾は穏やかな口調を心がけながら問いかけた。

「溝口さんは圭一くんとお会いになったんでしょうか」

その質問に正直に答えるべきか悩んだ。

小野寺と会ったと言えば、今の彼についてあれこれと話さなければならなくなるかもしれない。そうなれば目の前の華奢な老女をさらに失望させることにもなるだろう。

だが、自分に対して真摯に話してくれた彼女に嘘やごまかしを言うのは憚られた。

「はい。実はここに来る前に拘置所で初めて彼に会いました」

「そうですか……圭一くんとはまたお会いになりますか？」

「彼が会ってくれるかどうかはわかりませんが、わたくしは会いたいと思っています」

「もし彼に会ったら伝えてほしいのですが……きちんと罪を償いなさいと。それで被害者のかたがたに赦してもらえるわけではないでしょうが、何年も何年も心の底から反省しなさいと」

「わかりました。斉田さんがそのようにおっしゃっていたのを、いつか彼に伝えます」

今の小野寺にその言葉を伝えたとしても、きっと心に響かないだろう。

「それに……」そう言って斉田が口を閉ざし、視線をそらした。

「それに……何でしょうか？」

省吾が問いかけると、斉田がこちらに視線を戻した。

「圭一くんが刑務所を出たときにどこにも行くところがなかったら……またあのアパートに住んでもいいからと……」震える声音で言った斉田の目が潤んでいる。

小野寺がかつて住んでいたアパートの大家としての言葉ではなく、彼のことを心から案じている彼女の望みなのだろう。

だが、小野寺の希望通りに無期懲役の刑が下されれば、七十代半ばに思える斉田が彼と再会を果たすのはかぎりなく難しい。

省吾は斉田に頷いて立ち上がり、「それでは失礼いたします」と客間を出た。

斉田家を辞去するとあたりは薄闇に包まれていた。人気(ひとけ)のない住宅街を進んで駅に向かう。

電車に乗って隣の旗の台駅に降り立つと、省吾は腕時計を確認した。来てほしいと言われていた七時にはまだかなり時間がある。

　省吾は早めの夕食をとることにして駅前にあるファミレスに入った。軽く食事をして店を出ると、近くにある大型スーパーに行き、ギフト用品が置かれている棚を探した。これから会う社長の安本に渡すための菓子折りと、先ほどは用意せずに訪ねた斉田に日本茶のセットを買ってスーパーを出た。

　スマホの地図と斉田から渡されたメモを交互に見ながら歩いていくと、目当ての会社にたどり着いた。『ヤスケン印刷株式会社』と看板が掛かった建物の前に二台のフォークリフトが停まっている。

　腕時計を見て七時を過ぎているのを確認すると、省吾は社名の記された半透明のドアをノックした。すぐにドアが開いて、五十歳前後に思える年配の男が顔を出した。胸のあたりに社名が記された作業着を着ている。

「お忙しいところ申し訳ありません。溝口と申します」

　省吾が名乗ると、「ああ、伯母(おば)さんがさっき電話で言ってた人ね。安本です」と男が返した。

「狭いところだけど、まあ、どうぞ」と安本に促され、省吾は中に入った。

　十畳ほどの部屋に事務机が四つと、壁際に縦長のロッカーが十ほど並んでいる。

　すでに終業時間を過ぎているようで誰もいない。

「悪いけど応接セットなんかがないからそこらへんでいいかな。それとも外で話したほうがいい？」

安本がそう言いながら事務所にある事務机用の椅子を指さす。

「いえ、こちらでけっこうです。これ、つまらないものですけど皆さんでお召し上がりください。それからこちらは斉田さんに会われるときにお渡しください」省吾は手に持っていたふたつの紙袋を差し出した。

「何か悪いね」

そう言いながら安本は受け取った紙袋を流しや給湯器があるほうに持っていく。冷蔵庫を開けて中から何かを取り出すとこちらに戻ってくる。省吾の前にある机の上に缶コーヒーを置いて隣の椅子に腰を下ろし、手に持っていた缶コーヒーのプルタブを開けてひと口飲む。

「小野寺について調べてるんだって？」

安本に言われ、省吾は名刺を取り出して渡した。名刺をしげしげと見つめて「ライターさんねえ」と安本が呟く。

「小野寺が起こした事件はご存じですか？」

省吾が訊くと、こちらに視線を戻して安本が頷く。

「あんな大きな事件だもん。テレビで犯人の姿を見てすぐにわかったよ」

「斉田さんはご存じなかったみたいですが」

「伯母さんには話さないようにしてたんだ。一時期であっても小野寺を孫のように可愛がってたみたいだから」

「そうだったんですか。いきなり報せるような形になって申し訳ありませんでした」省吾は頭を下げた。

「まあ、別にいいよ。裁判になればまた大きく報じられるだろうし、いずれ気づいてしまうでしょう」

「七年前に彼はここで働き始めたんですよね」

「そう。正直なところ面接したときに続くかどうか怪しい感じだったけど、ウチもなかなか人が集まらないからね」

「ここで働くまでは何をやっていたかご存じですか？」

「北海道の札幌で働いてたって言ってたな。だけどそこを辞めることになって、新しい仕事を探したけどなかなか見つからなくて、首都圏に出てくることにしたんだって。住む家もないまま求職活動をしたけど決まらないでいたときに、雑誌でウチの求人を見たって」

「北海道の札幌にいたときに小野寺はどんな仕事をしていたんでしょう？」

省吾が訊くと、「どうだったかなあ……」と安本が頭をかいた。

「たしか仕事のために原チャリの免許を取った、みたいなことを言ってたのは覚えてるから、宅配の仕事か何かじゃないかな」

「運転免許証を持ってたんですか？」省吾は訊き返した。

「ああ。原チャリの免許だけど」

カワモト物流で見せてもらった彼の履歴書にそのことは記されていなかった。

更新しないまま失効してしまったのだろうか。

十四歳まで学校に行かされず、読み書きもまともにできなかった小野寺からすれば、大変な苦労をして取得したものだっただろうに。

「ここで働いていたときの彼の印象はどのようなものでしたか」

「何て言うのかなあ……」と答えに困ったように安本が口もとを歪める。ポケットから煙草を取り出し、「いいかな？」と訊いてくる。

「もちろんどうぞ」と省吾が答えると、くわえた煙草に火をつけて省吾とは反対側に顔を向けて煙を吐いた。こちらに向き直って口を開く。

「とにかく変なやつだったよ。おれもここで会社を興してから何人かの二十歳前後の若いやつらと接してきたけど、他に接したことのないタイプだな。まあ、だからといって……まさか通り魔事件を起こして人を殺すようになるとは夢にも思ってなかったけど」そこまで言うとふたたび煙草をくわえる。

「どう、変だったんでしょうか？」

「まず、あまりにも物事を知らなすぎることに驚かされたよね。十九歳にもなってこんなことも知らないのかって」煙を吐き出しながら安本が言った。

「たとえばどんなことでしょう」

「そうだなあ……日常的な礼儀作法に始まり、とにかくいろんなことをゼロから教えなきゃならなかった」

「小野寺はこちらで働いて一年ほど経った頃に、いきなり住んでいた部屋からいなくなったそうですね。『やってられるか』という置手紙を残して」

安本が苦々しそうに頷き、持っていた煙草を机の上にある灰皿に押しつけた。

「職場で何かあったんでしょうか」

「あったと言えばあったね。従業員のロッカーから物が盗まれたっていう訴えがあったんだ。結婚指輪なんだけどけっこう高価なもので、手にインクがついたりするから仕事をするときにはロッカーにしまってたらしい」安本がそう言いながら壁際に置いたロッカーを指さした。

「小野寺が盗んだと？」

「証拠はない。従業員であれば誰でも事務所に出入りするから。ただ、おれは小野寺の可能性が高いと思って、彼を呼び出して訊いたんだ。素直に指輪を返せばおまえの名前は出さずに穏便に済ませるって。盗まれたほうも金額云々ではなくて大切な物だから、自分の手元に戻ってくるのであればそれ以上の追及はしないと言ってくれたし。だけど小野寺は頑として自分は盗んでないと言い張って会社から出ていったんだ。それで翌日出社して来ないからアパートに行ったら、置手紙を残していなくなってた」

小野寺が盗んでいなかったとすれば、『やってられるか』と職場を辞めて、安本が用意してくれたアパートから出ていきたくなる気持ちもわかる。

「どうして小野寺が盗んだ可能性が高いとお思いになったんですか」

「小野寺は普段から手癖が悪かったから」

「他にも盗みをしていたということですか？」

安本が頷く。

「一年ほどの付き合いの中で、おれは四回スーパーやコンビニから呼び出されたよ」

「万引きですか？」

「そう。捕まっても連絡できる身寄りがないからおれのところに電話がかかってきてさ。その度に万引きをしてはいけないって諭すんだけど、いっこうに直らない。むしろそんなに悪いことなのかというような、どこか不服そうな顔をしてたね。今から思い返してもあいつは何て言うか……常識というか社会性が欠如してるところがあったな」

「小野寺が繰り返し万引きしていたという話は斉田さんにはされたんですか？」

安本が首を横に振った。

「伯母さんはアパートの大家という関係を超えて小野寺のことを可愛がっていたからね。あまり悲しませたくないと思っていっさい話さなかったよ」

斉田が諭していればもしかしたら彼のそれからの人生が少しでも変わっていたのではないかと、小野寺に対する彼女の先ほどの言葉をよみがえらせながら省吾は思った。

「まあ、十四歳になるまでまともに学校に行けてなくて、十六歳まで施設に入っていたと小野寺から聞いていたからね。おれなんかが想像できないぐらい荒んだ生活を送ってきたのかもしれないし、万引きぐらいどうということはないと思っていたのかもしれないね」安本が事務机に肘を置いて頬杖をつき、重い溜め息を漏らした。

「どこの施設に入っていたかはご存じですか」安本を見つめながら省吾は訊いた。

「北海道にある施設って言ってたかな」

「名前や場所なんかはわかりますか？」

安本が首を横に振った。だがすぐに何かに思い至ったように机の引き出しを開けて中を漁る。「捨てちゃったかな……」とひとり言を言いながら椅子から立ち上がり、今度は省吾の前にある机の引き出しを開けた。しばらく事務所にある机や棚の引き出しを探していた安本がようやく目当ての物を見つけたようで、一枚の紙を持って戻ってきた。

「これには施設のことは載ってないね」

安本がそう言って省吾の目の前に一枚の紙を置いた。氏名の欄に『小野寺圭一』と記された住民票だ。現住所の欄は先ほど訪ねたコーポ斉田の住所が記され、本籍と前住所の欄にそれぞれ違う住所が載っている。留萌と札幌と市は違うが、いずれも北海道だ。

「フォークリフトの運転技能講習を受けるときに必要だから用意させたんだ。住民票ひとつ取るのも大変だったたんだよね。転出届を出さないまま関東に来てしばらく経っちゃってたから、郵送で転出届を出すこともできなくて、おれが費用を負担して一緒に北海道まで行って手続きをしたんだ。それだけ目をかけてたのに、あんな凶悪な事件を起こす人間に成り果ててしまったなんて、本当に無念だよ……」こちらを見つめながら安本がやり切れないというように言った。

16

階段を上ってくる足音に続き、ドアをノックする音が聞こえた。

「明香里、起きてる？　ちょっといい？」

控えめな母の声がドア越しに聞こえ、ベッドで横になっていた明香里は手に持った漫画に視線を向けたまま「何？」と訊いた。

「これからファミオンにお買い物に行くんだけど、一緒に行かない？」

車で二十分ほど行ったところにあるショッピングモールだ。

「いい」明香里は即答した。

「今日はすごくいいお天気よ。あなたが持ってきた洋服だけじゃ足りないだろうし、ひさしぶりに一緒にお買い物しようよ」

いつもであれば一回断ればすぐに下に降りていくが、今日はなかなか引き下がらない。

母が心配しているのは自分でもよくわかっている。

静岡の実家に戻って三週間が経つが、その間に外に出たのはリハビリのために病院に行った二回だけだ。そればかりかこの部屋を出るのも、食事とトイレと風呂に入るときぐらいだ。

夕食はできるかぎり家族ととるよう努めていたが、朝は部屋に持ち込んだチョコレートやスナック菓子を少しかじるだけだし、昼食はほとんど自室に運んでひとりで食べている。

「外に出ることなんてほとんどないんだから、スエットがあればいいよ。替えのスエットを買ってきておいてよ」明香里はドアに向かって言った。

リハビリを担当した理学療法士は定期的に通ったほうがいいと言っていたが、とりあえず杖をつかなくても何とか歩けるまでに回復したので、もう行くつもりはない。

「ちょっと入っていい？」

母の言葉に答えないでいると、ドアが開く音がした。ぼんやりと漫画を眺めていた視線をドアのほうに移す。母が部屋に入ってきて、閉じていたカーテンを引き、窓を半分ほど開けた。

ひさしぶりに自然の光に包まれたが、それが心地よいとは感じられない。

「少しは外の空気を吸わなきゃ身体によくないわよ」

何も好き好んで部屋にこもっているわけではない。この部屋にいても楽しいことなんて何もないのだから。

メールやＬＩＮＥをする相手がいるわけでもないし、自分が被害に遭った通り魔事件の記憶を想起させられるかもしれないので、テレビやネットに配信される動画を観ることもできない。

たまにスマホにダウンロードしていた音楽を聴くことはあるが、以前のように心が浮き立つこともない。むしろ昔は心地よく聞こえていた音を今ではノイズのように感じてしまい、神経がささくれ立った。

何もしないでいても、異常に疲れを感じるが、だからといってゆっくりと眠ることもできない。ようやく眠りについても、いつも嫌な夢を見てすぐに目を覚ましてしまうからだ。けっして自分の部屋に引きこもっていたいわけではない。ただ外の世界に出るのがどうしようもなく怖いのだ。

明香里はこちらを見つめている母に向かってそう叫びたかったが、思い直して手に持っていた漫画に視線を戻した。

何を言ったとしても、自分が感じている本当の苦しみなど母には到底理解できないだろう。母は通り魔に襲われて全身を傷だらけにされたわけではない。意識不明になって生死の境をさまよったわけでもない。あくまでも通り魔に襲われた明香里がさぞかし怖い思いをしただろうと想像するだけだ。

「ねえ……外に出たくない気持ちはよくわかるけど、ずっと家にいるのもどうかと思う。少しずつでもいいから以前のような生活を取り戻していかないと。それに、そんな何度も読んだような漫画にばかり目を通してても退屈でしょう。読みたい漫画があったら買ってあげるから……ね？」

母の言葉を聞きながら、明香里は漏れそうになる溜め息を必死に押し留めた。

やはり母は何もわかっていない。

たしかに今の自分が一日のほとんどの時間を割いているのは、高校時代までに読んで実家に残していた漫画を何となく眺めることだ。

展開も結末も知り尽くしているので何ら楽しくはないが、だからこそ今の自分にとっては唯一安心できる過ごし方なのだ。

「もう、わかったよ……行くよ」

母に対する落胆を嚙み締めながら、これ以上会話を続けるのにうんざりして、明香里はしかたなく一緒に買い物に行くことに同意した。

その言葉に満足したように母は微笑んで、「じゃあ、下で待ってるわね」と言って明香里の部屋から出ていった。

ドアが閉じられると、明香里は重い溜め息を漏らした。


ファミオンに着くと、明香里は母とともに一階にあるレストランに入った。

平日とあってか店は空いていた。フロアを行き交う人たちが見える窓に面した席に案内しようとする店員に、母が「落ち着かないから壁際の席でいいかしら」と言ってそちらのほうに向かった。

おそらく明香里の右頰に走る深い傷跡をできるだけ人に見られないようにという、母なりの配慮だったのだろう。

右頬が壁のほうに向くよう、明香里は母と向かい合わせに座った。

母はミートソースのパスタを、明香里は小ぶりなマルゲリータピザを頼む。料理が運ばれてくると、明香里はマスクを外さないまま、顎にずらしてピザを少しずつかじった。

まわりの席に客はいなかったが、自分の部屋以外で顔をさらすことに抵抗があった。

マスクを外さずにピザを食べる娘の姿を見て、ここに連れてきたことを母は後悔するかもしれないが、それでもかまわないと思った。

けっきょく小さなピザを二切れ食べただけで食欲は完全に失せてしまい、明香里は顎にかけていたマスクを口に戻した。

レストランを出ると、母に促されて一階にある書店に向かった。少女漫画のコーナーに行って平積みされている本を見てみたが、ビニールがかかっていてどんな内容かもわからないので選びようがない。

きっと読まないだろうと思いながら、適当に二冊の漫画を手に取って母とレジに向かった。

「あら、もしかして浜村さん？」

どこからか女性の声が聞こえ、明香里は視線を巡らせた。眼鏡をかけた年配の女性がこちらに近づいてくる。

母の知り合いだろうか。だが、母も相手のことがよくわからないようで、「どうも……」と愛想笑いを浮かべている。

「PTAのときにはお世話になりました」

女性の言葉で誰だかわかったようで、「吉永さん、こちらこそ、その節はありがとうございました。レイナちゃんはお元気ですか？」と母が言った。

その言葉で明香里も相手が誰だかようやくわかった。

吉永麗奈——中学校二年生と三年生のときに同じクラスだった女の子の母親だ。麗奈とは中学校時代にはけっこう仲がよく、何度か家にも遊びに行って目の前の女性にケーキなどを出してもらったことがある。

「明香里ちゃん？」

麗奈の母親に訊かれ、明香里は小さく頷いた。

「ご……ご無沙汰しています……」

「ずいぶん大人っぽくなってるから、おばさん、すぐにはわからなかったわ。どうしたの？風邪でもひいちゃった？」

明香里がしているマスクのことを言っているのだろう。

「ええ……まあ……」そうとしか返せない。

「そういえば明香里ちゃん、人づてに聞いたんだけど東京の学校で働いているんだって？　実は麗奈も今、板橋区の大山ってところにいてね、結婚して旦那と一緒に『スワン』っていうイタリアンレストランをやってるの。すごく会いたがってたから、時間があったらぜひ行ってやって。あ、そうだ、よかったら携帯番号かメルアドを教えてもらえるかしら？」

一気にまくしたてるように話す麗奈の母親に気圧されて、明香里はその場に立ち尽くしたまま何も言えなくなった。

「あら、麗奈ちゃんご結婚されたんですか？」

母の声に、麗奈の母親の視線がようやく自分からそらされてほっとする。

「それはおめでとうございます。実は明香里は学校を辞めてこちらに戻ってきているんです」

「辞めたって、どうかされたの？」

ふたたび麗奈の母親の視線が明香里のほうに向けられる。先ほどよりもさらに明香里に関心を持っているような眼差しに思えた。

「いえ……主人の会社に人手が必要になって明香里に手伝ってもらおうと」

嘘も方便だと思っているのだろう。

「そうだったの」

「麗奈ちゃんがやっているレストランはネットとかにも出ていますか？」

母が訊くと、麗奈の母親が頷き、「ホームページやSNSをやってるみたいです」と答える。

「そうですか。それではこちらから改めてお祝いのご連絡をさせていただきますね。麗奈ちゃんにもどうかよろしくお伝えください」

母は強引に話をまとめると麗奈の母親に会釈をして明香里に目配せした。明香里も頭を下げて母とともにレジに向かいながら、マスクの中で重い溜め息を漏らした。

中学校の同級生の母親とのわずか五分ばかりの再会だったが、心身ともに疲弊しきっていた。

レジで会計を済ませると、明香里は母とともに書店を出た。

「後で麗奈ちゃんがやっているお店をネットで調べて、お祝いのお花でも送っておくわ」

母がそう言いながら上りのエスカレーターに向かう。おそらく二階にある婦人服の店を回るつもりだろう。

「お母さん……」

明香里が呼びかけると、母が立ち止まってこちらを見た。

「ねえ、今日はこのまま帰らない？　何だか疲れちゃった」

こちらを見つめながら「そうね」と母が頷き、明香里の肩に軽く手を添えるようにして出口に向かった。

建物を出て駐車場に向かって歩いていると、背後から「ちょっと！　待ちなさい！」と男の怒号が聞こえた。

驚いて振り返ると、黒っぽい服を着た若い男がこちらに向かって駆けてくるのが見えた。まっすぐ明香里に向かって突進してくるが、身体が硬直して動けない。

そのままぶつかり、明香里は地面に倒れた。とっさに顔をかばったが、地面に打ちつけた右腕に痛みが走る。

走り去っていく若い男の背中とそれを追うふたりの警備員の姿が視界に映る。少し離れたところで男が警備員に捕まえられる。どうやら万引きをしたようだ。

「明香里！　大丈夫？」母がこちらに駆け寄ってきて目の前でしゃがみ込む。

母に頷こうとしたが、首のあたりが引きつって動かせない。

おかしい。どうしたんだろう。く……苦しい……息が……息ができない……

どうして……必死に空気を取り込もうとしているのに、頭でそうしろと指示を出しているはずなのに、自分の喉にいっこうに空気が入ってこない。

どうしていいかわからないまま、自分の首もとを両手でつかみ、激しく揉み上げた。

「明香里！　どうしたの！　大丈夫!?」

母の叫び声を聞きながら、自分の視界がかすんでいく。

ノックの音が聞こえ、自室のベッドで寝ていた明香里はドアのほうに目を向けた。

「……明香里、どう？　大丈夫？」

ドア越しに心配そうな母の声が聞こえる。

「大丈夫だよ……もう心配ないから……」

しばらくすると普通に呼吸ができるようになり、車に乗って自宅に戻った。車の中でも家に帰ってからも、母は外に連れ出したことを繰り返し詫びていた。

東京の病院に入院している間は、事件に遭ったときの記憶がよみがえったり、テレビ番組などでそのときの光景を思い起こさせるような映像を観ると度々あのような発作に襲われたが、静岡の実家に戻ってからは初めてだった。

「夕飯の準備ができたんだけど……食べられそう？」

まだ自責の念を引きずっているのか、腫れ物に触るような控えめな母の声を聞いているのがつらかった。

「大丈夫だよ。すぐに行くから」

努めて明るい口調で答えると、「じゃあ、待ってるね」という言葉に続いて階段を下りていく足音が聞こえた。

明香里はベッドから起き上がり、部屋を出た。階段を下りてリビングダイニングに入ると、テーブルに父の姿があった。いつもはもう少し遅く帰ってくるのに、すでに部屋着姿だった。もしかしたら母からの電話かメールで今日のことを知り、明香里が心配で早めに戻ってきたのかもしれない。

「外で具合が悪くなったそうだけど、大丈夫か？」

案の定、心配そうに父に訊かれ、「大丈夫だよ」と軽く答えて明香里は椅子に座った。

母がテーブルに料理を運んでくる。夕食はカレーとアボカドのサラダ、それにキノコの入ったスープだ。

父と母と三人でとる夕食は静かだった。会話はほとんどなく、テレビもつけていないので、食器とスプーンやフォークが擦（こす）れ合う音だけが耳に響く。

以前の家族との夕食の時間はこんなふうではなかったと、カレーを口に運びながら明香里は改めて思った。

涼介は食事時でも落ち着きなくよく喋（しゃべ）っていたし、父は好きなバラエティ番組を観ながら大笑いしていて、母はそんなふたりをお行儀が悪いとたしなめ、明香里はひたすら母のおいしい手料理に舌鼓を打っていた。いつも賑やかで笑いの絶えない時間だった。大学進学のために上京してからも、実家に戻ってくるといつもほっと安らげた。

そういえば涼介とはもう二週間ほど一緒に食事をとっていない。明香里が実家に戻ってしばらくの間は一緒に食卓を囲んでいたが、いつも陰鬱な様子の姉を見ながら食事することや、事件の記憶を思い起こさせないよう常に言葉を選ばなければならないことに、いいかげん疲れたのかもしれない。

「お母さん、炭酸ってあったかな?」

その声に、明香里は向かいに座った父に目を向けた。すでに夕食を食べ終えている。

「冷蔵庫にあったと思うけど」

母の言葉に父が立ち上がり、リビングにある棚の中からウイスキーの瓶を取り出して台所に向かった。

ウイスキーのソーダ割りを作って戻ってくる父を見ながら、明香里は胸騒ぎを覚えた。

もともとそれほど酒に強くない父は家で飲むことはほとんどない。

お中元やお歳暮などでもらって取ってある酒をたまに飲むのは、だいたい話しづらいことを切り出すときだと家族ならわかっている。

「ごちそうさま……ごめん、ちょっと食べきれない」

グラスをゆっくりと口に運ぶ父を見ながら、明香里は持っていたスプーンを置いた。

「いいのよ。気にしないで」と優しい口調で返した母に頷いて立ち上がろうとしたとき、

「明香里、ちょっといいかな」と父が声をかけてきた。

「何？」

明香里が訊くと、ちらっと母のほうに目を向けてからふたたびグラスの酒を飲んだ。

「何か話しづらいこと？」

明香里が問いかけると、「いや……」と父が首を横に振った。

「別に話しづらいことじゃないよ。実はね、今のお客さんのひとりに美容外科クリニックの院長さんがいて……静岡駅前のビルにクリニックを構えているそうなんだけど……その人に明香里のことを話してみたんだ」

通り魔によって負わされた右頰の深い傷跡についてだろう。

「実際に診てみないとはっきりしたことは言えないそうだけど、整形手術をすればかなり傷跡が目立たなくなるんじゃないかと話していた。今の整形技術はすごいらしいからね」

その話をされるのは今日が初めてではない。東京の病院に入院している間も、実家に戻ってからもそれとなくそういう話はされていたが、聞いていないふりをして流していた。

「今はまだいいよ。お金だってずいぶんかかるだろうし」明香里は答えた。

「お金のことなら心配いらないよ。うちにはそれなりに蓄えだってあるし、それに申請すれば犯罪被害者等給付金だって支給されるんだから」

自分が被害に遭ったことで初めて知ったが、犯罪行為によって不慮の死を遂げた犯罪被害者の遺族や、重傷を負ったり障害を抱えた被害者の経済的な打撃の緩和を図るために、給付金を支給する制度があるという。

重傷を負ったうえに、傷跡や運動障害が残る明香里の場合は重傷病給付金と障害給付金のふたつに該当し、最大で数百万円におよぶ金額が支給される。

だが、両親からその制度について聞かされても、明香里は申請したいという気持ちにはなれなかった。

きっと、自分を通り魔から救うために命を落としてしまった晃弘のことが、頭をかすめるからだろう。

晃弘には家族がいないので犯罪被害者等給付金が支給されることはない。それなのに明香里がその恩恵にあずかっていいのかという思いがある。

右頰に残る深い傷跡を整形手術によって治すのにためらいを覚えるのも同じ理由からだった。

晃弘の身体はすでにこの世にはなく、渋谷区内にある寺で無縁仏として眠っている。

それなのに自分は傷跡を消し去り、事件が起きる前までと変わらないように生きていこうとすることへのやましさだ。

「しばらく……整形の話はいいよ」

明香里が言うと、父が表情を曇らせて母を見た。すぐにこちらに視線を戻して口を開く。

「どうしてだ？　ネットなんかでもその美容外科クリニックのことを調べてみたけど、なかなか評判のいいところだよ。それに院長さんも親身になっていろいろと話を聞いてくれる優しい人だ。傷が少しでも目立たなくなることで、きっと気持ちが軽くなって、前向きになれるんじゃないかとおっしゃっていた」

「頰の傷跡が目立たなくなったとしても、それで気持ちが軽くなるなんてありえないよ」

昼間もさんざん母に対して不満をくすぶらせたが、父も何もわかっていない。

「もちろん身体の傷を治したとしても、明香里の心の傷や苦しみが完全になくなるとはお父さんも思っていない。それは時間をかけながら少しずつ癒していくしかないのかもしれない。そうなれるためにお父さんも、お母さんも、涼介も……家族のみんなが力になるから。明香里が少しでも前向きになるための第一歩として整形手術を受けても……」

「わたしは別に前向きになんてなりたくない！」父の言葉を遮るように明香里は叫んだ。

「どうしてそんなことを？」父が戸惑いとも怯えともつかない眼差しを向ける。

「わたしのせいでひとりの人が亡くなった。わたしを助けるために……その事実があるかぎり前向きになんてなれない。なっちゃいけないのよ！」

「そんなことはない」父が前のめりになって語気強く言った。「飯山さんが亡くなったのは明香里のせいじゃない。悪いのはすべて犯人の小野寺だ。明香里が責任を感じることなんか何ひとつないんだ」

わかっている。そんなことは頭の中ではよくわかっている。だけど……心ではそう思えない。

「きっと飯山さんだって明香里が前向きに生きていくのを願ってくださっていると思う。自分が命をかけて助けた人がけっきょく不幸でいるなんて……そんなの飯山さんにとってもやり切れない。そうじゃないか？」

そう問いかける父の目を見て明香里は動揺した。涙が滲んでいる。二十六年の人生の中で初めて父の涙を見た。

それでも父の問いかけに頷くことができず、明香里は無言のまま立ち上がってリビングを出た。

視界に映った天井の蛍光灯の明かりがぼんやりとかすんでいく。

よかった……もう少しで眠れそうだ……

やがて視界が闇に包まれる。

ドン……という物音がする。さらにドン……と胸もとにまでその音が響く。

何？　いったい何があったの？

わからない。真っ暗で何も見えない。

ふたたび大きな物音が聞こえると同時に、目の前に男の顔が現れる。

蒼白な顔で、小刻みに口もとを震わせた男と目が合った瞬間、視界が光に包まれる。

眩しさに目を細め、ゆっくりと目を開けていく。天井の蛍光灯が見えた。あたりに視線を巡らす。自分の部屋だ。

また怖い夢を見てしまった。

顔中に汗をかき、心臓が早鐘を打ち鳴らしている。

だが、自分の身体以外からも音がする。隣の涼介の部屋から聞こえてくるようだ。

明香里は枕元に置いてあった漫画本を手に取ると、腹立ちまぎれに壁に向かって投げつけた。だが、ドン……ドン……という不快な音はやまない。

身体を動かすのはしんどいが、どうにも我慢ならずにベッドから起き上がって部屋から出た。隣の部屋に行ってドアを開けると、ベッドで寝転がってタブレットを見ていた涼介が驚いたようにこちらに目を向けた。

「ど……どうしたの？」呆気にとられた顔で涼介が訊く。

「さっきからうるさいのよッ！」

明香里が言うと、涼介がタブレットに視線を移し、ふたたびこちらを見る。

「ごめん……ちょっと映画観てて。かなり音量を絞ったつもりだったんだけど……そんなにうるさかった？」

「うるさいわよ！　あんたのせいで目が覚めちゃったじゃない。ようやく眠れたっていうのに」

「あ、ああ……悪かったよ。音、消すから」声を震わせて言いながら涼介がタブレットを操作する。

「静かにしてよね」明香里は涼介を睨みつけながら言ってドアを閉めた。

閉め切る直前に「……まったく神経質すぎるんだよなあ」という涼介の呟きが聞こえた。

あんたにわたしの苦しみがわかる？

閉じたドアを思い切り蹴りつけたい衝動に駆られたが、今の身体ではそれもできないと思い直して自室に戻った。電気をつけたままベッドに横になり、仰向けで天井を見つめる。

先ほどまで隣から聞こえていた、自分を不安にさせていた物音はなくなり、あたりは静まり返っている。

しばらく天井を見つめていても、視界がぼんやりとしてくることはなく、眠気はやってこない。いや、自分の心が眠ることを頑(かたく)なに拒絶している。

眠った瞬間、事件の光景を夢に見ることが怖い。

さっき見た夢は、自分を助けるために通り魔に刺されてしまった晃弘の最期の姿だった。

次に眠ったときに自分に何度も刃を突き立ててきた小野寺の姿が夢に現れてしまったらどうしようと、全身の神経が張り詰めている。

身体も頭も疲れ切っていて休みたい。でも、これから夢の中で起こる光景を想像すると怖くて目を閉じることができない。

誰かに思い切り頭を殴られでもすれば、嫌な想像をする間もなく気を失って身体を休めることができるのではないか。だけど、そんなことを家族の誰に頼んでもやってくれるはずがない。

明日、母に病院に連れて行ってもらって睡眠薬を処方してもらおう。だけどその前に身体を少しでも休ませなければならない。

明香里は気力を振り絞ってベッドから起き上がるとふたたび部屋を出た。階段をゆっくりと下りてリビングダイニングに向かう。

台所に置いてあった自分のマグカップを手に取り、リビングの棚からウイスキーの瓶を取り出して注ぐ。瓶を棚の中に戻すと、一段ずつ慎重に階段を上って自室に戻った。

ベッドに腰を下ろしてマグカップに口をつける前に匂いを嗅いでみた。

頭がふらっとして、少し気持ちが悪くなった。

両親の体質を受け継いでいるのか、明香里も酒に強くない。職場の飲み会や航平とのデートで少しぐらい飲むことはあったが、それでもグラス半分ほどのビールやワインが精一杯で、もちろんウイスキーをそのまま飲んだことなどない。

明香里は片手で鼻をつまみながら、マグカップの中のウイスキーを喉に流し込んだ。

17

札幌駅で空港からの快速電車を降りると、想像していた以上に肌寒かった。

もう少し厚手の上着を着てくるべきだったと思いながら、省吾はホームを歩いて階段を下りた。改札を抜けるとスマホを取り出す。

北海道に来るのは初めてだから、とうぜん札幌市内の地理もよくわからない。

小野寺の七年前の住民票に記載されている前住所の欄は『札幌市豊平区西岡5条――』と

なっている。スマホで調べてみると、さっぽろ駅から地下鉄東豊線で七駅目の福住駅に近いとわかった。

省吾は案内板に表示されている東豊線の乗り場に向かって歩き出した。

もう少し早く北海道に来たかったが、けっきょく小野寺と東京拘置所で面会してから三週間ほどかかってしまった。

北海道まで出向く経済的な余裕がなかったので、週刊誌の風俗記事の取材と執筆のかたわら、バー『ゼックス』の中西から紹介されたレストランのデリバリーのバイトをして何とか資金を調達した。

北海道に来たとしても省吾が知りたい情報が得られるかどうかはわからない。むしろ無駄骨に終わる可能性が高いのは覚悟している。いずれにしても雑誌の次の取材で東京に戻らなければならない三日後までに、もう一度小野寺に会えたときにできる北海道の土産話ぐらいは用意しておきたい。

福住駅に降り立つと、スマホの地図を頼りに小野寺の住民票の前住所の欄に記載されている『プレパーク福住』という建物を探す。

五分ほど歩くと、目当ての建物が見つかった。三階建ての小さなマンションだ。エントランスに入っていくと、オートロックのドアがついている。ワンフロアあたり五部屋、計十五部屋ぶんの郵便ポストがあった。建物の大きさと部屋数から、ワンルームの物件だろうと察した。

さて、これからどうしたものかと、オートロックのインターフォンの前に立って考える。

一軒ずつ当たっていくしかないだろうと、『1』『0』『1』と番号を押して呼び出しボタンを押す。応答がないのを確認するとすぐに一〇二号室に進む。

応答がないまま三〇一号室まで呼び出したとき、後ろから物音がして振り返った。エントランスに入ってきた若い男がこちらに怪訝そうな眼差しを向けている。

省吾はオートロックのインターフォンから離れて、若い男に近づいた。

「こちらにお住まいのかたですか?」

省吾が訊くと、怪訝な顔をしたまま男が頷いた。

「いきなり申し訳ありません。わたくし、こういう者でして……」省吾は上着のポケットから取り出した名刺を男に渡した。

男は受け取った名刺に目を向けると、警戒から興味に変わったような表情で「東京のライターさんが何か?」と訊いてくる。

「実は、七年ほど前までこちらの二〇四号室に住んでいた小野寺圭一という男性について調べておりまして……当時十九歳だったのですが、ご存じないでしょうか」

「いや……ぼくは三年前にこの寮に入ったので、七年前にいた人のことは知らないですね」

男がそう返してオートロックのインターフォンに向かう。

「寮というのは？」すぐに男の前に回り込みながら省吾は問いかけた。

「ここはハウスロードっていう会社の独身寮なんですよ」

「何をしている会社なんですか？」

「飲食店をいくつか経営してます。居酒屋とかバーとかレストランとか……札幌市内に十五店舗ぐらいあるかな。ぼくは和伝って居酒屋で働いてますけど」

そういえば、仕事のために原動機付自転車の免許を取ったというようなことを小野寺が言っていたと、安本が話していたのを思い出した。

「その中に原動機付自転車の免許が必要なお店はありますか」

「どうだろう……うちでは仕事で原チャリを使うことはないけど、たしか……なまら寿司っていう回転寿司屋とベリーノっていうレストランではデリバリーをやってるってことだから、もしかしたらそこでは原チャリの免許が必要かもしれませんね」

「ちなみに、この寮になまら寿司とベリーノで働いているかたはいらっしゃいますか？」

省吾が訊くと、「さあ、どうだろう」と男が困ったように頭をかいた。

「同じ会社といっても店が違ったらほとんど交流はないですから」

「あの……こんなことをお願いして大変恐縮なんですが、会社の中で小野寺圭一のことを知っているかたを捜していただけないでしょうか」

男が厄介そうに顔を歪めた。

「もちろんそれなりのお礼はさせていただきます」省吾はとっさにその言葉を付け加えた。

「それなりのお礼って？」

「そうですね……何かおいしいものをごちそうするというのでどうでしょう」

「ニュークラブやキャバクラの接待はつかない？」

交通費を除いた軍資金は五万円ほどしかないから、それは難しいだろう。

「ごめんなさい。しがないライターなので」省吾は素直に詫びた。

「その人……小野寺圭一でしたっけ、どうして調べてるんですか？」

「昨年の十一月に東京の渋谷で通り魔事件を起こした犯人なんです」

省吾が言うと、男の顔つきが変わった。

「もしかして渋谷のスクランブル交差点で人が死んだやつ？」

省吾は頷いた。

「へえ……うちの会社にいた人間だったんだ」茫然としたように男が言う。「わかりました。知っている人を捜してみます」

「ありがとうございます。明々後日の金曜日の昼には北海道を発たなければいけないので、それまでにお話しできると大変ありがたいです。もちろんそれ以降でも……そのときには別の形でお礼しますので、何かわかりましたら名刺の携帯番号にご連絡ください」

「明々後日の昼までか……あまり期待しないでほしいけど、わかったら連絡します」

「お名前をお訊きしていいですか？」

「杉本です」

「よろしくお願いします」と省吾は杉本に頭を下げると、マンションのエントランスから出た。

福住駅から地下鉄に乗り、さっぽろ駅に戻ったときには午後六時を過ぎていた。

そういえば朝、東京の部屋を出る前におにぎりを食べてから食事をとっていない。せっかく北海道まで来たので何かうまいものでも食べたいが、これから三日間のことを考えると節約したほうがいいだろう。

省吾はコンビニに入ると、弁当売り場に向かった。東京では見かけない地域限定の弁当を買って店を出る。札幌の街をぶらぶら歩きながら今夜の寝床を物色して、目についたネットカフェに入った。

受付をして個室に入るとさっそく弁当を食べる。食事を済ませるとやることもなくなり、テレビをつけて眺めた。

杉本は、自分が北海道に滞在できるあと三日の間に小野寺を知っている会社の同僚を捜して連絡してくれるだろうか。

そうでなければ北海道まで来た意味がまったくなくなる。

省吾はスマホをつかんで保存している写真を表示させた。小野寺の住民票だ。本籍の欄を拡大して見つめながら考える。

小野寺は未婚であるから、親の本籍もここに記されている留萌ということになるのだろう。本籍は日本国内の地番があるところならどこにでも置くことができる。だから小野寺の親が住んでいたとはかぎらないし、ましてや今も住んでいると考えるのはあまりにも虫がよすぎるだろう。

でも、少なくとも小野寺の親にとって何かゆかりのある場所なのではないかという思いが、自分の中で膨らんでいる。

省吾はスマホをネットにつなぎ、乗り換えアプリで留萌への行きかたを検索した。地図上では札幌からそれほど離れていないように思えたが、電車でもバスでも三時間近くかかる。

アラームの音が聞こえ、省吾は目を開けた。枕元に置いたスマホで時間を確認すると、午後七時半だ。

もう少ししたら出かけたほうがいいだろうと、眠い目をこすりながらベッドから起き上がった。

今日の昼に札幌からバスで留萌にやってきた。小野寺の本籍の番地を訪ねたが、そこにあったのは『スナック・さくら』と看板が掲げられた二階建ての建物だった。店舗用と住居用と思えるふたつのドアがあったが、どちらをノックしてみても応答はなかった。店舗用のドアに掛けられたプレートには午後八時からの営業と記されていた。

札幌への最終時間を調べると、午後八時二十分発の電車だったので、今夜は戻るのを諦めて留萌に留まることにした。あまり余計な金を使いたくなかったが、この周辺にはネットカフェがなかったのでしかたなくホテルに泊まることにして、三時にチェックインしてから今まで部屋で仮眠をとっていたのだ。

浴室で顔を洗うと、身支度を整えて部屋を出た。ホテルから歩いて十分ほどのところにあるスナックに向かう。

薄暗い路地を進みながら、店がやっているかどうか不安になったが、近くまでいくと看板に明かりが灯(とも)っていた。

ドアを開けて中に入ると、「いらっしゃいませ」と女の声が聞こえた。カウンターとテーブル席がふたつのこぢんまりとした店だ。客はいない。

「いいですか？」と一応訊くと、カウンターの中にいた年配の女が「こちらにどうぞ」と目の前の席を手で促す。

省吾はカウンターに座り、ビールを頼んだ。瓶ビールとグラスと突き出しの小鉢が置かれ、女がお酌をしてくれる。

「初めてのかたですよね？　留萌にお住まいなんですか？」女が訊いてくる。

六十歳ぐらいに思えるが、色白で丸顔の可愛らしい感じの人だ。

「いいえ、東京から来ました」

「そうなんですか。お仕事でこちらに？」

さらに女に訊かれ、「まあ……」と言葉を濁しながら話の切り出しかたを考える。

目の前の女が小野寺の母親である可能性も否定できない。

小野寺のことを調べていると告げた瞬間、追い返されないともかぎらない。

「こちらのママさんですか？」

省吾が訊くと、「そうですよ」と女が微笑みかけてきた。

「よかったらママさんも一杯どうですか？」

省吾が言うと、「いいんですか？」とさらに明るく笑って自分のグラスを取ってくる。

女のグラスにビールを注いで乾杯すると、省吾は一気に飲み干した。手酌で自分のグラスに残りのビールを注ぎ切り、もう一本頼み、突き出しの煮物に箸をつける。

「この煮物、すごくおいしいですね。ここで飲むことにして正解でした」省吾は少しおおげさに料理を褒めた。

「ありがとうございます。他にも料理が出せますので、よかったら召し上がってください」

「ぜひそうさせていただきます。実はぼくが住んでいるところの近くにも同じ店名のスナックがあって、そこの料理もなかなかうまいんです。ここほどではないですけど」

「お上手ですね。でも、何でも『さくら』っていうのはスナックで一番多い店名らしいです。もっとも誰かの真似をしたわけじゃなくて、自分の名前だからそうしただけなんですけどね」

「苗字は何とおっしゃるんですか？」

「穂積（ほづみ）です」

小野寺ではない。だが、それだけでは小野寺圭一の母親ではないと判断できない。

「穂積さくらさん、いいお名前ですね」

「お客さんは何とおっしゃるんですか？」

「溝口です。溝口省吾」

「お客さんのほうがいいお名前だと思いますよ」

「こちらのお店をやられてどれぐらいになるんですか？」

「三十歳のときに始めたからもう三十年になりますね。あらやだ、初めてのお客さんに早々に自分の年齢をばらしちゃった。こんなおばあちゃんしかいなくてがっかりしたでしょう？」

「そんなことないです。でも、おひとりで切り盛りしてるんですか？」

「ちょっと前までは若い子を雇ってたんだけど、今はそんなにお客さんも入らないし、こうやって細々と、ね」

「お子さんに手伝ってもらったりとかは？」

「おりませんよ。結婚もしてませんし。三十年間このお店とともに独身生活を楽しんでおります」そう言って屈託なく笑った。

それまでの会話から小野寺の母親ではないと察し、省吾は本題を切り出すことにした。

「つかぬことをお伺いしますが、穂積さんは小野寺圭一という男性をご存じないでしょうか」

カウンター越しに省吾が訊くと、「小野寺圭一……さん？」と言って穂積が首をひねる。

「年齢は二十六歳なんですが」

心当たりはないようで、こちらを見つめ返しながら穂積が唸っている。

「ここのお客さんということかしら?」

「そういうわけではないんです。その、小野寺圭一の本籍がここの住所になっているんです」

省吾の言葉に何か思い当たったようで、「あっ」と穂積が口を開いた。

「もしかしたらケイコちゃんのお子さんのことかも」

「ケイコ……さん?」

小野寺が通り魔事件を起こす三日前に関係を持った風俗嬢が名乗っていた名前と同じだ。

「そう。昔、ここで働いていた女の子なんだけど。小野寺っていう姓で、そういえば息子さんの名前は圭一くんだった」

「そのケイコさんはどれぐらい前まで働いていたんですか?」

「もう二十年以上前になるかしら。たしか圭一くんが三歳か四歳のときに店を辞めたから」

穂積の口ぶりでは、小野寺が起こした事件については知らないようだ。

「ところで……溝口さんは圭一くんとどのようなご関係なんですか?」穂積が訊いた。

「関係といいますか……小野寺圭一について調べているんです。彼の本籍を知って、もしかしたら何かわかるのではないかと思ってこちらに伺いました」

「圭一くんについて調べているって……探偵さんか何かですか?」穂積の表情に戸惑いが滲

み始める。

「いえ」と省吾は言いながら穂積に名刺を渡した。名刺に目を通した穂積がこちらに視線を戻して「ライターって……ジャーナリストさんみたいなものですか？」と問いかける。

「そんなたいそうなものではありませんが、一応週刊誌に記事を書いています」

「でも、どうして圭一くんのことを？　有名人にでもなったのかしら？」

「有名人……そうですね……小野寺圭一は昨年の十一月に東京の渋谷で通り魔事件を起こしたんです」

「通り魔事件？」ぎょっとした顔で穂積が訊き返す。

「ええ。ひとりの男性が亡くなって、ふたりの女性が重傷を負いました。渋谷のスクランブル交差点で起きた事件だったので、大きなニュースになりました」

「そういえばテレビで観たことがあります。それにしても圭一くんはどうしてそんなことを？」

「警察の取り調べでは『むしゃくしゃしてやった。自分よりも幸せそうなやつなら誰でもよかった』と供述したようです。ぼくは彼と面会したことがあるんですが、そのときには刑務所の中にずっといたいから事件を起こしたという趣旨のことを話していました」

先ほどまでの明るさが嘘のように穂積の表情が暗く沈んでいく。

「それで……溝口さんは記事にするために圭一くんのことをこうやってお調べになっているというわけですか。でも、申し訳ありませんが、わたしがお話しできることは何もないですよ。だって三歳か四歳ぐらいまでのことしか知らないわけですから」穂積がそう言って顔を伏せる。

「記事にするために彼のことを調べているわけではないんです」

省吾が言うと、穂積が顔を上げて首をひねった。

「少なくとも今のところは、ですが」

「それならどうしてわざわざ北海道の留萌までいらっしゃったんです？」

「個人的な興味といいますか……自分の境遇と似ているように感じたので、事件のことも彼のこともどこか他人事には思えなくて、それで彼のことをもっと知りたいと……ごめんなさい。うまく言葉にできないんですが」

「溝口さんの境遇と似ているというのはどういうことですか？」

「わたしは幼少の頃から母親にひどい虐待をされてきました。学校にも行かせてもらえず、十三歳のときまで世間から存在を消されたようにして生きてきました」

「ちょっと待ってください……」穂積が省吾が話すのを手で制する。「圭一くんが親から虐待されていたというんですか？」

「ええ。彼の口からは直接聞いていませんが、わたしが調べたかぎりでは親からひどい虐待をされてきたと知り合いに話していました。それに十四歳になるまでほとんど学校に行かせてもらえず、十六歳まで施設に入っていたと」

「そんな……ケイコちゃんが圭一くんにそんなことをするなんて……」信じられないというように穂積が何度も首を横に振る。

「お話しできる範囲でけっこうなので、彼とお母さんのケイコさんについて聞かせていただけないでしょうか」

穂積が重い溜め息を漏らした。残りのビールを一気に飲むと、グラスを省吾の前に置いて「もう一杯いただいていいかしら?」と訊く。

「一杯と言わず何杯でもどうぞ」省吾はビールを注いだグラスを穂積の手元に戻した。

穂積がグラスを手に取って半分ほど飲む。小さく息を吐いて話し始める。

「ケイコちゃんがこのスナックで働き始めたのはたしか……ここを始めて二、三年後ぐらいだったかしら」

店を始めて三十年経つと言っていたので、二十七、八年前の話だろう。

「働き始めた時期は正確には覚えてないけど、年齢が十八歳だったのははっきり覚えてる」

「ケイコさんがこの店の求人に応募に来て、雇うことになったんですか?」

「ええ。店の前に貼っていた求人広告を見て雇ってくれないかと訪ねてきたの。初めて彼女を見たときにはちょっとびっくりしちゃった。十八歳と若いこともあったし、かなりの美人さんだったから」

「留萌にお住まいのかただったんですか？」

穂積が首を横に振る。

「札幌の出身で、前日にバスで留萌にやってきて仕事と住むところを探してるって彼女から聞かされて、何か訳ありなんだろうなと。留萌から札幌に出ていく人は多くても、その逆はほとんどいないから。しかも水商売でね。どういう事情があって札幌から離れることにしたのか訊いたけど、そのときは何も話してくれなかったわ。多少の不安はあったけど、少し話したかぎりでは性格もよさそうだったし、お客さんもたくさん付きそうだったからその場でケイコちゃんを雇うことにしたの」

「彼女の住まいはどうされたんですか？」

「二階に空いてる部屋があるって言ったら、そこに住みたいってことだったからそうしてもらった。ケイコちゃんは本当によく働いてくれました。お客さんの人気も上々だったし、仕事がないときでもずぼらなわたしに代わって部屋の掃除や洗濯をまめにやってくれたりしてね」

「この建物の二階に住んでいるときに圭一は生まれたんですか？」

「正確には違うわね。ここで働き始めて一年ぐらい経ったとき、彼女から相談をされたの。お客さんとの子供を妊娠してしまったって」

「どんな男性ですか？」

「その半年ほど前から港湾関係の土木作業のために留萌に来ていたダイサクさんという人で、当時二十三歳ぐらいだったかな。お店で接しているかぎり優しい好青年に思えたから、ダイサクさんにきちんと告げて、将来のことを話し合ったらってアドバイスしたの。そのときの話がきっかけで彼女の境遇を知ることになった……」

そこまで話して穂積がグラスに残ったビールを飲み切る。空になったグラスにビールを注いでしばらく待ったが、視線を宙に泳がせたまま穂積は黙っている。

「お話しされたくないようなことですか？」

省吾が訊くと、我に返ったように穂積がこちらに視線を合わせた。

「そうね……でも、もし本当にケイコちゃんが圭一くんにひどい虐待をしていたっていうなら……」何かを言い聞かせるように穂積が何度か頷き、ふたたび口を開く。「子供を虐待する親は最低だと思うけど、それでも少しだけケイコちゃんのことを擁護したい気持ちもあるから」

「ケイコさんも親から虐待を受けていたんですか？」

「虐待っていう言葉ではとても済ませたくないけど……ケイコちゃんは幼い頃から母親とふたりで生活してきたそう。母親はいつも飲んだくれてて、ケイコちゃんは食事もまともに与えてもらえなかったって。その頃にはそんな言葉は知らなかったけど、ネグレクトというの？」

「育児放棄のことですよね」省吾は頷きながら答えた。

「それだけじゃなくて……十五歳の頃から母親の飲み仲間の男の相手を何度かさせられたと」

その話に衝撃を受けた。

自分の母親を多少はマシな存在に感じかけたが、すぐにそんなことはないと思い直す。

「十代で堕胎も二回経験してるって。こんな自分が母親になっても、きちんと子供を育てていけるか自信がないってケイコちゃんはしばらく悩んでた」

「でも、圭一を産んだんですよね」

「妊娠したことを話すとダイサクさんはすごく喜んでくれたそうで、それから数ヵ月後に二人は入籍したの。それでケイコちゃんはここの二階の部屋からダイサクさんと一緒に借りたアパートに移って、圭一くんが生まれた。子育てが落ち着くまでスナックの仕事は休むことにしてね。でも、一年ほどで結婚生活は破綻しちゃったの」

「理由は？」

「ケイコちゃんにしか話を聞いていないから、すべてその通りなのかはわからないけど……ダイサクさんは女癖が悪くて、ギャンブル好きで、生活費もまともに入れないことが多かったそう。それを注意すると暴力を振るわれることもあって、もう耐えられないって離婚したって。もともとダイサクさんには子供を引き取る意思はなかったそうで、何の争いもなく圭一くんの親権を得られたのがせめてもの救いだって、ケイコちゃんは言ってた」

「ダイサクさんは今どうされているんですか？」

省吾が訊くと、「わからない」と穂積が首を横に振った。

「離婚するとすぐにダイサクさんはそれまで勤めていた会社を辞めて、留萌からいなくなったから。ケイコちゃんは圭一くんと一緒にふたたび上の部屋に戻って、子育てをしながらここで働くことになったの」

「ここの二階で生活しているときのふたりの様子はどうだったんでしょうか？」

「どうだったと言われても……」穂積が言葉を詰まらせた。

「ケイコさんが小野寺を虐待していたことはありませんでしたか？」

「そんなことはなかったわ」はっきりと穂積が言って首を大きく振った。

「もちろん子供を育ててるわけだから、圭一くんがいけないことをしたときには叱ったりしてたけど……でも、虐待というものじゃなかった」

「そうですか……」

省吾は自分と穂積のグラスにビールを注いで口をつけた。「すみません」と礼を言った穂積がビールをひと口飲んで話を続ける。

「その後のケイコちゃんのことは知らないけど、少なくともここにいたときには圭一くんをとても大切にしていたと思う。ここの二階の部屋に移ってきてすぐにケイコちゃんはスナックの仕事に復帰したんだけど、仕事中でも二階から圭一くんの泣き声が聞こえると、お客さんに断りを入れてすぐに駆けつけてあやしてた」

「その頃のケイコさんは小野寺の世話をよくしていたんですね」

省吾の言葉に、「そうね」と穂積が頷く。

「授乳期はスナックの仕事だけで精一杯だったけど、圭一くんが二歳ぐらいになるとお昼から夕方まで、近くにあるスーパーのパートも始めた」

「保育園に預けて？」

「いえ……その間はわたしが圭一くんの面倒を見てあげてた。まあ、面倒を見たとはいっても、圭一くんが勝手にどこかに行かないよう見守っていたり、一緒に遊んであげたりするぐらいだったけど。圭一くんにはこれからお金がかかるだろうから、少しでも貯金をしておきたいってことで掛け持ちの仕事を始めたから、わたしも少しばかりでも協力してあげようと思ってね」

　穂積の話を聞きながら、それまで自分が小野寺の親に抱いていたイメージとのあまりの落差を感じる。

　子供思いの母親に育てられながら、どうして小野寺は通り魔事件を起こしてしまうほどの心の闇を抱えるようになったのか。

「ここのお客さんのほとんどはケイコちゃんに子供がいることを知っていたけど、それでも彼女の人気は高かったわね。まだ二十歳そこそこと若かったし、何よりも美人さんだったから、何人かのお客さんから結婚しようって言い寄られることもあった」

「ケイコさんは再婚など考えなかったんでしょうか？」

「そうねえ……中には再婚しちゃえばいいのにって思う人もいたけどね。仕事や家柄がしっかりしていて、性格もよさそうな人がね。でも、結婚生活に懲りていたのか、前の旦那のダイサクさんのせいで男性不信になってしまったのか、ケイコちゃんはいっさい受け付けなかった。もしかしたら、そういう誘いを断り続けることに疲れちゃったのもあるのかもしれないわね」

「ケイコさんがこのスナックを辞めた理由ですか？」

省吾の言葉に、「そう」と穂積が頷く。

「圭一くんが三歳か四歳のときにお店を辞めたいって切り出された。どうしてって訊いたら、これから先のことを考えて手に職をつけたいってことだった。医療事務とか介護士とか……はっきりとは決まってなかったけど資格を取るために留萌から出ようと思うって。ここで生活しながら通信教育とかで資格を取ればいいじゃないのって言ったんだけど、そうしてしまうと今までのようにわたしに甘えてしまって、けっきょく途中で諦めてしまいそうだから、自分にプレッシャーをかける意味でもここから出ていったほうがいいと思うと言ってね」

「留萌からどちらに移られたんですか？」

「同じ北海道の旭川。ここで働いている間に多少の蓄えができたから、それで旭川のアパートを借りたそう。出て行って半年ほど経った頃にハガキが届いた。今はアルバイトをしながら医療事務の資格の勉強をしてるって書いてあったと思うけど……」

「そのハガキは今でもお持ちですか？」

省吾が訊くと、「どうかなあ……」と穂積が言いながらカウンターの奥にある棚の引き出しを次々と開けていく。

しばらく様子を窺っていると、「ああ、これこれ」と言って穂積が目の前に戻ってきた。

「ケイコちゃんから届いたものです」穂積がそう言いながら、カウンターにハガキを置いた。

「拝見させていただきます」

省吾は穂積に断りを入れて、目の前にあるハガキを手に取った。

『穂積さくら様』と宛名が書いてあり、差出人の名前は『小野寺恵子』とある。住所は『北海道旭川市東5条1丁目――』となっていた。二十二年前の消印が押されたハガキを裏返してみると、こちらに向けて笑いかける子供の顔が目に飛び込んできた。

ハガキの上半分に子供の写真が貼りつけられ、その下半分に手書きの文字が添えられている。

『お元気にしてらっしゃいますか？　なかなかご連絡できず申し訳ありませんでしたが、ようやく昼間の仕事も見つかり、わたしも圭一も元気でやっています。今よりもいい条件の仕事に就けるよう、医療事務の資格の勉強も頑張っています。落ち着いたら圭一を連れて留萌に遊びに行きますね。さくらママもどうかお身体に気をつけて。恵子』

二十二年前の小野寺の笑顔を見つめながら、この頃の親子の生活を省吾は想像した。

女手一つで子供を育てる生活は楽ではなかったかもしれないが、小野寺の無邪気な笑顔を見るかぎり不幸ではなかったのではないか。

「旭川に移ってから、ふたりがこちらに来たことはあったんですか？」省吾はハガキから穂積に視線を戻して訊いた。

「いえ……それから二年ほど年賀状でのやり取りがありましたけど、宛先不明で戻ってくるようになって、彼女とはそれっきりです」穂積が寂しそうな表情で言った。

旭川のこの住所からどこかに移ったということか。

「今日、こうして溝口さんが訪ねてこられるまでそんなことを思ったことはなかったけど……今は後悔しています」

穂積を見つめながら、省吾は首をひねった。

「溝口さんがおっしゃったように、その後ケイコちゃんが圭一くんにひどい虐待をして、それが原因で彼が通り魔事件を起こしたのだとしたら……あのときもっと強く彼女をここに引き留めておけばよかったと……少なくとも、ここにいるときには、ケイコちゃんはいい母親になろうと頑張っていたから」穂積がそう言って嘆息を漏らした。

18

マスクをしてトートバッグを肩に掛けると明香里は部屋から出た。階段を下りて玄関で靴を履く。

「出かけるの？」

声をかけられ、明香里は母に目を向けて頷いた。

「これから雨が降るみたいよ。今日はやめておいたら？」

「せっかく習慣にしてるから。散歩を始めてから体調もよくなっているし」

明香里はそう言ったが、母は心配そうな表情でこちらを見ている。

寝酒にウイスキーを飲んでから二週間ほど、毎日お昼過ぎから散歩に出かけるようにしている。リハビリも兼ねて外の空気を吸うという名目で毎日四時間ほど家を空けていた。最初の一週間は家に引きこもっていた明香里の心変わりを歓迎している様子だったが、最近は今のような表情をすることが多い。

「大丈夫。傘も持ってるし」明香里は肩に掛けたトートバッグを軽く手で叩きながら言った。

「今日はどのあたりを散歩するの？」

「そんなの行き当たりばったりだよ。ひさしぶりに舞台芸術公園のほうに行ってみようかな」

学生時代に友人たちとよく行った公園の名前を出す。

「まだ身体も万全じゃないだろうから無理しないようにね。帰ってくるのが大変だったら車で迎えに行ってあげるから連絡してちょうだい」

「わかった」

やましさがそうさせるのか、明香里は笑みを作って母に手を振りながら家を出た。

いつものコースを二十分ほどかけて歩き、隣町にあるコンビニに入る。酒の売り場に直行すると棚に置いてあるブラックニッカの小瓶をつかんでレジに向かう。レジで接客をしている女性店員が目に留まり、明香里はさっと踵を返した。

近所に住んでいる主婦の吉田だ。ここ二週間ほど毎日のようにこのコンビニに通っているが、彼女が働いているのを初めて見た。

どうしようか。いつもここでウイスキーを買い、近くの公園のトイレで飲んでいるが、こんなものを買っているのを知られたら母に告げ口されてしまうかもしれない。

明香里はウイスキーの小瓶を握り締めながら、コンビニの店内をうろついた。

雑誌売り場に行って立ち読みするふりをしながらレジのほうを窺ったが、他のアルバイトと交代する様子はなさそうだ。ここから十五分ほど歩いたところに酒を置いているスーパーがあるが、そこまで行くのは面倒くさい。だいいちそこでも知り合いに会わないとはかぎらない。

強いアルコールを早く身体に摂取したい。そして思考を麻痺させて、トイレの中でひとときの休息を取りたい。

自分の鼓動が速くなるのに気づく。焦燥感と不安がない交ぜになっている。

明香里は雑誌で右手を隠すようにしながら、持っていた小瓶をトートバッグの中に落とした。すぐに雑誌を棚に戻すと、激しい鼓動に煽られるようにコンビニを出る。

ちらっと店内に目を向けてみたが、レジで接客している吉田は明香里のことには気づいていないようだ。

そのまま歩き出して近くの公園に向かう。生まれて初めて万引きをしてしまったという罪悪感よりも、これでお酒が飲めるという安堵感のほうが勝っている。

公園の多目的トイレに入ると、明香里はドアを閉めて便座に腰を下ろした。内側にあるボタンを自分で押さないかぎり外から人が入ってくる心配はない。外したマスクを上着のポケットにしまい、トートバッグの中に入っているウイスキーの小瓶を取り出してキャップを開ける。

ひと口飲むと喉もとが焼けるように熱くなり、胃のあたりに鈍い痛みが走った。

この小瓶を空ける頃には意識を失い、深い眠りに落ちるのだ。

頑丈な壁に囲まれたひとりきりの空間で安心できるおかげか、今までここで寝ていて怖い夢を見ることはなかった。

最近よく見るのは航平の夢だ。付き合っていた頃の楽しくて幸せだった記憶が夢の中でよみがえっていた。

　もう夢の中でしか会えないのだと、ひたすらウイスキーを喉に流し込む。

　目を開けると、白いタイルの壁が見えた。頭に鈍い痛みを感じながら、ここはどこだろうと周囲に視線を巡らせる。壁の手すりと洗面台が目に入り、多目的トイレの中だと思い出す。

　足もとに置いたトートバッグの中から振動音が聞こえる。バッグからスマホを取り出すと母からの着信だった。

「明香里？　今、どこにいるの？」

　電話に出ると、切迫した母の声が聞こえた。

「どこって……公園のトイレだけど。それが何？」

「何って……あなた今何時だと思ってるの？　夜の八時過ぎよ」

　母の言葉に明香里は驚いた。

　昼の一時頃に家を出たから七時間近くトイレで寝ていたことになる。

「いくらスマホに連絡しても出ないから、この電話がつながらなかったら警察に届けようかと思ってたところ……」

「ごめん……散歩の途中でちょっと具合が悪くなって、公園のトイレに入ったらそのまま寝ちゃったみたい。すぐに帰るから」

「車で迎えに行くわ。どこの公園？」

「大丈夫だよ。二十分ぐらいで戻れるから」

明香里は母にそう告げて電話を切った。ポケットから取り出したマスクをつけ、スマホを入れたトートバッグを持って便座から立ち上がる。ドアを開けてトイレを出ると、小雨が降っていた。折り畳み傘を取り出して差し、明かりの乏しい暗い公園を抜けて、重い足取りで家に向かう。

家にたどり着くとベルは鳴らさずに持っていた鍵でドアを開けて中に入った。すぐに母が玄関に駆けつけてくる。

「明香里、今までどこにいたの？」

「だから公園だって」

説明するのも億劫で、そのまま二階に向かおうとする明香里の肩を母がつかむ。

「どこかでお酒を飲んでたんでしょう？　散歩から帰ってくるといつもお酒の匂いがしてたから。今だって……別に責めたりしないから本当のことを言って」

鬱陶しさに肩に触れていた手を振り払うと、力が入りすぎたせいか母が壁に激しく背中を打ちつけて床に倒れた。呆気にとられたように母がこちらを見上げる。

　ごめんなさい——

「いちいちうるさいんだよ！　わたしのことはもう放っておいて！」勝手に口からこぼれて、明香里は階段に向かった。

19

　居酒屋の暖簾の横にふたりの男が立っていた。

　省吾が近づいていくと、ふたりがこちらに顔を向けた。ひとりは杉本で、もうひとりは三十代前半に思えるガタイのいい男だ。

　留萌から札幌に戻るバスの中で杉本から連絡があった。なまら寿司すすきの店の店長をしている森という人物がかつて小野寺と一緒に働いていて、今夜八時以降であれば省吾と会ってもいいとのことだった。

「はじめまして、溝口と申します。お忙しいところ、ありがとうございます」

「森です。たいした話ができるかわかりませんが」

　簡単に挨拶を交わすと三人で店に入った。少しでも口を滑らかにしてもらおうと、ネットで吟味して省吾が予約した店だ。高級居酒屋を謳っているだけあり、ヒノキ造りの豪華な内装で、レジの奥には大きな水槽が備え付けられていて様々な種類の魚が泳いでいる。やってきた店員に案内されて個室の座敷に通された。ふたりと向かい合うように座ると、「お好きなものを頼んでください」と省吾はメニューを向けた。

生ビールを三つと刺身の盛り合わせなどのつまみを数品頼み、省吾は森に名刺を渡しながら改めて自己紹介した。

生ビールが運ばれてきて、とりあえず三人でジョッキを合わせる。ひと口飲むと、省吾は森に視線を据えて「小野寺が起こした事件はご存じでしたか？」と切り出した。

とたんに森が表情を歪めて「ええ……」と頷く。

「ショッキングな事件で連日テレビなんかでやってたじゃないですか。東京に行ったことがないおれでも渋谷のスクランブル交差点は知ってますし、そんなところで通り魔事件を起こして人を殺したなんてね。テレビに映った犯人の顔と名前を観て本当にびっくりしましたよ」

「小野寺のことで会社やお店に警察が訪ねてきたりはしませんでしたか？」

「いや、なかったですね。マスコミ関係もあなたが初めてです。ひとつ約束してほしいんですけど」そう言って森が身を乗り出してくる。

「何でしょうか？」

「小野寺のことを何か記事にするとしても、うちの店と会社の名前は出さないでもらえますか」

「お約束します。小野寺が働いていた頃から七年ほど経っていますが、ニュースを観てすぐに彼だとわかりましたか？」

省吾が訊くと、「すぐにわかりました」と森が即答した。

「辞めていった従業員のすべてを覚えているわけじゃないけど、小野寺はすごく印象に残るやつだったんでね」森が苦々しげに言って、ジョッキのビールを飲んだ。

省吾が次の質問をしようとしたときに、「失礼します」と店員の声が聞こえて襖が開いた。運んできた料理をテーブルに置いて立ち去る。

「どうぞ召し上がってください」

小野寺の話は一時中断することにして、省吾は向かいに座った森と杉本に料理を勧めた。自分も箸を取って北海道の海の幸をしばらく堪能する。

「小野寺がなまら寿司で働き始めたのはいつですか？」

腹を満たした頃合いを見て省吾が切り出すと、「ちょうど十年前ですね」と森が答えた。

「小野寺が十六歳のときですね」

「そうです。今はすすきの店の店長ですけど、当時のわたしは白石店のマネージャーで、従業員の教育係なんかをしてました」

「どういうきっかけで小野寺はそちらで働くことになったんですか。求人か何かを見て？」

「いえ、うちの社長が知り合いに頼まれて雇うことになったんです」

「どのようなお知り合いでしょう？」

「学生時代から付き合いのある友人だと社長は言ってましたね。その友人は当時……まあ、今もそうだと思いますけど、室蘭にある施設で働いていて、そこに入っていた小野寺の働き口を探しているということで社長に相談したみたいです」

「施設というと……児童養護施設ですか？」

児童養護施設とは、保護者のいない児童や虐待されている児童、その他環境上養護を要する児童を入所させて養護し、あわせて退所した者に対する相談や自立のための援助を行うことを目的とした施設だ。

「そう聞きました」森が頷く。

「そうですか」

同じ子供を預かる施設であっても、省吾が入っていたものとは違う。

「そういう事情があったので、社長は当時の店長と教育係だったおれには事前に小野寺の境遇について教えてくれたんです」森がそこまで話してジョッキに口をつけた。

「小野寺はどうして児童養護施設に入ることになったんでしょう？」

「何でも十四歳のときに万引きで捕まったことがきっかけだったらしいです」

森の言葉を聞きながら、安本が話していたことを思い出す。七年前に安本のもとで働いていた頃の小野寺も万引きの常習犯だったそうだ。

「捕まった店で自分の名前や住んでいるところなんかをいっさい話さず、小野寺は警察に突き出されることになったそうです。警察の捜査で小野寺がそれまで学校に通っていなかったことや、劣悪な環境で育てられていたことがわかって……」

「それで児童相談所に保護され、その後施設に入ったと？」

「そういうことでしょうね。学校に通えるようになったけど、まわりの子供たちについていくことは到底できず、何とか中学校を卒業して定時制高校に入ったけど、そこもすぐに退学してしまったってことです。施設に入所している他の子供たちとの関係もよくなかったみたいで、職員も手を焼いて友人だったうちの社長に相談したんでしょう」

「とりあえず職に就いて自立できるように促そうと？」

省吾の言葉に同意して森が頷く。

「その小野寺って、どんなやつだったんですか？」

それまで黙って料理を味わっていた杉本が話に入ってきた。省吾も訊きたかったことだ。

「しかたないのかもしれないけど……一言で言うと何もできないやつだったね。最低限の礼儀作法もわかってなかったから接客させるわけにはいかないし、不器用なうえに何度注意しても手を洗わないまま調理しようとしたり、爪や髪なんかもいつも不衛生な感じで厨房に入れることもできない」

「それでデリバリーを担当させることにしたと？」

「そうですね。もっともデリバリーでも接客はしますから、最低限のやり取りは何度も練習させましたけど。それに原付免許を取るのもすごく苦労しました。十回以上試験を受けてようやく取れたんじゃなかったかな」森がそう言って苦笑した。

「仕事ができないという以外に、小野寺の印象を聞かせてもらえますか」

「とにかくネガティブで暗いやつでしたね。どうせぼくなんて……っていうのがやつの口癖だったな。劣悪な環境で育てられてきたことは同情するけど、いつまでもそれを引きずってもしょうがないでしょう。おれも高校中退だけど、自分の頑張りで会社からそれなりに認めてもらえたから、おまえも目標を持って頑張っていけばそのうちいいことあるよって励ましたんだけどなあ」

そのときのことを思い出しているのか、森が遠くを見つめるような目で溜め息を漏らす。

「どうせぼくなんていくら頑張ってもいいことありません……くらいの返事でしたか？」

「いや……ぼくにもちゃんと目標がありますって返されました」遠くを見やる眼差しは変えずに森が言った。

「どんな目標だと？」

森がようやくこちらに視線を戻す。

「母親を殺すこと、と」

その言葉が心臓に突き刺さった。続いて激しい動悸に襲われる。

「冗談で言っているんだと思いたかったけど、そのときの小野寺の目はマジでした。それからやつのことが怖くなって、どういうふうに接していけばいいかずいぶん悩んだけど……」

向かいに座る森と杉本を視界に捉えながら、意識はまったく別のところをさまよっていた。

「……幸いなことに、それからしばらくして小野寺が店に来なくなって、寮からもいなくなったんです……」

森の声がはるか遠くから聞こえてくるように感じる。

ようやくわかった。自分が小野寺のことを知りたいと思った理由が。小野寺が今までに辿ってきた人生を知って、自分が何をしたかったのかが。

今、はっきりとわかった。

浜松町駅で羽田空港からのモノレールを降りると、まだ正午前だった。

今日の雑誌の取材は午後六時からなので、昼頃に札幌を発ってもじゅうぶん間に合ったが、それまでに行くところができたので朝の飛行機で東京に戻ることにした。

省吾は改札を抜けると京浜東北線のホームに降りた。やってきた電車に乗り、空いていた席に腰を下ろす。

昨夜は十時頃に、話を聞いた森たちと居酒屋の前で別れ、その後すぐに近くのネットカフェに入ったが、一晩中いっこうに寝つけなかった。

赤羽駅までは三十分近くかかるので少し休もうと省吾は目を閉じた。だが、神経が張りつめているせいか、まったく眠気がやってこない。けっきょく昂った意識のまま赤羽駅で電車を降りて、埼京線に乗り換えて、埼玉県にある戸田駅で下車した。

改札を抜けて東口に降り立つと、背筋に悪寒が走った。

駅前の風景を視界に捉えながら、あの頃の記憶があふれ出してきそうになる。

二度とこの場所に足を踏み入れることはないと思っていたはずなのに、自分にとって最も忌避すべき場所であるはずなのに、今ここに立っていることを自分でも不思議に思う。

ひとつ大きく息を吐いて省吾は歩き出した。十三歳のときの記憶を手繰り寄せながら、目的の場所に向かう。駅から延びる一本道を進み、おぼろげながら記憶にある酒屋を見つけて左に曲がる。そこからさらに五分ほど歩くと、公園が見えてきた。

間違いない。あの頃住んでいたアパートの向かいにあった公園だ。母親から人と接触するのを禁じられていたのであの公園で遊んだことはなかったが、楽しそうに遊ぶ子供たちを部屋の中から忌々しい思いで睨みつけていたので記憶にはっきりと焼きついている。

公園の向かい側に目を向けて省吾は啞然とした。そこにあるはずのアパートはなく、駐車場が広がっている。

たしかに自分たちが住んでいた時点で朽ち果てそうなぼろいアパートだったし、それにあんな事件もあったので取り壊したのだろう。

省吾はアパートから様変わりした駐車場をじっと見つめた。

十八年前、この手であの女を絞め殺した場所を。

どんなことがきっかけで寝ている母親の首を絞めつけたのか、はっきりとは覚えていない。ただ、その衝動にかられた理由はいくらでも思いつく。

驚いたように目を覚ましたあの女は両手と両足をばたつかせながら、最初は「痛い」と叫び、次に「苦しい」と呻き、最後は「やめて……お願い……」と弱々しい声で懇願した。

それらの声を無視して、省吾はあの女の首を絞めつける両手にさらに渾身の力を込めた。

今まで自分のどんな懇願も撥ねつけてきたあの女への罰だった。

あの女の目から光が失せると、自分を縛りつけていた鎖がようやく解かれたことを実感して、思わず自分の喉もとから笑い声がせり上がってきたのを覚えている。

きっと首輪を外された犬はこんな心境ではないだろうかと子供ながらに思って、遠吠えをしそうになった。

これからどこにでも行ける。それに食べたいものを食べ、自分がやりたいことが何でもできる、と。

省吾はあの女のバッグから財布を取り出すと、部屋を出た。駅前にある店に入って牛丼を食べ、近くのゲームセンターに行って財布の金が尽きるまで遊んだ。

長年抱き続けてきた欲望が満たされると、省吾は交番に行って制服警官に自宅で母親を殺したと告げた。

それからしばらくは今までの人生で感じたことがない慌ただしさに飲み込まれて目が回りそうだった。警察署でもいろいろ調べられたうえ、その後保護された児童相談所でもしつこく家庭のことを訊かれた。

当時、十三歳だった省吾は罪に問われることはなかった。

刑法第四十一条には十四歳に満たない者の行為は、罰しない、とあり、省吾は触法少年として保護処分の対象になった。

自分にとっての唯一の情報源であったテレビで、人を殺したら刑務所に行くものだと思っていたので意外だった。

ただ、省吾は少年審判というものを受けさせられ、その後に埼玉県の深谷(ふかや)市にある児童自立支援施設に入れられることになった。

児童自立支援施設とは、不良行為をしたり、するおそれのある児童や、家庭環境などの理由から生活指導を必要とする児童を入所させて、自立を促す児童福祉施設だ。

省吾が入った施設は広大な敷地の中に七つの寮舎があり、それぞれ十数人の子供たちがそこで生活していた。敷地の中には勉強できる教室や運動できる体育館、さらにプールもあった。

それぞれの寮舎には子供たちの世話をする職員が二十四時間常駐していて、省吾が入ったところにいた寮長と寮母は鈴木さんという五十歳前後の優しい夫婦だった。

その寮舎には当時、省吾を含めて十二人の子供がいた。一番小さい子は八歳で、一番年上は十五歳だった。自分と同い年の子供もふたりいて、ケンタとアキラという名前だったと覚えている。そのふたりとは生まれて初めて友達と呼べる関係になれた。

施設にいる子供たちの誰も、省吾が母親を殺してそこに入ったことを知らない。

鈴木夫妻は当然知っていたはずだが、自分を怯えたような目で見ることはもちろん、責められたり反省を促されるようなことはなく、事件についての話も一度もされなかった。

施設の敷地内には大きな畑があり、作業指導のときには自分たちで育てたいろいろな野菜を収穫して、それを毎日の食事の足しにした。クラブ活動ではそれまでの人生で初めて触れたラケットやピンポン球に興味を持ったことから卓球部を選んだ。

読み書きを学ぶことも含めて、今までに経験したことのない様々な出来事に触れ、充実した毎日を送っていた。

ただ、だからといって心が穏やかだったわけではない。母親はこの世からいなくなったが、自分の心と身体にかけられたあの女の呪縛が解かれることはなかった。

自分の身体に刻み込まれた虐待の傷跡を目にするたびに、母親への恐怖がよみがえる。また、母親を殺した罪悪感こそ希薄(きはく)だったが、この手で人間を殺したという生理的な嫌悪感がつきまとい、忌々しい思いに駆られた。

そんな思いにどうにも耐えられなくなり、十四歳のときに寮舎で見つけた裁縫用の針と墨汁を使って、傷跡を隠すように自分で刺青を彫った。

施設の子供たちの中には、手首に傷跡のある者が何人かいた。いわゆるリストカットという自傷行為だが、当時の省吾はそうしたいという気持ちがまったく理解できなかった。きれいな自分の身体をどうしてわざわざ傷つける必要があるのだろうと。

同じように身体に傷をつける行為であったとしても、省吾がやっていることには意味があった。それは自分のおぞましい過去の記憶を消す作業だからだ。

裁縫用の針と墨汁を使って母親から受けた虐待の傷跡を隠すために刺青を入れていくたびに、心が少しずつ楽になるような気がした。

そのうち寮長や寮母に見咎められ、持っていた針を没収されたが、先が尖った物を見つけると、省吾は性懲りもなく自分の身体に刺青を入れ続けた。その行為は施設を出てからもしばらく続いた。

二十歳になる頃には傷跡のほとんどは刺青によって隠されたが、心は今でもあの女に縛りつけられたままだ。

どうすれば自分の心は本当の意味で解放されるのか。無意識のうちに自分はずっとその方法を探していたのかもしれない。

そして渋谷のスクランブル交差点で通り魔事件を起こした小野寺圭一のことを知り、彼の生い立ちをさらに調べて、その術にようやく気づいた。

20

観覧車の窓の外に夕焼けに照らされた海が広がっている。そのまわりには高層ビル群から放たれた無数の光が星のようにきらめいていた。

「すごくきれい……わたし実は、観覧車に乗るの初めてなんだ」

航平が微笑みながら頷いた。

「知ってるよ。初めて会ったときにそんな話をしてたじゃない」

「そうだっけ？」

「そうだよ。飲み会のときに。今まで一度も乗ったことがないから、上京したのを機に乗ってみようかなって、まわりのみんなにどこの観覧車がいいだろうって訊いてたよ」

少し照れ臭くなって、窓の外に視線を移した。

「あのさ……浜村さん……」

その声にふたたび顔を向けると、航平がじっとこちらを見つめている。

「あの……あのさ……」

自分のことを好きと言ってくれたら嬉しい。でも、なかなかその言葉が耳に届いてこない。

航平の顔が次第にかすんでいき、彼の声ではなく、しきりにドンドン……という物音が耳に響いてくる。

大丈夫ですか？――開けてください！――

目を開けると、白いタイルの壁が見えた。あたりを見回して、公園の多目的トイレの便座に座っているのに気づく。

ウイスキーのミニボトルが床に落ちていて、茶色い液体がこぼれている。

「開けてください！　こちらで鍵を外しますよ」

明香里はミニボトルを拾い、キャップを閉めてバッグにしまうと便座から立ち上がった。

トイレのドアを開けると、目の前にいた作業服姿の年配の女性がぎょっとしたように仰け反った。

「……大丈夫ですか？」女性がトイレの中を覗き込みながら訊く。

「大丈夫です」と明香里は答えながらマスクをしていないのを思い出して、バッグから取り出してつける。

「あの……トイレで用を足す以外のご使用はお控えください。最近、閉まっていることが多いと苦情が寄せられていまして」

明香里は頭を下げて、その場を離れた。公園は薄闇に包まれていた。その中で丸い明かりの灯った時計が五時五十分を指し示している。今日は正午過ぎに家を出たから、五時間半近く酒を飲んで寝ていたようだ。

明香里は公園を出ると、だるい身体に鞭を打ちながら実家に向かった。

ふと、背後から物音が聞こえて、明香里は身構えながら振り返った。

暗い歩道には誰もいない。おかしい。気のせいだろうか。

ふたたび前を向いて歩き始める。やはりこちらに近づいてくる足音が聞こえる。振り返るのが怖かったが、立ち止まって顔を向けた。

こちらに近づいてくる若い男が目に映り、全身が凍りついた。そのまま動けずにいると、若い男は怪訝そうな顔をしながら明香里の横を通り過ぎて、前に進んでいく。

しばらくその場に立ち尽くしていたが、男の背中が闇の中に消えると自分の気持ちを何とか奮い立たせて足を踏み出した。

後ろが気になりながら、明るい場所を目指して歩く。ようやくコンビニの看板の明かりが見えて、明香里は店内に入った。レジに従業員がひとりいるだけで客の姿はない。

ここから出ていくのが怖い。ここから実家までは先ほどまでのような暗い道が続く。母に電話して迎えに来てもらおうか。

いや……そんなことをすれば外で酒を飲んでいたことが知られてしまい、また口うるさいことを言われるだろう。

　ふいに近づいてくる他人と同様に、母や父や涼介も、今の自分にとっては脅威だった。憐れむように自分を見る眼差しや、明香里のことをさも理解して心配しているというような物言いに触れると、どうしようもなく怒りが湧き上がってくる。

　あの人たちにいったいわたしの何がわかるというのだ。わたしの苦しみなど微塵もわからないくせに。

　しょせん、わたしはひとりなのだ。誰もわたしを守ってくれない。

　明香里はそう思い至ると、店内を巡って自分の身を守れそうなものを探した。ある物が目に留まり、足を止める。

　フックからつりさげられた鞘つき果物ナイフに、明香里は手を伸ばした。

　透明プラスチックで包装された鞘つき果物ナイフをつかむと、明香里はコンビニのレジに行った。会計してビニール袋に入れた果物ナイフを受け取り、そのまま奥にあるトイレに向かう。トイレに入ってドアを閉め、袋から果物ナイフを取り出す。包装を破って鞘のついたナイフを手にする。

　これを持っていれば、いざというときに何とか自分の身を守れるのではないか。

　だが、いきなり襲ってこられたとき、すぐに対応できるだろうか。

震える手で鞘からナイフを引き抜いた。鋭い切っ先を見て、身体が一層激しく震える。

しばらく我慢しながらナイフの切っ先を見つめているうちに、不思議と心が安らかになっていくのを感じ、唯一の友人と出会ったような愛おしささえこみ上げてきた。

これで、怖くない。自分を傷つけようとする人間が現れたら容赦なくこれを突き刺せばいい。

明香里は包装と袋と一緒に鞘をごみ箱に捨てると、ナイフを上着のポケットに入れてトイレを出た。

それからずっとポケットに入れたナイフの柄を握り締めていたが、家の前にたどり着いてようやく手を離した。

バッグから取り出した鍵で音をさせないようにドアを開けて中に入った。靴を脱いで玄関を上がると、足音とともにやってきた母と目が合った。あいかわらずこちらを憐れむような眼差しに、感情が爆ぜそうになったが、何とか抑え込んで階段に向かう。

「明香里、今日もお酒を飲んでたんでしょう。別にお酒を飲むのが悪いって言ってるわけじゃないの。でも、吉田さんの奥さんもあなたの様子を見てすごく心配してたてね……」

近所に住む吉田が働いているコンビニでいつも酒を買っている。一ヵ月ほど前は酒を買うのを彼女に知られたくなくて万引きしたことがあったが、今は人の目も気にならない。

「ねえ、近いうちにお母さんと一緒に病院に行ってカウンセリングを受けよう。あなたのことがどうしようもなく心配なの」

母の言葉に、自分の中で何かが弾け飛ぶのを感じた。

「いちいちうるせえんだよッ！」

驚いたように母が身を引いた。

「わたしが学校の事務をして稼いで貯めた金よ。その金で酒を買おうが何をしようが、あんたには関係ないでしょ。放っておいてよ！」

「あんた……」母がこわばった顔でこちらを見つめながら呟く。

徐々に潤んでいく母の目を見てかすかな胸の痛みを感じ、明香里はとっさに視線をそらした。そのまま階段に向かう。

「ちょっと待って」と母に手をつかまれ、明香里は目を向けた。

「今日はちゃんと話そう。別にあなたを責めているわけじゃないの。ただ、本当に心配なの。ここのところ食事だってまともにとってないじゃない。顔色だってひどい。襲われたときの記憶に苦しめられてるのはよくわかる。でもこのままだと、身体がボロボロになってしまう」

あんたにわたしの苦しみの何がわかるというのだ。

「だからそういうのがうざいんだよッ！」

　つかまれていないほうの手で母の顔を殴りつけ、母が手を離したところで胸のあたりを思い切り突き飛ばした。

「きゃっ」という悲鳴を上げて母が廊下に倒れる。ドスンという大きな音が響き、母が痛そうに顔を歪めながら腰のあたりをさする。

　物音を聞きつけたのか、リビングから涼介が飛び出してきた。まわりの光景を見てぎょっとした顔つきになり、「お母さん、大丈夫？」と母のもとに駆け寄ってしゃがみ込む。

「明香里、お母さんに何したんだよ」こちらに鋭い視線を向けて涼介が言った。

「あんたには関係ない！」

「関係なくないよ。お母さんにこんなひどいことをして。いったい何様のつもりなんだよ！」

　初めて聞く涼介の荒い口調に、明香里は少し怯んだ。

「明香里が大変な目に遭ったのはわかってるよ。だけどこっちだって、できるかぎりのことをして明香里を支えようとしてるだろ。どれだけいろんなことを我慢してると思ってんだよ」

「我慢？」その言葉に反応して涼介を睨みつけた。「あんたたちがいったい何を我慢してるっていうのよ」

「自分でわかんねえのかよ。物音に異常に敏感になってるからできるだけ音を立てないよう家族みんなが息をひそめて生活して、もし明香里が目にして事件のことを思い出したらいけないからって、リビングのテレビではサスペンス系のドラマやニュースも観られなくなった。家族の会話だってそうだよ。明香里を刺激しないよう、どれだけこっちが気を遣って……」

「涼介、やめなさい！」

その声に涼介が母のほうを見るが、「ちゃんと言ったほうがいいんだよ」と言ってふたたびこちらに目を向ける。

「事件からもう五ヵ月以上経つんだぞ。いいかげん家族に甘えてばかりいないで、自分でも立ち直ろうとしろよ」

涼介の言葉を聞きながら、胸の中がぐらぐらと煮え立つ。

わたしがあんたたちに甘えている？

「とにかくお母さんに謝れよ」鋭い眼差しをこちらに向けながら涼介が立ち上がった。

「何でわたしが謝んなきゃならないのよ」

明香里が言うと、涼介がこちらに向かってくる。

自分よりも大柄な涼介に迫ってこられて、息が詰まりそうになりながら後ずさりする。

「なあ、お母さんにちゃんと謝れって！」

そう言いながら片手をこちらに伸ばしてくる涼介の身体を明香里は渾身の力で突き飛ばした。

涼介は数歩後ずさりしたが、すぐにまたこちらに向かってこようとする。

明香里は上着のポケットに右手を入れて、中にあった果物ナイフの柄をつかんで取り出した。

「こっちに来るな！」

そう叫びながらナイフの切っ先を向けると、涼介が凍りついたように足を止める。その後ろで倒れている母も、呆気にとられたようにこちらを見つめていた。

「冗談はやめろよ……」震えた声で涼介が言って空笑いした。

「冗談なんかじゃない。わたしを傷つけようとする人間は容赦しないからね！」明香里は涼介を睨みつけながら返した。

涼介に向けたナイフの切っ先が小刻みに震えている。

「明香里、何してるの……やめなさい。そんな物早くしまって……」

その声に、涼介の後ろで倒れている母に視線を移す。

「わたしたちが悪かったから。あなたの気持ちも考えずに、ひどいことを言ってごめんなさい」母がそう言って腰に手を添えながらよろよろと立ち上がる。

その言葉に反応したように、涼介が小さな溜め息を漏らした。

「涼介……リビングに行きなさい」

母に言われ、ナイフの切っ先に視線を据えながら涼介が後ずさりしていく。リビングに入っていく涼介を見届けると、母がこちらに顔を向けた。目に涙を浮かべている。

「あなたも部屋に戻りなさい。後で……部屋の前に夕食を置いておくから……ちゃんと食べてね」

消え入りそうな母の声を聞きながらナイフを上着のポケットにしまい、階段を上って自室に向かった。


階段を上ってくる足音がかすかに聞こえる。やがてドアが閉まる音がした。

両親が寝室に入ったのを確認して思わず重い溜め息が漏れた。

九時過ぎに父が帰宅し、涼介は十時過ぎに隣室に入ったのをこの部屋から感じ取った。それから零時過ぎの今まで父と母はリビングで話し込んでいたのだろう。どんな話だったのかは想像がつく。

明香里はふたたび溜め息を漏らしてベッドから起き上がった。机に向かって引き出しから一枚の写真を取り出す。飯山晃弘の学生時代の写真だ。

写真を見つめているうちに、晃弘の叔父から聞いた話を思い出し、彼と今の自分を重ね合わせた。

晃弘はその昔、野球に励む快活で聡明な少年だったそうだが、高校二年生のときに交通事故で負った怪我のせいで、情熱を注いでいた野球が続けられなくなり、それからは素行が悪くなって家族に対してもひどい暴力を振るうようになった。そして二十歳のときに遊ぶ金欲しさに盗みに入り、鉢合わせした住人をナイフで刺して逮捕された。

刑務所に入ることになった晃弘は親から絶縁を告げられ、それ以来家族の誰にも会うことなく、四十八歳で明香里の身代わりになって亡くなった。

まるでこれからの自分が歩みそうな人生だと、写真を見つめながら明香里は思った。

明香里も通り魔によって心身をずたずたに切り裂かれ、そのせいで酒浸りの毎日を送っている。そして先ほどは自分を心配する母に暴力を振るい、それを非難してきた涼介にナイフを向けた。このままいけば自分も家族から絶縁されてしまうかもしれない。

そんなことはわかっている。だけど、自分ではどうしようもできない。

血を分けた家族からこれ以上嫌われたくないと思っているはずなのに、湧き上がってくる衝動をどうにも制御できない。

みんな、ごめんなさい――

今はそう思っていても、明日になって家族の姿を目にすれば、きっとそう思えなくなっているだろう。

晃弘の満面の笑みが涙でかすんでいく。

これ以上嫌われないうちに、家族を傷つけないうちに、ここから出て行ったほうがいいのではないか。

だけど、こんな自分がひとりで生きていくことなどできるのか。

明香里は机の上に写真を置いてクローゼットに向かった。扉を開けて取り出したボストンバッグに数日分の着替えを詰め込み、財布とスマホと晃弘の写真を入れる。上着を羽織ってマスクをすると、バッグと鍵を持って静かにドアを開けた。自室の電気を消してドアを閉め、足音を立てないように階段を下りる。

靴を履いて家を出ると、あたりは闇に包まれていた。

不安と恐怖に胸が締めつけられ、思わず右手をポケットに突っ込んだ。ポケットに入れたままのナイフの柄を握り締め、もう片方の手で鍵を閉める。置いていたバッグを持ち上げると、外門を出て静まり返った住宅街を進んだ。

行く当てはない。だけどあそこにいてはいけないという思いだけで、不安に身をこわばらせながらも必死に足を踏み出す。

とりあえずここから一番近いファミレスに入ってタクシーを呼ぼう。静岡駅まで行けば安心して夜を明かせる場所はある。この時間ではホテルにチェックインするのは難しいかもしれないが、そうであればネットカフェに入ってそこで明日からのことを考えよう。

ナイフの柄を握り締めながら、ファミレスの明かりを求めて明香里は歩き続けた。

21

アクリル板の前に置かれたパイプ椅子に座ってしばらく待っていると、奥のドアが開いて職員とともにスエット姿の小野寺が入ってきた。着ているスエットは前回面会したときのものと同じようだ。

アクリル板を挟んで省吾と向かい合うように座ると、小野寺が薄笑いを浮かべた。

小野寺の隣の椅子に腰かけた職員が「面会の時間は十五分ほどでお願いします」と告げた。

省吾は頷いて、腕時計を確認した。

これから十五分という短い時間で、自分の願いを聞き入れさせることができるだろうか。

省吾は顔を上げて、目の前にいる小野寺を見つめた。

「元気だったかな?」

「溝口さんのおかげで、ここでの生活にも多少の潤いがでてきました」抑揚のない口調で小野寺が言う。

おそらく省吾がした差し入れのことを言っているのだろう。

ここしばらくは北海道に行くための資金作りで面会に来ることができなかったので、手数料を要したが代理業者に差し入れを頼んでおいた。女性の裸の写真が何ページか載っている雑誌なので難しいかもしれないと思っていたが、問題なく差し入れできた。

「今日会うことにしたのはそのお礼だよ。ありがとうございます」

小野寺に軽く頭を下げられ、「どういたしまして」と省吾は返した。

「この前の感じだと、もっと早く来ると思ってたんだけどね」

「ちょっと忙しくてね」

「ってことは、あの雑誌に載ってたような可愛い女の子とたくさん会ってたんだね。羨ましい」

「別に取材で忙しかったわけじゃない。北海道に行く資金を貯めるための副業に勤しんでた」

省吾が発したその地名を聞いて、小野寺の肩がかすかに震えた。

「北海道できみのことを知る人に会ってきたんだ」

小野寺の表情がこわばる。

「今日はきみに頼みがあってここに来た。まあ、頼みというより提案かな」

「提案？」探るような眼差しで小野寺が訊く。

「そう。おれは留萌に行って、きみのお母さんが働いていたスナックのママから話を聞いた。四歳頃まできみとお母さんの恵子さんがどんな生活を送っていたのかを」

その名前を聞いた瞬間、こちらに向けた小野寺の眼差しが鋭く尖った。

「それから、きみが十六歳のときから働き始めたなまら寿司の森さんからも話を聞いた。その間の十二年にきみの身に何があったのか聞かせてもらいたい」小野寺の視線を受け止めながら省吾は言った。

小野寺が黙ったままこちらを睨みつけている。

「四歳から十六歳まで……いや、正確には十四歳で施設に入って母親と離れるまでの十年間、きみの人生がどんなものだったのか聞かせてもらいたい」

省吾がもう一度言うと、小野寺が鋭い眼差しのまま鼻で笑った。

「まだそんなこと言ってるの。この前も言ったでしょう。そもそも今までのぼくに人生と呼べるものなんてないって。覚えていることも思い出したいことも何もないってね」

小野寺の口調に怨嗟（えんさ）の思いがこもっているように感じた。

「どうしようもなくつらいことも人生だ。なかったことにはできない。違うかな？」

「それを知ってどうしようっていうのさ。風俗ライターの暇つぶしのネタにでもしようって……」

「本にしたいと思ってる」

遮るように省吾が言うと、驚いたように小野寺が目を見開いた。

「きみが母親からされてきたことを克明に綴ったノンフィクションを書きたいと思ってる」

真剣な思いで告げたが、「やっぱ、最終的にはそういうことか」と小野寺が嘲るように言った。

「そういうこととは、どういうことだ？」省吾は訊き返した。

「一躍有名人になったぼくの本を出して稼ぎたいってことでしょう？　もしくは、しがない風俗のライターが話題になるノンフィクションを書いて自分に箔をつけたいか」

「いずれも否定はしない」

それが一番の目的ではないが、その願いもまったくないわけではない。

「そんなことに協力して、ぼくにいったい何の得があるっていうんだ。溝口さんが儲けた中から分け前をくれるつもり？　だけどそんなものをもらったって、意味ないよ。ぼくはこれからずっと刑務所の中で生きていくんだから」

「きみに金を渡すつもりはない。もっとも、きみが被害者への弁済に充てたいというなら考えなくもないが」

「そんな気はさらさらないね」小野寺が手で払うような仕草をした。

「きみが金に興味を持っていないのはわかってる。そのためにノンフィクションの本を出したいわけじゃない。ただ、多少なりともきみが目標を果たすためにはそれしかないんじゃないかと思ってる」

「ぼくの目標？」小野寺が怪訝そうに首をひねった。

「そうだ。なまら寿司の森さんにきみが語った目標だよ」

小野寺が息を呑んだのがわかった。

「きみは今の自分に本当に満足してるのかな？」

挑発するように省吾が言うと、「どういうことだよ？」と小野寺が口を尖らせる。

「この前面会したときに、きみは刑務所に入りたいから通り魔事件を起こして人を殺したと話したね。無期懲役になってこれからずっと刑務所の中にいたいからと」

「だから何なんだよ」苛立たしそうに小野寺が言う。

「それがきみの本当の願いだったのか？　違うだろう？　きみには絶対に果たさなければならない目標があったけど、けっきょくそれを果たせないままそちら側に……刑務所に行くしかなくなった。それが本当のところなんじゃないのか？　成増のネットカフェで知り合ったケイコさんを求めたのもそういうことじゃないのか？」

　通り魔事件を起こす三日前に、小野寺はネットカフェで知り合った四十代半ばぐらいのケイコと名乗る風俗嬢に、自分の相手をしてほしいと願い出て、一万五千円を渡して公園のトイレで事に及んだ。

　事が終わると小野寺は、これで思い残すことなくあちら側に行ける、と言ったという。さらに、今日の経験は自分も一生忘れないけど、ケイコさんも一生覚えているだろう、と。

「それはそのときの自分にできたせめてもの復讐だったんじゃないのか？　自分の母親と同世代で同じ名前の女性の心に多少なりともひっかき傷をつけたいっていう、何ともささやかで筋違いな復讐だけど」

「ぼくの目標とノンフィクションを出すのと、いったい何の関係があるんだよ!?」上気した顔で小野寺がわめき散らした。

　あきらかに感情をかき乱されているのがわかる。

「きみが望むように無期懲役になれば、目標を果たすのはかなり難しくなるだろう。いや、目標を果たすこと自体、あまり意味がないように思える」

　自分の母親を殺すという目標――

小野寺が出所したときには母親は七十代半ばから八十歳前後になっているだろう。

「だけど、きみがお母さんから受けてきた虐待を克明に綴ったノンフィクションを出して、そのことが原因となって通り魔事件を引き起こしたと世間に知らしめれば、多くの人たちはきみのお母さんに憎悪の感情を向けることになるだろう。本当の目標は果たせないが、ある意味、母親に社会的な制裁を加えることはできる」

小野寺が唇を引き結んでじっとこちらを見つめている。考え込んでいるようだ。

「何なら、お母さんの名前と生年月日なんかの情報を添えて、渋谷の通り魔事件の犯人の母親だとネットにさらしてもいい」

省吾が言うと、小野寺の隣に座っていた職員がこちらに鋭い視線を向けた。

調子に乗って、少し言葉が過ぎてしまったようだ。

省吾は居住まいを正し、小野寺をじっと見つめて口を開いた。

「おれは、きみが果たしたかった目標を、すでに果たしている」

拘置所の職員を前にして母親を殺したとはさすがに言えなかったが、小野寺には伝わったようで、「本当？」と真顔になってこちらのほうに身を乗り出してきた。

「ああ……だけど、そうしても気が晴れることはなかった。今でもそうだ。おれの頭の中にはあいかわらず母親の忌まわしい記憶が居座っている。その記憶を……母親の呪縛を解き放ちたいとずっと思っていた。どうすればそうできるかと考え続けて、きみのことを知り、ようやくその方法に行き着いた」

「溝口さんが母親の呪縛を解き放つ方法が、ぼくのノンフィクションを書くことなの？」

小野寺を見つめ返しながら省吾は頷いた。

「きみがお母さんから受けてきた虐待の記録を綴りながら、同時におれも自分が母親にされてきたことを書く。同じ虐待を受けてきた当事者として、きみの人生の一部を本として残したい」

おそらく、自分では母親を殺した罪悪感が希薄だと感じているものの、多少なりとも心に残る罪の意識が今まで自分を苦しめ続けているのだろう。それがいつまでも自分を縛りつける母親の呪縛になっていたのだ。たとえ世間のほとんどの人がその事実を知らなかったとしても。

「母親が自分にしてきたことを、おれも多くの人に知ってもらいたい」

生まれてから十三年間、省吾は母親にひどいことをされ続けてきた。殺してしまったとしてもしかたがないだろう。そうしなければ今、自分がこの世に存在していたかどうかさえわからない。

母親を殺したからこそ、今、おれはこうして生きているんだ。

おれは生きていていいんだと、その資格があるんだと、自分自身で再確認したい。

それと同時に、自分がされてきた母親の暴行を利用して脚光を浴び、これからの人生を逆転する。

それをあの女への復讐にしたい。自分にこんな人生を送らせた、今は亡き母親への最後の復讐に。

「どうだ？　きみにとっても悪い話じゃないだろう？」

省吾が訊くと、考え込むようにうつむいていた小野寺が顔を上げた。

「ひとつ条件がある」

「何だ？」省吾は訊いた。

「母親を捜してほしい」

「捜してどうする？」

「それは……見つかったときに話します」

省吾が頷いたとき、「そろそろ面会の時間を終了します」と声が聞こえた。

「十五分っていうのは短いな。また面会にももちろん来るけど、自分の経験を手紙に書いて送ってくれないか？　母親を捜す手掛かりが欲しい」

小野寺が頷いて席を立った。

22

渡された鍵と書類をバッグに入れて、明香里は立ち上がった。

「契約の最終日までに鍵はドアポストから部屋の中に入れておいてください。特に立会などはしませんが、荷物やごみなどは部屋に残さないようお願いいたします」

従業員の言葉に、「わかりました」と明香里は頷いて出口に向かった。エレベーターに乗って不動産会社が入っているビルを出ると、目の前にある川越駅に足を進める。

森林公園駅行きの電車に乗ると、座席に座ってスマホを取り出した。あいかわらず母からＬＩＮＥのメッセージや電話の着信履歴が無数に残されている。

明香里が家を出てから六日が経っている。あの夜、不安を嚙み締めながら何とかファミレスにたどり着き、タクシーを呼んで静岡駅に行くと、近くにあるネットカフェに入った。鍵もなく、薄いベニヤ板で覆われただけの脆弱な個室で、まわりのちょっとした物音にも怯えてしまい寝つけなかったが、そのぶんこれからどうすればいいかということをしっかりと考えられた。

朝になって家に戻る選択肢はなかった。少なくとも家族に危害を加えないと自信を持って思えるまではひとりでいようと決心した。

幸いにも結婚資金として貯めていた貯金が百万円近く残っている。だが、ホテルで生活するとなるとあっという間に底をつくだろう。どこかで部屋を借りるとしても無職である今の明香里に保証人もなしで貸してもらえるとは思えない。かといってネットカフェに滞在するのは無理だと思った。実際、あの夜は不安に胸を締め上げられる思いで、一睡もできないまま朝を迎えたのだ。

ネットを見ながらいろいろと考えているうちに、マンスリーマンションを借りてはどうだろうという思いに行き着いた。

マンスリーマンションとは一ヵ月以上から借りられる物件で、冷蔵庫や洗濯機やベッドなどといった生活に必要な家具や家電が常備されている。一般的な賃貸物件のように敷金や礼金を支払う必要はなく、前金で賃料の全額を支払うため入居審査もそれほど厳しくないという。

明香里のことを知っている人がいない場所であればどこでもよかったが、それでもまったく土地勘のないところに住むのもためらって、関東圏内でも賃料の安かった埼玉県鶴ヶ島市内にある物件を半年契約した。賃料は光熱費や諸々の手数料を含めて五十万円弱で、部屋の準備などで入居までに五日かかると言われ、その間は川越のビジネスホテルに泊まっていた。

契約の際には緊急連絡先の記入を求められ、父の名前と実家の住所と電話番号を書かざるを得なかったが、保証人というわけではないので確認の連絡をされることはないだろうと思った。

案の定、契約を済ませた後も母から頻繁に自分の所在を訊ねるメッセージが届くということは、不動産会社から連絡がいっていないということだ。

静岡を離れる新幹線の中で、『しばらくひとりで生きていきます。心配しないでね』と母にＬＩＮＥのメッセージを送った。それからは母からメッセージが届いて既読しても、返信はしていない。

ずっと連絡をしないままだと警察に行方不明者届を出されるかもしれない。

明香里は迷いながらメッセージを打った。『埼玉県内のマンスリーマンションを契約しました。生活が落ち着いたらまた連絡します。心配しないでね』と送信する。

鶴ヶ島駅に降り立つとスマホの地図を頼りに歩き出した。大通りから路地に入り、人通りの乏しい住宅街を進んでいくと目当ての物件があった。

マンスリーマンションとはいっても上下七室ずつの二階建てのアパートで、目の前に大きな駐車場がある。

明香里は階段を上って契約した二〇二号室に向かった。鍵を取り出してドアを開ける。電気をつけると、床に置かれた『抗菌・消臭　施工が完了しました』という紙が目に入った。玄関の左手に扉が大きな姿見になっているクローゼットがあり、右手がユニットバスだ。電気コンロがついたミニキッチンの横に小さな冷蔵庫があり、その上に電子レンジが載せられている。その向かいには洗濯機があった。

靴を脱いで玄関を上がると床に置かれた紙をつかんで奥に進んだ。六畳の部屋には小さなテレビと座卓があり、壁際に置かれた木製のベッドフレームの上に布団一式が荷造り紐でまとめられている。

ベッドフレームの脇にボストンバッグとハンドバッグを置いて部屋の電気をつけた。オレンジ色の照明で全体的に薄暗く、鬱々とした思いに駆られ、カーテンを広げて窓を開けた。柵で囲まれた小さなベランダの向こうに公園が見える。小学生らしい何人かの子供たちがサッカーボールを蹴っている。

これからここで新しい生活が始まる。だけど、大学入学で上京してきたときのような心が浮き立つ思いは微塵もなかった。

さらに今日は十時のホテルのチェックアウトから鍵の受け渡しに指定された午後三時まで時間をつぶさなければならなかったので疲れ切っている。

明香里は窓を閉めてベッドに目を向けた。このまま布団を敷いて寝てしまいたいが、トイレットペーパーもないのでそういうわけにはいかない。駅からここに来るまでの途中にドラッグストアがあったので、夜になって暗くなる前に生活必需品を買い揃えておいたほうがいいだろう。

　気力を振り絞って明香里はハンドバッグを手にすると部屋を出た。五分ほど駅のほうに戻ったところにあるドラッグストアに入る。

　荷物を多くしたくないので、とりあえず四ロール入りのトイレットペーパーとティッシュをひと箱カゴに入れ、さらに店内を巡った。入浴用品と歯磨きセットとコップをふたつカゴに入れ、酒のコーナーに向かう。角瓶を二本カゴに入れたが、かなりの重量になってしまうと一本を棚に戻した。

　何か食べる物も買わなければと思ったが、あいかわらず食欲はない。スナック菓子でも買っていこうかと売り場に入ったとき、棚の前に佇む少年が目に留まった。棚の菓子を見つめる少年の目を見て不穏なものを感じてとっさに身をひるがえし、棚の陰からさりげなく様子を窺う。野球に疎い自分にはどこの球団のものかわからないがベースボールキャップを被り、体格から十歳ぐらいに思える。少年は手を伸ばしてチョコレートをつかむと、ちらっと周囲の様子を窺ってからズボンのポケットに入れた。

　さらにもうひとつチョコレートをポケットに入れて少年が去ってから、明香里は足を踏み出して菓子をカゴに入れた。

びくっとして目を開けると、オレンジ色の淡い明かりが視界に映し出される。

見慣れない光景にうろたえたが、すぐに新しい自分の住まいだったと思い直した。

隣から大きな物音が聞こえたようだと、明香里はベッドに横になりながら壁に耳を近づけた。

「……てめえ！　何度言ったらわかるんだよ！」

二〇一号室から女性の怒鳴り声が聞こえてくる。

この物件は単身者専用と聞かされていたので、同居人に言ったのではないだろう。訪ねてきた知人か何かに対して言ったのだろうか。

「……今度やったら、マジ、殺すからな……」

漏れ聞こえてくる声を聞きながら身体がこわばる。

新しい生活を始めれば怯えないで済むかもしれないと期待していたのに。自分が誰かを傷つけることなく、自分も傷つけられないと。

二〇一号室の住人がどんな人物かはわからないが、いつ何時この部屋に押し入ってきて明香里に危害を加えないとはかぎらない。

ここには父も母も涼介もいない。自分を守ってくれる人は誰もいない。

怖い……静岡に……実家に戻りたい……

23

航平は鞄を持って立ち上がり、「お先に失礼します」とまわりにいる同僚に声をかけながら営業部の部屋を出た。

エレベーターホールに向かう途中、ポケットの中が振動してスマホを取り出した。画面に映し出された悦子からのLINE電話の着信を見て意外に思う。

病院で宣言したように、航平は悦子と定期的にLINEで明香里の近況についてやり取りしていたが、電話がかかってくるのは初めてだ。

明香里の身に何かあったのではないかと、不安を抱きながら航平は電話に出た。

「突然、ごめんなさい……今、お電話して大丈夫ですか？」

心なしか悦子の声が沈んでいるように感じられ、さらに嫌な予感に駆られる。

「ええ、大丈夫です。明香里さんに何か……」

「こんなことを東原さんにお聞きするのはどうかと思うんですが……明香里が今どこにいる

かご存じないでしょうか」

　意味がわからない。

「どういうことでしょうか？」

航平が訊くと、「いえ、ご存じないんでしたら……大変失礼しました」と悦子が返す。そのまま電話を切ってしまいそうな雰囲気に、「ちょっと待ってください。何があったかお話しいただけないでしょうか」と航平は勢い込んで言った。

「十日ほど前の話なんですが……わたしたちが寝ている間に家を出ていってしまって……」

「どうして……」

「明香里なりにつらい思いがあったんだろうと……」そこで悦子が言いよどんだ。

悦子とやり取りを始めた最初の頃は『明香里は元気に過ごしています』というような前向きなメッセージで占められていたが、静岡に戻って一ヵ月ほど経った頃から変化があった。具体的な事柄は書かれていないものの、悦子の言葉の端々から明香里のことを心配している様子が窺われ、あまりいい状態ではないのだろうと察して航平も不安になった。

「……翌朝、ＬＩＮＥに『しばらくひとりで生きていきます。心配しないでね』とメッセージが送られてきて、それから六日後に『埼玉県内のマンスリーマンションを契約しました。生活が落ち着いたらまた連絡します。心配しないでね』と連絡が来たんですけど、マンスリーマンションの住所を訊いても教えてくれず、電話してもつながらなくて……もしかしたら東原さんには報せているんじゃないかと思って……」

そういうことだったのか。

「明香里さんからは何の連絡もありません」

航平が答えると、「そうですか……」と弱々しい悦子の声が聞こえた。

「ぼくも明香里さんに連絡してみて、何かわかったらすぐにお報せします」

「よろしくお願いします」

電話を切ると、エレベーターには乗らずに喫煙室に向かった。無人の喫煙室に入り、煙草を吸わないまま明香里へのメッセージを考える。

『埼玉のマンスリーマンションで生活しているそうだけど、元気にしているかな？　埼玉のどこにいるの？　静岡よりも近くにいるから困ったことや必要な物があったら連絡してほしい』

メッセージを送ると、すぐに既読がついた。だが、十分以上待っても返信はない。

『元気かどうかだけでもいいから、メッセージが欲しい』

またすぐに既読がついた。焦燥感に駆られながらひたすら待っているとメッセージが届いた。

『元気、ではない。でも生きてるから』

安堵と不安がない交ぜになりながらすぐにメッセージを打つ。

『お母さんがものすごく心配してる。今住んでるところの住所を教えてくれないか？　お母さんたちに知られたくないなら絶対に教えないから。ただ、明香里がそこで生活しているのを確認して、安心してくださいとお母さんにそれだけは伝えたい』

迷っているのか拒否されたのかわからないまま、既読がついてから二十分以上待っている。

少し時間を置いてからまたメッセージを送ろうと思ってドアに向かいかけたとき、握っていたスマホから着信音が聞こえた。画面を見ると明香里からメッセージが届いている。

アパートの壁に掲げられたプレートの建物名を確認すると、航平はその場でひとつ深呼吸をしてから階段を上った。

嘘の住所を報せたとは思えないので、ここに明香里が住んでいる。

もうすぐ明香里に会えるのだ。

二〇二号室の前で立ち止まると、ふたたび深呼吸をしてインターフォンのベルを鳴らした。

「おれだ……航平だ……」

航平が告げてしばらくすると、チェーンロックをかけたままドアが少し開いた。

　ドアの隙間から覗いた頬がげっそりと削げ落ちた明香里の顔を見て、胸に鈍い痛みが走った。同時に自分の鼻腔にアルコールの臭いが入り込む。

「もういいでしょ。お母さんたちには絶対に教えないでね」

　そう言って閉めようとしたドアを、「ちょっと待って」と航平は手で押さえる。

「少しでいいから話ができないかな。お願いだ……」

　航平は言ったが無情にもドアが閉じられた。乾いた金属音が聞こえて、ふたたびドアが開く。

「わざわざこんなところまで来てくれたから……少しだけ……」明香里がドアから手を離して奥の部屋に入っていく。

　航平は靴を脱いで玄関を上がった。明香里の背中に続いて奥の部屋に向かう途中、ミニキッチンの電気コンロの上に置いてある四本の角瓶が目に留まった。そのうち三本は空のようだ。

　付き合っていた頃の明香里はほとんど酒を飲まなかった。体質に合わないみたいだと言って、カシスウーロンをグラス半分ほど飲むのが精一杯だった。

　自分が知らない間に彼女はいったいどんな生活を送っていたのだろう。

　部屋に入った明香里はだるそうに壁にもたれて座った。視線を合わせたかったが向かい合わせに座るのもどうかと思い、航平は窓際に腰を下ろした。

「メッセージを送ってくれてありがとう。明香里に会えて……すごく嬉しいよ」

明香里は何の反応も示さない。航平ではなく、どこか虚空を見つめているようだ。

「仕事は順調……？」抑揚のない口調で明香里が訊いた。

あいかわらず航平のことは見ていない。

「まあ、何とか。この春から営業部に異動になったんだ」

驚いたように明香里がこちらを見た。

ミステリー小説が好きで出版社に入り、ようやく念願だった文芸部に配属されて喜んでいたのを知っている明香里にとっては意外だったのだろう。

「今は児童書の担当をしてるんだ」

「そう……わたしのせい？」

「明香里のせいなんかじゃない。ただ……あの事件によって価値観が大きく変わったのは間違いないかな」

明香里が犠牲になった事件の話に触れるのは怖かったが、もう一度会えたならどうしても伝えたいことがあった。

「もちろん……生活するために仕事は必要だけど、自分にとって大切な存在を犠牲にするものじゃない」

あのとき、自分は仕事のために大切なものを犠牲にした。いや、大切な明香里に犠牲を払わせてしまったと言ったほうが正しいだろう。

あの頃の自分にとっては明香里も仕事も同じように大切なものだった。だけど、そのふたつの存在は決して秤にかけられるようなものではなかったのだと、遅まきながら痛感している。

「あのときの選択を後悔してる。おそらく死ぬまでずっと後悔するだろう……」

仕事を優先せずに約束を守っていれば、明香里は通り魔事件の被害に遭うことはなかった。いや、それ以前に、仕事など二の次にして、もっと一緒に過ごす時間を作るべきだった。

「わたしも……後悔してる……」

弱々しく呟く明香里を見つめながら、「どんなことを？」と航平は問いかけた。

「実家に戻ったこと」

「どうして？」

「大切な家族を傷つけてしまった……」

「家族を傷つけてしまったって、どういうこと？」

明香里が身体を丸めてうなだれた。

答えを急かさずにしばらく見守っていると、明香里が顔を上げて口を開いた。

「お母さんの顔を殴って突き飛ばした。それだけじゃなくて、そのことに文句を言ってきた涼介にナイフを向けた」

航平はぎょっとした。

「ナイフって……もしかして護身用に持っていたの？」

明香里が頷いた。

「実家に戻ってからも……事件に遭ったときの記憶が頭からなくならない。強いアルコールを飲まなきゃ、まともに眠ることもできない。だけど、お酒を飲んだら……ちょっとしたことで自分の感情が爆発しそうになって……誰もわたしの苦しみをわかってくれないって……抑えることができなくて……自分でもどうしていいかわからなくって……」

「それで……実家を出ることにしたの？」

航平が訊くと、「そう……」と明香里が呟く。

「大切な人を傷つけたくない……大切な人から傷つけられたくない……だから……もう帰って。もうここに来ないで」

明香里に言われたが、航平はその場に留まった。

「ひとりにしてほしい」

懇願するような声音を聞いて、立ち上がるしかなかった。

こうやってそばにいるのに、今の明香里を元気づける言葉さえ見つけられない。

自分の無力さを噛み締めながら玄関に向かう。

部屋を出てドアを閉めると溜め息が漏れた。重い足を引きずってアパートの階段を下りる。

わたしたちは明香里が変わってしまったとしても愛します。家族だから。どんなにつらい思いをしたとしても、生きているかぎり明香里に寄り添っていきます——

以前、悦子から言われた言葉を心の中でよみがえらせている。

明香里のそばにいることを諦めたくない。たとえ自分が知っている彼女には戻れなかったとしても、明香里に寄り添っていきたい。

アパートを振り返った瞬間、あるものが目に留まって航平は足を止めた。踵を返して一〇一号室に近づき、ドアの横の壁に貼りつけられた『空き室あり』のボードを見つめる。

どんなにつらい思いをしたとしても、自分は諦めない。

24

アパートが近づいてくると、階段に座っている少年が目に留まって明香里は歩調を緩めた。

三週間ほど前に近くのドラッグストアで万引きしているのを目撃したあの少年だ。

少年は一番下の段に腰かけ、手に持ったペットボトルの水を地面に垂らして笑っている。

何をしているのだろうと思いながら階段に向かっていくと、気配に気づいたように少年が顔を上げた。

「何してるの？」

明香里は声をかけたが、少年は興味がなさそうに顔を伏せてふたたびペットボトルの水を地面に垂らす。

少年の足もとを見る。餌を運んでいる蟻（あり）の群れに水を垂らして溺れさせているようだ。

「それ、楽しい？」

少年が顔を上げた。しばらく間があってから頷く。

「お名前は？」

「よしはらとむ」

「とむ、くん……格好いい名前ね」

「あんたは？」

その呼びかたに一瞬絶句するが、気を取り直して「浜村明香里」と答える。

「歳はいくつ？」

「五さい」

本当だろうか。五歳にしてはずいぶんと身体が大きい。だが、自分と同じように頬はこけていて顔色もよくない。

「このアパートに住んでるの？」

少年が頷き、「にーまるいち」と答える。

それを聞いて怯む。

二〇一号室からは連日のように女性の物騒な怒鳴り声や何かを壁にぶつけたような物音が漏れ聞こえてくる。ただ、午後四時頃から深夜の一時頃までは女性の声や物音は聞こえないので、その時間帯は働きに出ているのかもしれない。

あの怒声や物音はこの少年に向けられたものだろうか。そうであるなら気がかりだ。

そもそもこの物件は単身者専用なので、この少年と一緒に住んでいるとすれば契約違反になるだろう。だが、関わり合いになるべきではない。

「……そう。お隣さんだ」

そこで会話を終わらせるつもりで言うと、こちらを見つめながら少年が首をひねった。

お隣という言葉の意味がわからないようだ。

「わたしは二〇二号室に住んでるの。じゃあね……」と少年の横をすり抜けて階段を上ろうとしたとき、「トム！」と尖った女性の声が聞こえて顔を上げた。

「外に出るなって何度言ったらわかるんだよッ！」

険しい形相で階段を下りてくる金髪の女性と目が合った。

「うちで昔飼ってた犬のほうがもっと利口だよ。テメエは犬以下か！」女性がそう言って拳で少年のこめかみのあたりを叩きつける。

呆気にとられながらその様子を見ていると、女性がこちらを睨みつけるようにして「何？」と言う。

「い、いえ……」明香里は女性から視線をそらした。

少年の襟首を女性がつかみ、力任せに立ち上がらせて階段を上っていく。

「……今度勝手に外に出たらマジで殺すからな」

ふたりの姿が視界から消え、ドアを閉める大きな音が聞こえた。


ベルの音が聞こえて、明香里は目を開けた。だが、座卓に突っ伏したまま顔を上げる気になれない。

ふたたびベルの音がするが無視する。

「明香里……帰りにうまそうなケーキを見つけたから買ってきた……後で食べてくれ」

ドアの外から航平の声が聞こえた。

外に置いたままにするわけにもいかないので、しかたなく立ち上がった。玄関に行って覗き穴から外の様子を窺う。航平の姿はない。

明香里は外に出て、ドアノブに掛けてある小さな紙袋を取ってすぐに玄関に入った。鍵をかけて靴を脱ぐと、クローゼットの姿見から視線をそらすようにしてミニキッチンに向かう。

一週間前から航平はこのアパートの一〇一号室を契約して住んでいるという。それから毎晩七時頃にこの部屋を訪ね、コンビニで買った食料やどこかで見つけたスイーツなどをこうやって置いていく。

心配してくれる気持ちがまったく嬉しくないわけではない。ただ、正直に言えば負担である。

自分が変わり果ててしまったことは誰よりも明香里自身が自覚している。日々荒んでいく自分の顔を鏡で見るたびに激しい自己嫌悪に陥る。

そんな自分の顔を大好きだった航平に見られるのは何よりも苦痛だ。

明香里は袋から取り出した箱を冷蔵庫にしまい、電気コンロの上に置いた新しい角瓶を手に取って部屋に戻った。座卓の前で胡坐をかくと、空になったグラスにウイスキーを注いだ。

強いアルコールを一気に飲むと、何も考える間もなくその場で眠ってしまう。そういうときは決まって航平の夢を見る。

観覧車の窓の外には夕焼けに照らされた海が広がり、そのまわりには高層ビルから放たれた無数の光が星のように輝いていて、正面に目を向けると航平がいる。

幸せだったあの頃——

航平と会うのは夢の中だけでいい。

明香里は突っ伏していた顔を上げた。座卓の上にあるスマホに触れると画面が映し出される。午前一時四十二分だ。壁に目を向けて舌打ちする。

二〇一号室の女性が帰宅したようだ。いつもこれぐらいの時間に大きな物音がして起こされてしまう。

壁越しに声が聞こえてくるが、いつもとは様子が違う。女性の声とともに男性の声も聞こえる。子供の声ではない。

数日前に階段で見た光景が気になり、明香里は壁際に移動した。壁に耳を当てて隣の様子を窺う。

「邪魔だからしばらくベランダにいな」

女性の声に続いて窓を開け閉めする音が聞こえた。

たしかにこのアパートには小さなベランダがあるが、半分近くのスペースをエアコンの室外機に占拠されている。

五月とはいえ、こんな深夜に子供をベランダに放置するなんて。

男女のいちゃつく声が聞こえてきて、明香里は壁から離れた。やがてベッドがきしむ音が漏れ聞こえてくる。

明香里はカーテンを少し開けて二〇一号室のベランダを見た。

室外機の横で身体を丸めるようにして座り、バナナを食べているトムと目が合ったように思えて、とっさにカーテンを閉じた。

25

重厚なドアを押し開くと、ジャズの音色が流れてきた。

省吾は中に入って店内を見回した。立派な一枚板のカウンターの奥にたくさんの酒瓶が並べられた棚がある。カウンターだけの店内にふたりの男性客が離れて座っている。

「いらっしゃいませ。おひとり様ですか？」

カウンターの中にいた五十代と思しき男のバーテンダーが声をかけてきた。

バーテンダーが立った正面の壁に、鹿のハンティングトロフィーが飾られているのを目に留めながら、省吾は頷いた。

「こちらへどうぞ」とバーテンダーに促されて、省吾はカウンターの中央に座った。

「何になさいますか？」バーテンダーが訊いてくる。

正面の棚に並んでいるのは知らない酒ばかりだった。しかも高そうだ。

「バーボンをロックで。銘柄(めいがら)はお任せします」

好みを訊かれて適当に答えると、バーテンダーが氷を入れたグラスに酒を注いでチェイサーと一緒に省吾の前に出した。

いったい一杯いくらぐらいするのだろうかと、恐々と舐めるように飲む。

所持金が尽きる前に訊きたいことを聞いてとっとと店を出たいが、バーテンダーは常連らしいふたりの客の相手で忙しそうでなかなか話しかけられない。

三杯目の酒を注文した後に、客のひとりがチェックして店を出た。

「初めてのお客様ですよね？」ようやく余裕ができたのか、バーテンダーが酒を出しながら訊いてきた。

「ええ、まあ……」

「誰かのご紹介ですか？」

「いや、紹介といいますか、ちょっとお訊きしたいことがあってこちらを訪ねました」

「わたしにですか？」

探るような目で訊かれ、省吾は頷いた。

「マスターはこちらのお店をやられてどれぐらいなんでしょう？」実際にマスターであるかどうかはわからないが、とりあえずそう言った。

「店を始めてから今年で二十五年ですが」

「お店はおひとりでされてらっしゃるんですか？」

「ええ」

そうであれば覚えがあるのではないか。

「小野寺恵子さんという女性をご存じないでしょうか？」

省吾が訊くと、「小野寺恵子さん……ですか？」とバーテンダーが首をかしげる。

「ええ。十八、九年ぐらい前にこちらのお店に来ていたようなんですが」

「そうですか……今もいらっしゃってくださっているお客様でしたらわかるのですが、小野寺恵子さんというお名前には……」

「胸のこのあたりにバラの刺青をした女性ですが」

省吾が自分の鎖骨と胸の間あたりに指をさして訊くと、わからないと首を横に振っていたバーテンダーが動きを止めた。同時に露骨に表情を歪める。

「ああ……そういえば昔店に来ていたことがありましたね。胸にバラの刺青をした恵子さんという女性が。そのかたが何か？」冷ややかな口調に変わっている。

「実はその女性について調べておりまして」

「探偵のかたか何かで？」

「いえ」と、省吾は上着から取り出した名刺をバーテンダーに渡した。バーテンダーが名刺に目を通してこちらに視線を戻す。

「ノンフィクションライター……さん、ですか？」

肩書を変えて作り直した名刺の効果は絶大だったようで、それまで素っ気なかった声の響きが興味深そうなものに変わった。

「ええ。ある事件についてのノンフィクションを書く準備をしていまして、それで小野寺恵子さんを知るかたからお話をお訊きしたいと」

「ある事件というのは、ちなみにどんな……」

「昨年の十一月に渋谷のスクランブル交差点で起きた通り魔事件です」

省吾が告げると、驚いたようにバーテンダーが目を見開いた。

事件から半年近く経っているが、世間の記憶からまだ消え去っていないようだ。

「その渋谷の通り魔事件と恵子さんにいったいどんな関係があるんですか？」バーテンダーが少し身を乗り出して訊いてくる。

「通り魔事件の犯人である小野寺圭一の母親です」

「本当ですか⁉」

省吾は頷いて、バーボンが入ったロックグラスに口をつけた。

小野寺と面会室で彼についてのノンフィクションを出す約束を交わしてから、一週間に一回ぐらいの頻度で省吾のもとに手紙を送ってくれるようになった。

それは小野寺が四歳の頃に母親とともに北海道の留萌を出てからの親子の軌跡と、自分が受けてきた虐待の記録だった。そこに綴られている内容は生々しく、また稚拙な文章であるせいかもしれないが、まるで虐待を受けていた当時の小野寺少年が直接省吾に救いを求めているように感じられた。

一週間ほど前に届いた四通目の手紙の中に、小野寺が七、八歳の頃に北海道を出て栃木県宇都宮市に住んでいたことがあると書かれていた。

住んでいた場所の詳細はわからないというので調べるのは難しいと思ったが、母親に連れて行かれたことのある飲み屋について書かれた一文に、省吾は目を引かれた。

その飲み屋には壁に鹿の頭――ハンティングトロフィー――が飾ってあり、気味が悪かったという。

それまでの手紙に書かれていた北海道での生活についても、実際に現地に行って調べたいと思っているが、今のところそうできる経済的な余裕はない。だが、宇都宮であれば自宅から一万円もあれば往復できるので、ネットでハンティングトロフィーを飾っている宇都宮の飲み屋を探して、今夜このバーにやってきた。

「恵子さんのことはよく覚えていらっしゃいますか？」

省吾が訊くと、バーテンダーが口もとを歪めながら頷いた。

「彼女がこの店に来ていたのは二年ぐらいの間でしたし、かれこれもう十八、九年も昔のことですけど、けっこう記憶に残っていますよ。このあたりの飲み屋でも評判の人物でしたから」

「どのように評判だったんですか？」

「できればお客様のことは悪く言いたくないんですが、とにかく飲みかたがひどかったですし、それに……ね」と、バーテンダーが溜め息を漏らした。

「それに……何ですか？」

「男にだらしない人でしたね」

「男にだらしない？」

口もとを歪めながらバーテンダーが頷いた。

「ここに飲みに来るときにはいつも胸もとの開いた露出の多い服を着て、ひとりで飲んでる男性客にちょっかいを出していました。お酒をおごってもらうぐらいなら可愛いもので、わたしの目を盗んでは、いくら出してくれたら相手してもいい、みたいなことを言ってたようでね……売春と変わらないですよ」

バーテンダーの話を聞きながら、省吾は自分の母親を思い出した。

あの女もパチンコ店で知り合った男をよく自分の家に連れ込んでいた。誘う場所がパチンコ店とバーで違うだけで、やっていることは自分の母親も恵子も変わらない。

恵子は当時、二十七、八歳だ。

「うちの店だけじゃなく近隣の飲み屋でも同じようなことをしていたみたいで、仲間内では要注意人物でした」

「出入り禁止にはしなかったんですか？」

「そうしたいのはやまやまでしたけど……男性の常連客の何人かと仲がよかったのでね、なかなかそこまではできませんでした。それに自分の気に入らないことがあると店の中でわめき散らしたりして……今でいうクレーマーっていうんですかね？　かなり面倒な人だったので、出禁にしたら店の評判を落とすことをあちこちで言いふらされたり、腹立ちまぎれに何をされるかわからないと思って……まあ、当たり障りなく接しているほうが無難だと」

「小野寺恵子さんはどちらにお住まいだったんでしょう？」

「もしかしたら聞いたことがあるかもしれませんが、わたしは覚えていません。ただ、毎晩のように遅くまで飲み歩いていたみたいだから、宇都宮駅からそれほど離れていないところに住んでいたんじゃないでしょうか」

「そうですか……恵子さんは何かお仕事をされていたんでしょうか」

バーテンダーが唸りながら天井を見上げた。省吾が見つめていると、バーテンダーが思い出したようにこちらに視線を戻して口を開いた。

「たしか……恵子さんが最初にこの店に来たときには男性と一緒で、アフターだというようなことを言っていたのを覚えています」

「クラブかキャバクラで働いていたということですか？」

「そうでしょうね」

「ただ、それから数ヵ月後に辞めたみたいでしたけどね」

「どうして辞めたんでしょう？」

「さあ……直接彼女から店を辞めたとは聞いていませんが、それから毎晩のようにあちこちで飲み歩くようになったみたいなので、少なくとも夜の仕事はやっていないんだろうと」

「そのお店の名前はご存じないでしょうか？」

バーテンダーが首を横に振った。

「もしかしたら他の飲み屋の店主だったら知っているかもしれませんが……」

「あの……大変厚かましいお願いなんですが……お時間のあるときにそのかたたちにお訊きいただくことはできないでしょうか」

恵子が実際に働いていた店の関係者であれば、彼女についてもう少し詳しいことを知れるのではないかと期待した。

もっとも十八、九年前に働いていた店なのですでにないかもしれないし、仮に話を訊けたとしてもその人たちの記憶から消え去っている可能性も高いだろう。

それでも母親を捜すという小野寺との約束を果たすために、少しでも彼女の情報を手繰り寄せたい。

「わかりました。小野寺恵子さんのことを覚えていそうな人に当たってみます。何かわかったらこの名刺のアドレスにメールすればいいですか？」

カウンターに置いた名刺を手に取って訊いてきたバーテンダーに、「よろしくお願いします」と省吾は頭を下げた。

「ところで……恵子さんは宇都宮に来るまで北海道で生活していたそうですが、そういった話を聞いたことはありますか？」

「そういえば……そのようなことを言っていましたね。たしか、函館にいたと……」

それは小野寺から届いた手紙にも書いてあったことだ。

「どうして北海道を出たのか、恵子さんは話していましたか？」省吾は訊いた。

「男から逃れるためだと言ってましたね」

その男と思われる人物についても手紙に書かれている。

小野寺親子が旭川で生活しているときに、恵子はある男と知り合ったという。当時まだ幼かった小野寺に相手の素性など知る由もなかっただろうが、恵子はその男を『ショウくん』と呼び、やがて彼は自分たちの部屋に転がり込むようにして一緒に生活するようになった。

最初の頃は一緒に遊んでくれる優しい男に思えたが、次第に恵子や自分に対して暴力を振るうようになったという。その暴力はやがて小野寺に集中的に向けられるようになり、恵子はそれを止めるどころか、彼女自身も虐待に加担するようになったそうだ。

小野寺は小学校一年生の夏休み前までは学校に行っていたと手紙に書いていた。だが、恵子とふたりで移り住んだ函館では学校に行くことを許されず、一日中部屋の中で息をひそめるような生活を余儀なくされたそうだ。

　もしかしたら恵子は息子や自分に向けられる暴力から逃れるためにショウくんと決別して函館に移り住んだのかもしれない。

　息子を学校に行かせなかった理由は想像するしかないが、自分たちが住んでいるところを彼に知られたくなくて、住民票を移さなかったことが原因なのではないか。

　当時は個人情報の保護に関する法律が施行される前で、他人の住民票の写しを比較的容易に入手できる時代だった。

　だが、どういうわけか函館に移ってから半年もしないうちに、恵子はふたたびその男と一緒に生活をするようになったという。そして小野寺に対するふたりの虐待も再燃し、またしても親子はショウくんから逃れるように宇都宮に移ることになった。

　手紙に書かれていた宇都宮での生活にその男の影はない。だが、小野寺は学校に行かせてもらえないままで、恵子は夜な夜な明け方まで家を空けていて満足に食事も与えず、暴力を振るうことも日常茶飯事だったという。

「恵子さんの息子の圭一はこの店に来たことがあるそうですが、覚えていらっしゃいますか？」

「通り魔事件の犯人かどうかはわかりませんが、一度小さな男の子を店に連れてきたことがありました」

「どうしてここに？」

「開店前にふたりで店にやってきて、金を貸してほしいと頼まれました。家賃を払えなくて家を追い出されてしまったと。この子に何か食べさせてやるお金もないので、少しでもいいから貸してほしいと懇願されました。連れていた男の子はたしかにげっそりと痩せ細っていて、着ている物もボロボロで、風呂にも入れてもらえてないのか嫌な臭いがしました。子供に対してこんなことを言うのは何ですが……」

「それで、どうなさったんですか？」

「貸したとしても返ってこないでしょうから、彼女にお金を渡したくありませんでしたが、あまりにもその子供が不憫だったもので……お金を貸すのは最初で最後にしてくれと念を押して五万円を渡しました。それっきりです。他の飲み屋にも同じようなことをしたみたいですね。知っているかぎりで三十万円ぐらいの金を得て宇都宮から出ていったようです」

今、恵子がどこにいるか心当たりはないかと訊ねるのは無駄だろう。

「通り魔事件を起こした犯人に同情などするべきではないでしょうが、それがあの子だったと思うとね……」バーテンダーがそう言って嘆息する。

これ以上、訊くべきことが見つからず、省吾はチェックした。改めて恵子についてわかったことがあったら連絡してほしいとバーテンダーに頼んで店を出る。

宇都宮駅に向かっていると、ズボンのポケットの中で振動があり、スマホを取り出した。登録していない固定電話の番号が画面に表示されている。

「はい、もしもし……」省吾は電話に出た。

「溝口省吾さんでしょうか？」

男の声が聞こえて、「ええ」と答えた。

「わたくし、栄倫社学芸部の小柳と申します」

市谷にある大手出版社だ。

「先日、弊社にお送りいただいた原稿の件で、一度溝口さんとお会いできないかと思っております」

26

ベルの音が聞こえて、明香里はグラスを口に運ぼうとしていた手を止めた。

航平だろうか。だが、まだ午後五時過ぎだ。それとも仕事が早く終わったのか。

いずれにしても放っておこうと、グラスの中のウイスキーを飲む。

その後も何度もベルが鳴らされ、やがてドアが叩かれる。

「浜村さん、いらっしゃらないんですか？」

航平ではない。

「……息子さんが家にいるはずだと言っていたんですが」

息子という言葉に怪訝な思いでドアを見つめる。

「大事なお話があるので出てきてください」

しかたなくグラスを置くと明香里は立ち上がった。マスクをしてから玄関に向かい、チェーンロックをかけたままドアを開ける。

「浜村明香里さんですよね？」ドアの隙間から三十歳前後に思える男性が問いかけてくる。

「ええ……わたしに何か？」戸惑いながら明香里は訊いた。

「わたしは近くにある『セーモス』というドラッグストアの店員なんですがね……息子さんがうちの店で万引きをして捕まりまして」

男性の言葉を聞きながら、ひとりの少年の姿が脳裏に浮かんだ。

きっと二〇一号室のトムだろう。

「保護者のかたに店に来てもらおうと思ったんですけど、電話番号がわからないということで。それで家の場所を訊いたらこのアパートの二〇二号室に住んでいると」

わたしは関係ありません――

そう言いかけて、ためらった。

二〇一号室に住んでいる女性がトムの母親かどうかは知らないが、あの人に万引きしたことが知れたらその後どういうことになるかは想像がつく。

アパートの外にいるだけでトムを拳で殴りつけたのだ。

「わかりました……お店の場所は知っていますので、出かける準備をしてすぐに伺います」

明香里はドアを閉めて部屋に戻るとスエットから外出着に着替えた。酒の臭いが気になったので、一応歯を磨いてからハンドバッグを持って部屋を出る。

セーモスに行ってレジにいた女性の店員に事情を話すとバックヤードに案内された。

「お母さんがいらっしゃいました」

女性店員が声をかけると、テーブルに向かって座っていた男性がこちらを見て、「あなたですか」と呟く。

この店はよく使っているので明香里の顔を覚えられているのだろう。

男性の向かいにトムがうつむいて座っていて、テーブルの上には万引きしたらしいチョコレートが数個置いてあった。

「店長の佐藤です。どうぞお座りください」

無愛想に手で示され、明香里はトムの隣に腰を下ろした。すぐに頭を下げて、「ご迷惑をおかけして申し訳ありませんでした」と謝る。

顔を上げると、店長がこちらから隣のトムに目を向ける。

「お母さんはこうやって謝っているのに、きみはどうしてごめんなさいが言えないんだ？」

明香里はトムを見た。うつむいたままでどんな表情をしているのかよくわからない。

「お母さんはうちを贔屓にしてくれているみたいだから、あまり厳しいことは言いたくないんですけどね。この子は今日が初めてではないんですよ。防犯カメラを改めてチェックしたらけっこう万引きをしてましてね。五歳ということだけど、今のうちからちゃんとしつけをしないとこれから大変になりますよ」

「おっしゃる通りです。本当に申し訳ありません」

どうして自分が謝らなければならないのかと内心で苛立ちながら、とにかく早くこの場を収めたいという思いでふたたび頭を下げた。

「お母さんも自分のお酒を買うついでにチョコレートぐらい買ってあげてくださいよ」

二日に一本はこの店で角瓶を買っている。毎日飲んだくれて子供のしつけもまともにできないだらしない母親だと思われているのだろう。

それからもしばらく店長から説教され、万引きした商品を買い取り、ようやく解放された。

店を出るとあたりは暗くなっていた。アパートに向かって歩き出すとトムがついてくる。

店のバックヤードで会ってから今までトムは一言も発していない。

「ありがとう、ぐらい言ったら？」

明香里は言ったが、トムは黙ったままだ。

「どうして取ったの？」

「……たべたかったから」

今日初めて彼の声を聞いた。

「食べたくても勝手に取っちゃダメだっていうことはわかってるよね？」

自分も万引きしたことがあるのは棚に上げて訊くと、トムが小さく頷いた。

明香里はハンドバッグから先ほど購入したチョコレートを手に取った。「あげる」とトムに差し出したが、受け取ろうとしない。

「これはお金を出して買ったものだから食べていい」

トムがチョコレートを受け取った。しばらくの間の後、「ありがとう」と言う。

「この前いた人はトムくんのお母さん？」

トムが頷く。

「お母さんはチョコレートを買ってくれないの？」

「うん……」

「本当はいくつ？」

「九さい」

「どうしてわたしやお店の人に五歳って言ったの？」

「知らない人に年をきかれたらそう言えって」

「お母さんに？」

トムが頷く。

「トムくんは学校に行ってるの？」

トムが首を横に振る。

「一度も行ったことない？」

「一年生のとき、少しだけ行ってた」

トムを見つめながら、漏れそうになる溜め息を抑え込んだ。

おそらくトムは居所不明児童なのだろう。住んでいた地域や家庭や学校から姿を消して、その後の所在が確認できない子供たちがそう呼ばれる。

どのような事情があるのかわからないが、母親はトムが居所不明児童だとまわりから認識されるのを恐れて、外に出ることを禁じ、もし誰かに年齢を訊かれたら五歳と答えるよう命じているのだろう。

五歳であれば小学校や幼稚園に通っていなくても不思議ではない。

「また学校に行きたい？」

トムは応えない。だが、彼の目を見ているとそう思っているのだろうと感じる。

「お客さんが来るとベランダに出されるの？」

「男の人だと……」

明香里が目撃したあの日は明け方までトムはベランダにいた。

「つらくない？」

「べつに……バナナ食べられるし……今はそんなに寒くないから」

トムに続いてアパートの階段を上ると、二〇二号室の前に航平がいた。こちらを見て怪訝な顔になる。

「じゃあ、おやすみ」

トムが小さく頷き、ドアを開けて部屋に入っていった。

「二〇一号室の子？」

明香里は頷いた。

「トムくん」

「どうして明香里が一緒に？　ここって子供ダメじゃなかったっけ？」矢継ぎ早に航平が訊いてくる。

「中で話そうか」

航平が意外そうな顔をして、「いいの？」と訊く。

このままトムのことを放っておけないという思いがあるが、自分ではどうすればいいのかわからない。

鍵を取り出してドアを開けると、明香里は部屋に入った。航平が後に続く。

「飲み物は水かウイスキーしかないけど」

「じゃあ、水をもらおうかな」

明香里は冷蔵庫からペットボトルの水を一本取り出して座卓に置いた。座卓を挟んで航平と向かい合うようにして座る。

「あの子が近くのドラッグストアで万引きして捕まって、母親役をやってきたの」

意味がわからないというように航平が首をひねる。

「お店の人がいきなりここを訪ねてきてね」

「あの子がこの部屋に住んでいる明香里が母親だと店の人に言ったってこと？」

明香里は頷いて、飲みかけだったウイスキーのグラスに口をつけた。

「どうしてそんなことを？」

「お母さんにバレたらひどいことをされると思ったからじゃない」

「ひどいこと……」

「この前、お母さんが彼を殴るのを見た。直接見たのはそのときだけだけど、隣から子供を罵る声や、壁に何かがぶつかったような激しい物音がよく聞こえてくる」

「はっきりした声までは聞こえないけど、たしかにドスンドスンと大きな物音が上から聞こえてくることがあるよ」

「この前は深夜に男の人を連れて帰ってきて、明け方までベランダに出されてた」

こちらを見つめながら航平が口もとを歪める。

「本当は九歳なのに五歳だって答えてる。一年生のときに少し行ってから学校には通っていないんだって」

「居所不明児童ってわけか」

航平もその言葉を知っていた。

「おそらく親子はマンスリーマンションを転々としながら生活してるんだろうな。子供のことがばれそうになったら違うところに移って……」

「児童相談所に通報したほうがいいのかな？」

「通報するんなら明香里はこのアパートを離れたほうがいいよ」

「どうして？」

「交友関係がよくなさそうだから。この部屋まで聞こえてくるかどうかわからないけど、深夜なのに大音量の音楽をかけた車で二〇一号室の女性をここまで送ってきてさ、何度か外の様子を窺ったことがあるんだ。タチの悪そうな男だった。トムくんのことが公になったら、彼と多少なりとも交流のあった明香里が通報したと思われかねない」

心臓が締めつけられるように痛くなった。

トムの母親から恨みを買って、危害を加えられるかもしれない。

「おれのほうから不動産会社に連絡してみようか？　上の部屋に子供が住んでいるみたいでうるさいって。住民票を移せないマンスリーマンションに子供がいるってなったら、不動産会社も不審に思ってしかるべきところに連絡してくれるかもしれない」

おそらく不動産会社はそこまでの干渉はしないのではないか。

違反事項があったとして賃貸契約を解除し、親子は違う場所に移るだけだろう。

「航平がそこまでする必要はないよ。わたしたちには関係のないことだから……」

一度芽生えてしまった恐怖心を何とか鎮めようと、明香里はグラスに残っていた酒を飲み干した。

27

ＪＲ市ヶ谷駅の改札を抜けると、省吾はポケットからスマホを取り出した。地図アプリを頼りに靖国通りを進んでいく。五分ほど歩くと『栄倫社』という大きな看板が見えてきた。日本で有数の大手出版社だけあり、十二階建ての瀟洒（しょうしゃ）なビルだ。

省吾はいくぶん緊張しながら建物に入り、女がふたり並んでいる正面の受付に向かった。近くにいた男の来客者に倣（なら）い、省吾は来社受付票に自分の名前や訪問先を記入して受付の女に渡した。

女が受話器を持ち上げ、「学芸部の小柳さんに、溝口様がお見えになられています」と告げて電話を切り、「すぐに参りますのでロビーでお待ちください」と言って入館証の札を差し出した。

ロビーにあった椅子に座らずにしばらく待っていると、ベージュのチノパンに青いシャツを着た男がこちらに向かってきた。片手に大判の封筒を持っている。

「溝口さんでしょうか？　はじめまして、小柳です」

男に声をかけられ、「溝口です。よろしくお願いします」と省吾は会釈した。

学芸部の編集者ということで年配の男を勝手に想像していたが、目の前の小柳はあきらかに自分よりも若そうで、二十代半ばぐらいに思える。

「上に打ち合わせ用のスペースがありますので」

小柳に促されて、ふたりでエレベーターホールに向かった。七階でエレベーターを降り、『学芸編集部』と札の掛かった部屋に入る。パーテーションで仕切られたブースに通されると、「どうぞ、座ってください」と小柳に言われて省吾は椅子に座った。

「ホットコーヒーでいいですか?」

省吾が頷くと、小柳が封筒をテーブルに置いてその場を離れた。すぐにプラスチックカップをふたつ持って戻り、向かい合うように座る。小柳が名刺を出したのを見て、省吾は鞄を開けた。取り出した名刺入れの中には『ノンフィクションライター』と『ライター』の二種類の肩書の名刺を入れているが、少し迷いながらただのライターのほうを相手と交換する。

大手出版社の編集者に、一冊も著作がない自分がノンフィクションライターを名乗るのは憚られた。

省吾は相手から受け取った名刺をしばらく見つめた。『栄倫社　学芸編集部　編集者　小柳正孝(まさたか)』とある。

「溝口さんはライターをしてらっしゃるんですよね」

その声に、省吾は小柳に視線を移した。省吾が渡した名刺を見ていた小柳がこちらに目を向けて「普段はどのようなお仕事をされてるんですか？」と訊く。

「ご存じかどうかわかりませんが、週刊バッキーという雑誌に記事を書いています。まあ、記事といっても風俗の紹介コーナーですけどね」

「週刊バッキーはもちろん知ってます。そうなんですか……ちょっと意外だなあ」

「そうですか？」

「この原稿を読ませていただいたかぎりでは、普段から社会的な問題を扱った記事なんかを書かれているのかと思っていたので」小柳がテーブルに置いた封筒を手で軽く叩きながら言う。

栄倫社を含めて大手出版社四社に、小野寺の子供の頃の生活を綴った原稿を送った。ただ、原稿とはいっても未完成のもので、北海道の留萌で生まれてから旭川、函館と転々としながら過ごした七、八歳までのことしか書いていない。さらに留萌のスナックで出会った穂積から聞いた小野寺親子については触れているが、それ以外に関係者の話はなく、あくまでも小野寺自身が手紙に綴っていたことをもとにしている。

本来であれば、小野寺親子を知る人物から話を聞いたうえで、彼が事件を起こすまでの軌跡を原稿にして持ち込みたかったが、多額な出費がかかるうえに自分ひとりで調べられることにも限界があると感じ、まずは協力してくれる出版社を探すことにして、未完成の原稿にこの事件と犯人について書くノンフィクションを本にしたいという旨の手紙を添えて送った。

栄倫社以外の三社の中で原清社と滝書房からはすでに連絡があったが、色よい返事ではなかった。どちらの出版社の編集者からも、世間を震撼させた凶悪事件の犯人を擁護しかねない内容なので出版は難しいだろうと電話越しに言われた。

落胆していたときに連絡があったのが、この小柳だった。

ただ、大手出版社の栄倫社に招かれたとはいえ安心はできない。省吾が送った原稿の件で会いたいと小柳に電話越しに言われただけで、出版できるかどうかはまだ聞いていない。

「ひとつ重要なことをお訊きしたいんですが……」小柳がテーブルに置いた封筒から原稿を取り出してこちらに身を乗り出してきた。

「何でしょうか?」省吾は少し身構えながら訊いた。

「これは本当の話なんでしょうか?」

その言葉の意味がいまひとつわからず、小柳を見つめながら省吾は首をひねった。

「あ、いえ……何と言えばいいか……溝口さんの創作ではなくて?」

そういう意味かと、省吾は微笑んだ。

「創作ならば文芸部に送っています」

「この原稿は、渋谷のスクランブル交差点で通り魔事件を起こした小野寺圭一から直接聞いた話をもとにして書かれたものだと？」原稿をぱらぱらとめくりながら小柳がさらに訊く。

「ええ。もっとも拘置所で話ができるのは週に一回程度で、時間も一回につき十五分ほどです。それではなかなか話が進まないので、一週間に一回ぐらいの頻度で彼から手紙を送ってもらっています。子供の頃に母親からどんな虐待をされてきたのかとか、今までどんな生活を送ってきたのかを思い出しながら書いてもらっています。ちなみにその原稿に書いたのは北海道の留萌で生まれて、その後旭川と函館で生活したときの経緯ですが、一番新しい手紙ではその後宇都宮に移ってからの生活について書いています」

「小野寺が何歳ぐらいの話ですか？」

「九歳から十歳頃の話です」

「これからも面会することと手紙を送ることを小野寺は約束しているんですか？」

省吾は頷いた。

小野寺の母親を捜すという交換条件がついているが、それは口にしないでおいた。

「他の出版社にもこの原稿を送られたんでしょうか？」

「ええ。栄倫社の他に三社送りましたが、ダメみたいです」

「そうですか……」原稿を見つめながら小柳が大きな溜め息を漏らした。

「この原稿を出版していただけそうですか？」

「ぼくの一存では確約はできませんけど……でも、ぼくは本にしたいと思っています。いや、何とかして上を説き伏せてみます」

熱っぽく語る小柳を見ながら、心が浮き立った。

「そうですか。ありがとうございます」省吾は頭を下げる。

「うちには週刊現実という事件を扱う週刊誌があって、そこの記者に渋谷のスクランブル交差点で起きた通り魔事件について訊いてみたんですけど、犯人の小野寺に面会を求めても拒絶されたと言ってました」

「そうでしょうね。マスコミの面会はいっさい受けるつもりはないと彼は言ってましたから。そればかりか自分についた国選弁護人にも、ほとんど話をしていないそうです」

「それなのに溝口さんには自分の生い立ちについて詳しく語っているなんて……溝口さんご自身が親からひどい虐待を受けた過去をお持ちだから、小野寺も自分のことをここまで話そうと思ったのかもしれませんね」

原稿として小野寺の軌跡を綴るとともに、それを書いた自らも母親からのひどい虐待を受けてきたことが記してある。もっとも、十三歳のときに母親を殺したことは書いていない。

「何だかすごい本になりそうですね。虐待の問題は世間的にも大きな関心を集めていますし、そのことが遠因となってあんな衝撃的な事件が引き起こされたのだとしたら、社会に対しての警鐘にもなるはずです。大竹賞もけっして夢じゃないですよ」

その名前は省吾も知っている。ノンフィクションを対象にした有名な賞だ。

「もし、小野寺の裁判の前に出版できたらすごい話題になりますよ」

興奮している小柳に水を差すのはためらわれたが、「それは難しいです」と省吾は言葉を挟んだ。

「判決が確定するまでは本にしないというのが小野寺との約束なんです」

「どうしてです？　自分が受けてきた虐待の記録を綴った本なら、裁判の前に出たほうが本人にとってはいいんじゃないですか？」

小野寺の考えは逆だ。悲惨だった自分の過去がノンフィクションとして世間に公になると、それをもとに弁護人が情状酌量を求め、自らが望んでいる無期懲役よりも軽い量刑になってしまうかもしれないと小野寺は危惧しているのだ。自分についた国選弁護人に生い立ちも含めてほとんど話をしないのもそのためだ。

「小野寺との約束で理由は詳しく話せないんですが、いずれにしても判決が確定するまでは本にすることはできません。ただ、おそらく控訴しない可能性が高いので、それほどお待たせすることはないと思います」

　小柳が考え込むように両腕を組んだ。

　無期懲役の判決が言い渡されたら、どれだけ弁護人に勧められても控訴はせずに刑を確定させると小野寺は常々話している。

　ひとりの命を奪い、ふたりの女性に重傷を負わせて世間を震撼させた通り魔事件を起こし、反省の態度を微塵も示さなければ無期懲役の判決が下される可能性が高いだろう。

「……それでも出版を考えていただけますか？」

　省吾が問いかけると、小柳が顔を上げて「わかりました」と頷いた。

「学芸部の編集者になってまだ二年のぼくが言うのは何ですが、こんなにぞくぞくするノンフィクションを担当するのは初めてです。いや、もしかしたらこの先もないかもしれません。精一杯尽力させていただきます」小柳が居住まいを正して頭を下げる。

「あの……非常に言いづらいことなんですが、ひとつお願いがありまして……」

「何でしょうか？」

「この原稿を完成させるために、少しばかりお金を貸してもらえないでしょうか」

　小柳がきょとんとした顔で小首をかしげる。

「このノンフィクションをいいものにするためには、小野寺が話した事柄だけではなく、彼と母親を知る人たちからも話を聞いてそれを書く必要があると思っています。ただ、北海道に行って関係者を捜すだけの財力が今の自分にはなくて……」

「なるほど、そういうことですか。たしかに小野寺から聞いた話だけだと、自己弁護の手記になってしまうかもしれませんし、親子を知っている第三者の視点があったほうがよりいいものになるでしょうね」

「このノンフィクションが出版されたらその印税でお返しするということで、とりあえず北海道に行く費用を貸してもらえないでしょうか」

「申し訳ないんですが……うちではそれまでお仕事をしたことのない作家さんへの印税の前貸しはできないんですよ」

「そうなんですか……」省吾は落胆した。

「ただ、取材に必要な交通費や宿泊費はお支払いできるよう上と掛け合ってみます。少し待っていただけますか？」

「わかりました。北海道の関係者を当たる前に、先日小野寺から届いた宇都宮での生活を綴った手紙を原稿にして小柳さんに送ります」

「そうしてください。それにしても、関係者といえばなあ……」小柳がそこで口を閉ざして何かに思い巡らせるように顔を上げた。

「どうしたんですか？」

省吾が訊くと、我に返ったように小柳がこちらに視線を戻した。

「いや……実はあの通り魔事件の被害者のひとりを知ってるんですよ」

その言葉に驚いて、「本当ですか?」と省吾は少し身を乗り出した。

「ええ。同期の人事部のやつからここだけの話ってことで聞いたんですけど、同じ同期の東原ってやつの知り合いが事件の被害者らしいんです」

「知り合い?」

「彼女です……もっとも今も付き合っているかどうかはわかりませんが」

「女性の被害者はふたりいましたよね」

「二十六歳のほうです」

あの事件ではひとりの男性が亡くなった他に、二十六歳の女性が意識不明の重体になり、二十八歳の女性が重傷を負った。

二十六歳と聞いて、犯人の小野寺と同い年だと改めて思った。

「小柳さんはその女性と会ったことはあるんですか?」

「何回か一緒に飲んだことがあります」

小柳がポケットから取り出したスマホを操作して省吾の目の前に置く。スマホの画面に四人の男性とふたりの女性が写っている。

「紺のワンピースを着た女性です」

小柳の言葉を聞きながら、こちらに向けて柔らかな笑みを浮かべる女の姿を見つめた。

「隣にいる黄色いネクタイの男性が同期の東原さんですか？」

スマホの写真を見ながら訊くと、「そうです」と小柳の声が聞こえた。

「事件が起きるまではたしか小学校の事務員をしてて、明るくて優しい女性だったな」

たしかに柔らかな女の笑顔から、穏やかな性格と品のよさが窺えた。おそらくそれまで何不自由なく親から大切に育てられ、これといって大きな挫折も経験したことがないのではないかと感じさせられる。

渋谷のスクランブル交差点でたまたま遭遇した同い年の通り魔と被害者――

被害者である彼女がどのように今を生きているのかに、強い興味を抱いた。

「彼女の名前はわかりますか？」スマホから小柳に視線を向けて省吾は訊いた。

「浜村明香里さんです」

「今、ふと思ったんですけど……彼女に会って話を訊くことはできないでしょうか？」

「えっ!?」驚いたように小柳が目を見開く。

「加害者の側からだけでなく、事件によって深い傷を負わされた被害者の思いも同時に書くことができれば、このノンフィクションはさらにすごいものになるんじゃないかと思って」

「たしかにそうできればもっと多面的な読み物になりそうですね。ひどい事件を起こした小野寺もある意味では母親による虐待の犠牲者だと言えるのではないかっていうのがこのノンフィクションの趣旨だと思うんですけど、でもさらに小野寺に傷つけられた真の犠牲者もいるわけで……」

「東原さんに頼んでもらえませんか？」

省吾が訊くと、「いやあ……」と困惑したように小柳が頭をかいた。

「ここだけの話ということで人事部の同期から事件のことを聞いたので、ぼくのほうから東原にその話をするのはちょっと……」

省吾は諦めきれずにスマホの写真に目を向けると、ふたりの姿を食い入るように見つめて脳裏に刻み込んだ。

この会社から帰路につく東原の姿を捉えられれば、そのまま尾行して被害者にたどり着けるかもしれない。

28

目の前で子供たちが楽しそうにサッカーボールを追っている。その中にトムはいない。

ベンチに座った明香里は振り返ってアパートを見上げた。二〇一号室の窓が少し開いているように思えた。

もしかしたら、トムはあそこからこの光景を羨望の眼差しで見つめているかもしれない。

「あの、すみません――」

ふいに近くから男性の声が聞こえ、明香里はびくっとして目を向けた。無精ひげを生やした男性が立っている。

「浜村明香里さんですよね？」

明香里は何も応えずに男性を見据えながら記憶を辿った。

三十歳前後に思えるが、どこかで会った覚えはない。

「突然、声をかけて申し訳ありません。わたしはこういう者でして……」男性がポケットを探りながら近づいてきて、取り出した名刺をこちらに差し出す。

男性の顔から受け取った名刺に視線を移す。『ノンフィクションライター　溝口省吾』と書いてある。

「ノンフィクションライター？」男性の顔に視線を戻して怪訝な思いで訊いた。

「そうです。とはいっても著作はまだ一冊もありませんが」

そう言って微笑みかける男性を見つめながら、胸がざわついた。

「ずっとあなたとお話ししたいと思って機会を窺っておりました。あのアパートからほとんど出ない生活をしてらっしゃるようなので、伺っても門前払いを食らうだけではないかと」

溝口がそう言ってアパートを見る。

どうしてノンフィクションライターが明香里の部屋を知っているのかと不安になった。

航平しか知らないはずだが、彼が明香里に内緒で誰かに報せるとは思えない。

「ノンフィクションライターがわたしに何の用ですか？」

「実は、渋谷のスクランブル交差点で起きた通り魔事件を題材にしたノンフィクションを出版する予定で、現在原稿を書いています。そこで被害者であるあなたからもお話を聞かせていただきたいと思いましてね」

「何もお話しすることはありません」

無視することに決めてベンチから立ち上がろうとしたが、「彼のことを知りたくありませんか？」と訊かれ、全身がこわばって動けなくなった。

「おそらくあなたは、どうして犯人の小野寺圭一と何の関わりもない自分がこんな理不尽な目に遭わなければならないのだと思い続けているのではないですか？」

もちろんそう思っている。

溝口が肩に掛けた鞄から封筒を取り出して明香里の隣に置いた。封筒に書かれた『栄倫社』という社名が目に入って驚く。航平が勤めている出版社だ。

　やはり航平が報せたのだろうかと思いかけたが、自分との約束を破るはずはないと頭の中で打ち消す。

「これをご覧になれば少しはわかるかもしれません」

「何ですか、これは？」動揺を必死に抑えながら明香里は言った。

「小野寺の人生の一部を原稿にしたものです。この原稿をお読みになれば、小野寺がどうしてあのような罪を犯したのか、その理由の一端がわかるかもしれません。つまり、どうしてあなたがあんな理不尽な目に遭わなければならなかったのか、ということです」

　明香里は封筒に目を向けた。すぐにおぞましさがこみ上げてきて視線をそらす。

「わたしは小野寺と似た境遇で育ってきたので、若干彼に肩入れするような書きかたになっているかもしれません。ただ、それではアンフェアだと思いましてね。被害者であるあなたにもきっと言いたいことはたくさんおありでしょう。だから、あなたの思いを聞かせてもらおうということで、失礼を承知でお声をかけさせていただきました」

「あなたに協力する気はありません」

　明香里がきっぱりと言うと、溝口が小首をかしげた。

「いったいあの男の何に肩入れできるというんですか？　あの男は人殺しです。見ず知らずのわたしを傷つけ、わたしを助けようとしてくれた飯山晃弘さんを殺した。他にも怪我を負わせた女性がいる。そんな男の本を出そうと考えること自体、わたしたち被害者を冒瀆(ぼうとく)しているんですよ。あなたや出版社からすれば金儲けの手段のひとつに過ぎないんでしょうけど……あなたも同じような目に遭ってみればいいのよ。そしたらそんなことはとても口にできないはず」

胸の中に溜まっていた怒りを明香里が吐き出すと、溝口がかすかに口角を上げた。

笑っている――

溝口を見つめ返しながら明香里は怒りに打ち震えた。

「金儲けの手段……というあなたの言葉は否定しません。渋谷のスクランブル交差点で起きた通り魔事件を題材にしたノンフィクションを書いて、それを売ろうというわけですから」

「何とも浅ましい仕事ですね」

明香里が精一杯の皮肉を返すと、「そうかもしれませんね」と溝口が苦笑した。

「ただ、出版社は売れない本は出しません。特に栄倫社のような大手出版社ともなればなおさらそうでしょう。本を出すということは読みたい人がいるということです。あの事件について、犯人の小野寺について、そして被害者のその後について、知りたいという人がいるわけです。ただ、どうせ出すのであれば偏ったものにはしたくない。だから、被害者であるあなたの思いもお聞きしたい。どうですか？　自分ではけっこうちゃんとしたノンフィクションライターのつもりでいるんですけどね」

「わたしの思いはただひとつです。あの男に極刑を与えてほしい。ただそれだけです」

人の命を無残に奪った人間は自分の命をもって償う以外にない。

事件が起こるまでは死刑制度に対して賛成とも反対とも特に意見を持っていなかったが、今では強くそう思う。

晃弘はもうこの世にいない。

約束は守った……。

誰に伝えたかったのかはわからないが、その言葉を口にすることすらもうできない。

明香里を助けようとしたばかりに。

刑務所に入れられるというだけでは自分の気持ちが鎮まらない。小野寺がこれからものうのうと生きていくと想像するだけで、どうしようもなく怒りがこみ上げてくる。

「残念ですが、おそらくあなたの願いは叶わないでしょう」

「どうしてそんなことが言えるんですか？」明香里は溝口を睨みつけた。

「亡くなったのはひとりです。もちろんひとり殺しても死刑になる場合はありますが、今までにあった同様の事件の判決を見るかぎり死刑の可能性は低いでしょう。無期懲役が妥当ではないかと思います」

溝口の言葉を聞きながら、胸の中に落胆が広がっていく。

「もうひとつ、お伝えしておきましょう。あの通り魔事件を起こしたことで自分は楽園に行けると小野寺は思っているんです」

「楽園？」

その言葉の意味がわからない。

「その原稿を読んでいただければわかりますよ。もし気が変わって被害者の思いを聞いてほしいということでしたら、いつでもその名刺の番号に連絡してください」溝口がこちらに背を向けて歩き出す。

「ちょっと待ってください」

明香里が呼び止めると、溝口が立ち止まってこちらを向いた。

「読む気はありませんから」

「じゃあ、捨ててください」微笑むように言って溝口が歩き出した。

公園から溝口の姿がなくなると、明香里は忌々しい思いで封筒を見た。

あの事件を起こしたことで自分は楽園に行けると小野寺は思っているんです――

明香里の人生を大きく狂わせ、自分を助けようとした晃弘を殺したことで、どうして楽園に行けるというのか。まったく意味がわからない。そもそも小野寺にとっての楽園とはいったい何なのか。

明香里はその場で深呼吸すると、封筒に手を伸ばして原稿を取り出した。

Ａ４の紙の一枚目に『渋谷スクランブル交差点通り魔犯の軌跡（仮題）』と、溝口省吾の名前が印字されている。本にするつもりだと言っていたのでもっと分厚いものを想像していたが、五十枚ほどの原稿だ。

明香里は表紙をめくって原稿を読み始めた。

原稿は書き手である溝口が東京拘置所に収監された小野寺と面会するところから始まる。もともと溝口は通り魔事件にそれほど関心がなかったが、犯人が事件を起こす直前まで働いていた会社の社長の話をテレビのニュースで観て興味を抱き、それから独自に小野寺の関係者を調べて話を訊いていったそうだ。

その会社の社長が小野寺について語っていたのは、家族がなく、十六歳まで施設に入っていて、両腕にびっしりと小さな豆粒みたいな火傷の跡があったということだ。それらの話から小野寺が親からひどい虐待を受けるような劣悪な環境で育ってきたのではないかと溝口は感じ、自身の経験と重ね合わせながら興味を抱くようになったという。溝口自身も十三歳の頃まで親からひどい虐待を受けてきたと書いてある。

小野寺との面会の様子を読んでいくうちに激しい怒りに苛まれ、原稿を持つ手が小刻みに震えだした。

事件を起こした理由を問われて、小野寺は刑務所に入ってずっとそこで過ごしたいからだと答えている。ただ、この若さではまだ死にたくないから、死刑にならないように殺すのはひとりと決めて事件を起こしたという。

その文面を目にしながら、どうにもやるせない気持ちになった。

明香里があのまま殺されていたら、晃弘は命を落とさずに済んだのかもしれない。

自分の身代わりでひとりの命がこの世から奪われたのだと改めて思い知らされる。

先ほど溝口が言っていたように、小野寺自身も無期懲役になるのが妥当だと考えているようだ。

それこそが自分の望みであると。

さらに小野寺は、いずれ刑務所から出ることになったら、また同じことをして戻ってくるとも話しているという。

あの事件を起こしたことで自分は楽園に行けると小野寺は思っているんです――

先ほどの溝口の言葉の意味がようやくわかった。

この社会で生きているのが嫌だから刑務所に行きたい。

そんな理由のために、幸せだった自分の人生は滅茶苦茶にされ、晃弘は殺された。

たしかに小野寺の境遇は悲惨なものだと明香里も思う。

小野寺は北海道の留萌で生まれたが、すぐに両親は離婚してその後は母親とともに旭川、函館、宇都宮と転々とするが、小学校一年生の途中から学校に行かせてもらえなかったという。旭川で生活していたときに同居することになった母親の恋人から日常的に暴行され、やがて母親からもひどい虐待を受けるようになった。

原稿には小野寺が十歳頃の生活までしか書かれていなかったが、十四歳になろまで学校に行かされていなかったとあるから、それからも虐待は続いたのだろう。

小野寺は明香里と同い年だが、自分が想像すらできない劣悪な環境で生きてきたことに心を痛める。

だけど、だからといって、どうして自分が傷つけられ、これほどまでに苦しめられなければならないのだ。

母親とその恋人から虐待された過去に苦しみ、社会で生きていくのが嫌だから刑務所に入りたいという馬鹿げた理由のために、どうして赤の他人でしかない明香里や晃弘がこのような目に遭わなければならないのか。

どんな苦しい境遇にあったにせよ、そんなのは自分たちの知ったことではない――

そう思いかけ、はっとして明香里は振り返った。

アパートの二階の一室を見つめながら、そこにいるはずの小野寺と似た境遇の少年に思いを巡らせた。

29

そろそろだろうと思って出かける準備をしていると、ベルが鳴った。マスクをしてハンドバッグを手に玄関に向かい、覗き穴から外の様子を確認してドアを開ける。

廊下に立っていたトムがこちらを見上げた。

靴を履くのに少し手間取っていると、「明香里、早く行こう」とトムが急かす。

「呼び捨てはダメだって言ったじゃない。明香里さん……せめて明香里ちゃんって呼んでよ」

「明香里ちゃん、早く行こう」

素直に訂正したトムに手を伸ばして、「いい子ね」とベースボールキャップの上から頭を撫でて、明香里は部屋を出た。鍵をかけてトムと一緒に階段に向かう。

「今日はどこに行きたい？」

階段を下りながら訊くと、「きのうは公園だったからちがうところがいい」とトムが返す。

「じゃあ、図書館に行こうか」

今日は火曜日だから近くにある図書館の分室はやっているはずだ。

トムの表情は変わらないが、早足になっているので喜んでいるようだ。

二週間ほど前、またアパートの前で蟻の群れに水を垂らしていたトムに、「もっと楽しいことをしない？」と明香里は声をかけて裏手にある公園に連れ出した。その場にいた他の子供たちと交じって遊ぶことはなかったが、明香里とふたりでブランコやシーソーに乗って一時間ほど楽しんでからアパートに戻った。

それから母親が外出する日には、夕方から二時間ほどふたりでアパートの近くを散策している。行くところは公園、図書館、スーパーの遊具コーナーぐらいだが、それでも一日のほとんどを部屋の中で過ごすトムにとっては貴重な体験になっているのではないかと、彼の表情から感じ取っていた。

トムと出かけるようになってから明香里にも小さな変化があった。夜寝る前に酒を飲むことは変わらないが、一緒に外出するトムやまわりにいる人たちの目が気になり、日中は自然と飲まなくなった。

市民センターの中にある図書館の分室に入ると、トムがまっすぐ児童書の棚に向かった。

絵本を何冊か抜き出して閲覧席に行く。

明香里は雑誌の棚から女性誌を手に取ってトムの向かいに座った。机の上に広げた絵本を食い入るように見ているトムに時折視線を向けながら女性誌を眺めた。

もちろんこんなことは自己満足でしかないのだと自分でもよくわかっている。

二週間ほど接している中で、服で覆われた彼の身体に虐待の跡と思しき傷や痣（あざ）があるのを知っても、今の自分にはどうすることもできない。彼への暴力をやめるよう母親に訴える勇気もなく、児童相談所や行政機関にそのことを通報するのもためらっている。

通報して虐待の事実が認められればトムは一時的に保護され、場合によっては母親と離れて施設で暮らすことになるかもしれないが、それが果たして彼にとっていいことなのか自信が持てない。

今まで一度も彼の笑顔を見たことがないが、どうすれば笑顔になれるのかもわからない。

彼が置かれている境遇に同情しても、これからの人生に深く関わっていくまでの覚悟は持てない。

どちらかがあのアパートから出ていけば、おそらくもう会うことはないだろう。彼がそれからどのように生きていくのか明香里にはわかりようがない。

ただ、これからどんな人生を歩んだとしても絶望してほしくなかった。

たとえ一時でも、たとえひとりでも、自分の人生の中で優しくしてくれた人がいれば、その記憶がわずかでも残っていれば、自分や他者を傷つけるのを思い留まれるのではないかと願っている。

小野寺のようには絶対になってほしくない。

時計に目を向けると、もうすぐ七時になろうとしている。

「トムくん、そろそろ行こうか」

声をかけると、トムが顔を上げて口を尖らせた。

「もう少し読みたい」

母親が帰宅するまでまだ何時間もあるが、夜遅くまで連れ出すことにためらいがある。自分なりにどこかできちんと線を引かなければ、これからずるずるとトムの要求に応えていってしまいそうだ。

「ダメ。七時までには家に帰る」

「じゃあ、家で続きが読みたい」

住民票をこちらに移していないので借りることはできない。それ以前に図書館で借りた本を母親が見つけたら大変なことになるだろう。

「明日また来よう」

何とかトムを説得して立ち上がらせ、本を棚に戻すと図書館を出た。

真っ暗な住宅街を歩いているうちにすぐそばにある小さな手を握りたくなったが、明香里は思い留まった。

自分はいずれ彼の前からいなくなる存在だ。

隣のお姉さん以上の優しさを彼に記憶させるのはあまりにも無責任だと思った。

アパートの階段を上って二〇一号室の前で立ち止まった。

「じゃあ、おやすみ」と声をかけた次の瞬間、中から勢いよくドアが開き、明香里はぎょっとして身を引いた。

「テメエ、どこに行ってやがった！」

部屋から飛び出してきた母親がそう叫ぶなり、トムのお腹のあたりを蹴り上げた。勢いよく廊下に倒れ、トムが苦しそうにお腹のあたりを手で押さえる。

「体調がイマイチだから帰ってきたら……何度言ったらわかるんだよ！　このクソガキが！」

「やめてください。わたしが誘ったんです」

その声で明香里の存在に気づいたように、母親がこちらを睨みつける。

「ごめんなさい。勝手に連れ出してしまって……でも……子供に暴力を振るうのはやめてください」震えながら何とかその言葉を絞り出した。

「はあ!?　あんた誰？」

母親に射すくめられ、締めつけられるように胸が苦しくなる。

「二〇二号室に住んでいる者です」

「家庭のことに余計な首を突っ込まないでくんない？　あんたには関係ないだろう」

関係なくはない。もしトムが人生に絶望して小野寺のように他者を傷つけるようになってしまったら、誰にとっても関係なくはない。

だが、身体の内側が動悸で激しく揺さぶられ、うまく口にできない。

「彼にしてることは……虐待です……」

手で胸を押さえながら何とか言った次の瞬間、血相を変えて母親がこちらに向かってくる。

その姿が斧を片手にこちらに駆け出してくる小野寺の記憶と重なり、息が詰まる。

く……苦しい……息が……息ができない……

「テメエに偉そうに言われる筋合いはない！　こっちは身体を張ってあいつを食わせてんだから」

胸倉をつかまれ、背中に何かがぶつかった痛みを感じながら自分の視界がかすんでいく。

「今度こいつを連れ回したりしたらただじゃ済まないからね」

何をしてるんですか——

遠くから航平の声が聞こえたような気がして、視界が真っ暗になった。

目を開けると、白い天井が見えた。

ここはどこだろう。

「目が覚めたか……」

その声に、首を巡らせた。目の前に航平が座っている。

「ここは？」

「病院」

どうして病院にいるのだろう。トムの母親につかみかかられたのはうっすらと覚えているが、それからの記憶がない。彼女から暴行されて怪我をしたのか。

「何があったの？」

明香里が訊くと、「それはおれが訊きたい」と航平が苦笑した。

「部屋を訪ねようと二階に上がったら二〇一号室の女性が明香里につかみかかってわめいて、慌てて止めに入ったんだ。女性はすぐに手を離してトムくんを連れて部屋に入ったけど、明香里はその場に倒れて動けなくなって……それで救急車を呼んだんだ。過呼吸だそうだ。もう問題ないけど、今夜は病院に泊まっていけばいいって、先生が」

「そう……」明香里は呟いて視線を天井に向けた。

「トムくんのことで言い争いになったの？」

「この二週間ほど……あの人が外出しているときに彼を連れて公園や図書館に行ったりしてたの。それが知られて……」

「そういうことか……でも、何でそんなことを？」

航平に視線を向けた。

「この前は自分たちには関係のないことだって言ってたじゃない」

「そうでもないって、思ったの」

航平が首をひねった。

「わたしはそれまで会ったこともない小野寺に深く傷つけられた。飯山さんは殺された。わたしたちに関係のないことなんてないんじゃないかって」

「たしかにそうかもしれないけど……おれは正直言ってあまり深入りしてほしくない。二度と危険な目に遭ってほしくない」

自分もあんな怖い思いを二度としたくない。だけど……

「悔しい……」無意識のうちに呟きが漏れ、ふたたび天井を見つめた。

怖くて……トムの母親に言いたいことが……いや、言わなければいけないことがほとんど言えなかった。

もっと強くなりたい。どうすればそうなれるだろうか。

受付で会計を済ませた明香里は備え付けられている専用電話でタクシーを呼んだ。近くにあるベンチに座ってしばらく待っていると、現れた男性の運転手に名前を呼ばれて立ち上がった。

病院を出てタクシーに乗り込み、運転手にアパートの場所を伝えようとしてとっさに口をつぐんだ。

昨晩、航平が帰ってからずっと考えていたことが頭をよぎっている。

トムの母親に怯むことなく自分の思いを伝えるためにはもっと強くならなければならない。

そのためにはどうすればいいのか。

病室の天井を見つめながら一晩中考え、自分が被害を受けた事件と向き合うしかないという思いに至った。

「鶴ヶ島駅までお願いします」

明香里が告げると、タクシーが走り出した。

これからあの場所に行ってみよう。自分の人生を大きく暗転させた忌まわしいあの場所に。

タクシーを降りると、鶴ヶ島駅の改札を抜けてホームに向かった。やってきた電車に乗り、空いていた席に腰を下ろす。

元町・中華街行きの電車なのでこのまま乗り換えなしで渋谷に到着する。急行だから一時間ほどだろう。

これから自分は渋谷に行く。小野寺に襲われた場所を目にしてもけっして恐れない。だけど、心とは裏腹に動悸が激しくなり、背筋に冷たいものが伝う。

どうしてだろう。先ほどから向かいに座っている数人の乗客がちらちらとこちらを見ている気がする。

それらの視線に耐えられずにうつむくと、膝の上に置いた自分の両手が激しく痙攣（けいれん）しているのに気づいた。

ふいに誰かに肩を叩かれ、ぎょっとして顔を上げた。目の前に自分と同世代に思える女性が立っている。

「……大丈夫ですか？　もしかして体調でも悪いんですか？」

女性の問いかけに何も応えられないまま明香里は顔を伏せ、胃の中からせり上がってきそうになるものを必死にこらえた。

30

「次が駄目だったら、とりあえず今夜はホテルに戻りましょうか」

その声に、省吾は隣を歩く小柳に目を向けた。

ここまで五軒の飲み屋をはしごしたので、さすがに疲労困憊のようだ。

「そうですね」と省吾は答えて、飲み屋街を歩きながら今夜の最後の店を吟味した。『カフェバー・ムーンアイランド』と看板の掛かった小洒落た店の前で立ち止まる。店名の下に『SINCE　2001』と記されている。

「女性が好みそうな店ですね。ここにしましょう」

小柳がそう言ってドアを開けて中に入っていく。小柳に続いて店内に足を踏み入れると、

「いらっしゃいませ――」と男の声が聞こえた。

バーといっても比較的明るいカジュアルな感じの店で、八人掛けのカウンターと四つのテーブル席がある。カウンターには男の客がひとりしかいないが、四つのテーブル席はカップルで埋まっている。

「カウンターでいいですか?」と男の店員に訊かれ、小柳が頷いて奥に進んでいく。カウン

ター席の端に小柳と並んで座る。

注文を訊いてきた店員に生ビールをふたつ頼む。目の前にビアグラスを置いた店員に小柳が話しかけようとしたが、すぐにその場から離れていく。ひとりで店を切り盛りしているようで、慌ただしそうにカウンターの中とフロアを出たり入ったりしている。

「しばらく話しかけるのは難しそうですね」

そう言って苦笑を漏らした小柳とビアグラスを合わせ、省吾はビールを飲んだ。

酔いは回っていないが自分も飲み疲れている。舐めるようにビールを飲みながら明日からのことを考えた。

昨日から小柳を同行して北海道の室蘭に来ている。小柳は明日の夕方には東京に戻らなければならないということなので、実質これからひとりで小野寺親子を知る人物を捜さなければならない。

北海道での取材を始めようとした当初は、小野寺が七、八歳の頃まで過ごしていた函館に向かおうと考えていた。だが、函館は北海道でも屈指の大都市だ。小野寺の曖昧で乏しい情報から恵子たちを知る人物を捜し出すのはかぎりなく難しいだろうと判断して諦めた。

その後、小野寺から送られてきた手紙によれば、彼が九歳か十歳のときに親子はそれまで住んでいた栃木県宇都宮市から北海道の室蘭に移ったという。

室蘭で生活を始めてからも恵子の虐待は続き、小野寺は学校に行かせてもらえず、部屋に閉じ込められる生活を強いられ、食事も満足に与えてもらえなかったそうだ。

ほぼ毎日のように恵子は夕方から深夜まで家を空けていたという小野寺の手紙をもとに、夜の仕事をしていたのではないかと当たりをつけ、昨晩は室蘭で飲み屋が多く集まる中島町のクラブやスナックをはしごして彼女の情報を求めた。だが、めぼしい成果は得られず、今夜は趣旨を変えて仕事ではなく、彼女が立ち寄りそうな飲み屋を当たろうということになった。

母親を捜してほしい——

小野寺との約束を思い返しながら、その後に彼が求めていることは何だろうと想像した。

小野寺は十四歳のときに空腹からスーパーで万引きを働いて捕まったことにより、劣悪な家庭環境が行政に知られ、児童養護施設に引き取られることになった。以来、小野寺は十六歳になるまでの二年間を施設で過ごしたが、恵子が訪ねてくることは一度もなかったという。

小野寺が書いた文章を読むかぎりでは、それまで虐待を受けていたことよりも、施設に入ってから一度も自分に会いに来なかったことに母親への憎悪を募らせていたのだと感じた。

唯一の親から自分は見捨てられたという怒りと憎しみと悲しみ——

「……何かお作りしましょうか？」

ふいに男の声が聞こえ、省吾は顔を上げた。

目の前に店員が立っている。店内を見回すとテーブル席にいた客がすべていなくなってい る。

「なかなか次の注文をお訊きできなくて申し訳ないです」

「いえいえ、気にしないでください。じゃあ、生ビールをもう一杯お願いします。溝口さんはどうされますか？」

「じゃあ、同じ物を」

店員が愛想よく頷いてその場を離れた。すぐにふたつのビアグラスを持って戻ってくる。

「こちらのマスターですか？」小柳が訊いた。

「ええ。月島といいます」

「それで店名がムーンアイランドなんですね」

「まあ、そういうことです。いつもは暇な店でお待たせすることはないと思いますので、また贔屓にしてください」

「すごくいいお店なので室蘭に来たときにはまた寄らせてもらいます」

つかみの会話は小柳に任せることにして省吾はビールを飲んだ。

「お仕事か何かで室蘭に？」

「ええ、まあ……」そう言いながら小柳が名刺を取り出して月島に渡す。「出版の仕事をしていまして」

「栄倫社っていったらすごく有名な出版社じゃないですか」

さすが大手出版社の名刺の効果は絶大なようで、それまでと声のトーンが違う。

「いやいや、そんなこともないですけど……月島さんもよかったら何か飲んでください。お疲れになったでしょう」

月島が礼を言って自分のビールを用意する。カウンターを挟んで三人で乾杯した。

「実は、こちらの溝口さんと取材のために昨日から室蘭に来ているんです」

「取材ですか？」

「ええ……ある事件のノンフィクションを溝口さんに執筆していただいていて、関係者のかたを捜しているんですが……月島さんは、小野寺恵子さんというかたをご存じないでしょうか。現在、四十五歳ぐらい……」

「知ってますよ」

月島に即答され、省吾は思わず小柳と顔を見合わせた。

「このお店に来ているんですか？」身を乗り出して省吾は訊いた。

「いいえ、今は来ていません。十年ちょっと前からまったく顔を出さなくなりましたね」

　十年以上前から来ていない客のフルネームを覚えているものだろうかと、その言葉の信憑性が不安になった。

「失礼ですが……そんな昔のお客さんのことまで覚えてらっしゃるんですか？」

　省吾が問いかけると、「まあ、普通だったら忘れてしまうかもしれませんが」と月島が答えてビアグラスに口をつけた。

「三、四年ぐらい前だったか、うちに手紙が来たので記憶に残ってます」

「小野寺恵子さんから手紙ですか？」小柳も興味深そうに身を乗り出している。

「正確に言うと現金書留です。ここの常連のかたに十万円だか十五万円だかお金を借りていたようで、それを返したいってことだったみたいです。ただ、その常連客の連絡先がわからないから、うちの店の住所と店名の横にその人に宛てたものだと書いてあって」

「小野寺恵子さんの住所などはわかりますか？」省吾は訊いた。

「たしか東京だったのは記憶にあるんですが、詳しい住所は……」そう言って月島が首を横に振る。「わかるかどうかその常連のかたに訊いてみましょうか？」

「お願いします」

　省吾が頭を下げると、月島がスマホを取り出して操作した。ＬＩＮＥのメッセージを送っているようだ。

「ところで……先ほど、ある事件のノンフィクションを書くためっておっしゃっていましたけど、恵子さんに関係があるんですか？」

「昨年の十一月に渋谷で起きた通り魔事件をご存じですか？」

「ああ……スクランブル交差点で人が殺されたっていう事件ですよね」

「その事件の犯人の母親が小野寺恵子さんなんです」

驚いたように月島が目を見開いた。

「彼女、子供がいたんですか⁉」

省吾は頷き、「ご存じなかったですか？」と訊いた。

「ええ……まったく……そもそも店に来てもほとんど話をしませんでしたし」

「そうなんですか？」

「週に二、三回ぐらい閉店間際にやってきて、ひとり静かに飲んでいましたよ。けっこう人目を惹くルックスだったので、仲良くなりたいって男性客もそれなりにいたと思うけど、どこか近寄りがたい雰囲気を漂わせていたから……お金を貸した常連のかたも彼女に惚れてたクチだったけど、店で話しかけてもほとんど相手にしてもらえなくてね。ようやく彼女のほうから話しかけてきたかと思ったらお金を貸してほしいって。それですぐに店に来なくなっちゃったから、その当時はかなりショックを受けていましたね」

「恵子さんが来なくなった正確な年は覚えてらっしゃらないですか？」

　省吾が訊くと、「いつだっただろう……」と思い出すように月島が視線をさまよわせた。

「たしか……甲子園でハンカチ王子が話題になった年だったんじゃないかな。落ち込んでるそのかたに、これで汗ではなく涙を拭えばってハンカチを差し出して茶化した記憶がありますから」

　小柳がスマホで検索したようで、「二〇〇六年ですね」と言う。

　小野寺が児童相談所に保護された年だ。

「だけど、十年以上経ってからわざわざ返済してきたんで、その常連のかたも驚いてましたね。きちんと受け取った旨の手紙を送ったら、ご丁寧に翌年に年賀状が届いたので自分も出したって。その後も年賀状のやり取りをしていたけど、今年は来なかったので家族に不幸があったんじゃないかと心配してましたよ」

　きっとそうではないだろう。

　息子が通り魔事件を起こして逮捕されたことを知り、年賀状を出すどころの騒ぎではなくなったのではないか。

「そうですか……恵子さんは室蘭でどんなお仕事をされていたかご存じですか？」

　省吾が訊くと、月島がすぐに答えず唸り声を上げた。

知っているが、話していいものかどうか迷っているみたいだ。

「ここだけの話にしますので、聞かせてもらえませんか」

そう言って頭を下げると、月島が溜め息を漏らして口を開いた。

「デリヘルで働いていたそうです。どれくらいの期間やっていたかはわかりませんが、先ほどまで話をしていたかたとは違う常連客がデリヘルを頼んだら恵子さんが来たって。まあ、知ってる顔だから気まずくてチェンジしたそうですけど……そういえば、彼女が店に来なくなったのもそのすぐ後だったんじゃないかと……」着信音が聞こえて月島がポケットからスマホを取り出した。

操作したスマホを省吾の目の前に置く。ＬＩＮＥのメッセージに『東京都大田区南千束一丁目――ルミエール南千束二〇四号室』と住所が記されている。

どこかで見覚えのある地名に思え、省吾はスマホを取り出して地図アプリで検索した。

その住所の近くにある駅名が目に入り、怪訝な思いになった。

「どうしましたか？」

その声に、小柳に目を向ける。

「昔、小野寺が住んでいたアパートが近くにあるんです」

省吾が答えると、小柳が目を丸くする。

「何とも皮肉な巡り合わせですね……」

小柳の呟きに同調しながら、省吾はスマホをポケットにしまった。

31

靴を履いて明香里は部屋を出た。ドアの鍵をかけて歩き出すと、今日も決意を込めた思いで二〇一号室のドアを一瞥してから階段を下りて駅に向かった。

鶴ヶ島駅から元町・中華街行きの電車に乗る。

毎日渋谷を訪れるようになって一ヵ月ほど経つ。最初の頃は渋谷に行こうと考えるだけで吐き気に襲われた。何とか自分を奮い立たせながら電車に乗って渋谷駅で降りたが、改札を出ることができずにそのまま引き返すことを一週間繰り返した。

どうしてそんな思いをしてまで渋谷に行かなければならないのかと自問自答したが、その度に強くなるためだと自分に言い聞かせた。

病院に担ぎ込まれたあの夜からトムを見かけていない。早くトムに会えるようになりたい。

渋谷駅で電車を降りると、明香里はホームを進んだ。改札を抜けて地下通路を進み、直接ビルに入って一階にあるコーヒーショップのレジに向かう。

この店に来られるようになったのは二週間ほど前のことだ。ただ、今でも店員にドリンクを注文している間にも動悸が激しくなっていく。

店員からグラスを受け取ると、怯みそうになる気持ちと必死に抗いながら二階席に向かった。全面がガラス張りになったカウンター席に座り、息を詰めながら外の景色に目を向けた。

目の前に広がるスクランブル交差点に無数の人が蠢いている。

今では一日三時間ぐらい、ここからこうやってスクランブル交差点を見つめることを自分に課していた。

自分の人生を大きく暗転させた忌まわしい場所を——

今ではこの光景を目の当たりにしても激しく取り乱すことはない。襲われたのはあのあたりではないかと冷静にそのときのことを思い出す自分がいる。ただ、実際にスクランブル交差点に立ち入ることはまだできない。

ここに来る他にも自分に課していることがもうひとつあった。アルコールの力を借りずに事件のおぞましい記憶と闘うために一ヵ月近く酒を飲んでいない。

ここにいると様々な思いが胸に浮かんでは消えていく。

あの日、あのとき、ここを通りかからなければ、今頃自分はどんなふうに生きていただろうか。

あの日、あのとき、晃弘がここを通りかかってくれなければ、自分は殺されていただろう。

明香里はバッグから晃弘の学生時代の写真を取り出して見つめた。

自分は生きていていいのだろうか。

彼が生きていたほうが、今の自分よりもはるかに価値のある人生を送っていたのではないか。

あの日、あのとき、どうしてふたりはこの場所で交差してしまったんだろう。

スクランブル交差点の向こう側の歩道に佇んでいる女性が目に留まった。黒いワンピースに同色の帽子をかぶった女性はその場にしゃがみ込み、持っていた花束をガードレールに立てかけて両手を合わせた。

あの場所で知り合いが事故に遭って亡くなってしまったのだろうか。

そんなことを考えているうちに、ある可能性に思い至って心臓が跳ね上がった。

もしかしたら自分を助けてくれた晃弘の知り合いなのではないか――

明香里はすぐに席を立ち、カウンターにグラスを残したまま一階に向かった。

ビルから出ると、目の前のスクランブル交差点の歩行者用の信号は赤で、車が行き交っている。向こう側の歩道でしゃがみ込んでいた女性が立ち上がり、こちらに背を向けるようにして歩き出す。

手前の歩道で立ち尽くすしかなく、もどかしい思いで信号機とＪＲ渋谷駅の改札に向かう女性の背中を交互に見やった。ようやく歩行者用の信号が青になり、明香里はスクランブル交差点に足を踏み出そうとしたが、こちらに向かってくる大勢の人波を見て全身がこわばった。

誰もが自分を見ているように思える。

あのときと同じく目が合った瞬間、襲いかかられるのではないかという恐怖に胸が縛りつけられる。

女性が渋谷駅の中に入っていくのが見えた。今行かなければ間に合わない。もし、あの女性が晃弘の知り合いだったとすれば、自分が知りたかったことがわかるかもしれない。

いや、どうしても知らなければならないことが——

明香里はその場から足を踏み出して人波をすり抜けながらスクランブル交差点を渡り、渋谷駅の改札に向かった。バッグからＩＣカード乗車券を取り出して改札を抜けると、あたりを見回した。一番線と二番線それぞれのホームに向かうふたつの階段があった。両方の階段を確認してみたが、すでにどちらかのホームにいるようで女性の姿はない。

一番線と二番線のどちらのホームに向かったのだろうかと、階段の前で考えた。考えたとしてもわかるわけがなく、明香里は品川方面に向かう二番線の階段を上った。ちょうど電車が到着したところで、ホームに降りた人波がこちらのほうになだれ込んでくる。

人波をかき分けるようにしてホームを進みながら女性の姿を捜すと、少し先に見覚えのある帽子が目に留まった。女性が電車に乗ったのを見て、明香里も車内に入った。

車内はぎゅうぎゅう詰めとまではいかないが、それなりに混んでいる。電車が動き出すと、傍迷惑は承知のうえで明香里は女性が乗った車両に向かった。

貫通扉を開けて隣の車両に入ると、乗客の隙間から女性の姿が見えた。黒いワンピースに同色の帽子をかぶった女性が吊り革につかまって窓の外に顔を向けている。

できるかぎり近くに行こうとしたが、女性のそばには複数の乗客が固まって立っているので、隣に立つことはできない。

もう少し車内が空くか、女性が電車を降りるまで声をかけるのは難しいだろう。

「次は品川――」

電車のアナウンスが流れると、女性が吊り革をつかんでいた手を離してまわりの乗客を避けながらドアのほうに向かっていく。

品川駅で電車が停まってドアが開くと、乗客の群れから押し出されるようにしてホームに降りた。乗降客であふれ返ったホームを進み、隣のドアから電車を降りた女性に近づいていく。

「すみません」と後ろから声をかけたが、こちらに気づかないようで女性はホームを歩いていく。しかたなく手を伸ばして肩に触れると、びくっとしたように女性が振り返った。

それまで遠目にしか見ていなかったが、間近に見る女性の顔から三十代後半ぐらいに思える。

「何ですか？」

怪訝そうな眼差しをこちらに向けられ、明香里は言葉に詰まった。

明香里と女性を邪魔だと言わんばかりに、大勢の人々が行き過ぎていく。

「あの、突然申し訳ありませんでした……つかぬことをお伺いしますが、飯山晃弘さんという男性をご存じでしょうか？」

明香里は言ったが、女性はこちらを見つめたまま何の反応もしない。

マスク越しだったので、まわりの喧騒にかき消されて聞こえなかったのかもしれない。

明香里がマスクを外すと、右頬に走る深い傷跡を見たのか女性がぎょっとしたのがわかった。かまわずに口を開く。

「つかぬことをお伺いしますが、飯山晃弘さんという男性をご存じでしょうか？」

女性が目を見開いた。

「あなたは？」

「渋谷のスクランブル交差点で起きた通り魔事件の被害者です」

こちらを見つめ返していた女性の視線が明香里の右頬のあたりに移るのを感じた。

「わたしは浜村明香里といいます。飯山晃弘さんに命を救ってもらいました。先ほどスクランブル交差点の前で花束を供えていらっしゃったのをお見かけして、もしかしたらお知り合いのかたではないかと……」

「たしかに飯山晃弘さんという男性を知っています。わたしよりも十歳年上だったのを覚えているからニュースに出ていた被害者の年齢と同じ四十八歳。だけど当人かどうかはわからないわ。どのニュースを確認しても写真が出ていなかったから」

女性の言葉を聞いて、明香里はバッグから晃弘の写真を取り出し「学生時代のものですけど」と言いながら渡した。

しばらく食い入るように写真を見つめていた女性が顔を上げて溜め息を漏らした。

「……おそらくわたしが知ってる飯山さんだと思う。面影があるし、顎の同じところに黒子があった」

「不躾なお願いですが、飯山さんのお話を聞かせていただけないでしょうか。助けていただいたにもかかわらず、わたしは飯山さんのことを何も知らなくて……どうかお願いします」

そう言って頭を下げると、女性が腕時計を確認してこちらに視線を戻した。

「飛行機の時間があるから三十分ぐらいしか時間を取れないけど」

品川駅構内にあるコーヒーショップのテーブル席につくと、明香里は向かいに座った女性に訊いた。

「お名前をお訊きしてもいいでしょうか？」

「江波(えなみ)です」

「江波さんは飯山さんとどのようなご関係だったんでしょう」

「お隣さんだった」

「お隣さん？」とっさにその言葉の意味がわからず、明香里は訊き返した。

「アパートの部屋が隣同士だったの」

「どちらにお住まいなんですか？」

「今はもうそこには住んでない。五年前に実家がある熊本に移ったから。飯山さんの隣にいたのは七年前からで、広島市の南区にあるアパートだった」

「以前、お隣さんだったというご関係だけで、わざわざお花を供えにいらしたんですか？」

「まあ……二年ほどの付き合いだったけど、飯山さんにはいろいろとお世話になってね。他人のあなたにこういう話をするのはためらってしまうけど、飯山さんとの関係を説明するにはしかたないから……旦那と別れたのがきっかけで、当時七歳だった息子とそれまで住んでいた大阪からそのアパートに移ったの。だけどどうやって調べたのかわからないけど、移ってから半年後ぐらいに前の旦那がいきなり訪ねてきて、部屋の外で怒鳴ったりわめいたりしながら復縁を迫ってきた」

女性の話を聞きながら、おそらく前の夫の暴力などが原因で別れ、逃げるように他所の土地に移ったのではないかと明香里は思った。

「わたしはどうすることもできずにひたすら部屋の中で息子と一緒に怯えているしかなかったんだけど、そのときに飯山さんが出てきて前の旦那に注意してくれた。だけど、逆に激高した前の旦那に殴られてしまって……警察が来るのを恐れたのか前の旦那はすぐに逃げ帰ったけど、それがきっかけで飯山さんと親しく話をするようになった」

そういうことだったのかと、明香里は頷いた。

「飯山さんは親身になってわたしの身の上話を聞いてくれた。親と喧嘩して熊本の実家から家出同然に飛び出したことや、その後大阪で結婚して子供を産んだけど、夫の酒癖の悪さや暴力に耐えかねて離婚したことなんかをね。お金に困ったときには飯山さんに貸してもらったこともあった。それにわたしは夜の仕事をしていたから、寂しい思いをしている息子と一緒に夕食をとってくれたり、たまに遊びに連れて行ってくれたりすることもあった」

「前の旦那さんとの件はその後どうなったんですか？」

「それからも度々アパートにやってきたけど、飯山さんが彼の前では自分たちは交際していることにしようと言ってくれて、その都度表に立って毅然と対応してくれた。彼からどんなに脅されても一歩も引かず、つかみかかられてもやり返すこともせずにね。そうしているうちにわたしのことを諦めたようで訪ねてこなくなった」

江波の話を聞きながら、自分が唯一知っている晃弘の姿と重ね合わせた。

自分の身を挺して刃物を持った通り魔から明香里を救ってくれた晃弘の姿だ。

「江波さんと交際していることにしようとおっしゃったということは、飯山さんはおひとりで生活されていたんでしょうか」

明香里が訊くと、「そう」と江波が頷いた。

「付き合っている人もいないと言ってた。正直なところ、頼りがいのある男性でいいなとちょっと思ったこともあったけど、飯山さんはわたしを女として見てなかったみたいだから」

「どうしてそう思われたんですか？」

まったく気のない女性に対してそこまで親身になれるだろうか。

「自分は家庭を持てるような人間じゃないみたいなことを遠回しに言われたことがある」

それは江波を避けるために言ったのではなく、自分の前科に負い目があったからではないか。

「飯山さんは、お仕事は何をされていたんでしょう」明香里は訊いた。

「警備員をしていると聞いたことがあった。ただ、会社の名前なんかは知らないけど。実際、いい体格をしてた。やろうと思えば前の旦那なんか一捻り（ひとひね）できそうなほど」

「五年前に熊本の実家に移られたとおっしゃっていましたが、どうして広島を出ることにしたんですか？」

「飯山さんに説得されたのがきっかけかな。夜の仕事を続けながら女手一つで子供を育てるのは大変じゃないかと飯山さんに言われてね……関係を修復できるなら、実家の親と一緒に暮らしながら将来のことを考えたほうが子供にとってもいいんじゃないかって」

「それで五年前に熊本のご実家に戻られることにされたんですね」

江波が頷いた。

「その後、飯山さんとのやり取りはあったんですか？」

「それから一年ぐらいはメールで近況を伝え合ったりしていたけど、わたしに交際相手ができてからはなくなった。三年前にその人と再婚して、広島での生活も忘れかけていたときにあの事件のニュースを観て……亡くなった被害者の名前と年齢を知って心臓が飛び出しそうになった。慌てて飯山さんの携帯に電話をかけてみたけど、つながらなくなってた」

警察から聞いた話では、晃弘は身分証の類や携帯電話を所持していなかったということだ。おそらく事件の前に携帯電話は解約していたのだろう。

「事件が起きてからずっと胸の中がざわざわしてた。どうにも気になって半年前に広島のアパートを訪ねてみたんだけど飯山さんは退去してた。今回、従妹(いとこ)の結婚式で東京に来ることになって、これをひとつの区切りにしようと思ってあそこに花を手向けることにしたの。別人であったならそれに越したことはないという思いでね。いずれにしても痛ましい事件が起きて、あなたも含めて被害者が出たことに変わりはないから。わたしが飯山さんについて話せることがあるとすればこれぐらいかな」

江波が腕時計を確認した。こちらに視線を戻して口を開く。

「ごめんなさいね。そろそろ行かなきゃ飛行機に間に合わなくなっちゃうから」

腰を上げた江波に、「あとひとつだけ訊かせてください」と明香里は勢い込んで訊ねた。

「何？」

「飯山さんから『約束』という言葉をお聞きになったことはありませんか？」

飯山を知る人物に、最も訊きたかったことだ。

「約束……？」江波が首をひねった。

「ええ。飯山さんがどなたかと何かの約束をしているという話を聞いたことはありませんか？」江波を見つめ返しながら明香里はもう一度訊いた。

「どうしてそんなことを……？」

明香里の様子から尋常ではないものを感じ取ったのか、江波が椅子に座り直して訊いた。

「わたしが唯一聞いた飯山さんの最期の言葉なんです。通り魔に刺された後に『約束は守った……伝えてほしい……』と飯山さんはわたしに必死に訴えかけてきました。誰に伝えたかった言葉なのかまったくわからないんですが、だけど何とかしてその思いを……」

「そういうことなの……」と江波が目を閉じて溜め息を漏らした。しばらくして目を開き、「残念だけどわたしはそういう話を飯山さんから聞いたことがない」と首を横に振る。

「そうですか……」胸に落胆が広がるのを感じながら明香里は顔を伏せた。

「諦めるのは早いかもしれないわよ」

その言葉に弾かれて顔を上げた。

「もしかしたら飯山さんと親しかった他の誰かは知ってるかもしれないでしょう」

「でも、飯山さんが親しかった人をわたしは知りません」

「広島にいたときに飯山さんには馴染みの店があったみたいで、週に何回か飲みに行ってるって話してた。わたしは一緒に行ったことがなかったけど」

「何というお店かわかりますか？」

「わからない。でも、わたしたちが住んでたアパートは広島市南区の皆実町四丁目にあったから、その周辺の飲み屋さんじゃないかなと思う。ちなみにアパートの名前は『グリーンハイツ』っていうの」

明香里はバッグからスマホを取り出してアパートの住所と名前を「メモ帳」に入力した。

「わたしから伝えられるのはもうそれぐらい。健闘を祈ってる」江波がそう言ってふたたび立ち上がり、こちらに背を向けた。

「ありがとうございます」と明香里が言ってすぐに江波が振り返って戻ってくる。

「わたしのメルアドを教えておくから、その人に飯山さんの言葉を伝えられたら知らせてくれないかな？」江波がそう言って微笑んだ。

鶴ヶ島駅の改札を抜けると、明香里はアパートに向かって歩いた。

江波の話を聞いたときには晃弘の願いを果たせるかもしれないと気持ちが昂ったが、改めて考えてみると簡単にできることではないと躊躇している。

見知らぬ土地の飲み屋を巡って素性の知れない人たちに話しかけることなど、今の自分にできるだろうか。

航平に頼めば同行してくれるかもしれないが、そうすることにもためらいがある。

最近では事件の話をすることはほとんどないが、それでも航平の心の中でいまだに明香里が通り魔事件の被害に遭ったのは自分のせいだと思い続けているにちがいない。航平の自責の念は明香里に対してだけでなく、きっと晃弘にも向けられているだろう。

いくら明香里にとっては大切なことであっても、航平に晃弘の人生を辿るというつらい旅に同行してほしいとは言えない。

アパートが近づいてくると、階段に座っているトムが目に入って足を止めた。

まだ三時前だから母親は部屋にいるのではないか。

「外にいるとお母さんに叱られるよ」

近づいていって声をかけると、うつむいていたトムが顔を上げた。

感情をあまり表に出さない少年だと思っていたが、あきらかに暗い顔をしている。

「それとも叱られた後かな？」

「ママが帰ってこない」弱々しい声でトムが言う。

「いつから？」

「昨日のその前のその前の日に出かけていってから……」

三日前からということか。言われてみればこの数日は隣から物音や話し声などがほとんど聞こえてこなかった。

子供を置いて三日も帰ってこないというのはどういうことだろうか。

32

インターフォンのベルを鳴らしてしばらくすると、ドアが開いて明香里が顔を出した。それと同時にうまそうな匂いが漂ってくる。

「料理してるの?」

意外に思いながら航平が訊くと、明香里が頷いた。

「調理用品を揃えてひさしぶりにハンバーグを作ってる」

「おれも食べたいな」

断られるのを覚悟で言ったが、「いいよ」と明香里があっさりと答えた。

「そう言うと思って三人分の材料を買ってきたし」

「三人分?」

意味がわからず下を見ると明香里の靴の横に子供用の靴がある。

「トムくんを家に上げてるのか?」

明香里が頷いた。

「大丈夫なのか？　怒鳴り込んでくるんじゃ……」

「三日前から帰ってこないんだって。もし怒鳴り込んできたら、食べる物もお金も部屋に置いてなかったっていうから緊急避難的措置だって言い返してやる。一応、帰ってくるまでウチで預かってる旨のメモを置いてきた」

事件が起きるまでの彼女は小学校に勤めていることもあってか、子供が被害に遭う事件や事故のニュースを観たりすると強い憤りをあらわにしていた。

こみ上げてくる思いを抑えながら見つめていると、「何？」と明香里が問いかけてくる。

「いや、何でもない……」

少しずつではあるが以前の明香里に戻りつつあるような気がして嬉しかったが、口にはしなかった。

靴を脱いで部屋に入ると、ベッドに座って絵本を読んでいたトムがこちらを見た。

「トムくん、シュークリーム好きか？」

今日の土産に買ってきた菓子の箱を掲げて近づくと、トムが頷いた。

ふと、トムの足もとにある見慣れた封筒が目に留まった。気になってベッドの下から取り出してみると、やはり栄倫社の封筒だ。それなりの重量がある。

いったい何だろう。

航平は菓子箱を座卓に置いて封筒を持ったままミニキッチンに行き、「これは何？」と訊いた。

封筒に目を向けた明香里がはっとして、すぐに表情を曇らせる。

「一ヵ月半ほど前にこの近くでノンフィクションライターだっていう人に声をかけられたの」

「ノンフィクションライター？」怪訝な思いで航平は訊き返した。

「そう……渋谷のスクランブル交差点で起きた通り魔事件についてのノンフィクションを書いているから、被害者であるわたしの話を聞きたいって。小野寺がどうしてあんな罪を犯したのか、その理由の一端がわかるかもしれないって渡された原稿がそれ」

「この封筒に入ってたのか？」

明香里が頷いたのを見て、動揺した。

彼女は航平にしかこの部屋に住んでいることを報せていない。もちろん自分も、明香里の家族も含めて誰にも話していない。

どうしてノンフィクションライターに明香里の居場所がわかったのか。

思いつく理由はひとつしかない。

会社のエレベーターに乗り込むと、航平はひさしぶりに七階のボタンを押した。

ノンフィクションや学術書を出版する学芸編集部は、以前自分が所属していた文芸編集部の隣にある。

七階でエレベーターを降りると航平は学芸編集部の部屋に入った。入り口の近くから部内の様子を窺う。机に向かってノートパソコンのキーボードを叩いている同期の小柳を見つけ、航平はそちらのほうに向かった。

「小柳──」

航平が声をかけると、驚いたように小柳がこちらに顔を向けた。作業に没頭していて今まで航平の存在に気づかなかったようだ。

「ああ……東原……ひさしぶりだな。どうした？」

「ちょっといいかな？」航平は入り口のほうに指を向けた。

すぐ近くに何人かの編集者がいる。できればここではしたくない話だ。

パソコンの電源を切って小柳が立ち上がった。ふたりで部屋を出ると落ち着いて話せそうな場所を探す。喫煙室に人がいないのを確認して中に入るよう小柳を促す。

「おれは煙草は吸わねえぞ」

小柳が抗議するが、「ちょっとだけだから」と強引に中に連れ込む。

「いったい何だよ。おれも忙しいんだけどなあ」

「すまない。溝口省吾ってライターの担当編集者が誰か教えてほしいんだ」

昨夜、明香里から借りた原稿を読み切り、書いた張本人とそれを出版しようとしている編集者とどうしても話がしたくなった。いや、話というよりも抗議だ。

「溝口省吾っていう名前に心当たりはないか？　渋谷スクランブル交差点の通り魔事件についてノンフィクションを出そうとしているみたいなんだけど」

航平が問いかけると、ずっと黙っていた小柳が顔を伏せた。

「編集者として守秘義務があるのもわかってる。だけど……実は……あの事件の被害者のひとりは明香里なんだよ。覚えてるだろ？　何度か一緒に飲んだことがあったよな。だからおれとしてはそんな本を出版されるのはどうしても許せ……」

「おれだ……」

小柳の呟きが聞こえて、航平は茫然とした。

「担当はおれだ……どうしてあの事件のノンフィクションをウチで作ってるのをおまえが知ってるんだ？」

小柳を見つめながら怒りのあまり立ち眩(くら)みがしそうになる。

「溝口ってやつが明香里の前に現れて、被害者としての思いを聞かせろと挑発的なことを言って書きかけの原稿を渡したんだよ！」

航平が叫ぶと、小柳がはっと顔を上げた。驚いたように目を見開いている。

「今おれは彼女と同じアパートに住んでいるが、その場所は誰も知らないはずだ。それなのにどうして溝口は彼女の居場所を……」

そこまで言ってあることに思い至り、航平は言葉を切った。目の前で縮こまっている小柳を睨みつける。

「もしかして、おまえ……明香里があの事件の被害者っていうのを知っていたのか？」

弱々しく小柳が頷く。

「ここだけの話ってことで池田から聞いた」

人事部にいる同期の池田のことだろう。

「溝口におれや明香里のことを話したのか？」

「ちょっと口を滑らせてしまった。すまない……まさかおまえのことを調べて、直接明香里ちゃんに接触するなんて考えてもいなかった」

「原稿は読んでるのか？」

「ああ……」

「あれを読んでどう思った？」航平は小柳に良心があることを願いながら問いかけた。

「被害者の恋人であるおまえの憤りはよくわかる。溝口さんが明香里ちゃんに接触したのも問題だと感じる。だけどあのノンフィクション自体は意義があるものだと編集者としておれは思ってる」

胸の中が煮えたぎるのを航平は感じた。

「小野寺は幼少の頃から母親に凄惨な虐待を受けていた。そのことが遠因となって通り魔事件を引き起こしたとしたら社会に対する警鐘にもなる。同じような経験をした溝口さんだからあそこまで小野寺の心情を……」

それ以上聞くのに耐えきれず、航平は小柳の胸倉をつかんで背中を壁に叩きつけた。

「おまえは自分の大切な人が殺されたり、ひどい傷を負わされてもあの原稿が素晴らしいものだと言えるのか⁉　さも犯人がやったことはしかたがなかったんだって戯言をまき散らす本に意義があると思えるのか！」

胸倉をつかみながら詰め寄ったが、先ほどと違って小柳に怯む様子はない。

「もし万が一にもそういうことが起きてしまったら、おれはそんな本は読まないだけだ。表現の自由は保障されてるんだから、栄倫社が出さなくてもどこかの出版社でいずれ出されるだろう。おれが伴走したほうが被害者の思いに配慮したものにできる。担当編集者として溝口さんに助言して、そうするよう約束させるから」

「溝口の連絡先を教えろ。おまえじゃ話にならないから直接本人と会って話をする」

「わかったよ……」

その言葉を聞いて、航平は小柳の胸倉をつかんでいた手を離した。

小柳がズボンのポケットからスマホを取り出して操作する。溝口の電話番号を伝えると、肩を落として小柳が喫煙室を出ていった。

溝口に指定された歌舞伎町にある喫茶店に入ると、近づいてきた店員に「待ち合わせです」と告げて航平は店内を巡った。

もしかしたら自分のほうが先に着いたかもしれないと思いかけたとき、店に備え付けられているテレビを観ていた男がこちらを向いて微笑んだ。

テーブルに瓶ビールとグラスが置いてあるので違うと思っていたが、あの男が溝口かもしれない。

「溝口さんですか?」

無精ひげに覆われた口もとを緩ませて男が頷いたので、航平は向かいの席に座った。

事件系のノンフィクションを書いているライターということで勝手に年配の男を想像していたが、自分とそれほど年が変わらないように思える。

「早めに着いたんで先にやってましたよ」溝口がそう言ってグラスのビールを飲む。

店員がやってきて、航平はホットコーヒーを頼んだ。

「おれの電話番号は浜村さんから聞いたのかな？」溝口が訊く。

「あなたの担当編集者の小柳からです」

「そう。おれに話があるということだけど？」

「コーヒーが来てからにしましょう」

しばらくするとコーヒーが運ばれてきて、拝聴しましょうというように溝口がこちらに身を乗り出してきた。

「ぼくがあなたに言いたいことはふたつです。ひとつは、今後明香里に関わらないでほしい」

「それは浜村さんからのご要望かな？」

そういうわけではなかったが、「そうです」と航平は返した。

「あなたにお話しすることは何もない。今後、明香里に近づかないでほしいし、ああいう不快な原稿も寄越さないでください」

「不快な原稿ね……」溝口が呟いてグラスに口をつける。「もうひとつの言いたいことは？」

「あなたが書いた原稿を本にするのはやめてほしい」

航平が毅然として告げると、「どうして？」と溝口が問いかけてくる。

「どうしてって……あんなものを出版したら、あなたの見識が世間から疑われますよ」

「心配してくれてありがとう。ただあいにく、世間からどう思われようとおれはいっこうにかまわないんだ。もともとたいした見識など持ち合わせていないんでね」

「たいした見識がないことを自覚しているから、世間が飛びつきそうなネタで一儲けしようというわけですか」

溝口が口もとを緩めた。目は笑っていない。

「もちろんひと山当てられたらそれに越したことはないけど……世の中そんなに甘くないだろうしね。おれはただ世間に事実を伝えたいだけだよ。渋谷のスクランブル交差点で通り魔事件を起こすまでに小野寺圭一がどんな人生を歩んできたのか、ということを。浜村さんに近づくなというなら今後近づかないし献本も控えるけど、あの原稿を本にするかどうかをきみから指図される筋合いはないと思うんだよね」

「原稿を読んで……あなたの生い立ちには同情します」

原稿には事件を起こすまでの小野寺の軌跡とともに、書き手である溝口の境遇についても綴られていた。小野寺と同様に幼少の頃から母親に凄惨な虐待を受けていたという。

トムと関わりを持ったことで、以前よりもそういう問題を身近に感じ、自分なりに心を痛めている。

「小野寺を擁護するあなたの気持ちもまったくわからないわけじゃない。だけど、あの原稿に書かれていることはどう考えてもおかしい。小野寺が通り魔事件を起こしたことはしかたがなかったんだ、親や社会がすべて悪いんだっていう論理は世間では通用しませんよ。被害者やその家族があの原稿を読んだらどれほどの悲しみと怒りを抱くか、仮にもノンフィクションライターを名乗るあなたならそれぐらいの想像はできるはずだ」

溝口は何も言葉を返さない。ただ、じっとこちらを見つめている。

「どんなにつらい境遇だったとしても、それを理由に人を殺していいわけがない。そうじゃありませんか？　もし、あなたにとって大切な人が殺されたとしても、小野寺のやったことは間違っていないと言えるんですか⁉」

航平の訴えに、溝口が薄笑いを浮かべて応えた。

「小野寺が通り魔事件を起こして人を殺したのを間違っていないとまでは言わないけど、しかたがないとは感じるね。おれがそうだったからさ」

航平は首をひねった。

おれがそうだったとは、どういう意味だ。

「十三歳のとき、母親を殺した」

航平は絶句した。

「そうしなければ今のおれはいなかっただろう。あのままひどい虐待を受けて母親に殺されていたか、もしくはこの世に絶望して自分で自分を殺していただろうな。あんな女、殺されて当然だ」

そういうことかと航平は納得した。

「小野寺もきっとそうだろう。この世に産み落とされても誰からも愛情を与えられず、二十六歳になるまで社会の底辺をさまよい、自分を取り巻くすべてに絶望し、人を殺して刑務所で穏やかに生きていくことを選んだんだろう。浜村さんや、殺された飯山さんって人にとっては不運だったとしか言いようがないが、彼からすればしかたがないことだったんだよ」

かっと全身が熱くなる。

「あの原稿は自分への言い訳だったんですね。母親を殺してしまったけど、それはしょうがないことだったんだって自分に言い聞かせるための」

「あの原稿は言い訳なんかじゃない。復讐だよ」こちらに据えた視線を鋭くして溝口が言う。

「復讐？」

「きみには到底理解できないだろうな」

「通り魔事件を起こして三人を殺傷した犯人をしかたがないことだったんだと擁護して、それを本にするのを自分が殺した母親への復讐だという。そんな理屈をいったいどうやって理解しろっていうんですか」航平は冷ややかに返した。

「そうだな。栄倫社のような大手出版社に勤めてるってことはそれなりに恵まれた環境で育ってきたんだろう。今まで経験した最大の挫折は高校か大学受験の失敗か？　それとも惚れてた女にフラれたことか？」

溝口に訊かれたが、何も言い返せなかった。

たしかに航平の実家はそれなりに裕福で両親の仲もよく、子供の頃から不満や不自由を感じたことはなかった。東京の私立大学に行くことも諸手を挙げて賛成してくれ、卒業するまで仕送りもしてもらっていた。

「きみみたいな坊ちゃんと付き合ってる浜村さんも、きっと事件に遭うまでたいした挫折もなく生きてきたんじゃないのか？　違うか？」

おそらくそうだろう。

「おれも小野寺もそんな生温い環境で生きてきたんじゃない」

溝口がそう言いながら組んでいた腕を解いてシャツの両袖をまくった。

こちらに差し出してきた溝口の両腕を見て、航平はぎょっとした。

二の腕から手首にかけてびっしりと刺青が入れてある。だが、やくざ映画で観るようなものでも、スポーツ選手がしているようなファッショナブルなものでもなく、子供がらくがきしたような稚拙な絵柄だ。

「母親につけられた傷跡を目にするのがおぞましくて自分で彫った。母親を殺して十三歳で施設に入れられた後だ」

びっしりと入れられた刺青に隠れるように、煙草を押しつけられてできたような火傷の跡が無数にある。全体的にドクロやサソリや蛇などの禍々(まがまが)しい絵柄が目立つが、左前腕の一部はこの男に似つかわしくない可愛らしいものが描かれている。

「さっきも言いましたがあなたや小野寺の生い立ちには同情します。だけど、それで他人を傷つけていいわけじゃない。あんな原稿を本にするというなら、今のあなたも小野寺と変わらない。自分を虐待した母親への復讐のために理不尽な事件に巻き込まれた被害者の思いを蹂躙(じゅうりん)するのなら」

「これ以上話しても平行線だね。あんたが誘ったんだからここの支払いはよろしく頼むよ」

めくった袖をもとに戻して溝口が立ち上がった。

溝口の姿がなくなると、航平は忌々しい思いでカップに口をつけた。テレビ画面のニュース映像を何気なく見つめながらこれからどうするべきか考える。

小柳や溝口を止められないのであれば、学芸部の部長に直談判するしかない。

テレビ画面に映っている女性を見て、思わず航平はカップを持ったまま立ち上がった。どこかで見覚えがあるように思えて、テレビに近づいていく。

強盗致傷事件で逮捕された女性が送検されたときの様子が映され、その下に『芳原紗也華（よしはらさやか）容疑者（28）』とテロップが出ている。

ドアが開いて明香里が顔を出すと同時にカレーの匂いが漂ってきた。

「カレーを作ったんだけど航平も食べていく？」

明香里が訊いてきたが、それには応えないまま航平は玄関に入った。奥の部屋に向かって呼びかけるとトムがこちらにやってくる。

「トムくん、お母さんの名前は何て言うの？」

トムの答えを聞いて気持ちが沈み込んだ。

「ママ、帰ってきたの？」

トムに訊かれ、「いや……」と言葉を濁して明香里に視線を移した。

「明香里、ちょっといいかな……」航平は明香里を外に促し、作り笑いをトムに向ける。

「これからお姉さんとケーキを買ってくるから、お留守番をしててくれるかな」

トムが頷く。

異変を察したようで明香里が鍵を取って、航平とともに部屋を出る。鍵をかけると階段に向かう。

「いったいどうしたっていうの？」階段を下りて歩きながら明香里が訊く。

「トムくんの母親の居場所がわかった」

航平が言うと、「どこ？」と弾かれたように明香里が訊く。

「警察だ」

こちらを見つめたまま明香里が息を呑んだのがわかった。

「さっきニュースでやってた。強盗致傷で逮捕された」

「強盗……」

「ホテルに誘った男を昏酔（こんすい）させて金を奪おうとしたけど、抵抗されて相手をナイフで刺して重傷を負わせたらしい。昨日の夜に逮捕されたそうだけど、おそらくそれまでどこかに隠れていたんだろう」

「だけど……昨日の夜に逮捕されたなら、どうして警察はあの部屋に来ないの？」

「あの部屋に住んでいることを警察に話していないんだろう。マンスリーマンションだから住民票や公的な証明書には記載されない。不動産会社が彼女に気づいて連絡しないかぎり、警察にはわからないのかもしれない。ニュースのテロップにも住所不定と出てた」

「だけど……どうして……彼女は自分の部屋を警察に言わないの？　部屋には息子がひとりでいるっていうのに」

「わからない」

「これからどうすれば……」表情を曇らせながら明香里がアパートを振り返る。

「警察に通報するしかないだろう。カレーとケーキを食べた後に……」沈痛な思いで航平は言った。

33

バスを降りると、明香里はスマホを取り出した。ネットの地図を表示させて近くにある児童相談所に向かう。

一週間ぶりにトムに会えるかもしれないというのに足は重い。

あの夜、三人でカレーとケーキを食べると、航平が部屋を出ていって警察に通報した。やってきた警察が二〇一号室を調べている間にトムは保護され、その後に明香里と航平も事情を訊かれた。

どうして母親の紗也華が住んでいる部屋を警察に報せなかったのかと不思議に思っていた

が、二〇一号室から覚せい剤が押収されたと知り、どうにもやり切れない思いに苛まれた。

母親として何日も子供をひとりにしておく心配よりも、覚せい剤が発見されることへの恐れが勝ったということだろう。

ひどい母親だと思う。だけど、ただそう言い切ってしまうのはあまりにも簡単すぎる。

明香里は彼女のことを何も知らない。

彼女はどうしてひとりでトムを育てているのか。どうしてトムを学校に行かせられないのか。彼女には頼れる親族は誰もいないのか。

彼女の事情を何も知らない自分がただ糾弾することはできないと思ってしまう。

書き置きを残すために二〇一号室に入ったときのことを明香里は思い返した。

部屋にはトムのために用意したと思われる小学校低学年用のドリルや、その年頃の子供が使いそうな遊具があった。座卓の上に広げられていた国語のドリルは赤ペンで添削されていて、花丸とともに『よくがんばりました』と書いてあった。

彼女は虐待を加えるひどい母親であると同時に、それでもトムにとってはかけがえのない存在なのではないかと思わされた。

強盗致傷罪の法定刑の下限は懲役六年だという。さらに部屋に覚せい剤も隠し持っていた。どのような罰が下されるか自分にはわからないが、かなり長い間刑務所に入ることになると思える。

これらの事実をトムがどれぐらい理解しているのかわからず、彼に会えたとしてもどのような話をすればいいのか、今もわからないままだ。

建物に入ると受付に行き、呼び出し用のボタンを押した。すぐに奥から年配の女性がやってくる。

「浜村と申しますが、こちらで保護されている芳原トムくんに会わせていただきたいのですが」

「申し訳ありませんが、児童への面会は制限させていただいておりまして……ご親族かご親戚のかたですか？」

「いえ……トムくんの隣に住んでいまして」

明香里が言うと、はっとしたように女性が目を見開いた。

「もしかしたら警察に通報された？」

「そうです。警察が来てから慌ただしくなって、彼に何の言葉もかけられないまま保護されたので……少しだけでもいいので、会うことはできないでしょうか。どうかお願いします」

明香里は懇願して頭を下げた。

「ちょっと上の者に確認してみます。あと、本人にも」

その言葉を聞いて、明香里は顔を上げた。

「一応、こちらの書類にご記入いただけますか。それと身分証明書を見せていただきたいのですが」

明香里は免許証を見せて、台に置かれた紙に自分の名前や住所などを記入した。面会者の欄に『芳原』と書き、ペンを持った手を止める。トムという名前は知っているが、どのように書くのかは知らない。

「かなえるゆめと書いてトムくんです」女性が言った。

叶夢――

母親の紗也華は叶夢が生まれたときにどのような夢を叶えてほしいと思い、その名前をつけたのだろう。

叶夢の名前を書きながらそんなことを想像した。

「叶夢くんはこれからどこで生活するんでしょうか？」

記入した紙を渡しながら訊くと、女性が口もとを歪めた。

「本来であれば入所者のプライバシーに関わることは申せないんですが、浜村さんにとってはとても気にかかることですよね……」

もしかしたら明香里たちが警察に話した事柄も児童相談所に伝わっているのかもしれない。

「叶夢くんにお父さんはいません。お母さんのご親族は彼を引き取ることに難色を示していますので……」

「児童養護施設に？」

「おそらく」女性が頷く。


案内された部屋でソファに座って待っていると、ドアが開いて先ほどの女性と叶夢が入ってきた。

こちらと目が合っても叶夢の表情に変化はない。女性に促されながらうつむきがちに明香里の向かいに座る。

しばらく叶夢を見つめたが、こちらと視線を合わせることはない。

「忘れ物を持ってきたんだ……」明香里はそう言いながらバッグから取り出した五冊の絵本を叶夢の前に置いた。

紗也華が帰ってこない間にトムに買い与えた絵本だ。保護された後に部屋に残されたままだったのに気づいた。

叶夢は顔を上げない。

「これからも……叶夢くんに会いに来てもいいかな？」

施設に入っても定期的に会いに行きたいと思っている。

うつむいたまま首を横に振られ、胸が苦しくなる。

明香里は少し身を乗り出し、「どうして？」と努めて優しい口調で問いかけた。

「明香里ちゃんとなかよくしたからママはいなくなっちゃったんだ。ぼくがママの言うことをきかなかったから……ママが帰ってくるまでだれともなかよくしない」

叶夢の言葉に思わず隣に座る女性に目を向けた。

そうではない。だけど、どこまで彼に話していいかわからない。

「……でも、それじゃ、寂しいでしょう？」トムに視線を戻して明香里は言った。

「さびしくてもいい。それでうさぎみたいになってもいい」

「うさぎ？」

「うさぎはさびしいと死ぬんでしょ？　テレビでやってた」

「それは噂だよ。それに死んでもいいなんて考えちゃダメ」

明香里が言った瞬間、「どうして？」と叶夢が顔を上げて訊く。

「どうしてって……死んだら楽しいことができなくなるよ？」

「楽しいこと？」

「いろんな人と出会ったり、いろんな経験をしたり……人は誰でもいつかは死んでしまうけど、それまでは一生懸命生きてほしい。生きていてよかったなって思ってほしい」

「明香里ちゃんはほんとうにそう思ってる？」

　ふいに言われたその言葉に胸を突き刺され、頭の中が真っ白になった。


　ベルの音に我に返り、明香里はドアに目を向けた。立ち上がって玄関に行き、覗き穴を確認する。外に立っている航平を見て、ドアを開けた。

「叶夢くんに会えたの？」

　明香里は頷いた。

「どんな様子だった？」

「……自分の無力さを思い知らされた」

　意味がわからないというように航平が首をかしげる。

「中で話していい？」

　航平が頷いて部屋に入ってきた。心配そうに明香里の様子を窺いながら座卓の前に座る。

　明香里ちゃんはほんとうにそう思ってる？――

　あのとき、ふいに言われた叶夢の言葉に明香里は激しく動揺した。

　死にたいとは思っていない。だけど、生きていてよかったと心の底から思えているだろうかと。

事件があってから今まで嘆いてばかりいた。自分を傷つけた小野寺を、そして世の中の理不尽さを恨むばかりだった。前向きに生きようとはまったく思えなかった。

赤の他人である晃弘が命を張ってくれたおかげで、生かされているというのに。

叶夢のこれからの人生にも様々な苦難があるだろう。自分の境遇を嘆き、世の中の理不尽さを恨み、とても前向きに生きようと思えないこともきっとあるにちがいない。

そんな彼にうわべだけの言葉はとても返せず、曖昧にしか答えられないまま明香里は児童相談所を後にした。

「明日から旅に出ようと思う。しばらく部屋に戻らないと思うけど心配しないで」

明香里が切り出すと、呆気にとられたように「旅って……どこに……」と航平が声を詰まらせる。

「広島に行く」

自分を生かしてくれた晃弘の人生を辿りたい。

今、自分が生きていることがどれほど貴重で尊いものかを感じたい。

そして、晃弘から託された言葉を彼にとって大切な誰かに届けたい。

「……どうして広島に？」航平が訊く。

「五年前に飯山さんが広島に住んでいたから」

「飯山さんって、明香里を助けてくれた？」

明香里は頷いた。

「事件があったとき……わたしは飯山さんの最期の言葉を聞いたの」

「最期の言葉……」こちらを見つめながら航平が呟く。

「そう……生気を失ったような目でわたしを見つめて、飯山さんは必死に訴えかけてきた。『約束は守った……伝えてほしい……』って。わたしはその言葉を伝えなければならないと思っているけど、誰に伝えていいかわからなかった。飯山さんは二十歳の頃からご家族との縁が切れて、お話を聞くことができた叔父さんも『約束』に心当たりがないとおっしゃっていた。だけど少し前に渋谷で飯山さんのことを知っている人に出会った。その人は五年前まで広島にいて、アパートの隣に住んでいたのが飯山さんだった」

「広島に行けばその言葉を伝える相手がわかるかもしれない？」

「そう。飯山さんは定期的に飲みに行っていたらしくて、アパートの周辺の飲み屋さんを探せば手掛かりが得られるんじゃないかって。だけどひとりでそれをするのは怖かった……でも、今はその人を捜し出して飯山さんの思いを絶対に伝えなきゃいけないって……」

「広島に行くのは土曜日まで待ってくれないか？」

どうしてと、明香里は首をひねった。

「来週の一週間、無理矢理にでも休みを取っておれも同行するから」

「いいの？」

「正直言っておれにとってはつらい旅になると思う。おれが約束を守っていたら明香里は襲われずに済んで、そしたら飯山さんはもしかしたら……ずっとそんなことを考えていたから」航平が顔を伏せる。

その様子をしばらく窺っていると、航平が顔を上げた。強い眼差しで見つめ返してくる。

「……でも、だからこそ絶対に飯山さんの思いを伝えなきゃいけない」

34

ワゴンを押した女性がこちらに向かってくるのが見えて、航平は呼び止めた。

「ホットコーヒーをひとつと……明香里は？」

隣の席に座っている明香里に訊くと、「わたしはいい」と返して窓の外に視線を向けた。

航平は持っていたスマホを座席テーブルに置き、財布を取り出して会計をした。カップを受け取って温かいコーヒーをひと口飲んだ。一息ついてカップを座席テーブルに置くと、ふたたびスマホを手に取ってそれまでしていたネットの検索を続ける。

約束は守った……伝えてほしい……

飯山晃弘の最期の言葉を伝える相手を捜すために、以前彼が住んでいたという広島にふたりで向かっている。

来週の日曜日まで休めるので猶予は今日を含めて九日間だ。何とかその間に捜し出したいが、なかなか容易なことではないだろうと今の時点で想像している。

そもそも飲み屋といってもいろいろな種類がある。居酒屋、小料理屋、バー、ビストロ、スナック、クラブなど。晃弘がどういうタイプの店で飲んでいたのかという情報がないので絞り込みようがない。

五年前の時点で晃弘が住んでいたアパートはわかっていたが、そこから徒歩二十分圏内の飲食店をネットで検索しただけで五十軒以上出てくる。ネットに情報を出していない店を入れれば対象は倍以上になるのではないか。

また、晃弘自身に関する情報が少ないのも厄介に思われた。自分たちが知っているのは飯山晃弘という名前と、四十八歳という年齢と、その頃には警備員をしていたらしいということだけだ。

何よりも痛いのは晃弘の近年の写真がないことだ。それなりに馴染みの店であったとしても自分の名前をまわりに告げているとはかぎらない。

新幹線車内の電光掲示板に『次は広島』と表示され、航平はカップに残っていたコーヒーを飲み干して立ち上がった。


広島駅を出ると、乗り場を探してタクシーに乗った。運転手に行き先を訊かれ、航平は隣に座る明香里に目を向けた。

「チェックインまで少し時間があるから、ちょっとアパートに行ってみないか？」

明香里が頷いたのを見て、航平はスマホの「メモ」を確認して晃弘が住んでいたアパートの住所を告げた。

タクシーが走り出すと、航平は窓外を流れる景色を見つめた。

川と橋の多い街だと感じた。晴天の日差しが水面をきらきらと照らしていて眩しい。

数分ほど走らせたところで、「このあたりですね」と運転手が言ってタクシーが停まった。

会計を済ませてタクシーから降りる。明香里と一緒にあたりを少し歩き回り、目当てのアパートを見つけた。

上下に五部屋ずつある古びた二階建てのアパートで、階段脇の壁に『グリーンハイツ』とプレートが付いている。

「飯山さんの部屋は二〇一号室で、江波さんの部屋は二〇二号室だったよね？」

明香里が頷いた。

「いるかどうかわからないけど、これから二〇二号室を訪ねてみようか？」

航平が提案すると、「どうして？」と明香里が首をひねった。

「江波さんは五年前にこのアパートを出て行ったけど、その後入居した人が隣の部屋に住む飯山さんと懇意にしていたかもしれないだろう」

納得したように明香里が頷いた。

当てもないままこの近辺にある無数の飲み屋から晃弘が行っていた店を探す前に、少しでもその手掛かりが得られることを期待した。

航平はアパートの階段を上った。後ろから明香里がついてくる。二階に行くと『服部』と表札の掛かった二〇一号室を通って二〇二号室のドアの前で立ち止まり、持っていたバッグを床に置いた。ドアの横に『伊藤』と紙の表札が貼られている。

土曜日だから在宅している可能性が高いのではないかと願いながら、航平は二〇二号室のベルを鳴らした。

しばらくするとドアの奥から「はい――」とぶっきらぼうな男性の声が聞こえた。

「あの……突然申し訳ありません。隣の二〇一号室のことでちょっとお伺いしたいのですが」

怯みながら航平が言うと、ドアが開いて寝癖をつけた男性が顔を出した。自分よりも一回りほど年上に思える男性だ。

どうやら寝起きだったようで、機嫌の悪そうな顔で航平と明香里を見つめている。

「いきなりお伺いして本当に申し訳ありません。以前、二〇一号室にお住まいだった飯山さんというかたのことについてご存じでしたらお訊きしたいと……」

「飯山さん……」怪訝そうにこちらを見つめながら男性が呟く。

「ええ。四十代の男性です。今は別のかたが住んでらっしゃいますが、少なくとも五年前には二〇一号室にいまして」

「そういえば引っ越しの挨拶に行ったときにそれぐらいの年齢の男性が出てきたなあ」

「どれぐらい前ですか？」

「それこそ、ここに引っ越してきたのは五年前だったから」

「飯山さんとは特に親しくはされていませんでしたか？」

「そうだね。ゴミ出しのときとかに何度か顔を合わせて挨拶したぐらいかな」

「そうですか……」落胆が胸に広がる。「飯山さんがいつ頃引っ越していかれたのかも？」

「わからないねえ」

男性がそう言って閉めようとしたドアを、「すみません」と航平はとっさに手で押さえた。

「こちらのアパートの管理会社か大家さんの連絡先を教えてもらえないでしょうか？」

航平が訊くと、目の前の男性が大仰に溜め息を漏らした。

寝ているところを起こしたうえに、面倒なことを言う男だと思われているようだ。

「お手数をおかけして本当に申し訳ありませんが、どうかよろしくお願いします。どうしても飯山さんの情報がほしいんです」

「わかったよ……賃貸借契約書を調べるからちょっと待ってて」

根負けしたように男性が言ってドアを閉める。しばらく待つとドアが開いて、「これ」と男性が一枚の紙を差し出してきた。受け取って見ると、『根岸誠一郎（ねぎしせいいちろう）』という名前と『株式会社ナラサキ不動産』という会社名、それぞれの住所と電話番号が書いてある。

「ありがとうございます」

「まあ、頑張って」男性がそう言ってふたたびドアを閉じた。

航平はその場でスマホを取り出してふたつの住所をネットで調べた。

不動産会社は広島駅の反対側の若草町にあり、大家の根岸誠一郎の住所は隣町の段原南一丁目――だった。

ここから行くとすれば不動産会社よりも大家の家のほうが近い。何よりも不動産会社に行って個人情報を聞き出すのはハードルが高いように思えた。

「大家さんの家が隣町にある。少し歩くけどこれから行ってみないか？」

航平が訊くと、明香里が頷いて床に手を伸ばした。足もとに置いていたふたつの大きなボストンバッグのひとつを持って肩にかける。

「重いからおれが持つよ」

航平が言うと、明香里が首を横に振った。

「自分のバッグぐらい自分で持てるから」

「そうか」と航平は頷いて自分のボストンバッグを持ち上げると、明香里に続いてアパートの階段を下りた。


根岸誠一郎の自宅はすぐに見つかった。自身が家主であるアパートから歩いて十五分ほどの広島市南区段原南の住宅街にある二階建ての一軒家だ。

先ほどは勢いのままにアパートの住人を訪ねたが、今度は話すことを頭の中で整理してから航平はドアの横に付いているインターフォンを押した。

しばらく応答がなく留守かと思いかけたときにいきなり目の前のドアが開き、航平は驚いて後ずさりした。玄関口に立った年配の男性が怪訝そうな顔で航平と隣に立つ明香里を交互に見て「何でしょうか?」と問いかけてくる。

「わたくしは東原と申します。突然、お伺いして申し訳ありません。根岸さんでいらっしゃいますか?」

「そうですが」

厳しい表情を崩さない男性を目の前にして、言葉が詰まりそうになる。

「あの……皆実町にあるグリーンハイツについてお伺いしたいと……」

「誰からウチが大家だと聞いたか知りませんが、あいにくあのアパートは今満室です」

「いえ、そうではなく……以前、二〇一号室に住んでいらっしゃった飯山晃弘さんのことについてお伺いしたいと思いまして……」

「飯山晃弘……さん?」根岸の表情にさらに訝しさが増す。

「そうです。いつ頃引っ越されたのかはわかりませんが、五年前にはグリーンハイツの二〇一号室に住んでいらっしゃいました。年齢は……昨年、四十八歳でしたので、五年前には……」

「失礼だけど、あんたらはいったい何者なんだ?」

自分の言葉を遮るように強い口調で言われ、航平は思わず明香里と顔を見合わせた。

「見ず知らずのあんたらに住人の個人情報をあれこれ教えるわけがないだろう」

「飯山さんはわたしのことを助けてくださったんです」

　隣から叫ぶような声が聞こえ、根岸の視線が航平から明香里に向けられた。明香里を見つめながら根岸が首をかしげる。

「昨年の十一月に東京の渋谷で通り魔事件があったのをご存じでしょうか？」根岸をまっすぐ見つめながら明香里が訊いた。

　根岸が思い出すようにしながら「……たしか、渋谷のスクランブル交差点で若い男が刃物で何人かに斬りつけたという事件だったかな？」と明香里に訊き返した。

「飯山晃弘さんは通り魔に斬りつけられていたわたしを助けてくださり、そのせいで命を落としてしまいました」

　驚いたように根岸が目を見開く。

「飯山さんが亡くなった⁉　それは本当の話かね」

「ええ……」と根岸を見つめ返しながら、明香里がつけていたマスクを外した。

　明香里の右頬に走る深い傷跡が目に入ったようで、根岸がはっとする。

「飯山さんとわたしはそのときまで見ず知らずの他人でした。ただ、飯山さんは亡くなる前にわたしにある言葉をお伝えになりました。生気のない目でわたしを見つめながら息も絶え絶えの状態で……『約束は守った……伝えてほしい……』と。おそらく飯山さんの最期の言葉だったのだろうと思います。わたしはその言葉を飯山さんが伝えたかった相手に伝えなければならないと思いましたが……わたしは飯山さんとは……」

急に早口で話し続けたせいか、明香里が苦しそうに胸を押さえる。

航平は明香里の肩に手を添えて、後を引き継ごうと口を開いた。

「彼女は飯山さんの交友関係を知りません。飯山さんのご家族はすでにいらっしゃらず、親戚のかたに話を聞いても『約束』に心当たりはないということだったそうです。少し前にかつてグリーンハイツの二〇二号室に住んでいた江波さんという女性と東京でたまたま知り合い、飯山さんが隣に住んでいたと聞いたので、広島に来れば何か手掛かりが得られるのではないかと思って……」

「そういうことだったんですか……」根岸が言って嘆息した。「それでわざわざ広島まで……失礼な言いかたをしてしまって申し訳なかった」

「いえ……当然のご対応だと思います。飯山さんについて訊かせていただけますか？」

航平が訊ねると、「わたしに答えられることがあれば」と根岸が頷いた。

「根岸さんはアパートの大家さんという以外に、飯山さんと接することなどはおありだったんでしょうか？」

「まあ、特に親しく付き合っていたわけではないけどね……でも、ここととアパートは近いから、道ですれ違ったりしたらこちらが気づかなくても声をかけて挨拶してくれてたね。礼儀正しい人だったよ。アパートを出ていくときも菓子折りを持って挨拶しに来てくれたし。そんな人は今どき珍しいから」

「飯山さんは週に何回か飲みに行っていたらしいんですが、そのお店に心当たりはないでしょうか」

「いや、わからないね」根岸がそう言って手を振る。「飯山さんとそんな話をしたことはないし、わたしは下戸だからここら辺の飲み屋のこともよくわからない」

「そうですか……」

そう簡単に手掛かりを得られるとは思っていなかったが、それでも落胆がこみ上げてくる。

「飯山さんはどれぐらい前からグリーンハイツで生活されていたんですか？」

その言葉に、根岸が明香里に目を向ける。

「はっきりとは覚えてないけど……ちょっと記録を調べてみるから家に上がりなさい」

根岸に促されて、航平と明香里は家に入った。玄関の横にある客間にふたりを通すと、「おい、お客さんがふたり来てるからお茶を出してくれ」と根岸が奥に向かって大声で言う。

根岸がいなくなって少しすると、妻と思われる年配の女性がお茶を持って客間に現れた。ソファを勧められ、明香里と並んで座る。

しばらく待っていると片手にノートを持った根岸がやってきて向かいのソファに座る。テーブルの上にあった眼鏡をかけて、ノートをめくっていく。

どうやらそのノートにアパートの住人のことを記録しているようだ。

「飯山さん、飯山さん……あった」ひとり言を呟きながらノートを見ていた根岸が顔を上げた。「飯山さんがあのアパートを契約したのは九年前の六月だね。このノートを見ているうちに、いろいろと思い出してきたよ」

「飯山さんはグリーンハイツに入居する前はどちらにいらっしゃったかおわかりですか？」

明香里が訊いた。

晃弘が残した最期の言葉を伝える相手がグリーンハイツに入居してから知り合ったとはかぎらない。

あのアパートに住み始めたときには、すでに誰かとその約束をしていた可能性もあるのだ。

「九年前まで広島の竹原市にいたってことだよ」根岸がノートに書かれた文字を指でなぞりながら言った。

「失礼します」と航平は断りを入れてスマホを取り出した。広島県の地図を検索して竹原市の位置を調べる。広島市から東広島市を挟んだ海に面した市だ。

「それまでは食品会社の工場で派遣社員として働いていたということでね。ただ、その仕事を辞めることになって住んでいた寮からも出なければならないので、広島市内に出て新しい家と仕事を探すことにしたと」

「ちなみにその食品会社の名前はおわかりですか？」

航平が訊くと、「書いてないね」と言って根岸が首を横に振った。

「部屋の申し込みがあったときにはまだ次の仕事が決まっていなくて、それに保証人になってくれる人もいないというので、正直なところ契約するべきかどうか迷ったんだよね。ただ、契約に必要なお金は用意していたし、家が決まったら一ヵ月以内に必ず仕事を見つけるということだったんで入居してもらうことにしたんだ。実際、約束通りに一ヵ月以内に新しい職場も報せに来てくれたよ」

「警備員のお仕事でしょうか？」

隣に座っていた明香里が訊くと、根岸が頷いてノートに指を向ける。

『アイハラ警備保障株式会社』という会社名と住所と電話番号が書かれている。

航平は根岸に断って、その情報をスマホの「メモ」に入力した。

「飯山さんはいつグリーンハイツを引っ越されたんでしょうか？」

航平が訊くと、根岸がノートに目を向けて「四年前の六月だね」と答えた。

「飯山さんはどうしてグリーンハイツから引っ越すことにしたんでしょうか？」

航平が訊くと、根岸が首をひねった。

「いや、特に理由は聞いてないなあ。ただ、出ていく一ヵ月前にきちんと解約の手続きをして、さっきも話したけど最後の日には菓子折りを持って挨拶に来てくれたね」

「どちらに引っ越されたかは聞いていらっしゃらないですよね？」

「たぶん東京の府中じゃないかな」

「飯山さんからお聞きになられたんですか？」

「いや、そのときには話してはいないけどね、翌年に年賀状が届いたんだよ」根岸が目の前に置いたノートのページをめくる。

ノートに『東京都府中市浅間町四丁目――スカイコーポ浅間一〇三』と住所が書かれている。

「メモさせていただいてもいいですか？」身を乗り出して航平は訊いた。

「別にいいけど……その次の年も年賀状を送ってくれたけど、それ以降は来なくなって、こっちが送った年賀状も宛先不明で戻ってきたんだよね」

根岸の言葉を聞いて明香里と顔を見合わせた。明香里が眉をひそめている。

通り魔事件の被害に遭って亡くなる少し前までの晃弘の生活がわかるかもしれないと期待していた航平と同様、彼女も落胆しているようだ。

だが、何かの手掛かりになるかもしれないと思い直して、航平はスマホの「メモ」に住所を入力した。

「わたしが飯山さんのことで話ができるとすればこれぐらいです」根岸がノートを閉じた。

「突然押しかけたにもかかわらず、お話を聞かせていただきありがとうございます」

明香里とともに航平は頭を下げた。


ホテルのフロントでチェックインすると、航平は明香里にカードキーを渡してエレベーターに向かった。

航平は七〇二号室で明香里は七〇三号室だ。

客室がある七階でエレベーターを降りて廊下を進む。七〇三号室の前で立ち止まり、カードキーをかざそうとする明香里に声をかけた。

「これからどうしようか？　疲れているだろうから、今夜はとりあえずホテルで過ごす？」

営業職の航平は歩き回るのも慣れているが、事件から半年以上経っているとはいえ全身に重傷を負った明香里にとっては今日の行程は過酷だっただろう。実際、マスクの上から見ても明香里の表情が疲弊しているように感じる。

「時間がもったいないからすぐに『若松亭』に行ってみよう」

その店は下戸の根岸が唯一評判を知っていた居酒屋で、地元の人たちで賑わっているという。

「大丈夫か？　今日を除いてもあと八日ある。無理しなくても……」

「無理しなきゃいけないの！」遮るように明香里が言った。「……だって、わたしは生きてるんだから」

「そうだな。じゃあ、荷物を置いたらすぐに出ようか」航平は七〇二号室に向かった。

明香里とともに薄暗い道を進んでいくと、少し先にある店の軒下に『若松亭』という提灯(ちょうちん)がぶら下がっているのが見えた。

航平はその店の引き戸を開けて、暖簾をくぐった。すぐに店内に立ち込める煙に視界がかすんだ。テーブル席がない狭い居酒屋で、コの字型のカウンターのほとんどが客で埋まっている。

「いらっしゃい。空いてる席にどうぞ」

カウンターの中で焼き鳥を調理していた男性の店員にぶっきらぼうに言われ、航平は明香里に目を向けた。

今の明香里は、このように人が密集する場所にいることに抵抗があるのではないかと危惧した。

こちらの思いを察したように大丈夫だと明香里が頷いたのを見て、航平は店内に入った。ふたつ空いている席に向かう。

左側の中年の男性客が煙草を吸っているのでその隣の席に着こうとしたが、すぐに思い直して明香里の右隣になるように座る。

「注文は？」

店員に訊かれ、航平は明香里と顔を見合わせた。ここしばらく酒を飲んでいないという明香里はウーロンハイを頼み、航平も同じ物にした。焼き鳥の盛り合わせを追加で頼む。

飲み物を待っている間に喉に違和感を覚えた。自分も電子煙草を吸っているので煙草の煙には慣れていたが、それでもこの狭い店内に充満する煙にむせそうになる。

煙草を吸わない明香里にとってはさらにつらいだろう。

目の前にジョッキが置かれ、航平はすぐにウーロンハイを飲んで喉を潤した。隣に座った明香里もマスクを外してジョッキに口をつける。

正面に視線を移すと、コの字の向かいに座った年配の男女と目が合った。いや、自分ではなく明香里を見ているようだ。おそらく明香里の右頬の傷跡に気づいたのだろうが、憐憫とも好奇ともつかない不躾な視線に感じた。

入って数分も経っていないのにすでに店を出たくなっている。

晃弘がこの店に通っていたかどうかを店員に確認して、早々に退散することにしよう。

店員が焼き鳥を盛った皿を目の前に置いた。すぐにその場から離れようとする店員を、

「ちょっとお訊きしてもいいでしょうか?」と航平は引き止めた。

「このお店に飯山晃弘さんというお客さんはいらっしゃってなかったでしょうか?」

航平が訊くと、店員が怪訝そうな顔で首をひねる。

「四年ほど前まで皆実町四丁目に住んでいらして、当時の年齢は四十四歳ぐらいなんですが」

「さあ……自分は二年前から働き始めたんで知らないですね」

素っ気なく答えてふたたびその場から離れようとする店員に、「他の従業員のかたに訊いていただけないでしょうか」と明香里が声をかけた。

「奥の厨房にも従業員のかたがいらっしゃいますよね? そのかたは四年前に働いていらっしゃいませんでしたか?」

明香里の言葉を聞きながら、店員が面倒くさそうに顔を歪めた。今にも舌打ちしそうだ。

「おい! 日本酒まだかよ」

カウンターの奥から男性客の声が聞こえ、店員がそちらに顔を向ける。すぐに視線を戻し、

「見てわかるようにこっちも手一杯なんですよ」とぶっきらぼうに言って航平たちの目の前から離れていく。

しかたがないと溜め息を漏らして航平はジョッキに手を伸ばした。物音が聞こえて隣に目を向けると、明香里が立ち上がっている。

「皆さん、お楽しみのところをお騒がせして大変申し訳ないのですが、飯山晃弘さんという男性をご存じないでしょうか」

カウンターに居並ぶ客が呆気にとられたように明香里を見ている。

「四年ほど前まで皆実町四丁目にあるグリーンハイツというアパートに住んでいらして、当時の年齢は四十四歳ぐらいで、警備員をしていました。あと、顎のこのあたりに黒子がありまず。どうしても飯山さんをご存じのかたを捜したいんです」

自分の顎を指さしながら明香里が必死に訴えるが、まわりから声は上がらない。代わりに酔客から不躾な視線が浴びせられている。

「明香里……きっとこのお店には来ていなかったんだよ。次の店に行こう」

居たたまれない思いで航平が言うと、明香里がうなだれて椅子に座った。

七〇三号室のドアをノックしたが反応がない。さらに何度かノックするとようやくドアが開いて明香里が顔を出した。

「一応、夕方の六時だけど、どうしようか？　疲れてるようなら今夜はホテルで休むか？」

航平の言葉に、明香里がだるそうに首を横に振った。

「ごめん……すぐに出かける準備をするからちょっと待ってて」明香里がそう言ってドアを閉める。

広島に来てから四日になる。航平たちは晃弘が通っていた飲み屋を毎晩探しているが、いまだに見つかっていない。

広島に来る前からそう簡単ではないと思っていたが、自分が想像していたよりも現実はさらに厳しかった。

一晩あたり四軒の飲み屋をはしごしているので今まで十二軒の店を訪ねたことになる。何も注文しないわけにはいかないし、店員から話を訊けるまで店にいなければならないので、一軒につき二、三杯は飲むことになり、さすがにふたりとも疲れが溜まっていた。

晃弘が勤めていた警備会社も訪ねたいと思っているが、その余裕もないまま飲み屋を巡っていないときはほとんどホテルの部屋で休んでいる。

ドアが開いて明香里が出てくると、エレベーターに向かった。ホテルの前の大通りでタクシーを拾い、いつものようにグリーンハイツに向かってもらう。

タクシーを降りると明香里と相談して、昨夜とは違う方向に向かって歩き始めた。

「今日はいつもとは違う感じの店に入ってみようか」

航平が言うと、明香里がこちらに顔を向けて「違う感じの店って？」と訊く。

「たとえばスナックとか」

昨日までの三日間に訪ねたのはグリーンハイツから徒歩十分圏内にある居酒屋と小料理屋とバーだった。一見客の航平が女性を伴ってスナックに入るのは少し抵抗があったが、試してみる価値はありそうに思えた。

アパートから十分ほど歩いたところにある店の前で、航平は立ち止まった。ドアの横に『スナック・ルビー』とピンク色の小さな看板が掲げられている。

航平は明香里に目を向けて、「どう？　入ってみる？」と訊いた。

「そうだね……」

ためらうような口調で明香里が言ったが、航平はなかなかドアを開けることができなかった。

明香里もそうなのだろうが、自分も緊張している。

居酒屋やバーで飲むことはあるが、スナックには今まで入ったことがない。

店内の様子がわからずメニュー表なども出ていない店が多いので、敷居が高いと感じさせられるのだ。現にこの店もドアの奥の様子はわからず、メニュー表も出ていない。

嫌な店でないことを願いながら航平はドアを開けた。すぐに店内からカラオケを歌う男性のがなり声が聞こえた。

明香里とともに航平は中に入った。店内にはカウンターとテーブル席がふたつあった。カウンターの中に派手な柄のワンピースを着た女性がひとり立っていたが目の前には客はおらず、テーブル席のひとつに三人の男性客がいる。その中の大柄なひとりがソファにふんぞり返りながらマイクを握っていた。

カウンターに近づきながら「ふたりですが、いいですか？」と航平は女性に話しかけた。

「カウンターでもテーブル席でもどちらでも」

四十代半ばと思しき少し化粧の濃い女性に言われ、航平は「どうする？」と明香里に訊いた。

「じゃあ、カウンターにしようか」

この賑やかな状況で話を訊くとすれば自分もそのほうがいいと思った。

店内はかなり薄暗いので、明香里の右頬に走る深い傷跡もそれほど目立たないだろう。

航平はカウンター席に明香里と並んで座った。女性がおしぼりを渡して「何にしますか？」と訊いてくる。

「とりあえず生ビールをふたつお願いします」

「うちは生ビール置いてないんだよね。瓶でいいかな？」

航平が頷くと、女性が瓶ビールとグラスをふたつ目の前に置いた。自分でビールを注いでグラスのひとつを明香里に手渡す。

明香里がマスクを外して舐めるようにビールを飲んだ。

おそらくこの数日の飲み歩きで、アルコールを受けつけられなくなっているのではないか。

「なかなかの美人さんね。うちで働かない？」

女性に冗談っぽく言われ、明香里が戸惑ったように顔を伏せた。

「うちは初めてだよね？　この近くの人？」

「いえ……埼玉から来ました」

航平が答えると、「えー、そうなんだ」と女性が大仰に驚く。

観光客が訪れることはほとんどない店なのだろう。

「ねえ、ママ――次、『いとしのエリー』かけてぇや」

テーブル席から男性の声が聞こえ、ママが目の前から離れた。リモコンでカラオケの選曲をすると、突き出しらしい小鉢をふたつ持って戻ってくる。

小鉢を航平たちの前に置きながらママが何か言ったようだが、店内に響き渡る男性の歌声にかき消されて聞き取れなかった。

「あの……何ですか？」航平は声を大きくして訊き返した。

「何でうちに入ろうと思ったの？　誰かの紹介？」ママも歌声に負けないように大声で言う。

「いいえ、誰かの紹介ではありません。いきなりこんなことをお訊きして申し訳ないのですが、飯山晃弘さんという男性をご存じないでしょうか」

「飯山晃弘さん？」

「ええ。四年前まで皆実町四丁目にあるグリーンハイツというアパートに住んでいらして、当時の年齢は四十四歳ぐらいでした。警備員をしていて、顎のこのあたりに黒子がありまます」航平は自分の顎に指を添えて言った。

「飯山晃弘さんね……ちょっとわたしはわからないな」

「そうですか……」航平は隣に座る明香里に目を向けた。

自分と同様に明香里もひどく落胆しているようだ。

「もしかしたら誰かに連れられてここに来たことがあるかもしれないけど、少なくとも常連さんではないわね」

ママが言うのと同時に、テーブル席でマイクを握っていた男性が「エーリィィィー……」と『いとしのエリー』の最後のフレーズを熱唱する。

演奏がやむと、ママがテーブル席のほうに顔を向けて「ちょっとあなたたち――」と声をかける。

「四年ぐらい前まで皆実町四丁目のグリーンハイツっていうアパートにいた飯山晃弘さんって知ってる？　四十四歳ぐらいの警備員で、顎のこのあたりに黒子があるらしいけど」

ママの言葉を聞きながら、航平はテーブル席に目を向けた。三人の男性の誰もが「知らないなあ」と言って首を横に振る。

「すみません」と航平は男性たちに会釈して正面に視線を戻す。

「その人の知り合いを捜すために埼玉から広島にやってきたの？」

航平は頷いた。

「何か、よっぽどの事情でもあるの？」興味を持ったようにママが身を乗り出してさらに訊いてくる。

理由を伝えるべき相手を捜していると告げるべきか迷ったが、少し考えて黙っておくことにした。

下手に興味を持たれて話が長くなってしまう恐れがある。晃弘のことを知らないのであれば、早く次の飲み屋を当たらなければならない。

「いえ、そういうわけでは……色々とありがとうございました。お勘定をお願いします」

そう言って財布を取り出そうとすると、「もう帰るの？」とママが眉間にしわを寄せた。

「訊きたいことだけ聞いたらさっさと出ていくなんてちょっとひどくない？　常連さんにもわざわざ訊いてあげたっていうのに」

険のある表情で見つめられ、航平は怯みながら明香里に目を向けた。

「もう少し飲んでいこうか？」

「そうだね」明香里がしかたなさそうに頷いた。

航平はカウンターの中にいるママに視線を戻して口を開いた。

「じゃあ、彼女はあまりお酒を飲めないのでソフトドリンクをいただけますか。ぼくは……そうだなあ……焼酎のボトルを入れてもらって、ウーロンハイか緑茶ハイを作ってください。よかったらママも一緒に飲んでくださいよ」

航平の言葉を聞いて、それまで仏頂面だったママが「いいの？」と笑みを浮かべる。

それなりに金を使わなければ気持ちよく解放してもらえそうにないのでしかたがないだろう。

ママがカウンターの奥から焼酎のボトルを取り出してウーロンハイをふたつ作る。明香里にはオレンジジュースを出して、三人で軽くグラスを合わせた。

テーブル席で男性客が歌う調子外れなカラオケを聞きながら、ママのどうでもいい世間話に付き合う。

日曜日の夕方には広島を発たなければならないので、晃弘が通っていた飲み屋を探せるのはあと四日しかない。

無為な時間が流れていく中、焦りと苛立ちがこみ上げてくる。

「ねえ、ママ──『ふたりの愛ランド』かけてぇや」

その声に、航平はテーブル席の男性客に目を向けた。まだ歌うつもりかと内心辟易する。

「デュエット曲でしょ。男ふたりで歌うつもり？」ママがそう言って笑う。

「ママ、一緒に歌うて」

大柄な男性がマイクを持ちながら立ち上がりカウンターに近づいてくる。

「今日は嫌よお。風邪気味で喉の調子が悪いから」

ママの言葉に男性が口を尖らせ、明香里に近づく。

「お嬢さん、一緒に歌わん？　知っとるじゃろ？」

そう言いながら男性が馴れ馴れしく明香里の肩に手を回そうとした次の瞬間、明香里が絶叫して立ち上がった。すぐそばにいる大柄な男性客を突き飛ばす。意表を突かれたのか男性が派手に尻餅をついた。

航平は呆気にとられながら明香里を見上げた。身体を小刻みに震わせ、荒い息を吐きながら倒れた男性を睨みつけている。

「何するんじゃ！」

男性が血相を変えて立ち上がり、明香里に向かってこようとする。

「やめろ！」

航平はとっさに席を立ち、明香里と男性の間に割って入った。男性を押し戻そうと胸もとを強く突いた次の瞬間、相手の拳が視界に飛んできた。左目に熱い衝撃が走り、視界が暗くなる。顔の左側は熱いのに右側はひんやりしている。床に倒れたのだと察してすぐに蹴りを入れられて腹をえぐるような痛みが突き刺さり、息ができなくなった。「やめて」と明香里の震えた声を聞きながら痛みに耐える。

「あんたたち！　店の中でやめてよね！」

女性の叫び声が聞こえ、ようやく蹴りがやんだ。

だが、腹の痛みと息苦しさでなかなか起き上がることができない。

「馴れ馴れしく女性に触ろうとするマサトも悪いけど、あんたも何もあそこまで強く突き飛ばすことはないんじゃないの？」

ママが明香里を責めているようだが、それは違う。明香里は悪くない。

あの男性から肩に手を回されそうになった瞬間、通り魔に襲われたときの恐怖がよみがえってとっさに身体が反応してしまったのだろう。

先ほどママから事情を訊かれたときに明香里と晃弘の関係を話していれば、こんな事態にはならなかったかもしれない。

航平は痛みをこらえながら起き上がった。目の前にいる大柄な男性とカウンターの中にいるママを交互に見る。

「お代はいらないからこのまま帰ってくれないかな」

ママに言われたが、航平はズボンのポケットから財布を取り出した。一万円札をつかんでカウンターに置く。

「警察沙汰になるのは嫌なんだけど」

「わかってます」

航平は答えて、怯えた表情で立ち尽くしている明香里に近づいた。

「行こう」と明香里の手を握り締めてドアのほうに促した。

スナックを出ると、航平は左目と腹の痛みをこらえながら明香里とともに暗い道を進んだ。

「ごめん……わたしのせいで……」

今にも泣きだしそうな声が聞こえて、航平は明香里を見た。

「明香里は何も悪くない。おれはわかってるから。とりあえず今夜はホテルに戻ろう」

弱々しく明香里が頷く。

途中でタクシーを拾いホテルにたどり着くと、明香里が一緒に七〇二号室に入ってきた。

洗面所の鏡で自分の怪我の状態を確認する気力もないまま、航平はベッドに崩れ落ちた。

ここに戻ってくるまでの間に腹の痛みはかなり治まっていたが、左目のあたりはあいかわらずじんじんとしている。

「どう……？」

その声に、航平は首を巡らせた。ベッドの傍らに明香里が立っている。

「大丈夫だよ。左目のあたりがちょっと痛むぐらいだ」

無理して微笑みかけると、明香里がベッドの縁に座って手に持っていたタオルを航平の左目のあたりに押し当てる。冷水で湿らせたタオルのひんやりとした感触が心地いい。

「もう、あんなことはしないで……」

明香里の声が震えている。

「わたしのためにしてくれたのはもちろんわかってる。だけど……わたしのせいで……わたしを助けるために……誰かが傷つけられるのはもう耐えられない」

航平のことだけではなく、明香里を助けるために通り魔に殺された晃弘のことも思って言っているのだろう。

先ほどの自分の行動が、赤の他人でしかない明香里のために命をなげうった晃弘に敵うとはとても思えない。だけど……

「おれは何度でも同じことをするよ」

こちらを見つめる明香里の表情が寂しげになる。

「明香里が通り魔の被害に遭ってからおれはずっと考えていた。もしあのとき、おれが明香里と一緒に渋谷のスクランブル交差点を渡っていたらどうだっただろうと。そうであったならよかったのにって……」

事件が起きてからずっと胸の底に溜め込んでいた思いがあふれ出してきて、明香里を捉えた視界が涙で滲んでいく。

「おれは飯山さんになりたかった……飯山さんのように他人のために命を投げ出す自信はおれにはない。だけど自分にとって大切な人なら……おれは同じことをした。ずっとそう言いたかった。だけどそんなこと言えるはずもない……苦しかった……」

明香里は何も言わない。

滲んだ視界の中にいる明香里がどのような表情をしているのかわからず、航平はどうしようもなく不安になった。

口でなら何とでも言えると思われているだろうか。たしかにそうだ。口でなら何とでも言える。どんなことをしても、明香里が通り魔に襲われたあの時間と場所に戻ることなどできないのだから、自分の思いを証明しようもない。

涙が乾き、明香里の表情があらわになるのが怖くて、航平は目を閉じた。

しばらくすると自分の唇に柔らかい感触が当たった。その感触にずっと浸りたかったが、すぐになくなる。

「航平が死ななくてよかった……航平が生きていてよかった……飯山さんには心の底から申し訳ないと思うけど……」

頰のあたりに吐息を感じながら明香里の言葉を聞いていると、ふたたび自分の唇が柔らかい感触で満たされた。自然に唇が解けてさらに互いを求め合う。

35

ゆっくりと目を開けると、カーテンの隙間から明かりが差し込んでいる。

サイドテーブルの時計を確認するとまだ午前九時前だった。この数日は正午近くに起きても寝覚めはよくなかったが、珍しく頭がすっきりと冴えている。

薄闇の中で寝返りを打つと、すぐ目の前に明香里の顔があった。気持ちよさそうに寝息を立てている。

航平は明香里を起こさないようにベッドから起き上がり、浴室に向かった。

鏡に映った自分の顔を見て思わず苦笑する。昨夜の激しい痛みは治まっていたが、左目のまわりは見事な痣になっていた。

蛇口をひねって水を出すと、撫でるような手つきで顔を洗い、歯を磨いた。

広島のホテルに滞在してからというもの、いつも嘔吐きながら歯を磨いていたが、今は歯みがき粉のミントの香りが心地いい。

おそらく昨夜はあまり酒を飲んでいなかったから、胃がもたれていないのだろう。

それに昨夜は……

ひさしぶりに明香里と身体を重ねて、ほどよい疲れと、何物にも代えがたい満足感に浸りながら眠りについたからかもしれない。

航平は下着を脱いで浴槽に入った。熱いシャワーを浴びながら明香里を抱いたときの肌の温もりを思い返す。

バスタオルを腰に巻いて浴室を出ると、部屋の明かりがついていた。シーツに包まった明香里がこちらに顔を向けている。

目が合った瞬間、明香里が恥ずかしそうに少し視線をそらした。

「起きてたのか？　まだ九時前だからもう少し休んでいれば？」航平も照れ臭くなりながら言った。

「大丈夫。ひさしぶりによく寝られたみたいだから」

「よかった」

暗い場所だと事件に遭ったときのことを思い出して怖いといつも言っていたが、昨夜は電気を消しても熟睡できたようだ。

「わたしもシャワーを浴びようかな。バスローブを取ってくれる？」

航平はクローゼットを開けてバスローブを取り、ベッドで寝ている明香里に近づいた。バスローブを渡そうとすると、明香里の手が自分の顔に向けて伸びてきた。

「まだ痛む？」

明香里がそう言いながら航平の左目のあたりに優しく触れる。

「パンダみたいだろ。だけど痛みはもうないよ」

軽い痛みを我慢しながら答えると、「よかった」と明香里が安堵したように言う。

受け取ったバスローブをシーツの中で着て、明香里がベッドから起き上がった。

「シャワーを浴びてくるね」

浴室に向かう明香里の背中を見つめながらひとつ思いつき、航平は呼び止めた。こちらに顔を向けた明香里に微笑みかけて口を開く。

「もし体調がいいなら、今日は夕方までどこかに観光に行かないか？」

広島に来てから今日で五日になるが、昨日までは飯山が通っていた店を探すために飲み屋を巡るばかりで観光らしいことは何ひとつしていなかった。

「観光って、どこに？」明香里が訊いてくる。

「そうだなあ……」

広島に来たからには原爆ドームや広島平和記念資料館を訪れたい思いはあるが、明香里からすれば展示物を見て無残な死に触れるのはつらいだろう。

「たとえば、呉なんかはどうだろう？」

その地名をよく知らないようで、「呉？」と明香里が首をかしげる。

「もともと日本海軍の造船所があったところで、戦艦大和を建造したことでも有名だよ」

「航平って戦艦オタクだったの？」明香里がそう言って笑う。

「別にそういうわけじゃないけど、今も造船所があって馬鹿でっかい船を造ってるんだ。なかなか見られるものじゃないし、機会があったら一度見てみたいなって思ってた」

「いいよ。じゃあ、呉に行こう」

浴室に入っていく明香里を見ながら航平は満足した。

呉に行けることがことさら嬉しいのではなく、屈託のない明香里の笑顔をひさしぶりに見られたのが何よりも幸せだった。


海に来たのはいつ以来だろうか。

目の前に広がる景色を見つめながら航平は思い返した。

二年半ぐらい前に、担当になった作家とともに小説の取材で新潟にある寺泊という港町に行ったのをすぐに思い出した。その前はたしか、大学二年生のときに友人に誘われて三浦海岸に行った。その前は……

いずれにしても、広島の呉の高台から眺める光景は、自分が今までに見てきた海とはまったく違って映る。

「すごく大きいよね。あの船を造るのにいったいどれぐらい時間がかかるんだろう……」

感嘆したような声が聞こえて、航平は隣にいる明香里に目を向けた。

マスクの上に覗いた眼差しを輝かせながら明香里が一点を見つめている。

おそらく海辺に広がる造船所で建造中の巨大タンカーを見ているのだろう。

「そうだよなあ。ここから見てるとプラモデルみたいに感じるけど、実際に近くで見たらとんでもなくでかいんだろうな」

明香里の横顔を窺いながら、ここに来て正解だったと航平は思った。

広島市内のホテルから呉に来ると、戦艦大和の巨大な模型の展示物で有名な大和ミュージアムを見学した。その後、海上自衛隊呉史料館に立ち寄り、海沿いの道を散歩しながらここにたどり着いた。

腕時計を確認すると、もうすぐ午後五時になろうとしている。

「そろそろ広島に戻ろうか」

声をかけると、明香里がこちらに顔を向けた。先ほどまでの明るさが嘘のように沈んだ眼差しで「そうだね……」と呟く。

航平は明香里の手を握り締めて駅のほうに向かって歩き出した。彼女のせわしない鼓動をつないだ手から感じる。

昨夜の出来事を思い出しているのかもしれない。

今も通り魔の被害に遭った記憶に苦しめられている彼女にとっては、さぞかし怖い経験だっただろう。

酔っ払いが集まる飲み屋を巡れば、また同じような目に遭わないともかぎらない。

「なあ、明香里――」

広島駅に向かう電車の中で航平が声を発すると、隣に座っていた明香里がこちらを見た。

「今夜はおれひとりで飲み屋さんを巡ろうかと思ってるんだけど」

航平の言葉に何も答えないまま明香里が顔を伏せた。

すぐに拒絶しないということは、やはり飲み屋には行きたくないと思っているにちがいない。

「そういうわけにはいかないよ……」

しばらくしてから明香里の呟きが聞こえた。

「わたしの問題なのに……航平にすべてを任せちゃうなんて……そんな……」

「違うよ」航平は遮るように言った「おれの問題でもある。ひとりで行ってもふたりで行っても結果はそれほど変わらないよ。おれだって飯山さんの情報は知ってるんだから」

「でも……」顔を伏せたまま明香里が何度か首を振る。

自分の命を助けてくれた晃弘が通っていた店を自ら探したいという思いと、また怖い思いをするのではないかという恐怖が心の中でせめぎ合っているようだ。

煮え切らない明香里を見つめているうちに、ひとつの閃きがあった。

「そうだ……このまま飯山さんが勤めていた警備会社に行ってみないか？」

航平が訊くと、明香里が顔を上げてこちらに目を向けた。

「同僚の人だったら飯山さんが行っていた店を知っているかもしれない」

「そうだね……」明香里が頷いた。

航平はスマホを取り出して「メモ」した情報を確認した。

晃弘が勤めていたというアイハラ警備保障株式会社の住所は広島市東区尾長東一丁目――光洋ビル四階とある。地図で調べてみると広島駅からそれほど離れていない。


広島駅を出ると、航平はスマホを取り出して明香里とともに歩き出した。

スマホの地図を頼りに二十分ほど歩くと目当ての建物を見つけた。中に入ってエレベーターに乗り、四階に向かう。

エレベーターを降りると、会社名が掲げられたプレートを確認しながら廊下を進んだ。少し先にある一室から年配の男性が出てきたのを見て、もしかしたらと早足で近づく。

男性が出てきたドアに『アイハラ警備保障株式会社』とプレートが掲げられている。

「すみません――」と航平が話しかけると、ドアの鍵をかけようとしていた男性が手を止めてこちらに顔を向けた。

「こちらの会社のかたでしょうか？」

航平が訊くと、「そうですが」と男性が答えた。

「あの、ちょっとお訊ねしたいことがありまして……」

「すみません。営業時間は終了しているので何か御用でしたら明日またお越しください」

あからさまに拒絶されて怯みそうになったが、時間を無駄にはできない。「少しだけお時間をいただけないでしょうか」と航平は食い下がった。

「ですので、本日はもう……」

「四年ほど前までこちらで働いていらっしゃった飯山晃弘さんのことについてお訊きしたいんです」

「飯山さん？」怪訝そうにこちらを見つめながら男性が首をひねった。

「そうです。当時、皆実町四丁目のグリーンハイツというアパートに住んでいらして、四年前ですと四十四歳ぐらいでした。あと、顎のこのあたりに黒子があります」

自分の顎に指をさしながらもう何回繰り返したかわからない台詞で必死に訴えると、思い出したように「ああ……」と男性が声を上げた。

「おわかりですか？」

勢い込んで訊くと、「まあ……」と気のない返事をする。

「あなたがたは飯山さんとどういうご関係なんでしょうか？　飯山さんについて訊きたいことがあるとのことですが、いくら元従業員とはいえ本人の承諾なしに勝手にわたしらがお話しするわけにもいかないんで」男性が冷ややかに言って鍵をかけようとする。

「もうご本人から承諾を得ることはできないんです！」

明香里が言うと、ドアの鍵をかけようとしていた男性の手がふたたび止まった。意味がわからないというように首をひねり、航平に据えていた視線を隣にいる明香里に移す。

「飯山さんは昨年の十一月十六日にお亡くなりになってしまったんです……」

明香里の言葉を聞いて、男性が口もとを歪めた。

「それは何とも……まだ五十手前ってことだよね。病気か何かで？」

晃弘のことを知っているといっても親しかったわけではなかったようで、亡くなったと聞いてもそれほどの動揺は見受けられない。

「いえ、病気ではありません。東京の渋谷のスクランブル交差点で起きた通り魔事件の被害に遭われたんです」

続けて発した明香里の言葉に、男性がぎょっとした顔になった。

「通り魔事件……？」

「そうです。飯山さんは通り魔に斬りつけられていたわたしを助けようとして、それで……飯山さんは亡くなる直前に、最後の気力を振り絞ってわたしにこうおっしゃいました。『約束は守った……伝えてほしい……』と。わたしたちは飯山さんのその言葉を伝える相手を捜すために広島に来ました。それで飯山さんがこちらで働いていたのを知って……」

　明香里の言葉を聞いているうちに、男性の訝しむ表情が薄れていく。

「なるほどね。それで、ここで働いていた人間と飯山さんが何か約束していたんじゃないかと？」

「その可能性もありますが、そうではないかもしれません。ただ、飯山さんをご存じのかたに『約束』というものに心当たりはないかとお訊ねできないかと、藁(わら)にも縋(すが)る思いでこちらを訪ねました。それと、飯山さんは近所の飲み屋さんに通っていらしたということで、この五日間お店を探しているのですが、まったく手掛かりが得られなくて……営業時間外にいきなりお伺いしてこんなことを言って本当に申し訳ないんですが……」

　航平が頭を下げると、男性が大仰に溜め息を漏らした。

「そういう事情ならサービス残業もしょうがないか」

　男性が鍵穴から鍵を引き抜いて会社のドアを開けた。

「わたしは西川(にしかわ)といいます。殺風景な事務所で恐縮ですが、まあ、入ってください」

　西川に促されて、航平は明香里とともに事務所に入った。すぐに電気がつき、中の様子があらわになる。事務机が四つ並べられ、壁際に書類棚が置かれただけの小さな事務所だ。在籍している警備員のほとんどは外で仕事をするだろうから事務所自体はそれほど人がいなくていいのだろう。

西川がふたりのために椅子を用意して勧め、棚に向かう。

「……ただ、あまり期待しないでね。警備員の入れ替わりは激しいから、飯山さんが働いていたときに残っている人もかなり少ないと思う。さすがに辞めた人にまでこんな用事で連絡を入れるわけにもいかないから」棚にある書類を探しながら西川が言う。

「ええ。在籍されているかたにお訊きいただけるだけでありがたいです」

しばらくすると何枚かの履歴書を手にして西川がこちらに戻ってきた。机に向かって座り、受話器を持ち上げて履歴書を見ながら電話機のボタンを押す。

「……ああ、目黒さん？　アイハラ警備保障の西川です。いきなり電話してごめんね。いやいや、仕事の話じゃないんだけど……四年ほど前までうちで働いてた飯山晃弘さんって覚えてる？　たしか目黒さんと何度か一緒の現場になったことがあると思うんだけど……そうそう……四十ちょっとの、けっこうガタイのよかった……」

西川が電話の相手に晃弘と何か約束をしたことがないかということと、行きつけにしていた飲み屋を知らないかを訊いていく。

「……そう。わかった。ありがとう。いきなりこんな電話をしてすまなかったね」

受話器を置いて、西川がこちらに顔を向ける。首を横に振ると、次の履歴書を手に取って電話をかける。

次々と電話をかけて必死に手掛かりを得ようとする西川を見つめながら、航平は胸にこみ上げてくるものを覚えた。

最初はつっけんどんな人物だと思っていたが、今では情に厚い人なのだと感じている。

「……佐藤さんは、飯山さんが言ってたっていう約束に心当たりはないかな？　そう……わからないか……」

電話をかけるべき従業員の履歴書は最後の一枚になっていた。今、電話をしている相手から話が聞けなければ、手掛かりを得られないまま事務所を出ることになるだろう。

「ところで佐藤さんは飯山さんと一緒に飲みに行ったことはなかった？　えっ？　そのお店の名前は覚えてる？」

西川が相手に訊きながら、ボールペンを手にして紙に殴り書きする。

「そう。ありがとう……」

受話器を置くと、西川がこちらを向いて紙を差し出した。

航平は紙を受け取って目を通した。『ひょうた　西旭町』と書いてある。

「飯山さんが言っていた約束というものに心当たりはないけど、一度その小料理屋に連れて行かれて一緒に飲んだことがあるって。店の詳しい住所はわからないけど、西旭町で……近くに公園があったって」

「ありがとうございます」

航平と明香里は同時に礼を言い、深く頭を下げた。顔を上げると壁掛け時計が目に留まった。午後七時半を過ぎている。ここにきてから一時間以上経っていた。

「東京に戻る前にもう一度お伺いして何かお礼をさせていただきます」

「そんなのはいいから」西川がそう言って手を振る。「今勤務中の者や、電話がつながらなかった者もいるから、連絡先を教えてくれるんなら明日にでも確認して報せるよ」

「ぜひお願いします」と航平は自分の携帯番号とメールアドレスを教えた。

「ひとつお訊きしたいんですが」

その声に、航平の連絡先をメモしていた西川が明香里に目を向けた。

「飯山さんがどうしてこの仕事をお辞めになったかご存じですか？」

「たしか……家庭の事情で東京に戻ることになった、とかだったかな」

「家庭の事情ですか？」意外だというように明香里が訊き返す。

明香里から聞いた話では、晃弘の家族である両親はその時点ですでに亡くなっている。

とりあえずの方便だったのだろうか。

「飯山さんからご家族のお話を聞かれたことはありますか？」

明香里が訊くと、西川が首を横に振った。

「いや……わたしは聞いてないね。おそらく他の者も……飯山さんはあまり自分の話をしたがらない人だったから。まあ、ここを辞めたいと言われて残念に思ったのは覚えているよ。責任感の強い人だったから」

「どういったところでそのように思われたんでしょうか」航平は興味を覚えて訊いた。

「いつだったか飯山さんが工事現場の警備をしていたときに窃盗団のグループと鉢合わせしちゃってね、犯人を追いかけた末に大怪我を負わされたことがあったよ。それでも犯人のひとりを押さえ込みながら一一〇番通報して警察が来るまで耐えてたっていうんだから。普通そこまでしようとする警備員はなかなかいないからね」

西川の話を聞いて、航平は明香里と顔を見合わせた。

自分たちがほとんど知らない晃弘の人となりに触れて、思わず感慨に浸った。

「まあ……あなたから飯山さんが亡くなった理由を聞いて、あの人らしいなと思った。飯山さんの最期の言葉が伝わるといいね」

西川に向けて明香里が強く頷く。

改めてふたりで西川に礼を言って事務所を辞去した。建物から出ると航平はスマホを取り出してネットで先ほど西川から伝えられた店を調べた。情報がない。

大通りに向かってタクシーを拾う。

「西旭町にある『ひょうた』という小料理屋をご存じですか？」

運転手に訊いたが、知らないと首を横に振る。

「じゃあ、西旭町にある公園までお願いします」

「そんなら旭町公園かの」運転手がそう言って車が走り出した。

しばらくすると薄暗い住宅街でタクシーが停まった。支払いをして航平と明香里は車から降りた。たしかに目の前に公園があるが、その近くに飲み屋がある様子は窺えない。

来た道にはそれらしい店はなかったので、前に進んでいく。

「あれじゃないかな？」

明香里が指を向けた先に淡い明かりが見える。自然とふたりの歩調が速くなった。

小料理屋『兵太』は薄暗い住宅街の中にぽつんとあった。二階建ての民家の一階が店舗になっていて、間口を見るかぎりかなりこぢんまりとした店らしい。

航平は引き戸を開けて明香里とともに中に入った。すぐに「いらっしゃいませ――」とカウンターの中にいた男性が声をかけてくる。頭に鉢巻をしていて五十歳前後に思えた。

カウンター八席だけの店で、一番奥の席に座ってコップ酒を飲んでいた初老の男性客が珍しいものでも見るような目をこちらに向けている。

か。

一見客が珍しいのか、もしくは航平の左目のまわりに派手に浮かんだ痣を気にしているのか。

手前側の端の席に明香里と並んで座り、とりあえず生ビールをふたつと刺身の盛り合わせを頼んだ。

目の前にジョッキと突き出しの小鉢が置かれる。ジョッキを合わせると明香里がマスクを外して口をつけた。航平もひと口飲むと突き出しのもつ煮をつまむ。うまい。

「このもつ煮、すごくうまいですね」

カウンターの中に向けてお世辞ではなく言うと、「ありがとうございます」と男性が愛想笑いを浮かべて近づいてくる。

「お客さんはこの近くのかたですか？」

「いえ、埼玉から来ました」

「ホテルはどちら？」

「ニュープラチナホテルです」

「へえ、あそこからこんなところまで飲みに来られるなんてねえ」

「ご主人は飯山晃弘さんというかたをご存じでしょうか？」航平はさっそく訊いた。

「知ってますよ」とあっさりと言われ、思わず明香里と顔を見合わせる。

「晃ちゃんからのご紹介だったんですか。どうりで」

その呼びかたからそれなりに親しい間柄なのが窺える。

「そういうわけではないんですが……飯山さんのことをお訊ねしたくてこちらに伺いました」

意味がわからないというように男性が首をひねる。

「あの……飯山さんがお亡くなりになられたことはご存じでしょうか」

航平の問いかけに、「えっ!?」と男性が目を剝いた。

ガラスが割れる音が聞こえ、航平は目の前の男性から視線を移した。カウンターの端で飲んでいた初老の男性がグラスを床に落としてしまったようだ。

「晃ちゃんがのうなったって……嘘じゃろ……」

グラスを落としたこともかまわず、こちらに顔を向けながら初老の男性が信じられないというように言う。

「本当です」見つめ返しながら航平は答えた。

「嘘言うちゃあいけんよ。どこの誰だか知らんが、そがぁな……」

動揺したように言いながら席を立って向かってこようとする初老の男性を、「トクさん、危ないから落ち着けって」とカウンターの中から店主らしき男性が制する。すぐにカウンターから出ていき、割れたグラスを拾い集め、雑巾で床を拭ってからあらためてこちらに視線を向ける。

「ぼくは東原航平といいます。こちらにいるのは浜村明香里さんです」

航平が自己紹介すると、隣に座っていた明香里がふたりに会釈した。

「ここの店主をしてます陣内(じんない)です。こちらは常連のトクさん……いや、徳永(とくなが)さん。晃ちゃんが亡くなったっていうのは冗談じゃないんですね？」

航平が頷くと、「そう……」と陣内が大きな溜め息を漏らした。割れたガラスを持ってカウンターの中に戻る。

「いつ、亡くなったんですか？」陣内が訊く。

「昨年の十一月十六日です」

航平の言葉に、陣内と徳永がカウンター越しに顔を見合わせた。

「昨年の十一月っていったら……ここに顔を出してすぐってことじゃないか。たしかそうだったよね？」

確認するように陣内が訊くと、「ほうじゃったのお」と徳永が相槌を打つ。

「飯山さんは昨年このお店にいらっしゃったんですか？　たしか東京に移られたと聞きましたけど」

「そうなんだけどね……たしか十月の終わり頃だったと思うけど、ふらっと店にやってきたんだよ。そのときは体調が悪いなんて一言も言ってなかったけど……」

どうやら陣内は晃弘が病気で亡くなったと考えているようだ。

「飯山さんは病気でお亡くなりになったわけではないんです」

航平が言うと、陣内と徳永が同時にこちらに視線を向けた。

「昨年の十一月に東京渋谷のスクランブル交差点で起きた通り魔事件をご存じでしょうか？」

相手からすれば突飛な話だったようで、ふたりが怪訝そうに首をかしげる。

「何かそんな事件があったねえ。それが……」

「飯山さんはその事件の被害に遭われたんです」

ふたりが息を呑んだのがわかった。

テレビのニュースでその事件自体は知っていたのだろうが、まさかその被害者が自分たちの知人であるとは夢にも思っていなかったのだろう。被害者である晃弘の名前と年齢は公表されていたものの、写真は出ていない。それに晃弘がひとり者であったことから、被害者についての詳細が語られることもなかった。

「わたしが通り魔に襲われているときに、飯山さんが助けてくださいました。それで……飯山さんは刃物で斬りつけられて搬送先の病院で亡くなりました」

ふたりの視線が航平の隣に座った明香里に注がれる。明香里の右頬に走る深い傷跡に今気づいたようで、痛々しそうに顔を歪めている。

「わたしの近くに倒れた飯山さんは虫の息で……でも、最後の気力を振り絞るように必死にわたしに訴えかけてきました。『約束は守った……伝えてほしい……』と。おそらく飯山さんの最期の言葉だったんだと思います。それで……」

「その言葉を伝える相手を捜すために広島に来た、と？」

陣内の言葉に、明香里が頷き、すぐに口を開く。

「何とかしてその言葉を伝えたいと思っていましたが、わたしたちは飯山さんのことをほとんど知らず、そのかたを捜す手段がありませんでした。ただ、少し前に飯山さんをご存じのかたと東京で知り合って、広島に住んでいたことがわかりました。五年前の時点で飯山さんが皆実町のアパートにいて、定期的にどこかに飲みに行っていたようだと」

明香里の話を聞いて、「そういうことだったんですか……」と陣内がカウンターの中で嘆息した。すぐに徳永を見て、「トクさんは晃ちゃんが言ってたっていう『約束』に心当たりはないかな？」と訊く。

「いやあ……晃ちゃんたぁそれなりの付き合いじゃったが、誰かと何か約束をしとるっちゅう話は聞いたことがないのぉ」

徳永の言葉を受けて陣内がこちらに視線を戻し、「おれもそうだなあ」と言う。

「このお店のお客さんの中で、他に飯山さんと親しくされていたかたはいらっしゃらないでしょうか？」航平は訊いた。

「もちろんいますよ。この店の常連客のほとんどと晃ちゃんは親しかったと思う。ただ、親しいといっても店だけの付き合いだったんじゃないかな。店で顔を合わせたら楽しく話をするけど、個人的な付き合いがあったとは聞いたことがないなあ」

陣内の言葉を聞きながら徳永が何度も頷く。

「この店のお客さんと晃ちゃんとの会話はだいたい聞いているおれも、誰とどんな約束をしたのかに心当たりがない。大変残念だけどさ……」

「そうですか……」

明香里に目を向けて、航平は漏れそうになる溜め息をこらえた。すぐにカウンターの中にいる陣内に視線を戻して口を開く。

「先ほど、昨年の十月に飯山さんがこちらを訪れたとおっしゃっていましたよね」

「ええ」

「何か用事があって訪ねられたんでしょうか？　それともたまたま旅行か何かで？」

「何か用事があってっていうわけじゃなかったんだろうけど……おそらくここに来ることで、

自分の気持ちを立て直したかったんじゃないかな」

陣内の言葉に同意するように、「ほんまそうじゃったんじゃろうのぉ」と徳永が呟く。

「前に来よった頃たぁ別人みとぉにだいぶ悪げになっとったけぇのぉ」

徳永の言葉に陣内が相槌を打つ。

「どういうことですか？」

「晃ちゃんは四年ほど前に東京に移ったけど、それからいろいろと苦労したみたいなんだよね。それまで貯めていた金で東京の府中っていうところに部屋を借りたそうだけど、なかなかいい仕事が見つからなかったみたい。やっと採用された工場の仕事も上司との折り合いが悪くて辞めることになって……晃ちゃんは変に正義感が強いところがあるから、同僚の外国人に差別的なことを言って虐めている上司が許せなかったみたいでね」

陣内の話を聞きながら、航平は晃弘の人となりに思いを巡らせた。

先ほど訪ねた警備会社の西川も、責任感が強い人物だと評していた。

「その後もいい仕事にも恵まれなくて、日雇いの土木作業で何とか食いつないでいたそうだけど、一年半前に大怪我を負ってしまったってね」

「仕事でですか？」

明香里が訊くと、陣内が頷いた。

「足場から落ちて腰と背中を骨折したんだって。ちゃんとした会社じゃなかったのか労災も申請してもらえなくて、何ヵ月も仕事ができないうえに治療費や入院費で貯金も底をついて、何とか退院できたけど部屋から追い出されることになってしまったって」

年賀状が宛先不明で戻ってきたと根岸が話していたが、そんな事情があったのか。

「それからは路上生活者になってしまったということでしょうか」

航平が言うと、「そういうことだろうね」と陣内が答えた。

「最初の頃はネットカフェに泊まりながら仕事があるときには日雇いで働いていたそうだけど、財布や携帯電話を入れていた鞄を盗まれたのをきっかけに、それも難しくなって野宿するようになったって」

明香里から聞いた話によると、死亡が確認された際の飯山は身分証の類や携帯電話を所持していなかったという。

「空き缶や雑誌を拾い集めてわずかな金に換えて、この数ヵ月ほど何とかやっていると話してた。そういう生活をしながら少しずつお金を貯めて、最も運賃が安い高速バスを使って広島にやってきたんだと」こちらを見つめながら陣内が言う。

「路上生活を強いられていた飯山さんは、常連だったこのお店に来ることで気持ちを奮い立たせたかったのかもしれませんね。何とかして今の状況を脱しなければいけないと」

航平の言葉に同意するように、陣内が頷いた。

「正直なところ、みすぼらしい格好で訪ねてきてそういう話をした最初のうちは……こういう言いかたをしてしまって申し訳ないんだけど、金の無心に来たんじゃないかと思った。だけどしばらく話をしているうちにそうではないんだと思い直した。晃ちゃんはこの数年で自分の身に降りかかった不幸を話しながらもこんなことを言ってたんだ。『ここに来れば自分はまっとうに生きなければならないと改めて思える』って」

どういう意味だろうと、航平は明香里と顔を見合わせて首をかしげた。

「路上生活をしていると、怪しげな仕事の斡旋や犯罪まがいの誘いなんかがあるらしい。どんなに苦しい生活を送っていてもそういう誘いには絶対に乗らないと、この店に来ることで改めて思いたかったんじゃないかな。晃ちゃんはおばさんにも会いたがっていたけど、あいにくインフルエンザに罹って入院していたのでそれは叶わなかった。そのとき店にいた徳永さんや他のお客さんやおれで金を出し合って、とりあえず五万円を渡して何とか頑張れよって言ったら、泣きながら頑張ると言って店を出ていった」

「晃ちゃんはまっとうに生きたっちゅうことじゃの。どがぁにもやり切れん最期じゃが……」

その声に、航平はカウンターの端に目を向けた。最後に飯山と会ったときのことを思い出しているのか、徳永が寂しげにうなだれている。

「もしかして……それが約束だったんじゃないでしょうか」

航平が声を発すると、店内にいた三人の視線が自分に注がれた。

「どういうこと？」切迫した声で明香里が問いかけてくる。

「いや……陣内さんやそのときにいた常連のかたと話した、頑張ってまっとうに生きるというのが飯山さんにとっての約束だったんじゃないかなって」頭をかきながら航平は言った。

「怪しげな仕事の斡旋や犯罪まがいの誘いに乗らないばかりか、自分は人の命を助けるようなまっとうな生きかたをしたって。飯山さんはこの店の人たちにそれを知ってもらいたかったんじゃ……」

航平が言うと、「なるほどね……」と陣内が呟いた。徳永も「ひょっとしたらぼうかもしれんのぉ」と頷く。

「なんじゃぁかんじゃぁゆうても、あんとき玉枝（たまえ）さんに会わせちゃりたかったのぉ」

徳永の言葉を聞いて、「玉枝さんというのはどなたですか？」と明香里が訊いた。

「さっき話したインフルエンザに罹って入院したというおばさんです」陣内が答える。「もともとこの店はおれのおじさんとおばさんがやっていたんです。ただ、六年前におじさんががんで亡くなって、千葉の料理屋で働いていたおれがおじさんの跡を継いでここを手伝うようになって。さらに三年前におばさんが足の骨折で身体の自由が利かなくなって施設に入ることになっちゃったから、それからはおれひとりで店を切り盛りしてるってわけです」

「そうなんですか……飯山さんはおじさんがお店をされているときからいらっしゃっていたんでしょうか？」航平は訊いた。

飯山は九年前に竹原市からここからほど近い広島市南区皆実町に移っている。

「ええ。おれがここで働き始めてから晃ちゃんはおじさんとの思い出話を懐かしそうによく話してたな」

「昭雄さんも玉枝さんも晃ちゃんのことを自分のほんまの子供みたいに可愛がっとったのぉ……若いんじゃけぇもっと食べんさいゆうて、料理なんかも大盛りで出したりしてから」徳永が思い出すように言った。

昭雄というのは陣内のおじさんなんだろう。

「おふたりにはお子さんはいらっしゃらなかったんですか？」

明香里が訊くと、陣内と徳永が顔を見合わせて気まずそうに言いよどんだ。

あまり触れてはいけないことだったようだ。

「わたしたちが玉枝さんにお会いすることはできないでしょうか」

その言葉に弾かれたように、陣内と徳永がこちらに顔を向けた。

「おばさんと会ってどうするんです？」陣内が明香里に問いかけた。

「それぐらい親しい間柄だったなら、もしかしたら飯山さんが『約束』をした相手は玉枝さんや昭雄さんだったかもしれません」

明香里の言葉を聞きながら、陣内が考え込むように唸った。

「駄目でしょうか？」

間髪を容れずに明香里が訊くと、陣内が顔を上げた。

「いや……駄目というわけではないんだけど……おばさんは晃ちゃんが亡くなったことは知らないから。しかも、通り魔に殺されたなんてことを知ったらひどくショックを受けるんじゃないかと……おばさんは今年八十三歳で、それでなくても施設に入ってから心身ともに弱っていってるからね」

晃弘が通り魔に殺されたことを話さずに自分たちが知りたい事柄を引き出すのは難しいだろう。自分の子供のように可愛がっていたのであれば、晃弘の無残な最期は知らないほうがいいかもしれないと航平は思った。

ただ……

「陣内さんのお気持ちもすごくよくわかります。ただ、もし……飯山さんが彼女に必死の思いで訴えた言葉が玉枝さんや昭雄さんに向けたものであったとしたら、伝えてあげたいと思います。そうしなければあまりにも飯山さんが報われないんじゃないかと……」

航平が言うと、自分だけでは判断がつかないというように陣内が徳永に目を向けた。

「玉枝さんにゃぁ酷なことかもしれんが、わしもそがぁなほうがええゆうて思うよ」

徳永の言葉に頷いて、陣内がこちらに視線を戻した。

「わかりました。いつまで広島に滞在できますか？」

「日曜日に東京に戻るつもりでいますが、もし都合が合わないようであればそれ以降でも……」航平は答えた。

いざとなれば来週の仕事も休んでいいと思っている。

「営業日は日中も仕込みをしなければいけないので難しいけど、日曜日でいいならおばさんが入っている施設に一緒に行きましょう」

「ありがとうございます」

航平と明香里は同時に言って頭を下げた。

36

洗面台の前で出かける準備を整えると、明香里はポーチからマスクを取り出した。それをつけようとして、ある考えが頭をよぎった。

これから玉枝に会うのであれば素顔をさらしたほうがいいだろう。

通り魔によってつけられた右頬の深い傷跡を見せながら晃弘が自分のためにしてくれた行為を話したほうが、より玉枝の胸に迫るのではないかと思った。

ノックの音が聞こえ、明香里はマスクをポーチの中に戻すと洗面所を出てドアを開けた。

航平が立っている。

「そろそろ出たほうがいいんじゃないかな」

時計を確認すると、もうすぐ午前九時半だ。十時に『兵太』の前で陣内と待ち合わせの約束をしている。

「そうだね。行こうか」

「マスクはしないの？」

「今日はいらない」明香里はそう言うとハンドバッグを取りに行って部屋を出た。

ホテルの前でタクシーに乗り込み、『兵太』に向かう。やがて店の前に黒い軽自動車が停まっているのが見えた。タクシーを降りて店に近づくと、軽自動車の運転席のウインドウが開いて陣内が顔を出した。

「これで行くから後ろに乗って」と陣内に言われ、明香里と航平は後部座席に並んで乗った。

陣内がすぐに車を走らせる。

「カップホルダーに缶コーヒーを置いておいたから。好みじゃないかもしれないけど二十分ぐらいかかるから、それでも飲みながらくつろいで」

陣内に礼を言って、明香里は缶コーヒーに手を伸ばした。プルタブを開けて口をつける。

「この前は話すべきかどうか迷ったんだけど……おじさんとおばさんには『ひょうた』っていうひとり息子がいるんだ。おれよりも四つ年下だから四十九歳かな」

明香里は航平と顔を見合わせた。

「ひょうたっていうのはお店の？」

明香里が訊くと、陣内が頷いた。

「息子が三歳のときにそれまで働いていた和食店から独立して店を出したから、その名前を屋号にしたと話してたな」

「兵太さんは店を継がなかったんですね」

明香里が言うと、「そう……」と陣内が呟いた。

「おじさんとおばさんは継がせたかったんだろうけどね。おじさんは兵太が高校を出るとすぐに知り合いがやってる有名な和食店に修業に出した。いずれ自分の店を任せようと思ってね。ただ、修業中に悪い仲間と付き合うようになって勝手に店を辞めちゃったんだ。それでいつの間にかヤクザの盃まで受けちゃって……二十二、三歳のときに警察の厄介になって刑務所に入れられた」

晃弘も強盗致傷罪で逮捕され、刑務所に入っていた過去がある。

「それを機に親子の縁は切ったとおじさんは言ってたけど、屋号をそのままにしているということは心のどこかで帰ってきてほしいと願っているんじゃないかな」

「その後、兵太さんは？」航平が訊いた。

「さあ、おれが知るかぎり連絡はないみたいだね。晃ちゃんは店に来ても自分のことはほとんど話をしなかった。家族がいるのかどうかも、それまでどこでどういう生活をしていたのかも……晃ちゃんにどういう過去があるのかおれは知らないけど、もしかしたらおじさんとおばさんはどこか根無し草のように感じさせる晃ちゃんに、息子の姿を重ね合わせていたのかもしれない」

そして、晃弘は陣内のおじさんとおばさんである昭雄と玉枝に、親子の縁を切られてしまった自分の両親の姿を重ね合わせていたのかもしれない。

『有料老人ホーム　サニープレイス』とプレートの掛かった門をくぐり、車が駐車場に停まる。

明香里は航平とともに車を降りて、陣内に続いて建物に向かった。大きな集合玄関でスリッパに履き替え、テーブルセットがいくつも置かれた談話室に案内される。

「おばさんを連れてきますんで、座って待っててください」陣内が部屋から出ていく。

明香里は近くにあった四人掛けのテーブルに航平と並んで座った。しばらく待っていると、車椅子を押して陣内が部屋に入ってくる。車椅子に乗った老女は、陣内から何も聞かされていないようで、朗らかな笑みを浮かべていた。

明香里のすぐ目の前で車椅子が停まった。車椅子の玉枝はそれまで朗らかな笑みを浮かべていたが、急に悲しげな眼差しで明香里を見つめた。右頰に走る深い傷跡に気づいたのだろう。

「かわいそうに……どうしちゃったんだい？」と優しい口調で問いかけながら明香里の右頰に細い手で触れる。

「後でお話しさせていただきます」

玉枝が頰に添えていた手を下ろし、それまで心地よく感じていた温もりが消えた。

「突然お伺いして申し訳ありません。わたしは埼玉に住んでいる浜村明香里といいます。こちらは東原航平さんです」

「埼玉からわざわざ？　それはそれは……わたしにどんな御用なのかしら」少し戸惑ったように、玉枝が車椅子を押していた甥の陣内を見上げる。

玉枝に問いかけられた陣内は話すのをためらってか口ごもる。

それを伝えるのは自分の役目だ。

「兵太の常連客だった飯山晃弘さんのことを覚えておられますか？」

明香里がその名前を出した瞬間、玉枝の顔がぱっと明るくなる。「もちろん忘れるわけがないわよ」と嬉しそうに何度も頷く。

その笑顔を見て、次の言葉に詰まった。それまでの決心が揺らいで、目を閉じてしまう。

それでも伝えなければならないと目を開けて、玉枝をまっすぐ見つめ返しながら口を開いた。

「飯山さんは昨年の十一月十六日にお亡くなりになられました」

そう告げた瞬間、玉枝の眼差しから光が消えたように感じた。

「ど、どうして……」絞り出すような声が聞こえる。

「東京の渋谷にあるスクランブル交差点で通り魔に斬りつけられていたわたしを助けるために……わたしの命を救うために飯山さんは……自分の……自分の命を落としてしまいました」

光が消えたように感じた玉枝の眼差しにきらきらとしたものが浮かんだ。とめどなくあふれてくる涙が玉枝の頬を伝っていく。

「ごめんなさい……」自然とその言葉が口からこぼれた。

明香里は膝に置いたバッグからハンカチを取り出し、「どうぞ」と言って玉枝に握らせた。

「ありがとう……」玉枝が呟いて涙を拭う。

「この人たちは晃ちゃんが亡くなったことを報せるために、埼玉からわざわざ来てくれたんだよ。晃ちゃんが以前広島市内に住んでいたのを知ってね」陣内が明香里と航平を交互に見やりながら言う。

陣内の言葉に何度か頷きながらひとしきり涙を拭うと、玉枝がハンカチを目もとから離して口を開いた。

「あなたと晃ちゃんはどのようなご関係だったの？」

「どのような関係でもありませんでした」明香里は玉枝を見つめ返しながら首を横に振った。

「ただ、あの日、あのとき、同じ交差点を渡っていたというだけの……それだけの……赤の他人でしかないわたしを助けるために飯山さんはご自身の命を犠牲にされたんです」

玉枝がふたたび細い手を伸ばして明香里の右頬に触れる。

「この傷跡はその通り魔事件で負ったものなの？」

明香里は頷いた。

「右頬だけでなく、全身の十七箇所を刺されて生死の境をさまよいました。飯山さんが助けてくださらなければわたしは間違いなく殺されていたでしょう」

　痛ましいというように玉枝が顔を歪める。

「通り魔に斬りつけられてわたしの近くに倒れた飯山さんは虫の息でした。生気を失った目でわたしを見つめて、息も絶え絶えの状態で……それでも最後の気力を振り絞るように『約束は守った……伝えてほしい……』とわたしに訴えかけてきました」

「約束は守った……伝えてほしい……」こちらを見つめながら玉枝が反芻する。

「そうです。おそらく飯山さんの最期の言葉ではないかと思います。その大切な言葉を伝える相手をわたしたちは捜しているんです。お心当たりはないでしょうか？」

　つらそうに玉枝が顔を伏せて大きな溜め息を漏らした。

「どうでしょうか？」

　明香里がさらに訊くと、玉枝がゆっくりと顔を上げた。

「ありがとう……わたしにその言葉を伝えてくれて」

　その言葉に弾かれて、明香里は航平と顔を見合わせた。すぐに玉枝に視線を戻す。

「飯山さんがおっしゃっていた『約束』に心当たりがおありなんですか？」

「晃ちゃんに訊かなければ実際のところはわからないけど……だけど、もう晃ちゃんに訊くことはできないし……でも、おそらくわたしとした約束なんじゃないかと……ね……」

「晃ちゃんはおばさんとどんな約束をしたんだよ」陣内が勢い込んで訊く。

玉枝が陣内を見上げて、「簡単にできる話じゃないのよ」と言う。

「そんな難しい約束をしたのか？」

「そういうわけじゃない……ただ、晃ちゃんの人生にも触れる話だからね」

晃弘とは赤の他人でしかない明香里や航平に話すべきかどうか悩んでいるようだ。

「もちろんおふたりの約束を無理に聞かせてほしいとは言えません」

沈黙を破るように航平の声が聞こえた。

「ただ……彼女の命を救ってくださった飯山さんのことをぼくたちはほとんど知りません。飯山さんの人生のごく一部しか……飯山さんがどのようなかただったのか、あの事件に遭遇するまでどのような人生を送っておられたのか、できればもっと知りたいです。それを知ることで飯山さんへの思いがさらに深まるんじゃないかと……」

航平を見ていた陣内が車椅子の玉枝に視線を移して口を開く。

「この人たちは晃ちゃんのことを知りたくて、きっと今まで長い旅をしてきたにちがいないんだ。おばさん、これからもずっと行き先のわからない旅を続けさせるのはかわいそうじゃないか？」

陣内に説得され、「そうかもしれないねえ」と玉枝が頷き、こちらに視線を合わせる。

「晃ちゃんとの出会いは今からたしか……十年前……いや、そこまでは経っていなかったかしら。うちの店にふらっとひとりでやってきてね。晃ちゃんが初めて来た頃は主人とふたりで店を切り盛りしていたの」

「陣内さんからお聞きしました。六年前にご主人をがんで亡くされたことも」明香里は返した。

「そう。こんなことを言うと天国にいる晃ちゃんに叱られるかもしれないけど、最初のうちは不愛想なお客さんだと思っていたんだよ。こちらがいろいろと話しかけても、ろくに言葉も返さないままひたすらお酒を飲んでいたからねえ。他のお客さんがいるときにはいいけど、晃ちゃんしかいないときには何だか間が持たなくてね」懐かしそうに目を細めながら玉枝が言う。

「へえ、晃ちゃんにもそういう時期があったんだ。おれが店を継いでからはそんな感じじゃなかったから意外だね」陣内が車椅子から離れてテーブルの向かい側に座った。

「晃ちゃんにとっても、その頃のうちの店はあまり居心地がよくなかったかもしれないけどね」

「どうしてですか？」明香里は訊いた。

「おそらく晃ちゃんのご両親と年齢が近いでしょうから。小うるさそうな親父と女将(おかみ)がいる店だと思われていたかもしれないわね。ただ、何が気に入ったのかはわからないけど、週に何度かはやってきてね……そのうち自分の名前や年齢や、ちょっと前に竹原市から店の近くに移ってきたっていう話をするようになってね。だけど、それなりに親しくなってからも自分の家族のことや、出身も含めてそれまでどんな生活を送ってきたのかについては頑なに話そうとしなかった。それで何か訳ありの人なんだろうと主人とも話して、ますます晃ちゃんのことが気になるようになった」

「兵太のことを思い出してか？」陣内が訊く。

「そうだね。年も兵太と近いし……それである日、お客さんが晃ちゃんひとりのときに兵太の話をしたの。わたしたち夫婦には晃ちゃんと年の近いひとり息子がいたんだって。過去形だったから『亡くなったんですか？』って晃ちゃんに訊き返されて、二十二歳のときに刑務所に入れられるようなことをしでかして、親子の縁を切ったたって……」

話しながら玉枝の眼差しが寂しげなものに変わる。

「わたしと主人が息子の兵太の話をしたのをきっかけに、晃ちゃんも自分の身の上を話すようになったの……晃ちゃんも兵太と同じくひとり息子だそう。高校時代に交通事故に遭って、それまで熱中していた野球ができなくなったためにグレてしまって、二十歳のときに事件を起こして刑務所に入れられたたって」

「そうだったの？　初めて知った」陣内が驚いたように言った。

「おふたりはご存じなのかしら？」

玉枝に問いかけられ、明香里は航平とともに頷いた。

「飯山さんの叔父さんに当たるかたからお聞きしました」

明香里が答えると、「そう……」と玉枝が呟いて話を続ける。

「晃ちゃんは刑務所を出てから改心して真面目に生きようとしたけど、前科があったり、保証人になってくれる身内もいなかったりで、なかなかいい仕事には恵まれなかったそう。非正規雇用の工場なんかの仕事を渡り歩いて、うちの店にやってきた頃には広島市内で警備員の職に就いていた。ご両親とはその時点で二十年近く会っていないということだった。他のお客さんがいなくなってひとりになると、晃ちゃんは子供の頃の思い出話をしながら泣いてしまうこともあってね……わたしたちは両親に会って今までの不義理をきちんと詫びて許してもらったほうがいいと、親としてとうぜん思っているであろうことを代弁したんだけど、晃ちゃんは今さらそんなことはできないと頑なに首を縦に振らなかった」

玉枝の話を聞きながら、彼女自身もひとり息子である兵太に戻ってきてほしいと願っているのを察した。

「六年前に主人ががんで亡くなって……わたしは唯一の支えを失って途方に暮れた。兵太とは音信不通の状態だったから、父親が亡くなったことを報せようもなくてね。葬儀には晃ちゃんも来てくれたけど、ずっと泣きじゃくってた。数年の付き合いの中で、主人のことを自分の父親のように思っていたのかもしれないね。兵太はいなかったけど、晃ちゃんが主人の死をそれだけ悲しんでくれたのがせめてもの救いのように思えた。主人の葬儀が終わってしばらく経った頃に、わたしは晃ちゃんを店に呼び出して話をしたの。自分の親はたいていの場合、自分よりも先に亡くなってしまうんだよって。亡くなってしまったら、もう何も伝えられないんだよって」

訥々と語る玉枝を見つめながら、明香里は胸に痛みが広がっていくのを感じた。

晃ちゃん——飯山晃弘がその後苛まれたにちがいない深い悲しみを想像できるからだ。

「亡くなってしまった相手にはもう謝ることはできない。それに許してもらうこともできない。そんな話をしたら、晃ちゃんはようやく実家に行って両親に会う決心をしたの。東京に行く直前まではずいぶんと緊張した様子だったけど、それでもどことなく晴れ晴れしい感じがした。でも、広島に戻ってきたときには奈落の底に突き落とされたような暗い顔をしていた」

「ご両親がおふたりともすでに他界されていたのを知ったんですね」

明香里の言葉に、玉枝が頷く。

「実家はすでになくなっていて、アパートが建っていたそう。近所の人に聞いて、両親がすでに亡くなったのを知ったと……」

晃弘の父親は十三年前に、母親は九年前に亡くなったと、彼の叔父から聞いた。

「それからの晃ちゃんは見ているこちらが苦しくなるぐらい塞ぎ込んでしまってね。以前よりも酒の量もかなり多くなって……」

「そういえばそんな時期があったね。失恋したのかな、ぐらいに思っていたけど」陣内が納得したように言う。

「このままじゃいけないと思ってね……自暴自棄になって、昔のようにまた悪いことに手を染めてしまうんじゃないかと……それで晃ちゃんとふたりきりになったときにこう言ったの。どんなことをしても亡くなってしまった両親には直接謝ることはできない。それに直接許しの言葉を聞くこともできない。だけど、ふたりとも必ずこれからの晃ちゃんを見てるよって。三十年後か、四十年後か、どれぐらい先かはわからないけど、いつかあの世でお父さんとお母さんに会えたときに恥ずかしくない生きかたをしなさいって」玉枝の目にふたたび涙があふれ出した。「真面目に精一杯生きて、困っている人や苦しんでいる人がいたら助けてあげられるような、これからそういう生きかたをすると約束してちょうだいと……」

涙ながらに玉枝が言うと、先ほど明香里が手渡したハンカチでふたたび目もとを拭った。

約束——

玉枝を見つめながら、その言葉が心に深く突き刺さっている。

あのとき、通り魔に斬りつけられていた明香里はどうしようもない苦しみに苛まれていた。

晃弘に助けられなければ、おそらく自分は殺されていただろう。

約束は守った……伝えてほしい……

「玉枝さんにお伝えしたかった言葉だったんですね」

ようやく伝えられたという思いとともに、明香里の視界も涙で滲んでいく。

玉枝がどんな表情をしているのかは定かではないが、こちらに向けて何度も頷いているのがわかる。

「晃ちゃんはわたしとの約束を守ったんだよ。お父さんにもお母さんにも恥ずかしくない生きかたをして……だけどまさか……こんな早くに逝ってしまうなんて……そんなの……あんまりじゃないか……」玉枝の声が震えている。

「飯山さんはどうして広島を出て東京で生活を始めることにされたんでしょうか？」

隣から声が聞こえ、明香里は航平に目を向けた。

「飯山さんが勤めていらした警備会社のかたには、家庭の事情で東京に戻ると話していたそうですが」

たしかにそうだった。両親がすでに亡くなっているのを知っていたのであれば、その言葉の意味が理解できない。

話を聞いたときにも推測したように、とりあえずの方便だったのだろうか。

東京ではなく広島で生活を続けていれば、飯山は路上生活者にまで身を落とすことはなかったのではないか。少なくともここには母親を思わせるような玉枝がいて、さらに陣内をはじめとした飲み屋で語らう仲間もいる。勤めていた職場の西川も晃弘に信頼を寄せていた。

それなのにどうして晃弘はわざわざ東京に戻ることにしたのか……

「晃ちゃんがどうして広島から東京に移ることにしたのか、わたしは理由を聞いてないねえ。これからは東京で生活していくことに決めた、としか」

「そうですか……」航平が呟いた。

「ただ、東京に行ってからしばらくした頃に晃ちゃんから手紙が届いてね……『両親のそばで、両親に厳しい目で見つめられながら、これからの人生を精一杯頑張って生きていきます』と書いてあったわ」

「両親のそばで、とはどういうことなんでしょうね？」航平が首をひねりながら訊く。

「わからない。どこにいても天国にいる両親のことを思っているという意味じゃないかしらね」

ふたりのやり取りを聞きながらあることに思い至り、明香里はバッグからスマホを取り出して航平に目を向けた。

「飯山さんの東京の住所を教えてくれない？」

根岸から聞いた晃弘の東京の住所が航平のスマホの「メモ」にある。

明香里はスマホの地図を表示して、航平が読み上げた住所を検索した。

やはりそうだと、明香里は顔を上げて玉枝を見つめた。

「飯山さんが東京でお住まいだったアパートは多磨霊園のすぐ近くなんです」

「多磨霊園？」

「ええ。飯山さんのご両親のお墓が多磨霊園にあります」

玉枝がはっとする。

「両親のそばで……両親に厳しい目で見つめられながら……」

噛み締めるような玉枝の言葉を聞きながら、明香里は東京での晃弘の生活に思いを巡らせた。

晃弘は両親の墓の近くに住まいながら、これからの人生を精一杯生きようとしていたのだ。

それなのに……

「晃ちゃんもそのお墓に入っているのかしら？」

玉枝の問いかけに、心に暗い影が差した。

「いえ……お父様の言いつけということで同じお墓には入れませんでした。東京の渋谷区内にある青明寺というお寺に無縁仏として埋葬されています」

「そう……」玉枝が深く嘆息した。

「このまま埼玉に戻るの？」

車を運転している陣内に訊かれ、「いえ」と明香里は首を横に振った。

「今日もホテルに泊まることにしています」

当初の予定では今日の新幹線で埼玉に戻るつもりでいたが、玉枝との話がどのようなものになるかわからなかったので昨日のうちに延泊の手続きをしておいた。

「じゃあ、ホテルまで送っていくよ。ニュープラチナホテルだったよね？」

「ええ。ありがとうございます」

明香里は礼を言うと、後部座席の隣にいる航平に目を向けた。玉枝と別れて老人ホームを後にしてからずっとスマホで調べ事をしている。

「どう？」

明香里が訊くと、航平が顔を上げてこちらを見た。首を横に振る。

「無縁仏として合祀（ごうし）された後に遺骨を戻すのは難しいみたいです。他の無縁仏の骨と一緒に混ぜるような形で埋葬されるそうで」

航平の言葉を受けて、「やっぱりそうか……」と陣内が溜め息を漏らす。

晃弘の遺骨が無縁仏として埋葬されていると聞いて、あまりにも不憫だと玉枝はひどく嘆いていた。夫の昭雄のお墓に入れられないかと提案されたが、それができるかどうかわからずその場では誰も何も言えなかった。

「まあ、おれも青明寺に問い合わせて、晃ちゃんの遺骨の状態を訊いてみるけど」

「よろしくお願いします」

無念がこみ上げてくるが、明香里にはそれしか言えない。

「お墓がどうであろうと、晃ちゃんは天国にいるよ。おれはそう思ってる。四十八歳ってぃやあ短い人生だったかもしれないけど、誰にも真似できないような善行をして、きっと今ごろ親父さんやお袋さんからえらく褒められているさ」

自分もそうだと思いたい。だけど、そうだと思っていてもどうしようもないやり切れなさが胸に沈殿している。

玉枝が言ったように、亡くなってしまった人には何も伝えられない。

ありがとうという言葉も、わたしのためにごめんなさいという言葉も。

「もう会うことはないかもしれないから、浜村さんにひとつ言っておきたい」

その言葉に、明香里は顔を上げた。バックミラー越しに陣内と目が合った。

「晃ちゃんのぶんまで浜村さんにはいい人生を送ってもらいたい。いつまでも通り魔の被害に遭ったことを引きずらずに、幸せになってほしい。別に晃ちゃんのことを忘れろっていうわけじゃない。ただ人生には、絶対に覚えているべきことと、早く忘れてしまったほうがいいことがあると思うんだ。晃ちゃんもきっとそう望んでいるんじゃないかな」

明香里は何も言葉を返せなかった。

「ありがとうございます」航平が代わりに言葉を添えた。

ホテルの前で車が停まり、明香里は航平とともに陣内に礼を言って降りた。走り去る車を見送ってからホテルのドアに向かう。

航平とともに七〇三号室に入ると、虚脱感に襲われて明香里はベッドに座り込んだ。

ずっと知りたかったことをようやく知ることができた。だけど達成感は微塵もない。

「航平……わたし悔しいよ。悔しくて悔しくてしかたないよ」

「飯山さんのことか？」

航平を見つめながら明香里は頷いた。

「飯山さんは一生懸命に生きようとしてた。お父さんやお母さん、それに玉枝さんに恥じないような生きかたをしようとしてた。それなのに……何も悪いことしてないのに小野寺に殺された。あいつに思い知らせたい。飯山さんがどんな思いで生きていたのか。その大切な命を、刑務所にずっと入っていたいからっていう理不尽な理由で奪ったってことを。だけど、あいつに突きつけてやることもわたしにはできない……それが悔しい……」話しているうちに涙があふれてきて顔を伏せた。

「ひとつだけ方法があるよ」

その声に弾かれて、明香里は顔を上げた。滲んだ視界の中で航平がじっとこちらを見ているのがわかる。

「以前、法廷ものの小説を書いてる作家を担当したときに調べたことがある。被害者として法廷に立って、自分の思いを直接小野寺に突きつけてやれる」

「そんなことができるの?」

「ああ。ただ、それをすることで明香里がさらに苦しむんじゃないかと怖い。だけど、もし明香里が望むなら……おれは支える」

37

奥のドアが開いて職員とともに小野寺が入ってきた。以前自分が差し入れした紺色のジャージを着ている。いつものように小野寺の隣の椅子に腰かけた職員から「面会の時間は十五分ほどでお願いします」と告げられ、省吾は腕時計を見ながら頷いた。

「初公判が決まったね」

省吾が切り出すと、小野寺が嬉々とした表情で応えた。

一昨日のニュースで小野寺が起こした事件の初公判が三週間後の十月二十八日に決定したと報じていた。

「どんな気分だい？」

「どんな気分って……そりゃ、ワクワクしてるに決まってるでしょう。何てったってあと少しで面倒くさいことから解放されるんだから。裁判なんか早く終わらせてさっさと刑務所に入りたいなあ」

それなりの付き合いにはなるが、いまだにどこまで本心で言っているのか小野寺の表情を見ていてもわからない。

「送った原稿は読んでくれたかな？」

小野寺が頷いた。

幼少期から渋谷のスクランブル交差点で通り魔事件を起こす直前までの小野寺の軌跡を、省吾が調べられたかぎり原稿として完成させた。

もっとも本来は載せたかった被害者である浜村明香里からの話は聞けないままなので、自分としてはまだ完全な出来とは言えない。

「感想は？」

「悪くないと思うよ。願いどおり無期懲役の判決が出たら控訴はしないから、来年の初めには本にできるんじゃない？」

「そうか。それを聞いて安心した」

「ねえ、溝口さん……ぼくとの約束忘れてないよね？」

「もちろん。きみのお母さんの居場所はわかっているよ」

省吾が告げると、それまでにやけていた小野寺の眼差しが鋭くなった。

「ぼくの母親はどこにいるの？」

「東京にいるよ。約束どおりに母親の居場所は見つけた。これからどうすればいい？」

こちらに視線を据えていた小野寺が顔を伏せた。考え込んでいるのか押し黙ったままだ。

「何が望みだ？」

さらに問いかけると、小野寺が顔を上げた。

「ぼくの裁判に来させてほしい」

小野寺を見つめ返しながら省吾は首をかしげた。

「きみの情状証人になってほしいということか？」

「違う。裁判でぼくは検察官からいろいろと責められるんでしょう。何て言うのか知らないけど」

「被告人質問のことか？」

「そうかな……その姿を母親に見せたい」

「きみの被告人質問を母親に傍聴させたいということか。だけど、どうしてそんな……」

「それがぼくの復讐だよ」

「復讐？」省吾は訊き返した。

「そうさ。ぼくの生い立ちを本にしたって、溝口さんの言うような母親への復讐になんかならない。検察官から、いや、世間のやつらからぼくが責められる姿を見せなければ意味がない。あの女にはぼくを産んだ責任があるんだ。こんな人間にした責任があるんだから」

小野寺が求めていることをようやく理解し、「わかった」と省吾は頷いた。

「お母さんに会って話してみる。だけど、傍聴させられるかどうかは約束できない」

拒否されればどうしようもない。

「何とかして連れてきてほしい。ぼくの一世一代の晴れ舞台なんだから」アクリル板にすがりつくようにして小野寺が言った。

38

四階でエレベーターを降りると、明香里は廊下を進んだ。『ブリッジ法律事務所』とプレートが掲げられたドアを開けて中に入る。正面の受付台に置かれた電話機の受話器を持ち上げて耳に当てると女性の声が聞こえた。

「三時にお約束をしております浜村ですが、稲垣先生をお願いします」

そう告げて受話器を下ろすと、すぐに女性が現れた。「こちらにどうぞ」と右手にある打ち合わせ用の部屋に案内される。

「稲垣はただいま電話中ですので、お座りになって少しお待ちください」女性がそう言って部屋を出ていく。

明香里は四人掛けのテーブルの奥の席に座った。すぐに先ほどの女性が戻ってきて目の前にお茶を出す。女性がふたたび部屋を出ていくと、バッグからファイルを取り出した。中に挟んだ五枚の紙を手にして、書いたことに遺漏がないかと改めて読み返した。

自分の思いを直接小野寺に突きつけてやれる——

二ヵ月ほど前にした広島旅行の最後の夜に航平はそう言って、被害者参加制度について説明した。

被害者参加制度は平成二十年十二月一日から運用が開始されたもので、一定の重大犯罪の被害者本人や遺族らが、傍聴席との境目となるバーの中に入って自ら証人尋問や被告人質問をすることができ、また検察官とは別に論告や求刑が行えるという。

航平から聞かされるまで知らなかった制度だが、これを利用すれば殺されてしまった晃弘の無念や、重傷を負わされてそれまで幸せだった人生を滅茶苦茶にされた自分の怒りを、直接小野寺にぶつけられると考えた。

広島から戻るとさっそく以前世話になった犯罪被害者支援員の内村に連絡を取り、被害者参加制度を利用したい旨を話した。そして内村から被害者参加弁護士としての経験があるこの事務所の稲垣真紀子（まきこ）を紹介された。ここを訪ねるのは今日で四回目になる。

ノックの音が聞こえて、明香里は顔を上げた。ドアが開いて紺のパンツスーツ姿の真紀子が入ってくる。

初めて会ったときには自分と同世代に思える若々しさに若干の心細さを抱いたが、実際の年齢は三十九歳だそうで、しかも弁護士としてのキャリアは十年以上あり、打ち合わせをするごとに信頼感が増していた。

「お待たせしてしまって申し訳ありませんでした」真紀子が恐縮するように会釈した。

「いえ……よろしくお願いします」

明香里も会釈を返すと、真紀子が持っていた手帳とノートパソコンをテーブルに置いて向かいに座った。

「さっそくですが、お持ちいただけたでしょうか？」

真紀子に訊かれ、明香里は手に持っていた五枚の紙を差し出した。

「失礼します」と言いながら真紀子が紙を受け取って読み始める。なかなか紙をめくらない。

二週間以上かけて様々なことを考えながら書いた文章なので丁寧に読み込んでくれているのはありがたいが、同時に添削を待つ学生のように緊張している。

時間をかけながら最後の一枚を読み終えたようで、ようやく真紀子が顔を上げた。

「非常にいいと思います」

真紀子の目が少し潤んでいるように見え、改めて目の前の弁護士に担当してもらえてよかったと思った。

「被害者の無念が強く伝わってくる内容で、裁判官や裁判員からも共感を得られるのではないでしょうか。意見陳述に関してはこれで問題ないと思いますが、被告人質問の質問事項については検察官の久米さんと協議しようと思います」

「この内容では問題があるのでしょうか？」

明香里が訊くと、「けっしてそういうわけではありません」と真紀子が首を横に振った。

「では、どうして？」

「浜村さんが質問を行う前に検察官も被告人質問をします。検察官の質問には、被害者である浜村さんに関するものも当然あるでしょうから、内容が重複しているようでしたら、たとえば浜村さんと検察官のどちらから質問したほうがより効果があるかということを考えますので」

「そういうことですか」納得して明香里は頷いた。

「ところで……被告人への求刑についてはどのようにお考えでしょうか」

真紀子の言葉を聞いて、全身がこわばった。

明香里を助けてくれた晃弘の命を奪い、さらに自分の人生を大きく狂わせた小野寺にどんな処罰を望むべきか――

「検察は小野寺に対してどのような求刑をするのでしょうか？」明香里は訊いた。

「正直なところ、迷っているようです」

「死刑か無期懲役かで、ということでしょうか？」

真紀子が頷いた。

「あくまで現在のわたしの感触ですが、おそらく無期懲役ではないかと……」

「亡くなったのがひとりだから死刑を求刑しづらいんですか？」納得がいかずに明香里はさらに訊いた。

「そういう面もあると思います。ただ……一生刑務所で生活したかったから見ず知らずの他人を殺したという被告人の動機は極めて身勝手で悪質なものですし、検察としては死刑を求刑したいという思いもあるようです。ですが……」真紀子がそこで口を閉ざす。

「何ですか？」

明香里が先を促すと、真紀子が溜め息を漏らして口を開いた。

「先月と先々月に出た裁判の判決も多少影響しているのかもしれません。先月行われたのは七年前に大阪で起きた男女ふたりが犠牲になった通り魔殺人事件の最高裁判決だったんですが、一審では死刑の判決が出ましたが、二審ではその判決を破棄して無期懲役になり、最高裁では二審の量刑が不当とはいえないとしてその刑が確定しました。先々月に行われたのは四年前に埼玉で起きた、同じくおふたりが亡くなられた通り魔殺人事件の高裁判決で、やはり一審の死刑から無期懲役に覆りました」

真紀子の話を聞きながら暗澹とした。

自分が味わわされた絶望――いや、それ以上の絶望に突き落とす事件がこの世のあちこちで起きているという現実をまざまざと突きつけられる。

「一審で仮に死刑の判決が出ても、どうせ次の裁判で覆されてしまうから、端から死刑を求刑するのは無駄だということですか？」

「ご存じのように裁判員は民間のかたです。これまで記者会見をした裁判員の多くは死刑判決を出す苦悩を口にされています。二審でどうせひっくり返ってしまうのであれば、民間のかたに他人の命を左右する判断で身悶えするような苦痛を強いる必要はないんじゃないかという考えも、もしかしたら検察にはあるのかもしれません。ただ……たとえ検察が被告人に対してどのような求刑をしようと、浜村さんは浜村さんなりのお考えでどのような処罰を望むのかを伝えていいと思います。そのための被害者参加制度でありますので」

「わたしは小野寺に極刑を望みます」明香里は毅然として告げた。

「わかりました。そうですね……その旨を久米さんにお伝えします」

真紀子が手もとにある手帳を開いて何かを書き留めながらさらに話す。

「先ほどは無期懲役を求刑するのではないかとわたしなりの所感をお話ししましたが、検察がどのような求刑をするかはまだわかりません。被害者のおひとりである浜村さんの思いを鑑みたうえで、死刑を求刑する可能性もじゅうぶんにあると思います」

「そう願います。そうでなければとても納得できません」

無期懲役であれば、小野寺の願いを叶えることになってしまう。

ずっと刑務所に入っていたいという身勝手な動機で晃弘の命は奪われ、全身の十七箇所を斬りつけられた明香里はどうしようもない苦しみに苛まれた。

人の命を無残に奪った人間は自分の命をもって償う以外にないと、事件の被害に遭ってからずっと思っていた。

自分を助けるために亡くなってしまった晃弘の人生を辿った今は、なおさらその思いが強くなっている。

たとえ結果的に死刑判決が下されなかったとしても、少しでも小野寺に恐怖と絶望を味わわせたい。

晃弘にしたように、誰かが自らの命を奪う恐怖と絶望を。

たとえそれが求刑から判決が下されるまでの短い期間であったとしても。

先ほど発した言葉のせいか異常に喉が渇いている感じがする。

目の前にある茶碗に手を伸ばし、自分の手が小刻みに震えているのに気づいた。かたかたと音を鳴らしながら茶碗を持ち上げて口に運んだ。

「ところで遮蔽措置(しゃへいそち)はどうされますか」

真紀子の言葉に、「遮蔽措置……?」と明香里は首をひねった。

「遮蔽措置というのは、被告人や傍聴人から見られないようにするための衝立(ついたて)です。被害に遭わせた被告人と目を合わせるのはおつらいでしょうから」

真紀子に説明された次の瞬間、斧を片手にこちらに駆け出してくる小野寺の姿が脳裏によみがえった。

「大丈夫ですか？」

明香里の異変を察したのか心配するように真紀子が訊く。

「大丈夫です……」

何とかそう言ったものの脳裏にはあの男の姿がこびりついたままだ。

急に胃の中から何かがせり上がってくるのを感じて、明香里は思わず手を口に当てた。

「すみません、ちょっとお手洗いを……」と言いながら席を立つと、「こちらです」と真紀子が慌てたように立ち上がった。案内されてトイレに入ると、明香里は便器の前にしゃがみ込んで嘔吐した。

ようやく吐き気が収まり、操作盤の『流す』のボタンを押して明香里は立ち上がった。洗面台で口をゆすいでペーパータオルで拭ってトイレを出ると、心配そうな顔で真紀子が立っていた。

「大丈夫ですか？」

真紀子にふたたび問いかけられ、「ええ」と明香里は頷いた。真紀子とともに部屋に戻り向かい合わせに座ると、明香里は口を開いた。

「失礼しました……何のお話でしたっけ？」

「遮蔽措置をどうされるかということですが、今日決めなくても大丈夫です。それと……わたしが担当した被害者参加人の多くのかたたちが、打ち合わせや実際の公判の際に被害に遭ったときのことを思い出してしまって苦しい思いをされるようです。参加が許可されたといっても出廷の義務はありませんので、気が進まない場合には欠席していただいてかまいません。その際はわたしが代わりに浜村さんの思いを伝えますので」

「いえ……おそらくそういうことではないと思うんです」

明香里が言うと、「どういうことですか？」と真紀子が訊く。

「もしかしたら……いえ、何でもないです」

明香里は首を振って自分のお腹に視線を移した。右手でそのあたりを軽くさする。

もしかしたら――妊娠しているのかもしれない。

39

鶴ヶ島駅の改札を抜けると、航平は不安に駆られながらアパートに向かった。

会社を出て駅に向かっている途中に明香里から電話があった。

「話したいことがあるから部屋に寄ってほしい」と言われ、「何かあったの？」と航平は訊いたが、言葉を濁したまま電話を切られてしまった。

彼女の声が暗く感じられたので、それからいろいろと想像を巡らせている。

もうすぐ小野寺の公判が始まるので、その前に明香里に話を聞かせろと溝口が接触してきたのだろうか。もしくは違うマスコミが明香里の居場所を嗅ぎつけて押しかけてきたか。

二〇二号室の前まで来ると、ひとつ息を吐いてから航平はインターフォンのベルを鳴らした。しばらくするとドアが開き、明香里が顔を出した。

目が合った瞬間、明香里が不安そうに視線をそらした。

航平は玄関に入って靴を脱いだ。明香里に続いて部屋に入ると、座卓の上に置かれた封筒が目に留まった。栄倫社の封筒だ。

「それ……」と航平が封筒を指さすと、明香里がそちらに目を向けて、「ああ……」と溜め息を漏らした。

「部屋に戻って来たらドアポストから中に入れられてたの」

「溝口が書いた原稿？」

「そう……原稿はまだ読んでいないけど、これが入ってた」明香里が封筒の下から紙を引き抜いてこちらに向ける。一筆箋だ。

『浜村明香里様　小野寺圭一に関する原稿は概ね完成しました。もし、被害者としておっしゃりたいことがあるようでしたらいつでもご連絡ください。お待ちしております。　溝口省吾』

明香里に近づいたり原稿を送ったりするなと釘を刺したのにと、一筆箋の文字を見ながらはらわたが煮えくり返る。

「……今は、このことはどうでもいいの」

その声を聞いて、航平は顔を上げた。

「どうでもいい？」

「今は……もっと大切な話があるから」

このことではなかったのか。

明香里から視線をそらされ、どんな話かと不安がよぎる。

何かを決心したように小さく頷き、明香里がこちらに視線を合わせて口を開く。

「今日……産婦人科に行ってきた」

まったく予期していなかった言葉に茫然としながら明香里を見つめ返した。その言葉の意味を咀嚼(そしゃく)していくうちに胸が熱くなる。

「妊娠十週目に入ってるって」

その日数を頭の中で遡(さかのぼ)りながら、ふたりの絆(きずな)を取り戻せた広島への旅を思い出す。

「どうしたらいいかなって……」

「決まってるじゃないか」

無意識に大声になってしまったようで、明香里がびくっと肩を震わせた。

「産んでほしい……そして、おれと結婚してほしい」

明香里の目が潤んだように感じた瞬間、自分の視界が涙で滲んで彼女の姿がはっきりと見えなくなった。

「ごめん……こんな場所でプロポーズするなんて冴えないよな。ずっと観覧車でしようと思ってたのに」

明香里がどんな表情をしているのか認識できないが、「ありがとう」という彼女の声ははっきりと耳に届いた。

40

銀行のＡＴＭで残高を確認すると、先月分の原稿料が振り込まれていた。

ぎりぎりのところで間に合ったと思いながら、省吾は二十万円を引き出した。札を入れた封筒を鞄にしまい、ATMを出て新宿駅の改札に向かう。

山手線に乗って座席に腰を下ろすと、ドアの上部に備え付けた液晶パネルが目に入った。

『渋谷スクランブル交差点通り魔事件　第三回公判　被告人の不謹慎な発言に裁判長が再三の注意』

あいかわらずのようだと、思わず苦笑が漏れた。

初公判が行われた一昨日から連日様々なニュースで取り上げられているが、反省の態度もまったく窺えず、不遜な言動を繰り返す小野寺に対してどれもが辛辣な論調だった。

省吾はこの三日間東京地方裁判所に足を運んでいるが、いずれも傍聴券を手に入れることができず、法廷に立つ小野寺を見ていない。だが、ニュースで映し出される法廷画を見ながら、自分の思惑通りに事が運んでいるとほくそ笑む小野寺の姿と重ね合わせた。

明日予定されている被告人質問に小野寺の母親の恵子を傍聴させれば、彼の欲求は満たされることになるだろう。

先ほど担当編集者の小柳に連絡して明日の公判の傍聴券をどうしても二枚手に入れたいと協力を仰ぐと、自身も含めて複数の編集者とアルバイトを動員して何とかすると言ってくれた。

あとはこれから自分が恵子を説得できるかどうかだ。

何度かベルを鳴らしたが応答がなかった。

今夜も出勤のようだと察して、省吾は早々にドアから離れた。アパートの階段を下りて長原駅のほうに向かう。

自分が訪ねることで恵子に逃げられてしまうかもしれないと危惧して、今日まで部屋のベルを鳴らすことはしていない。だが、北海道の室蘭で恵子の住所を聞いてこちらに戻ってから、定期的にこの近くに赴いて部屋を出ていく彼女の姿を確認し、その後の行動を調べている。行き場所の見当はついていた。

五反田駅で電車を降りて省吾は繁華街に向かった。飲み屋や風俗店が連なる通りを進んで路地に入るとホテル街があり、あちらこちらに女が佇んでいる。近寄ってきて声をかけてくる女を適当にあしらいながら省吾は奥に進んだ。

少し先に目当ての女を見つけた。所在なさそうに煙草をふかしながら佇んでいる小野寺恵子がこちらに目を向けた。

「遊んでいかない？」

恵子に声をかけられ、省吾は立ち止まった。

いろいろなところで人目を惹く美貌の持ち主だと聞いていたが、実際に目の前で対面してそれまで描いていた想像が大きく崩れた。

たしかにかつてはそうだったのかもしれないと顔全体の造形から感じられたが、今は著しく劣化したものを厚化粧で隠しているのがありありと窺える。

四十七歳という年齢だからか、それまで辿ってきた人生がそうさせたのかはわからないが。

「いくら？」省吾は訊いた。

「一時間八千円。三十分だったら五千円。ホテル代はそちら持ちで」

省吾が頷くと、恵子が微笑して持っていた煙草を地面に捨てた。ヒールで踏み消すと省吾の袖口をつかんで目の前のホテルに入る。

部屋を選んで恵子とともにエレベーターに乗ると動悸がした。どんどん激しくなっていくが理由がわからない。

部屋に入って鍵をかけると、省吾は鞄と脱いだ上着をベッドに放った。気持ちを落ち着かせようと冷蔵庫を開けて、取り出したミネラルウォーターを半分ほど飲む。

「前金でお願いしたいんだけど」

恵子に言われ、財布から取り出した一万円札を持って彼女に近づいた。

「一時間で。釣りはいいから」

「男前なうえに太っ腹ね」

笑いながら一万円札をバッグにしまうと、恵子が上着を脱いだ。

ベージュのキャミソールで覆われていない鎖骨と胸の間に入れたバラの刺青が目に入ると同時に、きつい香水の匂いが鼻をつき、はるか遠い昔の記憶に引きずり込まれそうになった。

目の前の女と自分の母親の面影が重なり、先ほどから抑えられない動悸の理由を悟る。

酒の飲み過ぎか栄養不良か、もしくは何か重い病を抱えているのかわからないが、下着から出た両腕両脚は枯れ木のように細く、厚化粧で塗り固めた顔以外の血色は異常なほど悪い。

「たっぷりサービスしてあげるから」

そう言って抱きついてこようとする恵子の肩を省吾はつかんで押し戻した。

「あなたの時間は買ったけど、サービスはしなくていい」

省吾が言うと、恵子が怪訝そうに首をかしげた。

「あなたとお話がしたい」

「話って、いったい何の……」

「あなたの息子の小野寺圭一についてです」

恵子がうろたえたような顔で身を引く。

「あんた……もしかしてマスコミ？」

「正確にはそうではありません。息子さんが起こした通り魔事件はご存じなんですね」

「そりゃ……あれだけ有名人になったら、ニュースなんかほとんど見ないわたしでも気づくさ。まったく、たまに上客に当たったと思ったら……」

忌々しそうに舌打ちして、恵子がソファに座った。バッグから煙草を取り出してくわえ、火をつける。

省吾はソファのそばにあるベッドに腰を下ろし、恵子と向かい合った。不味そうな顔で煙草を吹かす恵子を見つめる。

「圭一が事件を起こしたのを知って、どう思いましたか？」

省吾が問いかけると、険のある表情で恵子が視線を合わせた。

「どう思うも何も……馬鹿なことをしでかしたなってだけだよ」

「どうしてあんな事件を起こしてしまったのかという理由については考えませんでしたか？」

「だから、馬鹿だからだろう」

事もなげに吐き捨てる恵子を見つめながら殺意に似た感情がこみ上げてくる。

「あんた、さっきマスコミじゃないって言ってたけど、いったい何者よ」

「彼の友人です。もっとも事件を起こしてから知り合いましたけど」

省吾はベッドに放った鞄を引き寄せた。中から大判の封筒を取り出して立ち上がり、恵子に近づく。

「友人として、事件を起こすまでの彼の人生を原稿にしました。近々出版する予定なので、ぜひお母さんにもお目通しいただきたい」

そう言いながらソファの前にあるテーブルに封筒を置いた。

「あんたもずいぶん物好きだね。あんな人殺しと友人になるなんて。どうせ金儲けで近づいたんだろう？」

「金儲けであるのを百パーセント否定はしません。ただそれ以上に、わたしも圭一と同じ境遇なので」

省吾はふたたびベッドに腰を下ろし、ソファに座った恵子と向かい合う。

「わたしも母親とふたりで生活していましたが、十三歳になるまで学校に行かされることなく、日々ひどい虐待を受けてきました」

省吾はそう言いながらシャツの袖を左右順番にめくった。

「母親につけられた傷跡を目にするのがおぞましくて、自分で刺青を入れたんです」

「あんたの母親は今どうしているんだ？」

「この世にはいません。十三歳のときに殺しました」

恵子が眉根を寄せた。

「そんな身の上話を聞かせるために一万円払ったのかい？　ずいぶんと奇特なお兄さんだね」

「一番の目的はあなたにお願いがあったからです」

「お願い？」怪訝そうな顔で恵子が首をひねる。

「明日の午前十時から東京地方裁判所で小野寺圭一に対する被告人質問があります。それを一緒に傍聴していただきたい」

「どうしてわたしがそんなことを……」恵子が鼻で笑った。

「もちろんタダでとは言いません。明日一日付き合っていただいたら二十万円お支払いします。三十分五千円なら、二十時間分の収入です。それだけあればずいぶん助かるんじゃないですか？」

「お断りだね」

「圭一は拘置所の面会室でこう訴えていました。あなたには自分を産んだ責任がある。こんな人間にした責任があると。法廷で彼が語る言葉に耳を傾ける責任が、あなたにはあるんじゃないでしょうか？　彼はそれを望んでいます」

「たしかにわたしはまともな母親じゃなかったよ。そんなこと他人のあんたに言われるまでもなくわかってるさ。だけど……どうしようもなかったんだよね。子供を産むことはできても、どうやって育てていけばいいのかがずっとわからなかった。どんなにあがいてもさ……まともな母親にはなれそうもないけど、せめて人間でいようとするのに精一杯だった」自嘲するように恵子が言って煙草をテーブルの灰皿に押しつけた。

「せめて人間でいようとするのに精一杯だった？」その言葉の意味がわからず、省吾は眉をひそめながら訊き返した。

「そうさ……わたしもあんたや圭一と同じように子供の頃から親に虐待されてきたクチさ」

恵子が苦笑するように言い、ふたたび煙草をくわえて火をつけた。

「学校もろくすっぽ行かせてもらえず、酒代の足しにするために無理やり母親の男友達の相手をさせられた」

老女のようなキャミソール姿の恵子に見つめられながら、妙な息苦しさを覚えた。

恵子の話を聞いて、自分に虐待を与えてきた母親の子供の頃の生活はどんなだっただろうと想像を巡らせてしまったからかもしれない。

「十八歳でそんなクソったれな実家を飛び出したけどさ、学もない小娘がひとりで生きていくのは大変だったよ。ひとりで生きるのすら大変なのに、子供がいればなおさらだったよ。軽蔑されようが何だろうが、男たちに媚を売らなきゃ生きていけなかったのさ」

「ショウくんもそのひとりですか？」

恵子がはっとした。

「そんなことまで知ってるのかい？」鼻で笑いながら恵子が言う。

「息子を虐待するに至ったあなたの言い訳はもういいです。それよりもさっきの言葉はどういう意味なんですか？　せめて人間でいようとするのに精一杯だった、とは」

「圭一を殺そうとしたことが何度もある」

省吾はぎょっとしてベッドに下ろしていた腰を少し浮かせた。

「……圭一を殺して自分も死ねばどれだけ楽だろうかってね。だけどその度に必死に思い留まった。こんな人間にした責任はわたしにあるって圭一は言ったんだろう？　だけどね、わたしから言わせれば、人を殺した時点で人間じゃなくなるんだよ。少なくとも自分で人間だなんて語る資格はないよ。圭一も、自分の母親を殺したっていうあんたもね」

その言葉が自分の胸に深く突き刺さった。

「わたしは圭一の母親にはなれなかった。少なくとも母親らしいことは何もしてやれなかった。でも、一線を越えないよう何とか踏ん張っていたんだよ。人間でいられれば、いつか、もしかしたらやり直せるかもしれないっていう思いでね」

　苛立たしそうに煙草をくゆらせながら語る恵子を省吾は冷ややかに見つめた。

「だから、一線を越えちまった息子の願いを聞いてやるわけにはいかないね。それがあの子を産んだわたしがとるべき最後の責任なんだよ」

「ずいぶん勝手な理屈ですね」恵子を見据えながら省吾は鼻で笑った。

「あんたにどう言われようといいさ」

「じゃあ、母親を殺したおれはやり直せないってことですかね」

「ある意味ではね」

　恵子に即答され、省吾は少し怯んだ。

「たとえあんたがどれだけ偉くなっても、総理大臣になったとしても、やり直せないものはあるよ。あんた、どうしてもわたしに圭一の裁判の傍聴をさせたいのかい？」

　省吾は頷いた。

「息子が母親にそれを望んでいるんですからね。たとえあなたが母親ではないと言い張ったとしても、圭一を産んだのは事実です」

「そうかい」恵子が頷き、テーブルの灰皿に煙草を押しつけて立ち上がる。「じゃあ、わたしの望みを聞いておくれよ。女としてわたしを悦（よろこ）ばせてくれたら傍聴に行ってやってもいいよ」

近づいてくる恵子を見つめながら、全身がこわばった。

「どうしたんだい？　わたしを見ると母親を思い出して嫌かい？」

安っぽい香水の匂いが鼻をつき、眩暈がしそうになった。

子供の頃からさんざん聞かされた母親の艶めかしい声や男の激しい息遣いが脳裏によみがえってくる。

「わたしに嫌なことをさせようっていうんなら、あんたも嫌なことしなよ。友人の願いをどうしても叶えたいんだろう？」

挑発するように恵子に言われ、しかたなく省吾はベッドから立ち上がった。

目の前で恵子が立ち止まると、キャミソールから出た細い両腕をこちらに伸ばして長袖シャツのボタンを上から外していく。

「震えてるね……緊張しなくていいよ。わたしがリードしてあげるからさ」

淫靡な笑みを浮かべながら恵子がボタンをすべて外し、脱がせた長袖シャツをベッドに放る。Tシャツから覗く省吾の腕を舐めるような視線で見た。

二の腕から手首にかけて自分で入れた刺青を珍しがっているようだ。

恵子が省吾の左手をつかみ、「ずいぶん可愛らしい絵柄を入れてるんだね」と笑った。

その言葉に導かれながら恵子の視線の先を目で追い、左前腕に入れた刺青が視界に映った瞬間、頭の中が真っ白になった。

「お母さんとの思い出かい？　それともあんたの願望かい？」

はるか遠くから恵子の声が聞こえてくるように感じ、同時におびただしい記憶が脳裏にあふれ出してくる。

「やめろッ！」省吾は叫びながら恵子の手を振り払った。

必死に頭からそれらの記憶を締め出そうとするが、一度立ち現れた情景は願いどおりに消えてはくれず、いつまでも虚空を漂い続ける。

省吾はうろたえながらベッドに放った長袖シャツに手を伸ばして羽織った。上着と鞄をつかむと恵子から離れてドアに向かう。

「いったいどうしたっていうのさ？」

恵子に問いかけられ、省吾は足を止めて振り返った。

「あんたみたいなババアとそんなことできるわけがないだろう。だけど、明日の裁判には絶対に来いよな。それが母親としてあんたが果たす責任だ。午前九時半に東京地方裁判所が入ってる合同庁舎の前で待ってる」

省吾は恵子にまくし立てて部屋を飛び出した。必死に気を取り直そうとしながらエレベーターに乗る。

ホテルを出ると、あちこちに佇んでいる女の誘いを無視しながら早足で路地を進んだ。

いくら逃れようとしても、子供の頃の記憶が自分を追いかけてくる。

ずっと忘れていた記憶が――


バスタオルで全身を拭うと、省吾は浴室を出た。下着を穿いて部屋の床に腰を下ろし、自分の肩口に顔を近づけて匂いを嗅ぐ。

自宅に戻ってすぐにシャワーを浴びたが、恵子の不快な匂いがまだ自分の身体に染みついているような気がしてならない。

ずいぶん可愛らしい絵柄を入れてるんだね――

恵子の言葉がよみがえり、省吾は左腕に目を向けた。二の腕から肘にかけてびっしりと入れた刺青を見ていき、前腕部で視線を止める。

ロボット、車、ホットケーキ、アイスクリーム、タコさんウインナー、魚、猫――

たしかに前腕部の一部には、まわりに入れたドクロやサソリなどの禍々しい刺青とはあきらかに異質な絵柄が描かれている。

十四歳のときに児童自立支援施設で自分の手で入れた刺青だ。利き手が右だったので最初は入れやすい左の前腕部から始めたのだろう。

あの頃の自分がどんな思いでこの刺青を入れたのか正直なところよく覚えていない。

両腕と両太腿に入れた様々な絵柄は長い年月を経て自分の肌と同化し、いつしかそれらの意味を考えることすらなくなった。

だが、最初に入れたのはロボットで、その次は車だったと、今は鮮明に思い出せる。

おそらく……その頃の自分はパチンコの景品で母親が自分に持って帰ってきたオモチャを思い浮かべていたのだろう。

パチンコにふける母親を待ちながら見ていた水槽の中の熱帯魚。

機嫌のいいときに母親が作ってくれたホットケーキやタコさんウインナー。パチンコで当たりを引いた帰り道にスーパーで買ってくれたアイスクリーム。それに、家にひとりぼっちで寂しいと泣いた自分に母親が拾ってきた子猫。

それらの絵柄が視界の中でかすんでいく。

何を感傷に耽っているんだと、省吾は右手で目もとを拭った。

どうしようもなくひどい母親だったじゃないか。学校にも行かせてもらえず、気に食わないことがある度に煙草の火を身体に押しつけられた。

そのおぞましい傷跡を隠すためのはずなのに、どうして十四歳の自分は痛い思いをしながらこんなくだらないものを肌に刻み込んだのだ。

ホワイトボードに複数の番号が書かれた紙が貼り出されたのを見て、省吾は近づいた。手首に巻いたリストバンド式の傍聴整理券の番号は42だが、その数字はない。

「どうでしたか？」

男の声が聞こえ、省吾は顔を向けた。小柳が立っている。目が合ってすぐに「寝不足ですか？」と訊かれた。

家を出る前に自分の顔をよく見てこなかったが、目が赤いか、顔が腫れぼったくなっているのだろう。

「いや、ちょっと飲みすぎたかな。おれは外れてしまった」

小柳が貼り出された紙に目を向けて、「ぼくは当たりました」と微笑んでその場を離れた。

ホワイトボードのまわりにいる男女に訊いて回り、裁判所の職員のもとに向かう。

小柳が戻ってきて、「全部で二枚手に入りました」と言いながら『傍聴券』と書かれた薄緑色の紙を差し出した。

「小野寺圭一の母親とは何時に約束しているんですか？」

「九時半にここに来てくれるように言った」

「あと十分ほどですね」小柳が腕時計を見て言う。

だが、来るかどうかはわからない。いや、昨夜の様子だと来ない可能性が高いだろう。

「もしかしたら来ないかもしれない。そうなったらふたりで傍聴しよう」

「ええ。小野寺の母親とは傍聴を求める以外のお話もされたんですか？」

「多少……」

「どんな人なんですか？」

「母親としてはどうしようもなく未熟だけど、人としては意外とまっとうなのかもしれない」

「あんな子供に育てて、まっとうですか？」

「あんな子供……ね」

「だってそうでしょう。人を殺しているんですから」

省吾もそうだとは知らない小柳に断言され、黙るしかなかった。

案の定、それから三十分近く待ったが恵子は現れない。

「そろそろ行かないと公判が始まりますよ」

省吾は腕時計を見て溜め息を漏らした。

しかたがないと小柳とふたりで東京地方裁判所がある合同庁舎の入り口に向かった。

41

先ほどから手の震えが止まらない。

「大丈夫ですか?」

声をかけられ、明香里は顔を上げた。すぐそばに立っている真紀子が心配そうに覗き込んでくる。

「もし体調がすぐれないようでしたら公判を欠席することもできます。もしくは今からでも遮蔽措置にできないか裁判所に訊いてみましょうか?」

ずっと悩んだ末に、遮蔽措置がない状態で被害者参加人として公判に臨むと決めた。

自分の人生を大きく狂わせ、自分を助けようとした晃弘を殺した小野寺圭一を直接睨みつけながら、被害者の無念や怒りを突きつけてやりたかったからだ。

ただ、あと十分と経たないうちにその男と顔を合わせるのだと想像すると、身体中に悪寒が駆け巡り、胃の中から何かがせり上がってきそうになる。

「打ち合わせでもお話ししましたが、ひどい被害に遭われた被害者が被告人と直接向かい合うのはとてもつらくて苦しいことです。無理はなさらないほうが……」

「無理しなければいけないんです。わたしは生きているので」

明香里が言うと、こちらを見つめ返しながら「そうですね」と真紀子が頷いた。

「隣にはわたしがついています。それにもし被告人が暴れたりしても、法廷にいるみんなが浜村さんをお守りします」

明香里は頷いた。

「そろそろ行きましょうか」

真紀子に言われ、明香里は膝の上に置いた両手をぎゅっと握り締めて立ち上がった。解いた手が震えていないのに気づきながら、真紀子とともに控え室を出る。

廊下を進んでいくと、ドアの外に並んでいる傍聴人の列が見えた。その中にいた溝口と目が合い、明香里は唇を嚙み締めた。

「こちらからどうぞ」

傍聴人が並んでいる手前のドアを開けて、真紀子が中に促す。

緊張しながら法廷に足を踏み入れると、すぐ目の前に検察官の久米正明（まさあき）が座っている席があり、その先に証言台が見えた。

「明香里……」と女性の声が聞こえ、そちらに顔を向けた明香里は驚いた。

バーの外側にある傍聴席の最前列に航平と、父と母と涼介が並んで座っている。

静岡の実家を飛び出してから半年ぶりの再会だ。

「お父さん……お母さん……涼介……」

航平が傍聴することは聞いていたが、静岡の家族が同席するとは知らされていなかった。心細くならないように航平が手配してくれたのだろう。

「明香里、頑張ってね」

母の言葉に共鳴するように、航平と父と涼介がこちらを見つめながら強く頷きかけてくる。

「浜村さん、座りましょうか」

真紀子に声をかけられ、明香里は家族に見守られながら彼女と並んで座った。

真紀子の隣に座っている久米がこちらに顔を向け、「緊張しなくて大丈夫ですから」と微笑みかける。

明香里は頷き、正面に視線を向けた。

しばらくすると向かい側のドアが開き、ふたりの制服姿の刑務官に挟まれるようにして上下紺のジャージ姿で眼鏡をかけた男が入ってくる。

小野寺圭一――

その男の顔を視界に捉えた瞬間、心臓が跳ね上がった。

すぐに斧を片手にこちらに向かってくる男の記憶が脳裏によみがえってきて、鼓動が激しくなり、胸を鷲づかみされたような痛みが走る。

それでも視線をそらさずに見つめていると、こちらに顔を向けていた小野寺が軽く首をかしげた。

それまでの公判にいなかった明香里を見て、何者だろうかとでも思っているのか。

自分が重傷を負わせて人生を大きく狂わせた被害者のことをまったく意に介していないという小野寺の態度を見て、激しい怒りがこみ上げてくる。

小野寺はいったん眼鏡をかけた男性の弁護人の隣に座らされていたが、職員の合図とともに立ち上がり、手錠と腰縄を外されながらきょろきょろと傍聴席を見回している。

溝口を捜しているのかと思ったが、小野寺に近い二列目の傍聴席にいるのでそうではなさそうだ。

「ご起立ください――」

声が聞こえて、明香里は隣の真紀子に倣って立ち上がった。

法廷に黒い法服を着た三人の男女と、八人の私服姿の男女が入ってくる。

明香里は一礼すると席に着いて裁判官席に目を向けた。三人の裁判官と六人の裁判員が横並びに座っている。後方に座ったふたりは補充裁判員のようだ。

「それでは開廷します。今日は被告人質問でしたね」

真ん中に座った男性裁判長が向かい側に顔を向けて言うと、男性の弁護人が頷いた。

「被告人は証言台の前へ」

裁判長の言葉とともに隣に座る弁護人に促されるようにして、小野寺がゆっくりと立ち上がった。

こちらに近づいてくる小野寺を視界に捉えながら怯みそうになるが、明香里は視線をそらさずに見つめた。

それまでは恐怖の対象でしかなかったが、間近に見る小野寺は思っていたよりも小柄で華奢な身体つきだった。青白い顔からも眼鏡越しに覗く眼差しからも感情らしきものは窺えない。

自分と同い年だというのに、今まで出会った誰よりも老いていると感じさせられ、今にも臨終を迎えるかのように生気がなかった。

証言台の前に置いてある椅子に座ると、小野寺がこちらから視線をそらして裁判官席に顔を向けた。

「それでは弁護人、被告人質問を」

裁判長の言葉に、弁護人が席を立って小野寺のほうを見る。

「弁護人の水谷（みずたに）から質問します。まず、初公判で検察官が読み上げた起訴状について小野寺さんは認められましたよね？」

　弁護人が問いかけるが、小野寺は反応しない。

「昨年の十一月十六日の午後六時半頃に渋谷のスクランブル交差点において、あなたは斧を片手に三人の通行人を襲い、ひとりを死亡させ、ふたりに重傷を負わせたと」

「それが？」

　マイク越しに小野寺の声が聞こえ、明香里の背中が粟立った。

「どうしてそのようなことをしたんですか？」

　弁護人が質問してすぐに、小野寺のくぐもった笑い声が響く。

「そんなの……刑務所に入りたかったからに決まってるじゃない」

「どうして小野寺さんは刑務所に入りたいと思ったんですか？」

　明香里は押し黙っている小野寺の横顔をじっと見つめた。

「普通、好き好んで刑務所に入りたいとは思わないでしょう。特に小野寺さんのような二十代の若者であればなおさら」

　返答がないことに業を煮やしたように、弁護人が言葉を続ける。

「あちら側にいたって嫌なことばかりだからね」ようやく抑揚のない声で小野寺が答える。

「あちら側というのは、拘置所や刑務所の外の社会ということですか？」

「そう。ずっとこちら側に来るのを心待ちにしてたからね。あの事件を起こしたおかげでこの一年ほど本当に幸せな毎日だよ」

かっと身体が熱くなった。小野寺を睨みつけながら膝に置いた手に力を込める。

「それは本心ですか？」

弁護人が訊くと、小野寺が口もとをほころばせたのがわかった。

「本心も本心、大大本心ですよ。あの日まで自分に自信を持てることなんて一度もなかった。どこにいてもまわりから馬鹿にされてきたからね。でも、人生の中で唯一、あの事件を起こせた自分には誇りを持てた。おまえはよくやったと自分で自分を褒めてやりたいぐらいだよ。何てったって自分の力で初めて進むべき道を切り開いたんだからね」

それまでの抑揚のない口調から一転して、嬉々とした様子で小野寺が一気に話す。

「いつ頃から、こちら側……つまり刑務所に入りたいと思い始めたんですか」弁護人が硬い表情で問いかける。

「いつ頃からかな……もしかしたら生まれる前からかもしれないね」

「被告人は真面目に答えなさい」

たまりかねてというふうに弁護人に言われ、マイクのほうに身を乗り出していた小野寺が「はーい」と言って背もたれに身体を預けた。両手を高く上げて伸びをする。

その様子を見つめながら、怒りを通り越してどうしようもない虚しさが胸にこみ上げてくる。

こんな人間に晃弘の大切な人生は奪われ、幸せだった自分は絶望の底に突き落とされたのだ。

「もう一度訊きます。真面目に答えてください。いつ頃から刑務所に入りたいと思ったんですか？」

弁護人が問いかけると、小野寺がマイクに顔を近づけて「よく覚えてません」と答えた。

「……では、小野寺さんの今までの人生の中で最も苦しかったことやつらかったことを教えてください」

「どうしてそんなことを言わなきゃいけないの？」弁護人のほうに顔を向けて小野寺が訊く。

「小野寺さんがどうして刑務所に入りたいと思ったのか、つまりどうして通り魔事件を起こしたのかが知りたいからです。弁護人を引き受けてから何度となく接見しましたが、あなたは自分のことを何も話してくれなかった。わたしが知っているのは、北海道出身のあなたが十四歳になるまで学校に行かされていなかったことと、その後十六歳まで室蘭市内にある児童養護施設に入っていたこと、そして先の公判期日で証人として出廷したかたが話していた、両腕に豆粒のような火傷の跡が無数にあったということぐらいです」

弁護人の口調に怒りが滲んでいるのを明香里は察した。

「わたしや裁判官や法廷にいる人たちだけでなく、世間の多くの人がどうしてあんな事件を起こしたのかという理由を知りたいと思っています。虐待を受けて施設に預けられた子供や、施設を出て社会生活を送っている人たちなど、あなたと似た境遇の人はたくさんいます。あなたが事件を起こした理由をきちんと話さなければ、その人たちへの偏見につながってしまうんですよ」

小野寺が振り返って傍聴席をしばらく見回し、正面に向き直った。

「黙秘します。言いたくないことは言わなくていいって最初に説明してたでしょう」

弁護人が溜め息を漏らしたのがわかった。

「それでは……被害者に対してはどのように思っていますか？」

小野寺が首をかしげた。

「あなたのしたことによってひとりの男性がお亡くなりになり、ふたりの女性が大けがを負っている。特に女性のひとりは全身の十七箇所を斬りつけられて、今現在も心身ともに重い後遺症に苦しめられているだろうと想像します。その方々に対してあなたは……」

「感謝してまーす」小野寺が微笑んだ。

「弁護人からは以上です……」弁護人が肩を落としながら席に座った。

被告人の小野寺の受け答えに、これ以上続けるとかえって心証を悪くするだけだと無念を嚙み締めているようだ。

「それでは検察官、反対質問を――」

裁判長の声に、明香里のひとつ隣の席に座っていた久米が立ち上がった。

「検察官の久米から質問します。被告人は事件を起こしたときのことをどれぐらい覚えていますか？」

久米の言葉に、小野寺が首をかしげた。

「被告人に斬りつけられた被害者がどのような状態であったかや、被害者がどのような表情をしていたかなど」

「そりゃ苦しんでいたよね。斧で斬りつけられて血まみれになってるんだから」

「この法廷にその被害者はいますか？」

こちらに顔を向けた小野寺と視線が合い、背中に悪寒が駆け巡った。

「いるね。そこの人」そう言って小野寺がこちらに指を向ける。

「彼女に対して今思っていることはありますか？」

「さっきも言ったじゃない。感謝してるって」

「それだけですか？」

「そうね……あと、運が悪かったねって。それぐらい」小野寺が正面に視線を戻した。

「次の質問に移ります。被告人は事件を起こすまでの六年ほど住所不定の状況でしたが、どのように生活していたんですか」

「どのようにって……主にネットカフェにいたよね」

「仕事は？」

「日雇いの派遣とか、適当に」

「先ほど、どこにいてもまわりから馬鹿にされてきたと話していましたが、それは職場の人から馬鹿にされたということですか？」

「そうだね。仕事以外で人と接することなんかほとんどないし」

「刑務所に入ったら馬鹿にされることはないと思った？」

「さあ、それはわからないけど……でも、ぼくが言うのも何だけど頭のいい人間は刑務所に入るようなことはしないでしょ。馬鹿同士、楽しくやれるんじゃないかって思うよ。それに食事の心配もしなくていいしね」

　そう言いながらおかしそうに笑う小野寺を見て煮えたぎるものを感じた。

「被告人は刑務所に入りたかったから通り魔事件を起こしたと話していましたが、事件を起こしたとき、どれぐらいの期間刑務所に入ることになると考えていましたか」

「さあどうだったかな。まあでも今は、死ぬまで……ずっといたいね」

「死刑判決が出ないかぎり、いつかは刑務所を出ることになると知っていますか？」

「そのときはまたすぐに人を殺して刑務所に戻ります」

傍聴席がざわめいた。

その後、久米がいくつか質問したが、いずれも被害者である明香里にとっては不快な答えしか返ってこない。

「……検察官からは以上ですが、引き続き被害者参加人から質問します」

久米がそう言って席に座り、こちらに顔を向けた。

明香里は頷いて正面の小野寺に視線を戻した。背もたれに深く身体を預けた小野寺はこちらをちらりとも見ずに、裁判官席のほうを向いている。

「では被害者参加人、質問をどうぞ」

裁判長がそう言うと、明香里は机に置かれたマイクを引き寄せて、「被害者参加人から質問します」と声を発した。小野寺はぴくりとも動かない。

「どうしてわたしを襲ったんですか？」

ようやく小野寺が少し身を乗り出した。

「これから人を殺そうというときにたまたま目に留まったから。それだけ」

「そんな答えでは納得できない。わたしはあなたのせいでこの一年間苦しみ続けました。全身の十七箇所を斬りつけられて痛みに悶え苦しみ、事あるごとによみがえってくるあのときの記憶に怯え、自分を助けるために亡くなってしまった飯山晃弘さんへの罪悪感に苛まれた。それらの苦しみはこれからも続きます。わたしはあなたに何かしましたか？　あなたを苦しめるようなことをしましたか？　どうしてわたしはそれまで会ったことのない他人からこんな苦しみを負わされなければならないんですか？」

必死に訴えるが、小野寺は何も答えない。

「十四歳まで学校に行かせてくれず虐待していたお母さんのせいですか？　そんなあなたを馬鹿にしていた職場の人たちのせいですか？」

小野寺は黙ったままだが、何かの言葉に反応したようにこちらに顔を向けた。

怯みそうになる心を必死に奮い立たせながら、小野寺の目をまっすぐ見据えた。

「わたしはあなたの生い立ちを記したという原稿を読みました」

明香里が言うと、こちらを見つめる小野寺が眉根を寄せた。

「たしかにあなたの生い立ちには同情します。同じ歳の人間として……だけど、だからといって人を殺していい理由になんかならない。違いますか？」

「別に人を殺していいなんて思ってない」

抑揚のない声が聞こえた。

「あなたは自分が殺した飯山晃弘さんがどんな人だったか知っていますか？」

「知るわけがない」

「一度でも知ろうとしましたか？」

「別に……」

「あなたは知らなきゃいけない！」

遮るように明香里が叫ぶと、小野寺が鼻で笑った。

「飯山さんは高校生のときに交通事故に遭って怪我をしてしまったことからそれまで熱中していた野球ができなくなり、グレてしまったそうです。二十歳のときにある罪を犯して両親から絶縁されてしまい、それから事件によって亡くなるまで家族に会えないままひとりで生きていました。六年前に両親がすでに亡くなっていたことを知って悲しみに暮れたそうですが、いつかあの世でご両親に会えたときに恥ずかしくない生きかたをしようと……」話しているうちに晃弘の無念を思って言葉が詰まる。

「両親に会えてよかったじゃない」

その言葉を聞いて、こみ上げていた涙がさっと引いていく。

「あなたは今までに頑張ったことがありますか？」

質問の意味がわからないというように、小野寺が首をひねる。

「厳しい境遇で生きていたのはあなただけじゃない。飯山さんは仕事で負った怪我が原因で、事件に遭う少し前まで路上生活をしていたそうです。亡くなったときは住所不定だったからおそらくあの頃も厳しい生活を強いられていたんでしょう。あなたに襲われて重傷を負ったわたしも、理不尽な現実に打ちのめされた。自棄になって、意味もなくまわりの人たちを憎んだりもした。だけど、飯山さんもわたしも、罪の境界を越えてそちら側には行かなかった。そちら側に行こうとする前に、あなたは少しでも頑張りましたか？　自分の人生を呪うばかりではなく、何かを変えようとしましたか？　飯山さんもわたしも、どんなにつらいことがあっても罪の境界を越えなかった。どうしてだかあなたにわかりますか？」

42

罪の境界——

法廷にいる浜村明香里を見つめながら、省吾は彼女が発したその言葉を心の中で繰り返した。

十三歳のときに自分も越えてしまった境界。それによって二度と得られなくなったものを改めて思い浮かべた。

　時折自分に見せた母親の笑顔や、パチンコの帰り道に感じた手の温もり……

「……それはきっと大切な人を悲しませたくなかったから」

　浜村の言葉に反応したように、くぐもった笑い声が法廷内に響いた。

「残念ながら大切な人なんかぼくにはいないんでね。あんたや、その飯山さんとやらとは違ってさ」

　小野寺が言うとすぐさま「そうですか？」と浜村の声が飛ぶ。

「あなたには大切な人がひとりもいなかったんですか？」

　浜村の質問に小野寺は黙っている。

「近くにいないだけで、もしかしたら亡くなっているかもしれないけど、でもあなたには大切な人がいたんじゃないですか？」

　小野寺が無言を貫く。

「あんな事件を起こしたらお母さんが悲しむとは思わなかったんですか？」

　浜村の声が届いた瞬間、離れた場所からでも小野寺の肩が大きく震えたのがわかった。

「あなたの生い立ちを記した原稿を読んで感じました。お母さんからひどい虐待をされたことを綴りながら、それでもまた会いたいというあなたの思いを行間から感じました」

「うるさい……黙れ……」

震えた声が聞こえた。

「いいえ、黙りません。あなたにとってお母さんは大切な存在じゃないんですか？　そんな存在があるのにどうしてそちら側に行かなければならないんですか」

「黙れッ！　あの女はぼくを捨てたんだ。十二年間ぼくを放っていたんだ！　だから事件を起こして思い知らせてやろうとしたんだよ。わかったか！」

激高する小野寺に、「被告人、落ち着きなさい！」と裁判長が注意する。

「生きているならいつか会えるかもしれないのに、どうしてあなたはあんな事件を起こしてお母さんを悲しませるようなことを……」

「やかましいッ！　それ以上しゃべるな！　クソ女！」と小野寺が検事席にいる浜村のほうに駆け出すが、すぐにふたりの刑務官に押さえつけられる。

「静粛(せいしゅく)に！」

裁判長の鋭い声と小野寺の怒号が交錯して法廷内が騒然となる。

「あの女が全部悪いんだ！　恨むならあの女を恨め！」刑務官につかまれながら小野寺が浜村に食ってかかる。

「退廷！　被告人に退廷を命じます！」

　裁判長が命じて、ふたりの刑務官に強引に引きずられるようにして小野寺が法廷から出ていく。

「今日はこれで閉廷します」

　裁判長の言葉に法廷内の全員が立ち上がって一礼する。隣にいる小柳に促され、省吾は法廷を出た。傍聴人の流れに続いてエレベーターに向かう。

「溝口さん、申し訳ありません……」

　その声に、省吾は顔を向けた。

「やはりあのノンフィクションはうちでは出せません。被害者の思いを直接聞いてしまった以上は」

「わかった」

　小柳に言われるまでもなく、省吾もそのつもりだった。

　エレベーターを降りて建物を出ると、意外な人物が目に留まって省吾は近づいた。

「待ち合わせは九時半でしたよ。残念ながら今日の公判は終わりました」

　省吾が言うと、目の前に立つ小野寺恵子が首を横に振った。

「公判を傍聴しにきたんじゃないよ。間違いを訂正しにきただけさ」

「間違い？」

恵子が頷いて、バッグから大判の封筒を取り出した。

昨夜、省吾が渡した原稿だ。

「すべて読んだけど、ひとつ事実と違うことがある」

「何が違うんですか」

「圭一が十四歳のときに万引きで捕まった話。この原稿では空腹に耐えかねて圭一が万引きしたってあるけど……それは違う」思い詰めた眼差しでこちらを見つめ返しながら恵子が言った。

43

弁護士の稲垣真紀子に続いて会場に入ると、一斉にフラッシュがたかれて明香里は立ち眩みしそうになった。足もとに力を込めながら何とか正面のテーブルに向かい、真紀子の隣に座った。

大勢のマスコミの視線と、たくさんのカメラやテレビカメラの砲列と対峙して一気に緊張感が高まる。

最初に真紀子から今回の会見を開いた趣旨を手短に説明した。次に明香里に対する質疑応答を行う旨が告げられ、一斉に目の前の記者たちが手を挙げた。真紀子が最前列にいる男性のひとりに「どうぞ」と手で促す。

「――まず浜村さんにお伺いしたいのですが、今回の会見に実名で、お顔を出して報道してよろしいんでしょうか？」

「はい」明香里は頷いた。

「――昨日の控訴期限までに被告人も検察側も控訴しなかったことから小野寺の無期懲役が確定しましたが、その決定についてどのように思われていますか？」

「正直に申せば悔しさがあります。ただ、司法の判断なのでわたしにはどうすることもできませんので……」

「世間の多くの人たちは、今回の判決を受けて司法の敗北だという意見を持っているようですが」

カメラのひとつに視線を据えながら明香里はその質問への感想を述べた。

どこかで叶夢が今の自分を見ているだろうか。

九歳の子供だからニュース番組など観ることはかぎりなく少ないだろう。

だけど、たまたまでいいから、今でなくてもいいから、いつかこの場にいる自分の映像を見てほしい。

長い人生の束の間、一緒に同じ時間を共有した、あの明香里ちゃんだと気づいてほしい。

「――小野寺に対しては今どのように思っていますか？」

「……償いの気持ちを持ってほしいと思います。今はとてもその気持ちにはなれないのだと裁判を通じて感じさせられましたが……だけど、いつか自分が奪ってしまった尊い命に思いを巡らせる日が来ることを、生涯をかけて償いの気持ちを持ち続けることを願います……」

「――あなたを助けてお亡くなりになった飯山さんに……今、どのような言葉を伝えたいですか？」

その名前を聞いた瞬間、涙がこみ上げてきそうになり、明香里はとっさに目を閉じた。

晃弘への思いを心の中でしばらく嚙み締めてから、ゆっくりと目を開けて口を開く。

「……あのとき、わたしのことを守ってくださったことを心の底から感謝しています。事件によってわたしは身体中に深い傷を負い、それからもたくさん苦しい思いをしてきました。生きることに絶望しそうになったことも、理不尽な現実を恨んで自暴自棄になったこともありました。でも……」

聞いていてほしい、叶夢に――

「でも今は……生きていて本当によかったと心から思っています。今生きていることに……飯山さんにいただいたこの命を無駄にしないために、これからたくさんの人たちと出会い、たくさんの経験をしながら懸命に生きていきます」

44

『一号面会室』と札の掛かったドアの前で省吾は立ち止まった。心にある迷いを断ち切ってからドアを開けて中に入る。

アクリル板の前に置かれたパイプ椅子に座るとすぐに奥のドアが開いた。職員とともに入ってきたジャージ姿の小野寺を見て息を呑む。

最後に法廷で彼の姿を見てから一ヵ月も経っていないが、髪全体が灰色になっていて別人のように思える。

小野寺が向かい合わせに座り、彼の隣の椅子に腰かけた職員から「面会の時間は十五分ほどでお願いします」と告げられ、省吾は頷いた。

「調子はどうだい？」

省吾が訊くと、「清々しい気分だよ」と小野寺が笑った。

彼の変わりようからとても本心には思えなかったが、「そうか」と省吾は応えた。

「けっきょく一回しか裁判の傍聴をしなかったね。あの後が楽しかったのに」

「傍聴券が手に入らなくてね」

嘘をついた。

浜村明香里が被害者として発言した被告人質問を見た時点で小野寺への興味は失せていた。いや、正確に言えばその前日に彼の母親の恵子と会った後には、すでに自分がしようとしていたことの無意味さを悟った。

その日の被告人質問で小野寺は浜村明香里に暴言を吐いて退廷させられ、数日後に改めて検察の論告と求刑、さらに被害者論告と弁護側の最終弁論が行われた。

検察の求刑は無期懲役だが、被害者参加人が求めたのは死刑だった。

判決は検察の求刑通り無期懲役となった。

小野寺は判決を聞いた直後にその場で「神様、ありがとう！」などと大声で連呼し、ふたたび退廷させられたそうだ。それらの被告人の傍若無人な態度を受けてマスコミは一斉に『司法の敗北』と報じていた。

検察側、弁護側とも控訴せず、無期懲役の刑が確定したと一昨日のニュースで知り、省吾は悩んだ末に最後の面会に訪れることにした。

「きみの望んだ形になったね」

冷ややかな思いで省吾が言うと、小野寺が嬉しそうに頷いて口を開いた。

「あの女が死刑を求刑したからちょっと冷や冷やしたけどね。だけどこうなることはわかっていたから楽勝だよ」

ちょっとではなかったはずだと、灰色になった彼の髪を見ながら省吾は思った。

被害者の願いは結果的に叶わなかったが、求刑から判決までの十日ほどの間、小野寺は死の恐怖に囚われて怯え続けていたのだろう。

「これでようやく新しい人生を歩める。理想の生活をね……もうすぐ刑務所に移送されるらしいから、ここでの面会は最後になるよ」

「そうか。でも、ここでの面会だけではなく、きみへの面会は今日で最後にしようと思う」

省吾が切り出すと、それまでにやけていた小野寺が真顔になった。

「最後にきみに謝りにきた」

怪訝そうな表情で小野寺が首をかしげる。

「あのノンフィクションは出せなくなってしまった。少なくともおれの手では……」

「出版社から言われたの？　あんな事件を起こして法廷でもあんな振る舞いをした男の本を出すのは不謹慎だって」

省吾は何も答えなかった。

「そういうことか……本を出せないんならぼくに関わっててもしょうがないよね。まあ、しようがないさ。他のマスコミから依頼が来たら受けちゃっていいってことだよね？」

「それはきみの自由にしてもらっていい」

省吾が言うと、すねた子供のように小野寺がこちらを見つめながら唇を尖らせる。

「他の出版社で出すことはできないの？　溝口さん、母親に復讐したいんでしょ？　一社に断られたぐらいで諦めることないよ。これからも一緒にやっていこうよ。一緒に母親への復讐をしようよ。被告人質問に来なかったから、ぼくにはもう本を出すことでしかあの女に思い知らせてやることはできないんだから。ちゃんと子供を育てなかったせいで、無責任に捨てたせいで、ぼくはこんな人間になったんだ。そのせいで何人もの人間が不幸になったって
あの女に思い知らせてやらなきゃ……」

「お母さんはすでに思い知っているよ」

遮るように省吾が言うと、小野寺が睨みつけてきた。

「きみの被告人質問の傍聴に来てほしいと頼みに行ったとき、お母さんはこんなことを言って断った。人を殺した時点で人間ではなくなる……と。少なくとも自分で人間だなんて語る資格はないと」

省吾が告げると、小野寺が苛立たしそうに爪を嚙んだ。

「……一線を越えてしまった息子……人を殺してしまった息子の願いを聞いてやるわけには

いかないと。それがきみを産んだ自分がとるべき最後の責任なんだと。だから、きみにどのような判決が下されたとしても、自分は死ぬまで拘置所にも刑務所にも面会に行かないと……永遠に会うことはない……と」

裁判所の前で会ったとき、恵子は必死に涙をこらえながら改めてそのような話をした。

「勝手な理屈だ。ぼくが人を殺さなくても会いにこなかったじゃないか。十四歳のときに施設に入ってから一度も会いにこようとはしなかった。十年以上前にぼくを捨てやがったくせに……よくそんな偉そうなことが……」

小野寺の声が伝播したのか、ふたりを隔てるアクリル板が震えているように感じる。

「お母さんはきみを捨ててはいなかった」

小野寺が眉をひそめる。

「少なくともきみが事件を起こすまでは」

「どういうことだよ!?」小野寺が激高して言い、「叫ぶんじゃない！」と隣から職員の注意が飛ぶ。

「お母さんはおれが書いたきみの原稿を全部読んでくれたそうだ。一点だけ事実と違うことが書いてあると言われた。きみがおれに送ってくれた手紙では、十四歳のあの日、空腹に耐えかねてスーパーで万引きして捕まったとあった。そのことによって劣悪な家庭環境がまわりに知られ、児童養護施設に引き取られることになったと」

「そうだよ」

「お母さんは違うと言っていた。自分がきみに命令したんだと」

小野寺が驚いたように目を見開いた。

「近くにあるスーパーの店名を告げて、何種類かの品物をメモに書き、それらを万引きできるまで家に戻ってくるんじゃないときみに命令したと彼女は言っていた。さらに万が一捕まっても、自分の名前や住んでいるところを絶対にしゃべるんじゃないと」

思い出そうとしているのか、小野寺が小さく唸って顔を伏せる。

「どうだ？」

省吾が問いかけると、小野寺がゆっくりと顔を上げた。

「思い出したかい？」

さらに省吾が訊くと、「そうだったかもしれない……」と小野寺が自信なさそうな口調で呟く。

十数年も前の記憶だ。自分と同じように曖昧になっていても不思議ではない。

おそらく万引きをして捕まった小野寺は、母親に言いつけられたようにしばらくの間は自分の名前や住んでいるところなどを黙っていたのだろう。母親から万引きを命じられたとはなおさら言えず、空腹のあまりしてしまったと答えたのではないか。そのときの言い訳がいつの間にか自分の中の事実になっていたのかもしれない。

「それがどうしたっていうんだ……あの女がぼくに万引きするよう命令したのが、どうしてぼくを捨てていなかったってことになるんだよ。意味がわかんねえよ……」

「あの日、お母さんは死ぬつもりだったそうだ」

アクリル板越しに小野寺が息を呑んだのがわかった。

「それまでに何度も同じような思いを抱いたそうだ。きみを殺して、自分も死ねばどれだけ楽だろうかと。お母さんも子供の頃から親に虐待をされ続けて、十八歳のときに家を飛び出した。その後結婚してきみを産んだけど、幸せは長く続かなかった。女癖が悪くて暴力を振るう夫と別れてきみとふたりで生きていくと決めたけど、学歴も資格もない若い女性が子供を抱えて生きていくのは厳しかっただろう。男を相手にする仕事しか得られず、そういう中で知り合ってしまうショウくんのような存在に苦しめられながらも依存するしかなかったそうだ。そんな自分の人生が情けなく、惨めで、こんな苦しみから抜け出したいと発作的にきみに手をかけてしまいそうになったことが何度もあると……だけどその度に思い留まってきたと言っていた」

「自分ひとりで死ぬつもりだったのか？　それでぼくに万引きしてこいと命令したっていう

のか？」

小野寺の問いかけに、「そうだ」と省吾は頷いた。

「その日も寝ているきみに手をかけそうになったと……何とかそれを思い留まったけど、自分の自殺願望は消えなかった。むしろ、いつもよりも激しく、このまま死ぬこと以外考えられなくなったと。外に出る余裕もなく、かといってきみがいる部屋で自殺するわけにはいかない。お母さんはきみを叩き起こし、近くのスーパーで万引きするよう命じた。数種類の品物をメモして、それを万引きできるまで家に戻ってくるな、万が一捕まっても自分の名前や住んでいるところを絶対にしゃべるんじゃないと厳しく言いつけてきみを家から追い出すと、財布から以前買い物したときのレシートを取り出してそのスーパーに電話をかけたそうだ」

そこまで一気に話すと、「どうしてそんなことを……」と小野寺が首をかしげた。

「きみに万引きを成功させるわけにはいかなかったからだ。家に戻ってきたきみが母親の死体を見つけないようにするため」

その言葉に小野寺がぎょっとして身を引く。

「お母さんは中学生らしき男の子がその店の前で万引きするようなことを友人に話していたと、きみの特徴と併せてスーパーの人に伝えてから、刃物で手首を切った。だけど、そのまま死にきれずに、自分で救急車を呼んで病院に搬送されたそうだ」

万引きで捕まった小野寺はそれらの経緯を知らされることなく、児童相談所に保護された後に児童養護施設に引き取られたのだろう。

「施設に入れられてからのきみのことが気にならなかったわけではないとお母さんは言っていた。だけど、母親失格だと自覚しているから、会いに行くことはできなかったと……いつかきみに恥ずかしくないと思える母親に、いや、人間になれたなら再会したいという思いを持ってそれから生きてきたそうだ」

「嘘だ……そんなの嘘だ……」身を震わせて小野寺が言う。

「本当だ。きみは気づかなかったが恵子さんはずっとそばにいた。施設を出たきみがすすきののなまら寿司で働いていたことも、プレパーク福住に住んでいたことも住民票で知っていて、彼女自身もその近くで仕事を探したそうだ。もっともそのときには生活の基盤を整えるためにお金を貯めようと風俗勤めをしていたということで、とてもきみには会えないと思っていたそうだけど……その後きみが東京に行ったのを知って、お母さんも北海道を出て大田区南千束一丁目に移り住んだそうだ」

「南千束……」その住所に思い当たったようで、唇を戦慄(わなな)かせながら小野寺が呟いた。

「そうだ。きみが住んでいた上池台の隣だ。とうぜん彼女はきみが働いていたヤスケン印刷のことも知っていた。苦労しながらも何とか正社員の仕事を得て息子に会おうとしていた矢先に、きみは会社を辞めてアパートを飛び出したんだ」

その際に、大家である斉田が住民係に不在の申し出をしたために小野寺の住民票は抹消され、恵子は息子の消息を追えなくなってしまった。

「ぼ……ぼくに……ずっと……会おうとしてた……だと？」

青ざめた顔で小野寺に見つめられ、省吾は頷いた。

「一年経っても二年経ってもきみの行方がわからないまま恵子さんはかなり勉強して、保険会社に転職したそうだ。保険の外交員としていろいろな職場を訪ね回っているうちに、もしかしたらきみに再会できるかもしれないという希望を持って。だけどそれから数年後にやっと消息がわかったときには、きみは通り魔事件の犯人だった」小野寺の顔を正視するのがつらく、途中から顔を伏せて省吾は言った。

事件を起こす一週間前まで勤めていた会社で働き続けていれば、ネットカフェ暮らしを脱して部屋を借りられるようになっていれば、ふたりは再会できていただろう。

恵子から聞かされた事実を小野寺に伝えるのは省吾も気が引けたが、どうしても知らせてほしいと彼女に懇願された。

仮に互いがどんなに求めていたとしても二度と親子が再会しないことを、被害者へのせめてもの罪滅ぼしにしたいと強く訴えられた。

それが人を殺めた罪の意識を微塵も持たない息子に、親としてしなければならない最後の務めなのだと。

小野寺が捕まった当初はせめて優秀な弁護人をつけてやりたいとも考えたそうだが、やはりそれは違うと思い直したという。

そして子供を人殺しにしてしまった恵子も、生きる気力をなくしたのか、もしくは自らを罰しようとしたのかはわからないが、社会の底辺にふたたび身を投じてしまった。

「ふ……ふざけんなッ！」

獣のような叫び声が聞こえ、省吾は顔を上げた。すぐ目の前に顔を紅潮させた小野寺がこちらに身を乗り出してアクリル板にしがみついている。

「……ここから出せッ！　出してくれッ！　あの女が面会に来ないっていうんなら、ぼくのほうから会いに行く！」

向こう側にいる職員が「落ち着け！　席に着け！」と後ろから引き離そうとするが、小野寺はアクリル板にすがりつくようにしながら「出してくれ！」と訴える。

「そんなに母親に会いたいか？」アクリル板の通声穴から漏れる荒い息を感じながら省吾は訊いた。

「あ……当たり前だ。来ないって言うならいつか捜し出してやる」

おそらくそれは難しいだろう。現在の無期懲役囚の平均受刑在所期間は三十年から三十五年の間だという。小野寺が出所するときには恵子は八十歳前後になっている。先日会ったときの血色の悪い痩せこけた身体を見るかぎり……

「これで面会は終了します」と言いながら職員が強引に小野寺を奥のドアに連れて入る。ドアが閉じられると、省吾は溜め息を漏らして手を伸ばした。

境界——

法廷で浜村明香里が放った言葉を思い出しながらアクリル板に触れる。

だが、こちら側にいる省吾も罪の境界を越えてしまったことに変わりはない。どんなに願っても、叶いようのないものがある。

母親は自分を愛していたのか。ほんの少しでも自分を産んでよかったと思えたことがあったのか。

それを知ることはもうできない。

それればかりか、母親がどこに眠っているのかさえわからないまま自分はこれから生きていく。

省吾は椅子から立ち上がり、面会室を出た。ロッカーに預けていた荷物を取り出して東京拘置所を後にする。

ポケットの中が震え、省吾は足を止めてスマホを取り出した。里奈から『暇だったらひさしぶりに飲まない？』とＬＩＮＥのメッセージが届いている。

『ちょうど誰かと飲みたい気分だった』

里奈に返信すると、省吾は袖口で目もとを拭い、小菅駅に向かって歩き出した。

45

ノックの音がして、明香里はドアに目を向けた。

「準備できた？」

外から航平の声が聞こえ、「まだ。もうちょっと待って」と明香里は返した。

「予約は十時からでしょう？」

「わかってるから。もう少し待ってよ」

明香里は悩んだ末に先日買ったばかりの新しい服を脱いで、もともと一番お気に入りだったものに着替えた。コートを着て部屋を出るとリビングに向かう。「お待たせ」と声をかけると、ソファに座っていた航平が大仰に溜め息を漏らした。

「まったく……女子っていうのはなんでこうも支度に時間がかかるんだろう」

まったく……と言いたいのはこちらのほうだ。夫を初めて案内する場所に少しでもお洒落していきたいという女心がまったくわかっていない。

今度は明香里が早くソファから立ち上がるよう航平を急かし、ふたりで部屋を出た。

マンションから駅のほうに向かって歩いていくと、「今日は暖かいな」と航平が空を見上げた。

たしかに年の暮れであるのに、日差しが強いせいか暖かく感じる。

小野寺圭一の判決が確定してから一ヵ月ほどになるが、無期懲役という判決は今でも納得がいかない。ただ、自分たちにはどうすることもできないことを考え続けるより、できることをこれからしていこうとふたりで話し合い、少しずつだがそれを実践している。

三週間ほど前に航平と一緒に埼玉県上尾市にある晃弘の叔父の家を訪ねた。

明香里は自分たちが知り得たかぎりの晃弘の人生を叔父に話した。

職場では正義感が強いと信頼されていたことや、隣室の住人が困っているのを助けてあげたこと。そして二十歳のときに犯してしまった罪に悔悟の念を抱き続けていたことや、両親が亡くなったことを知ってふたりが眠る多磨霊園の近くの部屋に移り住み、これから恥ずかしくない生きかたをしようと誓ったことなど。

無縁仏として埋葬された晃弘の遺骨を両親の墓に移すことは叶わないが、「わたしなりにしっかり供養する」という叔父の言葉に安堵しながら明香里たちは辞去した。

そして二週間前に航平と入籍し、先週自分たち家族の巣になる２ＬＤＫに引っ越した。

「何か緊張するな」

その声に我に返り、航平を見た。

明香里は微笑み返して産婦人科のドアを開けて中に入った。


「順調に育っていますよ」

産婦人科の診察室で明香里の腹部にプローブという器具を当てながら女医が言った。

すぐそばにいる航平に目を向けると、食い入るようにモニターを見つめている。

「性別はまだわからないんですかね？」航平が訊いた。

「わかりませんか？　今日の検査ではっきりわかりますけど」

女医に言われてふたたび食い入るようにモニターを見るが、わからないようで航平が首をひねる。

「お知らせしていいんでしょうか？」

「お願いします」ふたりの声が重なった。

「男の子ですよ」

その言葉に航平と顔を見合わせて明香里は微笑んだ。

診察を終えて産婦人科を後にすると、航平と手をつないでマンションに向かった。

「ひとつ相談したいことがあるんだけど」

明香里が切り出すと、「何？」と航平がこちらに顔を向けた。

「顔の傷を治そうと思うんだ」

広島で出会った陣内の言葉をよみがえらせている。

ただ人生には、絶対に覚えているべきことと、早く忘れてしまったほうがいいことがあると思うんだ――

事件のことはもう忘れてしまおう。きっと晃弘もそう望んでくれるのではないか。

「ああ。もちろん」

「けっこうお金かかっちゃうと思うけど」

「任せろよ。大手出版社勤務だよ。おれもひとつ相談したいことがあるんだけど」

「いいよ」

「まだ何も言ってないけど」

「それでもいいよ。名前でしょ？」

航平が笑って頷いた。

子供の名前は晃弘だ――

昔、誰かが言っていた。人の死は二度あると。一度目は肉体そのものの死で、二度目は人々の記憶から忘れ去られることだと。

明香里はもう片方の手でお腹に触れ、晃弘の鼓動を感じようとした。

いつかどうしてその名前を付けたのかをこの子に訊かれたら、その人の話をしてあげよう。

そして自分の子供にも、孫にも、さらにその子供にも伝えてほしい。

その人がいてくれたからこそ、この素晴らしい世界に今自分は存在しているのだと。

解説

大友花恋

「境界」を越えてしまった。

最後の一文までじっくり向き合って、大きく深呼吸してから、そう思った。作品を読む前に解説を読む方には「？」、作品を読んでから解説を読む方には「！」を与えてしまう恐れがあるので補足をすると、この作品はミステリーという、小説のジャンルの「境界」を優に越えていると思った。

物語は恋人・航平との結婚を望む二十六歳の女性、明香里が通り魔に襲われてしまうところから始まる。事件によって体だけでなく心にまで深い傷を負った明香里、明香里を事件に遭遇させてしまったことに罪悪感を抱く航平、その事件をニュースで知り犯人の小野寺に強く興味を持つライター・省吾。三人の視点で、事件と向き合う日々が描かれる。

私が思うミステリー作品の王道は、事件が起こり犯人捜しに翻走しなんとか真実に辿り着くという形である。しかし、本作『罪の境界』では犯人・小野寺は物語の冒頭ですぐに逮捕される。そこに名探偵はおらず、事件に関わった明香里をはじめとした登場人物たちの人生が、抉られるような痛みと圧倒的な現実感をもって描かれる。

謎解きだけでなく、心の内側まで、繊細に容赦なく言葉にする。私が、ミステリーの「境界」を越えていると感じたのは、このような理由からだ。

薬丸作品はいつだって容赦がない。

私が初めて触れた薬丸作品は『天使のナイフ』である。第五十一回江戸川乱歩賞を満場一致で受賞したこちらの作品を一言であらわすと、なにもかもが圧倒的だった。事件に関わるのは、被害者と加害者だけではないという紛れもない事実をひたすらに突きつけられた。一つの事件に関わるたくさんの人生の存在に想いを馳せ、寝る間を惜しんで一気に読んだ。目の下に青いクマができた。

その後も薬丸作品に触れるたびに、本当はずっとそこにあったけれど、目を向けられていなかった事件にまつわる事実を教えられてきた。

『虚夢』では法律と事件の間には小さな隙間があるということを、短編「オムファイス」(『刑事のまなざし』に収録）では事実はひとつでもそれに向かう心はひとつだけとは限らないということを、『Aではない君と』では本当の意味の償いとはどのようなものであるかを、『ラストナイト』では起こってしまった事件に終わりはないことを。

　薬丸さんは『天使のナイフ』を執筆するにあたり、一九八八年に起こった「女子高生コンクリート詰め殺人事件」に大きな影響を受けたという。不良少年グループが女子高生を襲い四十日間監禁。集団リンチを加え死亡させて、遺体をコンクリート詰めにして東京湾埋立地に遺棄したという凄惨な事件である。当時、被害者・加害者と同世代であった薬丸さんは、少年法の適用により加害者の個人情報が晒されないことに、理不尽さを感じた。

　薬丸作品が司法では裁ききれないわずかなズレを丁寧に掬い上げ、大きなメッセージとして世に放たれるのは、このような想いを抱いたことに由来するのであろう。

　『天使のナイフ』が先の事件に影響を受けたように、『罪の境界』にも影響を受けた事件がある。二〇一八年「東海道新幹線車内殺傷事件」である。二十二歳の男が鉈で、女性二人を襲い重傷を負わせ、女性を助けようとした男性を殺害した事件である。犯人の「刑務所に入りたかったから」という動機も含め、当時高校生だった私の心にも強い衝撃を与えた。

　都会の代名詞、渋谷スクランブル交差点で、人を斧で襲い逮捕。「刑務所に入りたかった」「無期懲役を望む」「相手は誰でも良かった」「出所したらまた同じことをする」と愉快に語る小野寺は、狂気的で同じ人間とは思えない。しかし、ライターの省吾によってその過去が明らかになるにつれて、私たち読者は小野寺に少しずつ同情や共感を抱いてしまう。

仮に、第四の視点として語り手に小野寺がいたらどうだっただろう。恐ろしい通り魔殺人を起こした小野寺に寄り添ってしまうかもしれない。被害者である明香里や航平にズケズケと近づき、過去には自分の母親を殺したこともある省吾を憎めないのと同様に。家族でも恋人でも親友でも、心の中はその人だけのもので、百パーセント理解することはできない。

そんなギリギリの関係で成り立つ社会。薬丸さんは今作の単行本刊行の際のインタビューで「天災を除き、被害者にも加害者にもならないのは運がいいからだと思う」と語っている。母親の愛を満足に受け取れなかった省吾や小野寺は、加害者であり被害者でもある。二人が加害者となると同時に新たな被害者が生まれる。被害者となった明香里は、恐怖から加害者の道に進みかける。航平も、小野寺視点のノンフィクション作品を作ろうとする省吾とその編集の小柳に対して、強くあたっている。どんどん枝分かれする、被害者から生まれる加害者。その連鎖に自分が含まれていない今は、紛れもなく幸運なのだ。

その幸運を守り、繋いでいくために、私たちに何ができるのか――。明香里が、身を挺して自分を守ってくれた飯山や居所不明児童の叶夢のために、法廷に立ち記者会見を開いたような発信力のある行動はできなくとも、薬丸さんに与えられた命題を私たちがそれぞれ考え続けるしかないのだ。

ここまで、薬丸作品の持つメッセージを受け取って感じたことについて触れてきたが、言わずと知れたエンターテイメント作品としての魅力も語らせてほしい。

今回、未熟ながらも解説を書かせていただくことになり、改めて薬丸作品について調べ、自分の中でじっくり嚙み砕き、さらに薬丸さんのファンになったことは確かだが、頭で考えるずっと前から感覚的にも薬丸作品のことが大好きなのだ。

そもそも私は、ミステリーマニアである。中学一年生の時、私のクラスの学級文庫にはミステリー作品がずらりと並んでいた。それは、学級文庫に自分のおすすめの本を並べる担任の先生のミステリー愛の賜物で、私もすっかりミステリー作品の虜になった。ちりばめられた小さな違和感が、物語の終盤にかけて一つの事実で結びつく衝撃に魅せられ、貪るように読んだ。程なくして、文字に導かれるように他ジャンルにも魅了された。

十三歳で芸能活動を始め、女優業やモデル業と向き合う合間も、読書は私のそばにあった。プロの世界に飛び込み、緊張感を持って撮影する日々のなかで、小説はスクールバッグに収まる、癒しアイテムであった。

だからこそ、ＴＢＳ「王様のブランチ」でブックコーナーを任せていただいたり、作家さんと対談する機会をいただくようになったり、お仕事と癒しが合体するようになったのは、とても幸せなことである。

小説は、私の人生において欠かせない、益々大切なものとなった。

私の読書好きの原点であるミステリー作品。その魅力が詰まった今作にも、もちろん魅了された。特に、三人の視点で事件の輪郭がジワジワと明らかになる様子には痺れまくった。

物語には、三人の想いと二人分の大きな謎が走っており、一番気になるタイミングで語り手が切り替わる。まるで、連続ドラマ。「ああ！　良いところなのに！」と思わず声を上げたくなるが、すぐに翌週が来ているかのように、次なる語り手も一番良いところから再開される。二つの大きな謎は一方は恐ろしさと悲しさ、もう一方は優しさと厳しさに満ちていて、そのバランスにも心を摑まれる。

実際の地名が使われ時系列が綿密に定められていることで骨太な奥行きがあるにもかかわらず、削ぎ落とされ研ぎ澄まされた文章は過剰さが一切なくテンポ良く読みやすい。

また、ミステリー作家と呼ばれる薬丸さんによる、ミステリー小説批判はあくまで明香里の意見とはいえ、思わず笑ってしまう。

バーテンダーを目指していたこともあるという薬丸さんによるバーの描写はリアルで興味を掻き立てられ、人生で初めて、バーに挑んでみたくらいだ。初めてのバーは緊張して、お酒の種類も味もあまり分からなかった。もう少し薬丸作品で勉強してからリベンジしようと思う。

今作も一気読み必至。気がついたら、カフェで普段は飲まないブラックコーヒーを二杯飲み終えていた。ギラギラとした目で帰宅した。

最後に、全文章を噛み締めた今作のなかでも、最もゾクリ、グサリときた言葉を皆さんと共有したい。

「せめて人間でいようとするのに精一杯だった」

被害者として加害者としてもがき続けた、恵子の言葉である。

罪の境界、アクリル板の向こう側とこちら側。

人を傷つけることによって越えてしまうそれを、私たちは一生越えてはいけない。そして、たとえ越えてしまっても、少しでもこちらに近づき、戻って来られる道を模索し続けなければならない。

生きることとは、死ぬまで人間でいることだ。

――女優・モデル

司法監修　國松崇（弁護士／東京リベルテ法律事務所）

また、広島弁については、児玉明子さんと板橋夏子さんにご教授いただきました。心より感謝申し上げます。

この作品は二〇二二年十二月小社より刊行されたものです。

幻冬舎文庫

●最新刊
太陽の小箱
中條てい

「弟がどこで死んだか知りたいんです」。〝念力研究所〟の貼り紙に誘われ商店街事務所にやってきた少年・カオル。そこにいた中年男・オショさん、不登校少女・イオと真実を探す旅に。

●最新刊
メガバンク無限戦争
頭取・二瓶正平
波多野　聖

真面目さと優しさを武器に、専務にまで上り詰めた二瓶正平。だが突如、頭取に告げられたのは、無期限の休職処分だった。意気消沈した二瓶だったが……。「メガバンク」シリーズ最終巻！

●最新刊
ママはきみを殺したかもしれない
樋口美沙緒

手にかけたはずの息子が、目の前に——。今度こそ、私は絶対に〝いいママ〟になる。あの日仕事を選んでしまった後悔、報われない愛、亡き母の呪縛。「母と子」を描く、息もつかせぬ衝撃作。

●好評既刊
怖ガラセ屋サン
澤村伊智

誰かを怖がらせて欲しい。戦慄させ、息の根を止めて欲しい。——そんな願いを叶えてくれる不思議な存在「怖ガラセ屋サン」が、あの手この手で、恐怖をナメた者たちを闇に引きずり込む！

●好評既刊
霧をはらう（上）（下）
雫井脩介

小児病棟で起きた点滴殺傷事件。物証がないまま逮捕されたのは、入院中の娘を懸命に看病していた母親だった。若手弁護士は無実を証明できるのか。感動と衝撃の結末に震える法廷サスペンス。

幻冬舎文庫

●好評既刊
もどかしいほど静かなオルゴール店
瀧羽麻子

誰もが、心震わす記憶をしまい込んでいる。音楽が〝その扉〟を開ける奇跡の瞬間を、あなたは7度、この小説で見ることになる！「お客様の心の曲」が聞こえる不思議な店主が起こす、感動の物語。

●好評既刊
作家刑事毒島の嘲笑
中山七里

右翼系雑誌を扱う出版社が放火された。思想犯のテロと見て現場に急行した公安の淡海は、作家兼業の刑事・毒島と事件を追うことに。テロは防げるのか？　毒舌刑事が社会の闇を斬るミステリー。

●好評既刊
考えごとしたい旅 フィンランドとシナモンロール
益田ミリ

暮らすとしたらどの家に住みたいかを想像しながら散歩したり、色々なカフェを訪れて名物のシナモンロールを食べ比べしたり。食べて、歩いて、考えるフィンランド一人旅を綴ったエッセイ。

●好評既刊
降格刑事
松嶋智左

元警視の司馬礼二は、不祥事で出世株から転落したダメ刑事。ある日、新米刑事の犬川椋と女子大生失踪案件を追うことになるが、彼女はある秘密を抱えていたようで――。傑作警察ミステリー。

●好評既刊
残照の頂 続・山女日記
湊かなえ

「ここは、再生の場所――」。日々の思いを噛み締めながら、一歩一歩山を登る女たち。山頂から見える景色は過去を肯定し、これから行くべき道を教えてくれる。山々を舞台にした、感動連作。

罪の境界

薬丸岳

令和6年10月10日　初版発行

発行人――石原正康
編集人――高部真人
発行所――株式会社幻冬舎
〒151-0051東京都渋谷区千駄ヶ谷4-9-7
電話　03(5411)6222(営業)
　　　03(5411)6211(編集)
公式HP　https://www.gentosha.co.jp/
印刷・製本―中央精版印刷株式会社
装丁者――高橋雅之

検印廃止
万一、落丁乱丁のある場合は送料小社負担でお取替致します。小社宛にお送り下さい。

定価はカバーに表示してあります。

幻冬舎文庫

ISBN978-4-344-43423-3　C0193　　や-37-2